BASTEI
LÜBBE

Carlos Broca wurde 1949 geboren. Diversen Internatsschulen und zehn Semestern Jura – ohne Abschluss – folgten zwanzig Jahre im Verkauf und Marketing namhafter Industrieunternehmen. Heute lebt Carlos Broca in stetem Wechsel zwischen Nordost-Spanien und Nordwest-Deutschland. *Wer in den Abgrund blickt ...* ist sein erster Roman, dem weitere folgen werden.

Panik an der Costa Brava. Vor den Kirchen einiger Dörfer rund um Figueres und Castelló werden Leichen entdeckt, die auf seltsame Weise in Szene gesetzt zu sein scheinen. Erste Auswirkungen auf den Tourismus sind bereits erkennbar. Bevor die wichtigste Einnahmequelle der Region zu versiegen droht, muss Comisario Fernando Matamalas den Täter fassen. Unterstützt wird er dabei von dem deutschen Polizeipsychologen Dr. Berlinger, der frühzeitig aus dem Dienst ausgeschieden ist. Doch der Preis für Berlingers Eingreifen ist hoch: Kaum stellen sich erste Erfolge bei den Ermittlungen ein, wird seine Lebensgefährtin Nina entführt. Die Spur führt zum Kloster Sant Pere de Roda, wo sie zwar nicht auf Nina, aber auf das Motiv des Mörders stoßen ...

Carlos Broca

WER IN DEN ABGRUND BLICKT ...

ROMAN

BASTEI LÜBBE

BASTEI LÜBBE TASCHENBUCH
Band 14539

1. Auflage Mai 2001

Vollständige Taschenbuchausgabe

Bastei Lübbe ist ein Imprint der Verlagsgruppe Lübbe

Originalausgabe

Lektorat: Dorothee Spiekermann/Karin Schmidt
Umschlaggestaltung: Tanja Dieckmann
Titelbild: Look
Satz KCS GmbH, Buchholz/Hamburg
Druck und Verarbeitung: Elsnerdruck, Berlin
Printed in: Germany

ISBN: 3-404-14539-9

1

Pau

Aufgebracht tobte der alte, räudige Schäferhundmischling auf der meterhohen Mauer, die den Grundstücksabschluss eines der Häuser an der kleinen, schmucklosen *plaza mayor* bildete und deren schmutzig grauer Verputz wohl schon seit Generationen Stück für Stück abbröckelte.

Ganz heiser vom stundenlangen Bellen humpelte er die zehn Meter von rechts nach links, am Wendepunkt stellte er sich auf seine Hinterläufe, hüpfte nur einmal kurz hoch und kläffte mehrmals erschöpft, aber dennoch zornig, bevor er den Rückweg antrat. Hin und her, immer wieder, und keiner der Anlieger schien sich um den Grund für seine Wut zu kümmern.

Die Tauben auf dem Kirchendach nebenan gurrten oder putzten sich, wobei eine Unzahl kleiner Federn davonstob; sie stürzten sich von der wellenförmigen Giebelspitze der Glockenwand auf den Kirchplatz, um nach Essbarem zu suchen, und kehrten dann zu ihren luftigen Beobachtungsposten zurück. Sie schienen die unterschiedlich großen Glockenkammern hinter den vier jeweils paarweise gleich geformten Aussparungen in der Klangarkade der eigenartigen Konstruktion, die den Bau eines aufwändigen Kirchturms hier am Berghang ersparte, zu bevorzugen, hoch über dem sparsam ausgeschmückten Portal des kleinen romanischen Gotteshauses.

Das Dorf begann den Tag.

Links am Rande des Kirchplatzes parkte ein uralter, winziger Traktor mit einem noch zierlicheren Anhänger, und dieses bejahrte Gespann konnte die Spuren seiner überlangen Dienstjahre ohne ausreichende Wartung nicht verbergen. Seine Ladung aber bestand aus auffallend liebevoll gepflegten Gartengeräten, aus Hacken und Harken, Spaten und unterschiedlichsten Sägen; das unversehrteste Teil allerdings, das die wenigsten Jahre auf dem Buckel hatte, war sicher der leuchtende, rot-gelb gestreifte Aufkleber mit dem schwarzen »C« für *Catalunya* hinten an der Ladeklappe des vor Urzeiten einmal grün lackierten Anhängers.

Der Besitzer schien mindestens ebenso alt wie seine Gerätschaften zu sein. Er stand in der Bar gleich neben der Mauer, auf der der grantige Hund immer noch verbittert lärmte, trank seinen ersten *café cortado* dieses Tages und versuchte, mit einer Celtas ohne Filter im Mundwinkel und einem zugekniffenen, vom Rauch der eigenen Zigarette stark tränenden Auge die Zellophanverpackung eines fabrikgefertigten, nicht sehr ansehnlichen Croissants aufzureißen. Alt, verbraucht und wegen seines krummen Rückens nicht sehr groß, musste er seine Ellbogen in Brusthöhe heben, um sich auf der Theke aufstützen zu können, und seine gichtigen, sogar an den mittleren Gliedern stark behaarten Finger wurden mit der tückischen Verpackung trotz größter Mühe einfach nicht fertig.

Der Sprecher von *Catalunya-Radio* verlas in einem wahren katalanischen Stakkato die neuesten Nachrichten aus der Region; er berichtete gerade von einem Waldbrand in der unmittelbaren Umgebung von Lloret de Mar, wozu der Alte nur wissend grinste und »wieder ein Hotel mehr« sagte, und während das wie ein Altar wirkende rotsilberne italienische Gaggia-Monstrum neben immensem Dampf und lautem Zischen auch tropfenweise Kaffee produzierte, drehte die junge Wirtstochter das klapprige Radio noch etwas lauter, um den folgenden Wetterbericht besser verstehen zu können.

Der Alte mühte sich weiter mit dem widerstandsfähigen Zellophan ab und kommentierte seine Ungeschicklichkeit mit einem vorwurfsvollen »Wenn ich das schon nicht mehr kann ... bah!« Von einem Moment auf den anderen schien er dann allerdings den Appetit zu verlieren. Er warf das Croissant wütend auf die Theke und ließ es dort liegen, wobei er, wie um von seinem Unvermögen abzulenken, fragte: »Was hat denn der Hund von nebenan, Mari? Warum tobt der so herum?«

»Weiß ich nicht, Pep, das geht schon den ganzen Morgen so, und seit dem Hellwerden wird er immer lauter.«

Mari hatte sich Pepes kleinen Problems in Windeseile angenommen und legte nun das von der Folie befreite Gebäck auf einer kleinen Papierserviette neben das Glas *cortado*, in dem Pepe mit einem Löffelchen in seiner zittrigen Hand so heftig den Zucker verrührte, dass schon nach lediglich drei Umdrehungen ein Drittel des Inhalts übergeschwappt war, und sah ihn geduldig an.

Mari kannte dieses Ritual: Pepe würde sein Glas in einem Zug austrinken, sich bei ihr bitterlich über den viel zu heißen Inhalt beklagen und etwas kaltes Leitungswasser verlangen; anschließend würde er die Untertasse mit dem Fußbad direkt zum Mund führen und schimpfend mit der Serviette die Kaffeeflecken von seinem ihr seit Jahren bekannten, grünen Winterpullover mit dem dunkelbraunen Bund reiben, der auch ohne dieses sich nahezu täglich wiederholende Missgeschick nicht übermäßig sauber gewesen wäre.

So geschah es. Genau so. Mari schüttelte den Kopf und legte dem Alten wie immer eine weitere Serviette hin.

Die Bar füllte sich jetzt zügig.

Zahllose »*Bon dia*« flogen von der klapprigen, gläsernen Eingangstür mit ihrem Fliegenschutz aus bunten Aluminiumketten, deren Glieder fast ohne Pause blechern aneinander schlugen, zur Theke und zurück. Die Besucher waren überwiegend ältere Männer in warmer, den Märztemperaturen angepasster Arbeitskleidung, Dorfbewohner auf dem Weg zu ihren Feldern, Olivenhainen, Weinstöcken und Werkstätten.

Im Nu befand sich Mari im Großeinsatz, und die Luft war geschwängert von den Gesprächsfetzen über die Neuigkeiten des vergangenen Wochenendes. Sie diskutierten über die Ernteaussichten in diesem Jahr, berichteten von rätselhaften, ganz ohne vorherige Anzeichen über Nacht aufgetauchten Krankheiten in der Familie und fanden wie nebenbei an die hundert Gründe für die jüngste Schlappe ihrer Fußballer gegen die Kloppertruppe aus dem benachbarten Garriguella. Von zufriedenem Gelächter begleitet, versicherten sie sich gegenseitig, dass es noch in diesem Jahr ein weiteres Treffen geben werde, ein Heimspiel, und spätestens dann werde man ja sehen …

»Mari! Mari! *Mira! Mira!*«

In der Tür stand ein kleines Mädchen und schrie aus Leibeskräften: »Mari, sieh mal her! Komm schnell, ich will dir etwas zeigen! Mari! Da ist ein Mann!«

Die Kleine hielt einen Teil des Fliegenschutzes mit ihren kurzen Ärmchen umklammert, riss an den Ketten und stampfte mit einem Fuß eigensinnig auf den Boden, um endlich Maris Aufmerksamkeit auf sich zu lenken. Ein kurzes Zöpfchen, das von einer bunten Mickymaus-Spange aus Plastik zusammengehalten wurde und ihr hoch oben vom kleinen Kopf abstand, schwankte dabei wie eine Antenne im Sturm wild hin und her. Draußen bellte der Schäferhund ohne Pause, als hätte er alle Reserven zusammengekratzt, und die Barhocker und weiter hinten Stehenden stellten ihre von wilder Gestik begleiteten Dispute ein und drängten zum Ausgang, weil sie vor lauter Zigarettenqualm und Lärm nicht mitbekommen konnten, was dort eigentlich vor sich ging.

Pepe schien die Stimme gehört zu haben. Er lugte mühsam zwischen den anderen Gästen zur Tür und erkannte wohl erst jetzt seine Enkelin Dolores. Sein faltiges Gesicht glättete sich und leuchtete auf. Er trat seine Zigarette auf dem Boden aus und drängelte sich zwischen den viel größeren Dörflern, die nur zögernd und unwillig beiseite rückten, zur Eingangstür durch.

»Na, mein Mädchen«, sagte er, »nun sei mal ganz ruhig. Was ist los? Was hast du denn?«

In besänftigendem Tonfall sprach er auf sie ein, nahm ihr den Fliegenschutz aus der Hand, hob sie auf seine Arme und strich ihr beruhigend über den Kopf. Sie legte ihren rechten Arm um seinen Hals, deutete mit dem linken nach draußen und rief unter viel zu hastigem Atemholen:

»Da! Da! Ein Mann! Da beim Müll! Ein fremder Mann! Ohne Leben!«

Aufgeregt und mit vor Anstrengung gerötetem Gesicht wand sie sich von Pepes Arm hinunter und stürzte beinahe, als sie den Boden berührte. Dann zog sie ihren Großvater mit einem ungeduldigen »Nun komm schon, Opa Pep!« nach draußen vor die Bar und zerrte ihn weiter zu einer Gruppe von Schulkindern, die einen Halbkreis um die beiden Müllcontainer vor der kleinen Treppe zum Brunnen hinunter gebildet hatten und schweigend dastanden.

Auch die anderen Gäste folgten ihnen auf den Kirchplatz hinaus. So lärmend laut, wie es in der Bar zugegangen war, so gespannt leise verhielten sich die Dörfler auf ihrem kurzen Weg zu der Stelle, die den Kindern eine Art ergriffener Aufmerksamkeit abverlangte.

Selbst der Hund schwieg jetzt. Weiterhin aufmerksam legte er sich oben auf der Mauer nieder und sah mit auf die Vorderläufe gelegter Schnauze und spärlich wedelndem Schwanz der Szene zu, ganz so, als hätte er seine Aufgabe endlich erfüllt und könnte nun in aller Ruhe betrachten, was für merkwürdige, nie vorher gesehene Dinge sich am heutigen Morgen dort unten wohl abspielen mochten.

Für Pepe hatten die Kinder eine enge Gasse gebildet, sodass er die Szene beim Näherkommen immer deutlicher erkennen konnte: Von einem der Müllbehälter eben noch verdeckt, lag eine ausrangierte Matratze halb auf dem Boden, halb war sie an einen der Container gelehnt. Auf ihr lag ein Mann in einem schreiend bunten Trainingsanzug und klobigen, schwarzen Sportschuhen, sein Oberkörper war aufgerichtet und an die fleckige, blauweiß gestreifte Matratze gelehnt. Reglos und mit gefalteten Händen ruhte er da wie jemand, der sich seine Siesta redlich verdient hatte. Auf seinem Kopf saß verwegen eine knallrote *barretina*, die typische katalanische Wollmütze mit dem schwarzen Saum, und seine Augen waren verborgen hinter einer billigen Sonnenbrille mit einer Werbung für Fortuna-Zigaretten auf einem ihrer schwarzen Bügel.

»Das ist nichts für euch, Kinder«, sagte Pepe bedächtig. Der alte Mann schien so seine Ahnungen zu haben.

Sehr gefasst wandte er sich dann von dem Fremden ab, dem auch weiterhin keine Bewegung anzusehen war, sah jedem der gebannt dastehenden Schulkinder in die Augen und fuhr fort: »Ich möchte, dass ihr zu eurer Haltestelle unten an der Hauptstraße geht. Jetzt, sofort. Euer Bus kommt sicher gleich, vielleicht ist er sogar schon da und wartet.« Und an seine Enkelin gerichtet: »Du auch, Mädchen, das gilt auch für dich.«

Die Händchen trotzig in ihre schmalen Hüften gestützt, entgegnete sie entschlossen und mit einer steilen Ärgerfalte auf ihrer zarten Stirn: »Aber ich bin kein Mädchen, ich bin ein Kind!«

»Kein Meckern! Geht jetzt, alle! Und du, Kind, wo hast du deine Schultasche? Wieder einfach irgendwo hingeworfen?« Dolores nickte stumm in die Richtung des Treckers und trabte los, und Pepe winkte einigen der Männer zu, die sofort verstanden und damit begannen, die anderen Kinder mit sanftem Druck ebenfalls zum Aufbruch zu bewegen.

Pepe schüttelte über die Bemerkung der kleinen Dolores seinen nur noch spärlich weiß behaarten Kopf und beugte sich über den Fremden. Er sprach zunächst auf ihn ein, ging dann in die Hocke, als darauf keine Reaktion erfolgte, und hielt zwei Finger prüfend an die Halsschlagader des Mannes. Mit einem Schulterzucken richtete er sich dann äußerst mühsam auf, wobei er seine Hände auf den Oberschenkeln abstützte.

Mari stand in der Tür der Bar und sah fragend zu Pepe herüber, der nun langsam mit den anderen Erwachsenen im Gefolge auf sie zukam.

»Ich habe keinen Pulsschlag feststellen können. Komm, Mari, wir müssen die Polizei in Figueres anrufen. Ich glaube, der Mann ist tot.«

✧

Die dringende Funkmeldung seiner Polizeizentrale, der *Jefatura superior*, erreichte Comisario Matamalas auf seinem morgendlichen Weg dorthin.

Er umrundete die Rambla in Figueres mit ihren noch blattlosen Bäumen, wühlte sich durch den zu dieser Stunde schon starken Verkehr und fuhr so, wie er vor wenigen Minuten erst in die Stadtmitte hineingefahren war, in Richtung Llança auf der N-260 wieder hinaus.

Kurz vor dem Castell de Carmençó bog er auf die GI-610 nach Roses ab und telefonierte während der kurzen Strecke unentwegt, pfiff seinen Assistenten und die mobile Spurensicherung an, alles stehen und liegen zu lassen und sich doch gefälligst umgehend, – »*en seguida, por favor«* – in das Dörfchen Pau und dort zur Kirche zu bequemen.

Er verdrängte alle Gedanken daran, was ihn dort erwarten würde, nur erbat er sich – von wem auch immer – einen Fall, der endlich einmal schnell gelöst werden konnte. Besonders die Polizeibehörden bekamen den frischen Schub Entschlossenheit nach den letzten Parlamentswahlen deutlich zu spüren. Der vom konservativen Aznar mit Schwung geführte Besen kehrte gut. Klar, dachte er, nach jeder Wahl entsteht neuer Druck, und die absolute Mehrheit der *Partido Popular* gibt den *Law & orders* dieses Landes mächtigen Auftrieb. Matamalas konnte sich noch gut an die ersten Jahre seiner Dienstzeit während der Diktatur unter dem Generalissimo Franco erinnern. Eher liberal als links eingestellt, hatte er sich nach der Wahl erst recht geschworen, jedweder Rückkehr zu den alten totalitären Verhältnissen und Methoden von Beginn an mit aller Kraft Widerstand zu leisten.

Eines allerdings sprach deutlich dagegen, es mit einem schnell lösbaren Fall zu tun zu bekommen: Nach Pau waren zunächst die *Mossos d'Esquadra* gerufen worden, die katalanische Polizei in der Nachfolge der *Guardia Civil*, und der Untersuchungsrichter in Figueres hatte verfügt, dies sei dann ein Fall für Matamalas, wenn die Tatumstände eine Verbindung mit anderen – bislang ungelösten – Fällen aus der Vergangenheit vermuten ließen.

Er verließ die Landstraße, fuhr in das kleine Dorf hinein und parkte seinen zivilen Dienst-Seat so, dass dieser einen Teil einer möglichst umfassenden Absperrung des Kirchplatzes bilden konnte.

Dann stieg er aus und besprach sich in sachlichem Ton mit dem Ranghöchsten der *mossos*, bat ihn, mit seinen zwei Kollegen so lange an Ort und Stelle zu bleiben, bis er zusammen mit seinen eigenen Leuten eine erste Einschätzung der Tatumstände vorgenommen haben würde. In wessen Zuständigkeit dieser Fall lag, würde sich voraussichtlich in weniger als einer Stunde herausgestellt haben.

Der Inspector der *mossos* stimmte ohne große Begeisterung zu, verzichtete aber auf eine längere Diskussion über die Kompetenzen der verschiedenen Polizeiorgane. Matamalas schien es, als hätte der Untersuchungsrichter klare, unmissverständliche Anweisungen gegeben, die es allen Beteiligten möglich machten, ohne Gesichtsverlust zusammen einer Lösung näher zu kommen.

Der Comisario wandte sich sofort an die Gruppe von Dorfbewohnern, die diskutierend in der Nähe der grünen Müllcontainer stand.

»Comisario Matamalas, *Policía de Figueres*. Wer von Ihnen ist Pepe Simó?«

»Ich«, antwortete der alte Pepe und trat dem Kommissar einige Schritte entgegen. »Ihnen auch einen schönen guten Morgen! Unser Tag fing ja gut an.«

»Sie haben Recht. *Buenos días y perdón!*« Alter Schlauberger, dachte Matamalas und lächelte ein wenig gezwungen. Er winkte den mit verschlossenen Gesichtern dastehenden Dörflern kurz zu und berührte Pepe mit leichtem Griff am Arm, um sich mit ihm einige Meter von der Gruppe zu entfernen.

»Noch einmal guten Morgen!«, sagte er und zeigte auf den leblosen Körper, »ich bitte Sie um Verständnis. So etwas versaut auch uns Polizisten den Tag.«

Pepe nickte zustimmend und meinte: »Schon gut. Aber soll das jetzt immer so weitergehen, bis wir irgendwann einmal alle Dörfer durchhaben?«

»Wie meinen Sie das?«

»Ja, was ist denn mit Rabós im letzten Jahr und mit Pedret im letzten Monat?« Pepe hatte sein runzliges Gesicht dem Kriminalpolizisten zugewandt und sah ihn mit fragend hochgezogenen Augenbrauen an. Seine Stimme klang vorwurfsvoll, als er die Namen der Nachbardörfer aufzählte.

»Das ist doch noch gar nicht erwiesen. Sie stellen da einen Zusammenhang her …«

»Wetten?«, unterbrach Pepe den Comisario aufgebracht.

Matamalas lachte kurz und bitter auf: »Wetten, das wär es wohl! Wir brauchen Ihre Hilfe, verstehen Sie? Wir können doch nicht unser ganzes Land vierundzwanzig Stunden am Tag überwachen. *Vamos,* Pepe, bitte schildern Sie mir einmal den Ablauf: Was ist hier passiert?«

Zunächst noch stockend, dann aber vom aufmerksamen Gesichtsausdruck des Polizisten animiert, gab der Alte dem Kommissar eine äußerst wortreiche Zusammenfassung der Geschehnisse, wobei er auch seine Schwierigkeiten mit dem Öffnen diverser moderner Verpackungen nicht ausließ. Begleitet von seinem sintflutartigen Wortschwall, zeigte er mit beiden Armen abwechselnd auf die Bar und auf die Leiche vor den Müllcontainern und schloss mit wütendem Gesicht: »Für unsere Kinder ist das ja wohl nicht das Richtige zum Tagesbeginn.«

»Für wen ist es das schon?«, fragte Matamalas lapidar, und er bemühte sich, seine tiefe Betroffenheit über Pepes so schnell geäußerte Überzeugung zu verbergen, dieser Tote stehe mit den beiden ähnlichen Verbrechen aus der jüngeren Vergangenheit in Verbindung, zwei Morden in den von Pepe genannten Dörfern, bei denen die Leichen ebenfalls vor den Dorfkirchen aufgefunden worden waren und bis heute nicht identifiziert werden konnten. Und jetzt der dritte Tote! Steckte ein Serienmörder dahinter? Diese Überlegung ließ ihn Übles für die nähere Zukunft befürchten.

Er lief auf den reglosen Fremden an den Müllcontainern zu, und als er bemerkte, dass Pepe ihm auf den Fersen folgte, bat er ihn mit freundlichen Worten, den Schauplatz doch bitte umgehend zu verlassen. Matamalas wusste, würde seine Einsatztruppe aus Figueres erst einmal eingetroffen sein, gäbe es für ihn kaum noch eine Möglichkeit, die Besonderheiten dieses Fundortes auf sich wirken zu lassen. Er sah Pepe zu, wie er zur Bar zurücktrottete, hörte ihn irgendetwas dort hineinrufen und beobachtete, wie der Alte auf sein Gefährt stieg und den kleinen Dieselmotor anließ. Der Comisario griff in seine Tasche, als der Trecker mit lautem Tuckern in der schmalen Gasse verschwand, die vom Kirchplatz wegführte.

Matamalas zog sich die Plastikhandschuhe über und beugte sich über den leblosen Körper. Er suchte zunächst an den Handgelenken, dann – wie Pepe wenige Zeit zuvor – am Hals nach einem Pulsschlag, und sein Gesicht nahm einen skeptischen Ausdruck an, als hätte er auf ein Lebenszeichen auch gar nicht zu hoffen gewagt. Danach richtete er sich auf, stellte sich neben den Toten und lehnte seinen Rücken ebenfalls an den Container, kontrollierte mehrfach die Kopfhaltung, um die Blickrichtung zu rekonstruieren, und als sein Gesicht in gleicher Linie mit dem der Leiche exakt auf das Kirchenportal wies, nickte er, als wäre eine heimliche Befürchtung Wirklichkeit geworden.

Er umrundete mit aufmerksamem Blick die Abfallbehälter und ging dann zum Portal, um noch einmal seine Vermutung zu überprüfen; und wieder nickte er, als er vom Eingang der Kirche geradewegs in die fast schwarzen Gläser der Sonnenbrille des Fremden schauen konnte.

Erst als ein mittelgroßer weißer Lieferwagen ohne Seitenfenster, das mobile forensische Labor der Provinz Girona, zwei zivile Personenwagen und ein dunkelblauer Mannschaftstransporter mit Polizeiemblemen langsam auf den trotz der längst aufgegangenen Sonne beleuchteten Kirchplatz fuhren, drehte sich Matamalas um.

Er dirigierte die Wagen so, dass vom Kirchenportal bis zu den Containern ein fast geschlossener Halbkreis aus Fahrzeugen entstand, und gab dem Chef der Truppe knappe, exakte Anweisungen, wie das Gelände und ganz besonders auch die Treppe zu dem tiefer liegenden Dorfbrunnen mit dem gelben Polizeimarkierband sorgfältig abzusperren sei.

»Du kennst dich ja aus, Ramón«, sagte er. »Kinder, Touristen und die Presse will ich hier nicht haben. Frag die Leute da, ob es Zeugen gibt, und wenn nicht, schick sie weg.« Matamalas zeigte auf die Gruppe, die immer noch unter großem Palaver herumstand.

»O. k., *jefe.*« Ramón sah ihn weiterhin aufmerksam an.

»Den Arzt und Hipolit Planas zu mir. Wer ist heute Chef vom Dienst der Spurenleute?«

»Arana.«

»Cabanach oder der andere?«

»Der andere.«

»Danke!« Mit übertrieben leidender Miene hob Matamalas seinen Blick zum Himmel empor. »Den auch zu mir.«

Ramón grinste nur, als er sich seinen nächsten Aufgaben zuwandte.

✧

»Kleine Lage, meine Herren.«

»Moment mal, bitte!« Matamalas drehte sich um und entdeckte Conchita, die Polizeifotografin, um deren Hals zwei Kameras baumelten. Wie fast immer, wenn sie unverhofft in sein Blickfeld kam, bewunderte er ihre ungewöhnlich hoch gewachsene Gestalt. Er fragte sich nicht zum ersten Mal, wie sich wohl Liebe von Zuneigung unterscheiden mochte, und lächelte, weil ihre jugendliche Schlankheit heute wegen ihrer praktischen und warmen Kleidung nur zu erahnen war: Sie trug Jeans und über einem ebenfalls blauen Rollkragenpullover eine gefütterte grüne Jagdweste für Herren. In den Patronentaschen auf der rechten Seite steckte eine Unzahl unbelichteter Filme – die belichteten würde sie später in den linken Taschen verstauen –, und sie sah ihn mit süffisantem Lächeln an, als wartete sie auf eine persönliche Begrüßung. Dabei schüttelte sie den Kopf, sodass ihr schwarzer Pferdeschwanz hin und her schwang.

»Wie unhöflich von mir«, sagte er und winkte ihr zu, »kleine Lage, Conchita *y señores*. Recht so, junge Frau?«

»Sehr gut, Chef, und danke.« Zufrieden überprüfte sie ihre technische Ausstattung. »Wie immer? Zuerst eine Serie Fotos, und dann bin ich überall dabei mit meiner Kamera, wenn einer ruft?«

»Wie immer du zuerst. Dann der Arzt, die Spurenleute und Planas. Ich bin der Chef. Ich stehe hier rum und kann alles nur dann besser wissen als ihr, wenn ihr mir sämtliche Einzelheiten mitteilt, die euch auffallen.« Er grinste. »Anschließend halten wir unsere Lagebesprechung im Mannschaftswagen. An die Arbeit, Dame und Herren!«

Matamalas hatte die Fünfzig bereits knapp überschritten und musste sich häufig dazu zwingen, in einem anderen Ton mit seinen anscheinend immer jünger werdenden Mitarbeitern zu reden, als es seine Vorgesetzten vor Jahren mit ihm getan hatten.

Conchita, dachte er, da habe ich etwas angefangen. Mitte zwanzig, halb so alt wie ich. Der Greis und das Kind. Und wie unvorsichtig sie ist! Das Verbergen liegt ihr nicht. Sie begegnet allen so völlig ohne Berechnung, fast leichtfertig, und glaubt immer noch, die ganze Welt sei gut. Das wird meine nächste Aufgabe, nahm er sich wieder einmal vor: Klare Verhältnisse, so oder so, ich muss jetzt endlich einmal konsequent sein.

Trotz aller Schwierigkeiten, die zumindest teilweise auch von ihm selbst herrührten, stellte ihn die Arbeit mit seiner Truppe wirklich zufrieden; er war gern Polizist, und er hielt seine Leute für eine gut ausgebildete und auch erfolgreiche Mannschaft. Mit einer Ausnahme.

»Arana! Einen Augenblick zu mir, bitte.«

»Was gibt es, Chef?«

Mit mürrischem Gesichtsausdruck kam Arana auf den Kommissar zu. Ein schlanker Mann mit einer für sein junges Alter erschreckend nachlässigen Körperhaltung, schmalen, fast nicht sichtbaren Lippen und einem Blick, der unstet und fast nie direkt in die Augen seines Gegenübers gerichtet war.

»Ich weiß nicht, wer dich diesmal für den Außendienst eingeteilt hat«, sagte Matamalas, »aber ich weiß sehr wohl, dass ich in mindestens drei anderen Fällen auf deine Ergebnisse warte. So geht es nicht, und du bist dir hoffentlich klar darüber ...«

»Ja, aber ...«, begann Arana aufbrausend.

»Keine Ausreden!«, herrschte Matamalas ihn an, »bloß weil du aus Lleida bist, hast du ja nicht immer Recht. Du musst lernen, Kritik nicht immer nur von dir zu weisen, sondern auch einmal zu akzeptieren. Deshalb lass uns besonders in diesem Fall nicht hängen, ich glaube, du weißt, womit wir es hier zu tun bekommen.«

Arana zuckte mit den Schultern und antwortete beschwichtigend: »Na, Chef, Lleida stimmt ja, und jähzornig sind wir auch, aber ich habe doch einige Argumente dafür, dass ...«

Matamalas unterdrückte ein Lächeln und meinte nur: »Schluss jetzt, Arana, reiß dich zusammen, du hast eine Menge Minuspunkte auszugleichen.«

Mit einer gut gemeinten, aber nur nachlässig und unvollkommen ausgeführten militärischen Kehrtwendung machte sich Arana auf den Weg zu seinen Leuten, die, miteinander tuschelnd, auf ihn und seine Befehle warteten.

✧

Es folgten knappe drei Stunden konzentrierter, fachmännischer Arbeit.

Anweisungen und Bitten um Hilfe wechselten sich ab, Conchita wirbelte wie ein Derwisch von hier nach dort, und das Herausgeben der fortlaufenden Nummern für Fundstücke und Fundorte und deren Niederschrift bedeutete für sie fast mehr Arbeit als das eigentliche Fotografieren. Matamalas' häufige Aufforderungen, sorgfältig zu arbeiten, aber dennoch keine Zeit zu verlieren, führten dazu, dass sich die wichtigsten Leute der beteiligten Abteilungen noch vor der Mittagszeit in dem dunkelblauen Mannschaftsbus versammeln konnten; die schon im Frühjahr üblicherweise hier herumbummelnden Touristen oder die zum Mittagessen und zur Siesta heimkehrenden Dörfler würden ihnen nicht im Wege herumstehen.

Ein schwarzer Leichenwagen war inzwischen angekommen und von den Polizisten bis zu den beiden Müllcontainern durchgelassen worden. Die Spurensicherer hatten dem Toten Plastiktüten über die Hände gezogen, und der Leichnam wurde gerade in einen Transportbehälter gelegt, als Conchita mit den letzten Aufnahmen von der Matratze, auf der der Tote gelegen hatte, begann.

Nachdem drei Beamte die Matratze umständlich mit mehreren Bahnen kräftiger Plastikfolie umwickelt hatten, wurde sie in das Spurensicherungsfahrzeug getragen, das mit weit geöffneten Türen bereitstand.

Matamalas sah, wie Conchita die Stelle aufmerksam studierte, auf der die Matratze gelegen hatte. Er näherte sich ihr und bemerkte den langen, mit weißer Kreide auf den Asphalt gemalten Pfeil mit seiner leicht nach außen geschwungenen und mit dicken Kreidestrichen ausgefüllten Spitze.

Sie zielte genau auf das Kirchenportal.

Der Pfeil trug an seinem Ende einige grob schraffiert ausgeführte dicke Federn, und die Fotografin machte sorgfältig eine ganze Aufnahmeserie davon und ließ sich dabei auch vom Comisario nicht stören.

Er nickte ihr anerkennend zu und deutete auf den Mannschaftswagen.

»Ja, ich komme sofort«, sagte sie.

Einige Augenblicke später rief Matamalas seine Mannschaft im geräumigen Fahrzeug zur Ordnung: »Leute, etwas mehr Ruhe bitte! Ja, so ist es gut. Die übliche Reihenfolge. Was haben wir, um die Identität des Toten festzustellen?«

Planas fasste zunächst zusammen: »Keine Ausweispapiere, für den Augenblick auch sonst nichts, was uns bei der Identifizierung der Leiche weiterhelfen könnte. Zu den offensichtlichen besonderen Merkmalen am Körper des Toten hören wir ja gleich Dr. Gonzaga, ich möchte ihm nicht vorgreifen. Der Trainingsanzug ist ein Plagiat, adidas made in Taiwan, so etwas gibt es auch in Roses auf dem Markt zu kaufen. Der Tascheninhalt ist nicht besonders auffällig, aber vielleicht ergiebig.«

Er deutete auf die einzelnen Fundstücke, die in sorgfältig verschlossenen Beuteln auf dem Sitz lagen, der durch ein doppeltes Umklappen zu einem kleinen Tisch geworden war, und sprach dann weiter:

»Ein benutztes Zellstoff-Taschentuch, etwas größer als normal. Es kann sich dabei aber auch um eine Serviette aus einem Restaurant handeln. Die Spurenteufel werden sich später im Labor darum kümmern, ich wollte es hier nicht auseinander pflücken. Es könnte uns vielleicht mit einem Aufdruck oder so etwas weiterbringen.« Er hob einen weiteren Beutel hoch: »Eine angebrochene Packung Fortuna von der ganz leichten Sorte, er wollte wohl mit dem Rauchen aufhören. Das ist ihm aber nicht mehr so richtig gelungen.«

Planas griff mit einer fließenden Bewegung nach seiner völlig zerdrückten Packung Ducados in seiner Hosentasche und gab sich Feuer, fast ohne eine Pause in seiner Berichterstattung zu machen.

»Ein Einwegfeuerzeug mit Fortuna-Aufdruck«, meinte er, und dichter Zigarettenqualm fuhr ihm in dem Moment aus dem Mund, als Conchita den Bus betrat. Sie wedelte heftig mit den Händen, um etwas sehen zu können, und Planas rückte ein wenig zur Seite, bevor er seinen unterbrochenen Satz fortsetzte: »Möglicherweise hat er eine ganze Stange gekauft, und das Feuerzeug gab es ebenso wie die Sonnenbrille gratis dazu.« Er hob eine Hand, als wäre ihm gerade ein besonderer Einfall gekommen: »Wir können uns in einem *estanco* erkundigen, ob für diese Sorte gerade eine Verkaufsaktion durchgeführt wird, und dann mit einem Foto vom Gesicht des Toten alle Tabakläden hier in der Gegend abklappern.«

Er hielt seine Ducados im Mundwinkel fest, sah Matamalas beifällig nicken und kniff dann ein Auge zusammen, weil der beißende Qualm seiner Zigarette dicke Tränen trieb. Mühsam blätterte er in seinem Notizbuch eine Seite um, griff nach einem Plastikbeutel, hielt ihn hoch und fuhr fort:

»Ein billiges Taschenmesser, total verschmutzt, so richtig schmierig. Aus dem Zeug, das an der Schneide klebt, kann man fast eine Suppe kochen, so ein Ferkel. Aufdruck: ein unidentifizierbares Tier, ein Eich-, Backen- oder Streifenhörnchen, und daneben das Wort oder die Abkürzung OBI.«

»Halt, Planas!«

Matamalas bat seinen Assistenten, ihm das Taschenmesser zu zeigen. Er versuchte, durch die Plastiktüte hindurchzusehen, und um den Aufdruck genauer zu erkennen, drehte er sich zu einem der Seitenfenster des Transporters hin und zog das Plastik-Material mit seinen beiden Daumen über dem Inhalt stramm. Gleich darauf fuhr er sich durch seine immer noch überwiegend schwarzen, sehr kurz geschnittenen Haare und sagte erleichtert:

»Ich dachte schon, wir hätten es mit einem mörderischen Literaten zu tun. Aber OBI stimmt, mehr steht da nicht und hat da auch nicht gestanden. Es fehlt nichts.«

Dr. Gonzaga lachte laut meckernd auf, wobei ihm beinahe seine Brille herunterfiel, die er sich auf den Kopf geschoben hatte, und polterte los: »Ha! Ich weiß, was dir da gerade eingefallen ist, Fernando! *Óbito*, Matamalas! Der literarische Ausdruck für den Tod und das Hinscheiden! Das ist aber schon ziemlich krank, *hombre*, und ziemlich hart am Abgrund.«

»Man tut halt sein Bestes, Gonzo. Du bist doch mit deinen Folgerungen sonst auch immer verteufelt schnell dabei.« Matamalas nahm die Bemerkung des Pathologen gutmütig hin. »So krank oder zum Lachen ist das aber gar nicht, weil wir alle in diesem Stadium nur mit Vermutungen arbeiten können. Und dabei gibt es keine Fehler, verstanden, Leute? Denkt euch euren Teil und dann raus damit! Los, Hipolit, was haben wir noch?«

Planas raschelte mit einer anderen Tüte vor seiner Nase herum und fuhr fort: »Zum einen etwas loses Kleingeld, runde sechshundert Pesetas, aber keine Brieftasche, wie gesagt, und auch kein Portemonnaie. Weder ein Schlüsselbund noch einzelne Schlüssel in seinen Taschen. Aber wir entdeckten einen Papierfetzen und dachten zuerst an Abfall, so zerknüllt, wie er war. Außerdem ist er von einer miserablen Papierqualität. Dann haben wir aber genauer hingesehen, und ich verwette eins von meinen drei …«

»Letzte Woche waren es noch vier, Planas, ist dir eins rausgefallen?«, fragte Arana mit einem unangenehmen Lächeln, und er presste seine Lippen fest zusammen, als Matamalas ihn ansah und dann seine Augen zum Himmel richtete, als gäbe es dort Rettung vor solchen Anmerkungen.

Das Lachen der Männer ließ Planas unbeeindruckt, er hob nur seine Stimme: »Maul halten und zuhören, Arana: Die Wette verliere ich, wenn es sich bei diesem Papierstückchen nicht um eine Anzeige aus der *Arena* handelt, ihr wisst schon, dieses katalanisch-deutsche Anzeigenblättchen aus Empuriabrava. Wichtig könnte die Werbung eines Motorradverleihs auf der einen Seite sein – da kann sich unser Arana hier endlich einmal so ein abscheuliches Quad ausleihen und sich wieder so richtig auf die Schnauze legen.«

Während die Kollegen schadenfroh grinsten, fuhr Planas fort: »Tabakreste und Flusen wie in fast jeder Tasche. Es ist zu früh, um jetzt etwas daraus ableiten zu können. Wie immer bin ich aber sicher, dass wir weitere Anhaltspunkte von der Autopsie erhalten. Hier am Tatort gibt es für uns wohl nichts mehr zu tun, weil wir ja nicht das Unterste nach oben kehren können. Bis auf weiteres gilt: Wir wissen weder, wer der Tote ist, noch können wir sagen, wo er sich in den letzten Tagen aufgehalten oder wo er gewohnt hat.«

»Danke, Planas. Aber ob das hier der Tatort ist, wissen wir genauso wenig.« Matamalas überlegte kurz und sprach dann weiter: »Aufgaben: Du gehst den Spuren nach und konzentrierst dich auf das Taschenmesser wegen möglicher Hinweise auf die Nationalität des Toten. Dieses OBI muss etwas bedeuten, und es wird uns helfen, wenn wir es herausfinden. Die Sonnenbrille und das Feuerzeug erfordern das Abklappern aller Tabakläden, die Reihenfolge dürfte klar sein: Wir beginnen dort, wo die meisten Touristen sind, also in Empuriabrava, dann Santa Margarida, Roses und wenn es nötig wird, auch weiter in Richtung l'Escala und l'Estartit. Hipolit, du teilst die Leute so ein, dass wir schnellstmöglich vorwärts kommen. Vielleicht haben wir Glück, weil es erst März ist. Die Hotels sind sicher noch nicht voll belegt und die meisten Campingplätze wohl noch nicht geöffnet. Conchita soll dir gute Fotos vom Gesicht des Opfers geben. Und geh bitte auch zu diesem Motorradladen, vielleicht war unser Mann ja in den letzten Tagen schon dort und wollte irgendetwas ausleihen, möglicherweise erinnert sich jemand an ihn. Wir sprechen nachher noch weiter. Arana, hast du etwas für uns?«

Keine Reaktion bei dem Mann aus Lleida.

»Arana! Aufwachen!«

Der Spurenfachmann fuhr hoch, grinste die ihn Umstehenden verlegen an, und zur Überraschung aller zählte er in rasendem Tempo auf:

»Die Brille ist völlig ohne Fingerabdrücke, sie ist ganz sicher vom Täter sauber gerieben worden. Wir haben dafür aber leicht verwischte Handschuhabdrücke gefunden, mit kleinen, sehr feinen Spuren einer Maserung, wie bei dünnem Leder. Wenn wir diese Handschuhe bei jemandem finden, könnte der sich gewaltig wundern, was heutzutage beweistechnisch möglich ist. Es hat sich ja vielleicht noch nicht bis zu ihm herumgesprochen, dass uns Handschuhspuren heutzutage genauso weiterhelfen können wie Fingerabdrücke.«

Beifall heischend sah er sich um, als hätte er diese technische Neuerung erfunden, und in Reaktion auf die eher amüsierten Gesichter seiner Kollegen fuhr er mit etwas weniger Begeisterung fort:

»Dann gibt es jede Menge Fasern in den Gelenken der Brillenbügel, und es wird dauern, sie zuzuordnen. Für weitere Feststellungen, was die Kleidung und die Matratze betrifft, ist es viel zu früh. Wir brauchen für die Laborarbeit ein paar Tage Zeit.«

»Gut. Alle neuen Erkenntnisse sofort an mich weiterleiten.« Matamalas wandte sich dem Arzt zu: »Gonzo, was gibt es aus deiner Sicht zu sagen?«

»Todeszeitpunkt: abwarten.« Dr. Julio Gonzaga hatte

seine dunkelbraune Hornbrille mit Gläsern so dick wie die Böden von Colaflaschen abgenommen und bespuckt. Er begann jetzt, sie mit einem aus der Hose gezogenen Hemdzipfel sorgfältig zu reinigen und zu polieren.

»Vorbehaltlich anderer Ergebnisse der Obduktion ...«, fuhr der klein gewachsene Pathologe fort und setzte dabei seine Sehhilfe mit Elan auf die krumme Nase: »... *vale*, hmmm, vermutlicher Todeszeitpunkt etwa um Mitternacht, also vor knapp zwölf Stunden. Plus/minus zwei Stunden, Genaueres später. Hypostase am rechten Oberarm und an der rechten Hüfte. Herzstillstand, das Blut folgt den Gesetzen der Schwerkraft, die roten Blutkörperchen sammeln sich am tiefsten Punkt und färben die Haut ein. Was das bedeutet, wisst ihr alle: Wir haben den Mann in halb sitzender Position gefunden, die Hypostase befindet sich allerdings an der rechten Körperseite, das heißt, der Fundort ist nicht der Tatort. Todesursache: vermutlich der berühmte Schlag auf den Kopf mit einem schweren und wie fast immer stumpfen Gegenstand. Genaueres ebenfalls später. Ich fand eine große, vor allem tiefe und lange Verletzung an der rechten Kopfoberseite ...«

»Ist der Mörder ein Linkshänder?« Matamalas sah ihn fragend an.

»... an der hinteren rechten Kopfoberseite«, ergänzte Dr. Gonzaga in belehrendem Ton und mit einem auf den Comisario gerichteten konzentrierten Blick durch seine Flaschenböden, »deutlich weiter am Hinterkopf als vorn, man könnte vom Durchmesser her fast eine gerollte Samstagsausgabe der ›*Vanguardia*‹ in die Wunde legen, und das ist nun wirklich eine dicke Zeitung. Das Ganze war verdeckt durch die *barretina*, die ihm vermutlich lange nach seinem Tod aufgesetzt wurde, weil sie relativ wenig Blut aufgesogen hat. Nach Abnehmen der Brille stellte ich fest, dass …«

Er machte eine kurze Pause, sah sich misstrauisch um und verbesserte seine Formulierung, bevor ihn jemand erneut unterbrechen konnte: »Nach dem Entfernen der Sonnenbrille des Opfers«, sagte er also betont und professoral langsam, »stellte ich fest, dass ihm die oberen Augenlider abgeschnitten wurden.«

Gonzaga schien sehr zufrieden damit zu sein, welche Wirkung seine Ausführungen auf die anderen hatten, legte eine lange Pause ein und blickte jedem seiner Polizeikollegen überlegen lächelnd ins Gesicht, bevor er seinen Bericht abschloss: »Für mich sah er ohne die Fortuna-Brille so aus, als hätte er vor lauter Entzücken seine Augen weit aufgerissen und könnte sein Glück kaum fassen.«

Er strich sich geziert über die dünnen Haare und spitzte dabei die Lippen, als wollte er sich selbst belobigen.

An diesem Punkt der Ausführungen verschränkte Matamalas abwehrend die Arme vor der Brust, als wollte er seine Vermutung nicht bestätigt wissen, als versuchte er, einen üblen Verdacht daran zu hindern, sich bei ihm einzunisten. Unwirsch sagte er: »Gonzo, danke. Verdammt noch mal, wieder so ein Fall! Ihr wisst wohl alle, was das bedeutet.«

Er wandte sich dem Inspector der *mossos* zu, der sich still in einer Ecke des Wagens aufgehalten hatte, und sah ihn fragend an.

»Ihr Fall«, meinte der Inspector, und als er abschließend einen schnellen Erfolg wünschte, war ihm so etwas wie Erleichterung anzuhören, mit dieser Arbeit nun nichts mehr zu tun zu haben. Mit einem Winken und einem gemurmelten »*Adiós*« verließ er das Fahrzeug.

Matamalas rief ihm einen Gruß nach und wartete ab, bis sich die Tür geschlossen hatte. Dann organisierte er die nächsten Schritte: »Wir brechen an dieser Stelle ab. Aber Ramón …«, er schaute ihn an und fuhr dann fort: »Du und deine Leute nehmen sich die Häuser der *Plaza-mayor*-Anlieger vor. Vielleicht hat jemand um Mitternacht etwas bemerkt. Und fragt auch nach der Matratze. Wann haben wir die Ergebnisse der Autopsie?«

»Nicht vor übermorgen, und dann auch erst gegen Abend«, antwortete Dr. Gonzaga schnell und linste zweifelnd zum Comisario hinüber, als rechnete er mit heftigem Widerspruch.

»Einverstanden, wenn es wirklich nicht schneller geht. Wir verschwinden hier und treffen uns im Präsidium um Punkt sechzehn Uhr wieder, Planas, Gonzo, Ramón, der zornige Arana und ich. Bis dahin habe ich mich in den anderen Fällen auf den neuesten Stand gebracht. Zusammen machen wir dann weiter und beziehen mögliche Übereinstimmungen gleich mit ein. Habt ihr mich alle verstanden?«

Die Angesprochenen bestätigten, und Matamalas setzte seine Anweisungen fort:

»Conchita, lass bitte die Filme entwickeln oder erledige das selbst, wenn du niemanden findest. Vom Gesicht des Toten brauchen wir mindestens zwanzig Fotos, nur zur Not tun es auch gute Schwarzweißkopien. Hat jemand noch einen Vorschlag?«

Doch seine Leute waren schon aufgestanden und verließen nacheinander den Mannschaftswagen, schweigend und mit wegen der niedrigen Tür des Transporters gesenkten Köpfen, ein jeder mit seinen Gedanken und Mutmaßungen ausreichend beschäftigt.

Der Comisario sah Arana vor Conchita aussteigen und bemerkte, wie er ihr seinen Arm als Hilfe anbot, als sie, mit ihrer Linken die Kameras schützend, ihre Rechte auf der Suche nach Halt an den Türholm legte. Der Mann aus Lleida konnte es gar nicht vermeiden, Matamalas über ihren beim Ausstieg aus dem Fahrzeug gekrümmten Rücken hinweg direkt in die Augen zu sehen. Und weil ihm das so peinlich war, grinste er verlegen.

Der Comisario aber erkannte die Unsicherheit in Aranas Grinsen nicht. Es erschien ihm vielmehr so, als schwinge in den breit gezogenen Lippen des Mitarbeiters eine sichere Erkenntnis mit, ein von Hohn und Spott hervorgerufenes Lächeln – das Lächeln eines Mannes, der um die Affäre zwischen der überaus attraktiven Polizeifotografin und dem Leiter der Mordkommission wusste. Matamalas' Gesicht zeigte einen äußerst abweisenden Ausdruck, es sah aus wie aus kaltem Stein gemeißelt.

Es geht also los, dachte er und schaute seinen Untergebenen nach. Gewäsch und Tratsch, und ausgerechnet mit dem unzuverlässigen Arana als Verbreiter dieser pikanten Neuigkeit. Aber ganz so, wie es seinem Charakter entsprach, seufzte er leise auf und ermahnte sich nachdrücklich: Bleibe ja fair, Fernando. Das hier ist dein privates Ding, und es hat mit dem Dienst rein gar nichts zu tun.

2

Empuriabrava

Digame!«

»Bundeskriminalamt Wiesbaden. Guten Tag, spreche ich mit Dr. Berlinger?«

Im Laufschritt war der Angesprochene zuvor von der Terrasse durch die Küche zum Telefon im Wohnzimmer gerannt, bemüht, den Apparat noch zu erreichen, bevor der Anrufer aufgab. Er hatte den Hörer zwischen Kopf und Schulter eingeklemmt und nestelte mit seinen Händen an einem groben Kamm mit dicken, stumpfen Zähnen herum, um ihn von langen Hundehaaren zu säubern.

»Ja, hier Berlinger. BKA? Was ist los?«

»Mein Name ist Enders, Renate Enders. Ich bin die Sekretariatsleiterin vom Chef ...«

»Sie geben wohl nie auf, Frau Enders! So kurz ist mein Gedächtnis noch nicht. Sind Sie immer noch da? Das nenne ich Durchhalten!«

»Ich war mir nur nicht sicher ... Wie haben Sie sich gemeldet?«

»Ach ja, eine Angewohnheit. *Digame*, wörtlich ›Sag mir‹ oder ›Sprechen Sie‹. Das hört sich immer so kurz angebunden an, ist aber nicht so gemeint. Sie wissen schon, andere Länder ...«

»... andere Sitten, ich verstehe schon. Schön, dass Sie sich an mich erinnern. Ich weiß leider nicht, worum es geht. Dr. Pohl möchte Sie gern sprechen. Haben Sie einen Moment Zeit?«

»Ja, aber woher haben Sie meine Telefonnummer?«

»Herr Wegmann war so nett, sie mir zu geben, sonst hätte es etwas gedauert. Aber herausgefunden hätten wir sie, da bin ich ganz sicher.«

»Keine Frage, bei euren Möglichkeiten. Gruß an Holger Wegmann, sagen Sie ihm schönen Dank, aber bitte mit einem Judaskuss, wenn es möglich ist.«

Sie lachte leise. »Das wird gehen. Ich darf Sie jetzt verbinden, ja?«

»Nur zu«, meinte Berlinger und fragte sich, was da auf ihn zukommen mochte. Es dauerte einen Moment, und dann folgte, so klar und deutlich wie bei einem Ortsgespräch:

»Jaaaaa, Pohl hier, einen guten Morgen nach Spanien, Herr Berlinger!« Voll tönend, jovial. Von der Stimme her würde dieser Mann wohl nie altern. Berlinger sah förmlich, wie Pohl seine Weitsichtbrille nach oben auf den Kopf schob und sich seine Unterlagen vornahm.

»Worum geht es, Herr Pohl? Mit einem Anruf von Ihnen habe ich nun wirklich nicht gerechnet.«

»Das glaube ich Ihnen gern. Wenn Sie einverstanden sind, kommen wir gleich zum Kern der Sache. Sie wissen schon, Sitzung in einer knappen halben Stunde.«

»Von mir aus kann es losgehen.«

»Gut. Es geht um Folgendes: Unsere spanischen Kollegen haben große Schwierigkeiten mit einer Mordserie. Dass es sich um eine Serie handelt, ist noch nicht absolut sicher, aber es gibt begründete Vermutungen in dieser Richtung.«

»Etwa hier an der Costa Brava? Sagen Sie bloß, Sie sprechen von den Fällen in den Dörfern rund um Empuriabrava und Roses?«

»Ja, genau. Bei einer Besprechung fiel uns ein, dass Sie in dieser Gegend wohnen, mittendrin, wie die Spinne im Netz, und Ihren frühen Ruhestand genießen. Die schöne Nina, ein Garten mit Pool und ein kleines Boot gehören wohl auch dazu, wie erzählt wird. Stimmt das?«

»Ja.« Zu mehr konnte sich Berlinger nicht aufraffen. Schwang da ein Vorwurf mit?

»Nun gut, ich gönne es Ihnen. Aber die Spanier haben ihre liebe Not mit diesen Fällen und sind unsere Botschaft in Madrid um Rat angegangen. Damit alles seinen inoffiziellen, aber dennoch ordentlichen Weg gehen kann, habe ich heute eine Bitte an Sie.«

Jetzt sehr geschäftsmäßig, wartete Pohl eine Antwort gar nicht erst ab, sondern fuhr fort:

»Sie könnten Ihrem alten Arbeitgeber einen großen Gefallen tun, wenn Sie ein paar Stunden Ihrer Zeit opfern und mit einem Vertreter der Botschaft über die Fälle sprechen würden. Der Mann heißt Burnhaupt. Seinen Rang kenne ich leider nicht, aber irgendwie scheint er mir nicht unbedingt zu dem üblichen Missionspersonal zu gehören. Er hat offensichtlich Kompetenzen, über die ich nicht informiert worden bin.« In Pohls Stimme klang mit, dass er diese Tatsache für überaus bedauerlich zu halten schien.

»Wann?«, fragte Berlinger.

»Schon morgen. Der Mann hat ein Arbeitsessen vorgeschlagen. In einem Restaurant namens *La Llar*. Separater Tisch, dreizehn Uhr dreißig. Kennen Sie das Lokal?«

»Selbstverständlich. In Madrid scheint es gute Restaurantführer zu geben. Da brennt aber etwas an, oder?«

»Wenn Sie es sagen …« Pohl hüstelte ein wenig affektiert und versuchte anscheinend, seinen früheren Untergebenen zu beschwichtigen, indem er weit ausholte. Mit viel zu vielen Worten brachte er aber nicht mehr als dies zum Ausdruck: Ihn, Berlinger, zwinge niemand, aber das BKA wolle seinen spanischen Freunden gern helfen. Und es seien möglicherweise auch eigene Belange betroffen, Belange der Bundesrepublik Deutschland. Die spanische Polizei habe große Probleme bei der Identifizierung der Leichen, bei denen es sich ja durchaus um deutsche Staatsangehörige handeln könne, und es scheine erhebliche Unruhe in der spanischen Bevölkerung zu entstehen, was ja auch irgendwie verständlich sei bei der immensen wirtschaftlichen Abhängigkeit der Region vom Tourismus.

Und Pohl schloss, nachdem er sich noch lang und breit über die üblen Folgen jeglicher Monokultur geäußert hatte, wohl nur, um den Begriff irgendwie unterzubringen und sich damit als Fachmann auszuweisen: »Ein Kommissar Matamalas aus, Moment bitte, Fi-gu-e-ras – oder wie das richtig heißt – wird ebenfalls zu diesem Termin kommen, um Sie über die Einzelheiten zu informieren.«

»Betreiben Sie hier Berlingers Reaktivierung?«

»Nein, um Gottes willen. Das BKA ist doch nicht unmittelbar zuständig. Hören Sie den beiden einfach nur zu und bilden Sie sich eine Meinung. Ich bitte Sie um Ihre inoffizielle Beurteilung der Angelegenheit. Wenn Sie mehr nicht leisten können oder wollen, haben wir volles Verständnis dafür. Entscheiden Sie nach Ihrem Gespräch mit diesen Leuten, was Sie tun können. Eine Telefaxbestätigung des Termins geht Ihnen gleich noch zu, Frau Enders hat sie schon vorbereitet. Nehmen Sie das Fax bitte zu dem Treffen mit, es dient als Beleg für diesen Burnhaupt.«

Und ehe Pohl die Gelegenheit bekam, sein Anliegen noch mehrfach zu wiederholen und auszuschmücken, beendete Berlinger das Gespräch mit einem höflichen Hinweis auf die Dringlichkeit der Sitzung, von der Pohl kurz zuvor gesprochen hatte, und sie legten in gutem Einvernehmen die Hörer auf.

✧

»Irgendwann könntest du auch mal damit anfangen, dich selbst zu kämmen, du alter Satan«, brummte er wenig später, während er den Kamm mit den weit auseinander stehenden Zähnen durch die schwarzen Haare seines Afghanenrüden zog, bei jedem Widerstand aber sofort in seiner Bewegung stoppte, um die feinen Knötchen und den beginnenden Filz mühsam mit den Fingern aufzudröseln.

Der leidende Hund knurrte tief und ausdauernd und zeigte seine kräftigen Zähne, weil er die tägliche Haarpflege so verabscheute wie sonst nur Zeckenhalsbänder, Wurmkurtabletten und die vierteljährlich wiederkehrende Flohprophylaxe in der Badewanne. Und Spinnen. Er hatte eine grässliche Angst vor Spinnen. Sah er eine, kniff er den Schwanz ein und schlich sich fort.

Und während Berlinger das Telefongespräch noch im Kopf herumging und er überlegte, was er vom Ansinnen seines früheren Chefs halten sollte, kniete er sich nieder, um Brust und Bauch des Tieres durchzukämmen.

»Besser jeden Tag mit dem Kamm als nur einmal in der Woche mit der Schere«, sprach er in beruhigendem Tonfall auf den Hund ein, »wenn wir das nicht regelmäßig tun, siehst du in wenigen Tagen so aus, als müsstest du in der Geisterbahn den Personaleingang benutzen.«

Er richtete sich auf und griff nach einer mittelfeinen Bürste, die auf dem Terrassentisch neben vielen anderen Pflegewerkzeugen aufgereiht lag. Diesen Moment nutzte der Hund, um sich leise und geschmeidig wie eine Katze aus dem Staub zu machen.

Auch gut, dachte Berlinger und versuchte sich vorzustellen, wie rot glühend die Telefonleitungen zwischen Madrid, Bonn und Wiesbaden in den letzten Tagen wohl gewesen sein mochten. Ein Termin bereits abgesprochen, nicht irgendwann in der kommenden Woche, nein, schon morgen.

Er folgte dem schuldbewusst zurückblickenden Hund bis zum Kanal am Ende des Grundstücks und murmelte bräsig vor sich hin: »Belange. Bundesrepublik Deutschland.«

Berlinger riss und zupfte kräftig an Satans alten Hundehaaren, die in der Bürste festsaßen, und war froh darüber, etwas in den Händen zu haben, das um einiges weniger empfindlich war als sein Tier. »Burnhaupt.« Er sprach so, als wollte er die Worte schmecken. »Kompetenzen.« Und nach einer kleinen Pause: »Matamalas!«

Er drehte die herausgelösten schwarzen Büschel zu

kleinen Knäueln zusammen und warf sie hinter sich. »Ein paar Stunden opfern.« Spott klang in seiner Stimme mit.

Berlinger erreichte seinen Hund und sagte: »Satan, du kennst das doch. Die Bürste kommt immer zum Schluss, und jedes Mal stellst du dich am Ende der Pflegestunde besonders blöd an. Wir sind ja gleich fertig. Außerdem kannst du höchstens noch aufs Boot, es gibt sonst keinen Ausweg. Also sei ein aufrechter Teufel und stell dich dem Unvermeidlichen.«

Satan bellte kurz und sauste erst unter den Oleanderbüschen und anschließend zwischen zwei verblühten Mimosenbäumchen hindurch in Richtung der Terrasse, machte einen Bogen um das mit einer Unzahl von unterschiedlichen Kakteen und einem Lorbeerbaum bepflanzte Steinbeet, bremste dann mit wie im Trickfilm nach vorn fliegenden Haaren vor der geschlossenen Schiebetür zur Küche ab und versuchte, durch die Scheibe zu sehen.

Gleich darauf hörte Berlinger seinen unverwechselbar blubbernden Alfa Romeo in die Einfahrt biegen.

Nina, voll beladen, dachte er, na endlich. Er lief schnell ins Wohnzimmer, um das Telefax aus dem Gerät zu ziehen, blickte beim Falten der Seite nicht einmal auf den Text und machte sich auf den Weg zurück zu der Tür, die vom Garten aus in die Garage führte. Er öffnete sie mit einem »Satan, sitz!«, wobei er sich das Fax in die Brusttasche seines dicken, bunt karierten Gartenhemdes steckte, und sah mit der Bürste in der Hand zu, wie die perfekt restaurierte dunkelblaue Giulia Super langsam hereinrollte, der Motor abgestellt und die Fahrertür geöffnet wurde.

»*Hola*, Nina! Unser Hund hört alles. Wenn Hören und

Gehorchen doch bloß dasselbe wäre! Du erlöst ihn gerade von allem Übel. Komm, ich helfe dir beim Ausladen.«

»Tu das bitte, Berlinger.« Sie gab ihm einen Kuss auf die Stirn, wozu sie sich trotz seiner Größe nicht allzu sehr recken musste, und ging dann zum Kofferraum. »Ich habe eingekauft, als gäbe es morgen nichts mehr. Nimm du bitte den großen Karton.«

Auf dem Weg zur Küche rief sie »Teufel!« und raschelte mit den gelb-roten Plastiktüten vom *Supermercado Montserrat*, »du hast Glück gehabt, in der Montse gab es wieder dein Lieblingsessen als Sonderangebot.« Und zu Berlinger gewandt, der ihr mit dem schweren Karton gefolgt war, sagte sie: »Herbst, Winter und Frühjahr, das Paradies auf Erden. Was für ein Unterschied zum Sommer, wenn man seine Schienbeine und Waden vor den Attacken der feindlichen Einkaufswagen schützen muss!«

»›Einkaufserlebnis‹, oder wie nennen die Marketingfritzen das? Heutzutage bringt man seine zwei Überweisungen zur Bank und gleich heißt das ›Banking‹. Pah!«

»Shopping!«

»Telebanking, Home- und Schlachtbanking!«

»Komm, du Muffel, hol mal deinen Super-Screwpull und mach diesen tollen Sherry auf, wir zischen zwei oder vier, das nennt man übrigens Küchensaufing, und dann kochen wir zusammen. Einverstanden?«

»Si, Gnädigste, Frühschopping«, meinte er und stellte den Karton auf den Tisch.

»Lammkoteletts. Meinst du, wir können ein Kartoffelgratin dazu machen?«

Ohne seine Antwort abzuwarten, fuhr sie fort: »Du

füllst erst unseren Satan ab. Danach darfst du diese wunderbaren dünnen Böhnchen vorbereiten. Du knipst nur ein Stückchen oben und unten ab. Sieh her, so. Anschließend schneidest du drei Knoblauchzehen in kleinste Würfel für die *judías verdes*, und vier weitere für die Koteletts lässt du ganz. Den Rest mache ich.«

»Nina.«

Sie sah nicht auf, als sie den Kartoninhalt in verschiedenen Schränken verstaute, eine der vielen eingekauften Dosen mit Hundefutter aber auf den Tisch neben die volle, unberührte Flasche »Sandeman Royal Corregidor Finest Oloroso Sherry« stellte.

»Ninita.«

Mit einem Plastiknetz voller Blutapfelsinen in der einen und einer Stange Weißbrot in der anderen Hand umrundete sie den Afghanen, der erwartungsvoll und schwarz wie die Nacht mitten in der überwiegend mit weißen Möbeln eingerichteten Küche auf seinem Allerwertesten saß und aufmerksam alle Bewegungen seiner Mitmenschen verfolgte.

»Ninanka.«

»Sollen wir morgen nach Girona fahren? Ich brauche jetzt aber wirklich dringend neues Papier für meine Zeichnungen und auch wieder die guten Aquarellfarben. Ich kann auch allein einkaufen, aber mit dir zusammen macht es mir immer viel mehr Spaß.«

»Ninankita.«

Er setzte sich an den Tisch und sah sie unverwandt an.

»Schon gut.« Sie griff im Schrank nach zwei Sherrygläsern und nahm ihm gegenüber Platz. »Schieß los, ich merke ja längst, dass du etwas auf Lager hast.«

»Das kann man wohl so sagen. Sieh mal, für diese Flasche brauchen wir gar keinen Korkenzieher.« Er schnitt mit einem extrem scharfen Küchenmesser das dicke Stanniol so weit herunter, dass der Flascheninhalt auf keinen Fall damit in Kontakt kommen konnte, zog den Korken am oben befestigten Plastikdeckel heraus und schenkte erst Nina und dann sich selbst randvoll ein, bevor er fortfuhr:

»Vor einer Stunde, so gegen halb zwölf, kam ein Anruf von meiner früheren Dienststelle, du warst gerade zum Einkaufen gefahren. Ich bin etwas durcheinander. Aber probieren wir erst einmal.«

»*Salud.*«

»*Salud!*«

Sie prüften kundig, schnüffelten wie die Trüffelschweine, tranken erst einen kleinen Schluck, dann den Rest des Glases, schmeckten nach und sagten fast gleichzeitig: »Könnte kälter!«, und Berlinger fuhr fort:

»Guter Stoff. Muss auch, bei dem Preis. Jetzt hör zu, die Sache ist die: Die spanischen Behörden müssen wohl an die deutsche Botschaft in Madrid oder das Konsulat, was weiß ich, herangetreten sein. Es hat vor zwei Tagen wieder einen Mord an einem Touristen gegeben. Du erinnerst dich an die beiden anderen Fälle, den vom letzten Monat und die Sache vom März vergangenen Jahres?«

Nina strich sich über ihr schulterlanges, glänzend schwarzes Haar, machte ein Gesicht, das weniger Neugier als aufkeimendes Misstrauen zeigte und fragte: »Klar, aber was hast du damit zu tun?«

»Bisher nichts, aber da ist irgendetwas im Busch. Pohl war selbst am Telefon. Morgen kommt ein Vertreter der deutschen Botschaft aus Madrid hierher. Wiesbaden und die Jungs in Madrid haben ein Treffen vereinbart, einfach so.« Berlinger grinste, als er den Leiter des Bundeskriminalamtes zitierte, wobei er dessen sonoren Tonfall zu imitieren versuchte: »Wir gehen hier also davon aus, Dr. Berlinger, dass Sie bereit sind, einige Stunden Ihrer Zeit für Belange der Bundesrepublik Deutschland zu opfern.« Er schüttelte den Kopf. »Eigentlich war es keine Bitte, sondern eine Aufforderung. Ich soll morgen um dreizehn Uhr dreißig im Restaurant *La Llar* erscheinen. Ein Tisch ist reserviert, vom übrigen Lokal abgetrennt. Spanische Wände. Geheimniskrämerei. Belange eben, ein Arbeitsessen. Mit der Bundesrepublik Deutschland.«

»Workeating«, sagte Nina mit einem Fältchen Verbitterung in ihrem auf aristokratische Art klassisch schönen Gesicht. »Erzähl weiter!«

»Ein spanischer Kriminalbeamter wird auch an diesem Treffen teilnehmen, ein Comisario Matamalas aus Figueres, *nomen est omen*.«

Jetzt lachte Nina laut auf, ihre dunkelgrünen Augen blitzten, aber große Freude war ihr dennoch nicht anzusehen, eher so etwas wie Kampfbereitschaft.

»Der Schlächter des Bösen! Das darf doch wohl nicht wahr sein!«

»Ist aber so. Fernando Maria Matamalas i Sanz«, sagte Berlinger nach einem kurzen Blick auf das Telefax, das ihm zur Bestätigung diente, klopfte bei jeder betonten Silbe dieses Namens leicht auf den Tisch und sprach weiter: »Bei solchem Schwung denke ich gleich an den »Römischen Brunnen« von Conrad Ferdinand Meyer, dabei ist das nur der Name dieses Kerls.«

»Kannst du dich noch erinnern, welchen Spaß wir hatten, als wir Argumente für einen Umzug nach Spanien gesammelt haben?«

»Na, sicher doch, und Klang und Rhythmus der Sprache waren dabei ganz wichtig für uns.« Berlinger senkte den Kopf, sah zu seinem Glas hinunter und dachte mit einer Spur von schlechtem Gewissen an die Zeit vor ihrem Übersiedeln nach Spanien, an die Wochen und Monate, in denen ihnen die Zukunft vor lauter Hoffnungen auf ein ruhiges und stressfreies Leben rosarot erschienen war.

»Nun hör mir mal zu. Kopf hoch, sieh mich bitte an.« Nina hatte ihre Stimme gehoben und hielt ihm auffordernd ihr leeres Glas hin.

Berlinger schenkte ihr zügig nach, vergaß sein Glas allerdings auch nicht.

»Ich habe da so einen Verdacht. Da ruft das Bundeskriminalamt einen seit Jahren pensionierten Polizeipsychologen einfach so mal eben an. Ein früher hohes Tier in der Hierarchie, einen, der sich mit Täterprofilen und so einem Kram beschäftigt hat. Opferanalyse. Tatortatmosphäre. Brrrr!« Sie schüttelte sich. Neugierig blickte Satan zu ihr auf, aber Nina ließ sich nicht ablenken. »In diesem Wiesbadener Höllenjob warst du einer der Besten. Du hattest Kontakte zu Kollegen in ganz Europa und sogar zu den Psycho-Heinis vom FBI in Quantico.«

Berlinger erinnerte sich gut daran, wie überzeugend sich Nina früher über den US-amerikanischen Abkürzungsfimmel aufregen konnte. »VICAP! WIE KAPutt!«, tönte sie damals, »*Violent Crime Apprehension Program!*«

Und die Folgen, dachte er weiter, was war das Ergebnis seines täglichen Umgangs mit schwer gestörten Tätern gewesen? Weil er das ständige Elend nicht mehr hatte ertragen können, mit dem er beruflich konfrontiert war, hatte man ihn mit sechsundvierzig Jahren vorzeitig in den Ruhestand geschickt. Wie einen Westgoten oder Vandalen hatte es ihn schon seit langen Jahren in den Süden gezogen, ohne dass er die Gründe dafür herausgefunden hätte. Ein geheimer Drang, archaisch und atavistisch, intuitiv und intensiv, bis er eines Tages gemeinsam mit Nina verwirklicht hatte, wovon er so lange immer nur hatte träumen dürfen.

Im gleichen Moment, als er den Mund öffnete, um ihr etwas zu entgegnen, fuhr sie ihn an: »*Cállate*, schweig still, mein lieber Berlinger, jetzt bin ich dran, hör mir bitte noch einen Moment zu.« Sie zeigte mit einem ihrer langen, spitzen Finger auf sein Gesicht. »Wir leben hier seit über zwei Jahren in einem schönen Haus und haben finanziell so gut wie ausgesorgt, du mit deiner Pension und ich mit meinem Erbe. Über meine Malerei rümpfst du heimlich die Nase, lässt mich aber weiter dilettieren und nimmst manchmal sogar gedanklich teil. Recht so, ich habe nämlich Spaß daran und verkaufe sogar hin und wieder ein Blatt.«

Sie zog ihren wie ein Speer auf sein Gesicht zielenden Zeigefinger ein und redete weiter: »Unsere Freunde sind zwar nicht zahlreich, aber verlässlich. Wir beschränken uns gern auf das substanziell Wichtige in unserem Leben, was mich, wie du weißt, sehr zufrieden stellt. Ich überlege mir viel lieber, was ich nicht brauche, als hinter Schuhen von Gucci, Seidenteppichen oder noch einer Armbanduhr herzurennen. Wir essen gut und trinken eine Menge ...«

An dieser Stelle streckte sie ihren Arm über den Tisch und legte ihre Hand in einer fast mütterlichen Art an seine Wange, bevor sie fortfuhr: »... und was das Wesentliche ist, Berlinger: Wir lieben uns, das weiß ich von dir, und mich selbst brauche ich danach nicht zu fragen. Was kümmert es dich, wenn diese Kerle etwas von dir wollen?« Jetzt lehnte sie sich zurück, griff nach ihrem Glas und fragte in ganz nüchternem Tonfall: »Was fehlt dir? Wir sind nicht verheiratet und, was unser Geld betrifft, voneinander unabhängig. Wir haben dem Himmel sei Dank weder Kinder noch unsere alten Eltern zu versorgen. Ich bin dreizehn Jahre jünger als du und frage mich nun wirklich, was dir an deinem Leben missfällt und was dich daran hindert, deinem alten Chef gleich bei der ersten Kontaktaufnahme deutlich zu sagen, woher der Barthel mittlerweile den Most holt.«

Sie trank ihren Sherry in einem Zug aus, stellte das zarte Glas mit einem kleinen Knall auf den Tisch zurück, sah es verwundert an, weil es nicht zerbrochen war, und blickte dann Berlinger prüfend in die Augen.

»Meine Güte, du bist aber mächtig in Form heute!«, meinte er und bemühte sich, amüsiert zu klingen, um ihren kontrollierten Zornesausbruch ein wenig abzumildern. Vergeblich.

»Weiche mir bitte nicht aus. Antworte lieber.«

»Ich bin nicht sicher. Vielleicht ist es Neugier«, gab Berlinger zu, »oder mein unausgesprochener Wunsch, noch einmal gebraucht zu werden und meinen Wert als Professioneller bestätigt zu finden. Ich habe noch nicht ausreichend darüber nachgedacht. Ich kann ja nun wirklich nicht wissen, was da auf mich zukommt. Aber vielleicht kann ich den Jungs helfen. Lass uns morgen nach dem Termin noch einmal darüber reden. Ich verspreche, gemeinsam mit dir zu entscheiden, ob ich mich noch einmal für so eine Sache einspannen lasse.«

Er machte eine Pause, denn er hoffte, Nina würde zustimmen oder wenigstens eine Frage stellen, deren Beantwortung ihm leichter als diese Erklärung fiel. Aber diesen Gefallen tat sie ihm nicht, ganz im Gegenteil. Sie sah ihn an, wie ein Wissenschaftler ein Präparat unter dem Mikroskop beäugte: konzentriert, emotionslos, präsent und aufmerksam.

Folglich leierte Berlinger seine Erklärung weiter herunter, unbewusst immer mehr auf eine Art formulierend, die ihm während seiner Berufsjahre so vertraut gewesen war: dass er nämlich nach der Gesetzeslage hier im Ausland sowieso rein gar nichts zu sagen haben werde, dass die grenzübergreifende Zusammenarbeit gerade bei den Polizeibehörden noch in den Kinderschuhen stecke, und schließlich, dass – wie überall auf der Welt, so sicher auch in Spanien – alle Beteiligten ihre Befugnisse hüteten wie Alberich das Rheingold. Man werde wohl nicht viel mehr als lediglich seinen fachmännischen Rat einholen wollen, und das sei ja eigentlich nichts Unzumutbares.

Berlinger sah ihr in die Augen, als sie, ohne ihre Stimme zu heben, anmerkte: »Irgendwie widerlich. Die in Wiesbaden scheinen sehr gut zu wissen, unter welchem Stein sie dich finden können, wenn irgendwo Not am Mann ist, was?« Und fordernd setzte sie fort: »Ruf da an. Auf der Stelle, jetzt sofort. Ich will morgen mitkommen.«

»Ich … äh, ich weiß nicht, vielleicht ist der Typ schon längst unterwegs hierher. Und …, ja, gut, dass ich darauf komme: Möglicherweise wäre es taktisch unklug, sie könnten dann nämlich versuchen zu verhindern, dass du mitkommst. Außerdem ich habe lediglich einen Namen, Burnhaupt oder so ähnlich.«

»Brennkopp. Passt. Irgendwie typisch.« Nina schien zum ersten Mal leicht einzulenken.

»Komm einfach mit«, erklärte Berlinger entschlossen. Der Vorschlag kam von Herzen.

»Einverstanden.« Sie schlug zufrieden mit der flachen Hand auf den Tisch. Und während sie aufstand, sagte sie, an ihren Fingern mitzählend:

»*Primero*: kochen. *Secundo*: essen. *Tercero*: alles in die Spülmaschine. *Y cuarto*: lieben und in den Arm genommen werden. Um deinen Depressionen vorzubeugen. Du weißt hoffentlich noch, wie schlecht es dir in den letzten Monaten deiner Dienstzeit ging. Fang mir bloß nicht wieder mit diesen wüsten Wagner-Ouvertüren an. Verstanden?«

Sie wandte sich abrupt vom Tisch ab und widmete sich den Vorbereitungen für das Essen, konzentriert, als wäre sie froh, sich mit etwas anderem als ihrem letzten Thema beschäftigen zu können.

Allein am Tisch regte sich sofort Berlingers schlechtes Gewissen. Nina, wenn du wüsstest, dachte er.

Seine Lebenslüge. Oder zumindest das Verschweigen eines der wichtigsten Ereignisse in seinem Leben. Sein zunächst passives Hinnehmen, dann aber aktives Betreiben der Frühpensionierung, eine bühnenreife Vorstellung, von ihm bewusst auf weit über ein Jahr angelegt.

Und ich war der Hauptdarsteller, der Steuermann in diesem von mir selbst entfachten Sturm, warf er sich vor. Denn wer sollte sich denn auch besser damit auskennen als ich, ging es in seinem Kopf herum, und er war weit davon entfernt, Entschuldigungen zu erfinden. Ja, er hatte durch seine Arbeit seelischen Schaden genommen. Begriffe wie Freude, Spaß, Zukunft hatte er damals in Deutschland schon lange nicht mehr sinnvoll füllen können.

Er hörte Nina an der Spüle klappern, widmete sich aber weiter seinen düsteren Erinnerungen. In diesen letzten schwierigen Monaten in Wiesbaden hatte er sich zugesoffen, begleitet von all den schweren, pessimistischen, depressionsfördernden Fragwürdigkeiten aus Wagners »Götterdämmerung«. Damals legte er sich mehrfach hintereinander Glucks Ouvertüre zu »Iphigenie in Aulis« und Beethovens »Egmont« und »Coriolan« auf und genoss in willkommener, süßer Verzweiflung und mit Tränen in den Augen, ein stets gut gefülltes Glas Single Malt in der Hand und den Kopf zwischen die ganz nah zu sich herangezogenen Lautsprecher gesteckt, dessen zweiten Satz aus der siebten Sinfonie, dem in aller Regel Cherubinis »Requiem in do Minore« folgte. Anschließend lag er dann nahezu bewusstlos in seinem Apartment auf dem Teppich, zugedröhnt vom Alkohol und auf den Boden gezwungen – nicht von kolumbianischem Mist aus Medellín, sondern von der benebelnden anderen Droge, der unbezwingbaren Kraft und niederschmetternden Macht des Tongeschlechtes Moll.

Es lag so nahe und war so leicht. Er hatte einfach alles mit sich geschehen lassen.

»Machen Sie eine Pause, Dr. Berlinger. Sie haben es sich verdient. Erholen Sie sich, vier Wochen, bei laufenden Bezügen selbstverständlich. Fahren Sie weg, schalten Sie ab, und wenn Sie wiederkommen, sehen wir weiter.«

Dann das, was er sich vorhalten lassen musste und sich heute selbst vorwarf: das monatelange Sichgehen lassen, das Unvermögen, aktiv am Wiederaufbau seines vormals stabilen seelischen Fundaments mitzuwirken.

Mit Leidensmiene hatte er ausgewählte Ticks an den Tag gelegt. Sein mühsam verborgen gehaltenes Saufen hatte dazu geführt, dass er sich nur mit Hängen und Würgen durch seinen Dienstalltag wursteln konnte, und er hatte diese schlimme Lebensphase so lange durchgehalten, bis ihn schließlich seine eigenen Berufskollegen in die Richtung gedrängt hatten, auf die schlussendlich alles hinausgelaufen war. Gutgläubige Kollegen, die ihn voller Verständnis in eine viel zu sanfte Mangel nahmen: ein fahrlässiger Betrug, wenn es so etwas überhaupt geben konnte, begründbar lediglich durch Berlingers vage Vermutung, irgendwann an diesem Scheißjob doch psychisch kaputtzugehen, dies dann aber gründlich, nachhaltig und irreparabel.

Ängste, dachte er und lächelte säuerlich, Angst im Singular gibt es ja wohl schon lange nicht mehr.

Und die Lust an seinem Beruf hatte er auch längst verloren. Das war sein Geheimnis: Er hatte einfach keine Lust mehr.

Und dann fragte er sich: Was um Himmels willen hat dich dazu gebracht, Nina nichts davon zu erzählen? Weil du sie damals noch nicht gut genug kanntest, redest du dir immer wieder ein. Aber wann ist denn endlich der Zeitpunkt gekommen, diesen faulen Zauber zu beenden?

»Jetzt habe ich aber ein Recht auf deine Antwort.« Nina holte ihn resolut wie immer aus seinen Gedanken zurück. »Ob du mich verstanden hast, Berlinger?«

»Viertens: Lovemaking. *Si*«, bestätigte er dankbar.

3

Restaurant La Llar zwischen Empuriabrava und Roses

Jetzt sehen Sie sich das bitte an, Dr. Berlinger.«

Burnhaupt hatte Ninas Anwesenheit kommentarlos hingenommen, sie bei der Vorstellung lediglich einmal von oben bis unten schamlos und verwundert gemustert, hatte aber während des Essens, das wegen der Unrast des Botschaftsvertreters auf drei Gänge beschränkt war, nicht ein einziges Mal das Wort an sie gerichtet oder sie anderweitig in das Gespräch einbezogen. Auf sein Drängen hin wurde zum Leidwesen seiner beiden Tischgenossen schnell serviert und fast noch schneller gegessen, und auch das Personal blickte mehrmals verzweifelt zur Decke hoch.

Zuvor hatte Burnhaupt sein Gegenüber mit einer Fülle von Gründen bombardiert, weshalb seine Teilnahme an der Lösung der »Kirchenmorde«, wie er sie nannte, notwendig sei, ihm sogar unerbetene Ratschläge gegeben, wie er am besten vorzugehen habe, und *managerlike*, wie es anscheinend seine Art war, ausgeführt:

»Sechzig bis siebzig Prozent aller Touristen in dieser Gegend sind Landsleute von uns, seit dem Mauerfall eher siebzig. Die Chance, dass es sich bei den Opfern um Deutsche handelt, ist entsprechend hoch. Selbst wenn diese Fälle nicht gelöst werden sollten, kann man der

Bundesrepublik Deutschland wenigstens nicht vorwerfen, sie habe die Hände tatenlos in den Schoß gelegt und es versäumt zu helfen. So läuft das nun einmal in *unserer* Welt.«

Damit meint er sicher seine Diplomatenbühne, dachte Berlinger, und er stellte sich sein Gegenüber vor, wie er gerade grinsend an Drähten zog, die Marionetten zappeln ließ und dabei selbstgefällig vor sich hin murmelte: »Jawohl, die Puppen tanzen lassen! So wie ich es will.«

Als hätte es eines letzten, nun aber wirklich überzeugenden Beweises bedurft, holte Burnhaupt eine zusammengerollte Zeitung aus seinem schicken Aktenköfferchen hervor, das er wie ein Kosmetikvertreter auf den bereits abgeräumten Tisch gelegt und so geöffnet hatte, dass die Außenseite des Deckels wie ein Wall in Ninas Richtung wies, entfernte das Gummibändchen um das Blatt, hielt die erste Seite in Berlingers Richtung und sagte vorwurfsvoll:

»Hier haben wir es mal wieder: Die ›Bildzeitung‹ von heute Morgen. Sie kramen die ungelösten Fälle aus den vergangenen Monaten hervor und stellen irrwitzige Vermutungen über einen wild gewordenen Serienkiller an.«

Er hob die Titelseite des Blattes vor sein von tiefen Aknenarben schwer verunziertes Gesicht und klopfte mit beiden Zeigefingern an die Zeitungsränder:

Costa Brava:
Touristenschlächter mordet weiter!
Hat der Irre wieder zugeschlagen?
Kommissar Matamalas ratlos?

»Entschuldigen Sie, Herr Bummhaupt.«

Berlinger nahm das Attachéköfferchen bei seinem Deckel und stellte es an die nichtbesetzte Seite des Tisches.

»*Burnhaupt*«, sagte der Botschaftsrat völlig entspannt und unaufgeregt, und er sah Berlinger über seine auf der Nasenspitze sitzende Halbbrille hinweg mit seinen kalten Reptilaugen an.

»*Berlinger*. Sehr erfreut.«

»Angenehm.« Burnhaupt konnte wechseln.

Berlinger sah Nina genervt zur Decke blicken und hörte, wie sie leise »Wie bei Loriot« murmelte.

»Na, dann legen wir mal los«, legte Burnhaupt los. »Die Folgen, Doktor Berlinger, was sind die Folgen solcher Berichterstattung? In Deutschland wirft man uns vor, nichts zu unternehmen, um deutsche Staatsbürger im Urlaubsland Spanien zu schützen, wobei bisher in keinem dieser Fälle eindeutig nachgewiesen wurde, dass es sich um einen unserer Landsleute handelt.«

Burnhaupt schüttelte den Kopf, dann rollte er die Zeitung wieder zusammen, legte sie zurück in sein Aktenköfferchen und erklärte im Brustton der Überzeugung: »Sie können einer Provinzdienststelle der Polizei nicht die Daten aller männlichen Vermissten in ganz Europa bei einer Gesamtbevölkerung von dreihundert oder mehr Millionen Bürgern vorlegen und hoffen, es käme etwas dabei heraus. Sehen sie sich dieses Land doch einmal an, die haben ja noch nicht einmal eine vollständige Liste ihrer Steuerpflichtigen.« Er sah aus, als fände er gerade diese Tatsache ganz besonders beklagenswert, und fuhr fort: »Ganz zu schweigen von dem Druck, den die hiesigen Geschäftsleute auf die spanischen Behörden machen, all diese Hoteliers, Kneipenwirte, Krämer und die ganzen anderen Leute mit ihren verständlichen Interessen am Profit durch den Tourismus. Nur die Afrikaner mit ihren Rolex-Kopien halten sich bedeckt. Druck ausüben oder eine Zeitung drucken, Presse und *pressure*, das ist etymologisch nicht von ungefähr vom gleichen Stamm.«

»Ich weiß nicht, ob ich Sie richtig verstanden habe«, räumte Berlinger ein, dem aufgefallen war, dass Burnhaupt schon jetzt begann, sich zu wiederholen. »Wenn ich zulasse, dass Sie Ihre Argumente doppelt vorbringen, sitzen wir morgen noch hier.«

Burnhaupt schwieg, nickte lediglich bestätigend, und irgendwie lag auch ein wenig Anerkennung in seinem Blick, als Berlinger die wichtigsten Punkte konzentriert zusammenfasste, indem er auf den hohen Anteil der Deutschen unter den Touristen hinwies, weshalb das zuständige spanische Ministerium ein offizielles Hilfeersuchen an die Bundesrepublik gerichtet habe, was wiederum der Anlass ihres heutigen Treffens war. Berlinger legte kurz dar, dass die wirtschaftlichen Folgen auch seiner Ansicht nach die ganze Region in ihrem Bestand bedrohten, wenn es nicht in kürzester Zeit gelänge, den Mörder zu fassen, und schloss seine Ausführungen dann mit einem spöttischem Unterton in seiner Stimme ab:

»Und jetzt kommen Sie und bitten mich, mit der spanischen Polizei zusammenzuarbeiten und deren Beamten beratend zur Seite zu stehen. Das alles deshalb, weil es unseren Leuten zu Hause opportun zu sein scheint, einen ausrangierten alten Hasen wie mich mit einiger Kenntnis der Bevölkerung, der Sprache und der örtlichen Verhältnisse einem jungen, fähigen und vor allem anderen auch aktiven Beamten aus Deutschland vorzuziehen.«

Er sah Burnhaupt fragend an, und dieser bestätigte mit einem kurzen »So weit richtig.«

Dann beugte sich Berlinger mit aufgesetztem, falschen Lächeln vor, sah kurz zu Nina hinüber, die mit vor der Brust verschränkten Armen aufmerksam zuhörte, und sagte leicht bitter:

»Sie versprechen mir Spesenersatz und – wie war noch Ihre schöne Formulierung? – ›im Erfolgsfall‹ eine Beförderung, auf welchen verborgenen Pfaden auch immer Sie das in die Wege leiten wollen. Und das, obwohl ich bereits Pensionsempfänger bin. Wenn es gelingt, halten wir die Presse heraus. Kompetenzen habe ich keine.« Und mit spöttischem Grinsen ahmte er den Botschaftsmann nach: »So weit richtig?«

»Ich hätte es nicht besser formulieren können.« Völlig unbeeindruckt rückte Burnhaupt seinen Stuhl ein wenig vom Tisch weg, schlug ein Bein über das andere und sah bewundernd auf seine hochglänzenden, eleganten Schuhe mit den hellen Ledersohlen, die erst wenige Gebrauchsspuren aufwiesen.

Berlinger ließ nicht locker: »Aber was hier zu tun wäre, davon haben Sie nicht die Spur einer Ahnung?«

»Wieder richtig, das ist auch nicht mein Job.«

»Ja, das soll so wohl stimmen. Ihren Job hätte ich haben müssen, dann wäre ich kein Rentner und gehörte nicht mit nicht einmal fünfzig Jahren schon zum alten Eisen.«

»Nicht mein Problem, mein lieber Dr. Berlinger. Sie müssen das schon so sehen: Dieses Treffen hat nun wirklich keinen gesellschaftlich relevanten Aspekt, wir sind hier schließlich nicht beim Tanztee.« Er grinste abfällig, als er wie nebenbei ergänzte: »Oder bei der Arbeiterwohlfahrt. Das ist jetzt nicht der passende Zeitpunkt für Sozialromantik. Denn Fakt ist …«

Um Himmels willen, dachte Berlinger, was für ein arroganter Fatzke. Seit der Wende sind Tatsachen auf einmal Fakt, und sicher wird es nicht mehr lange dauern, dann macht auch noch irgendetwas Sinn …

»… Fakt ist«, wiederholte Burnhaupt, »sowohl Ihr Heimat- als auch ihr Gastgeberland haben ein Problem. So ist es nun einmal, und wir wissen alle, dass sich Probleme nicht immer nur auf die Art lösen lassen, wie sie im Lehrbuch steht. Da macht es durchaus Sinn, die ausgetretenen Pfade einfach mal testweise zu verlassen.«

Er schlug die Beine andersherum übereinander und lehnte sich bequem zurück. Im nächsten Moment tat er so, als wäre ihm gerade etwas Wichtiges eingefallen, und er fügte auf gönnerhafte Weise mit halb unterdrücktem Auflachen hinzu: »Ach, *by the way*, können Sie sich übrigens noch an den alten Höcherl erinnern? Das war der Mann, der von sich sagte, er könne nun mal nicht immer mit dem Grundgesetz unterm Arm durch die Gegend rennen.«

»Und Sie«, merkte Berlinger wenig freundlich und leicht aggressiv an, »erinnern Sie sich noch an Edmund Stoibers Spitznamen, als er damals den Kettenhund für Franz Josef Strauß spielte?«

»Aber selbstverständlich! Das blonde Fallbeil! Das waren Zeiten!« Burnhaupt grinste breit und ließ Gold blitzen, setzte allerdings seine Geschichte angesichts der offensichtlichen Gereiztheit seines Gegenübers nicht weiter fort.

»Und jetzt warten Sie auf meine Entscheidung«, stellte Berlinger fest, mit leiser Stimme und ruhiger als noch einen Moment zuvor. Dieser Satz war keine Frage.

»Natürlich. Warum auch nicht?« Unbekümmert, als liefe alles ganz genau so prächtig ab, wie Burnhaupt sich das vorgestellt hatte.

»Von mir aus …« Er überlegte kurz und fuhr entschieden fort: »Erstens: Ich habe Ihre Karte. Ich werde Sie anrufen und Ihnen sofort Bescheid geben, wenn ich nach meinem Gespräch mit dem leitenden spanischen Kriminalbeamten klarer sehe und wenn mir eine Zusammenarbeit mit ihm sachdienlich erscheint.«

Wie nebenbei fügte Berlinger kalt lächelnd hinzu: »Dieses Gespräch ist mir übrigens wichtiger als das unsrige. Zweitens: Zu meiner Entscheidung führen selbstverständlich zwei Meinungen. Wie Sie leider und auch unhöflicherweise nicht bemerkt haben, bin ich nicht allein hierher gekommen.«

»*Adelante*, Berlinger, vorwärts!« Ninas vergnügtes Gesicht ließ Wärme in sein Lächeln fließen.

Auf der anderen Seite des Tisches saß Burnhaupt, völlig ungerührt, ohne die geringste Spur einer Gemütsbewegung. Er gab den Macher. Ohne mich und meinesgleichen geht nicht nur hier rein gar nichts, schien sein Blick zu sagen. Berlinger nahm es zur Kenntnis, versuchte, seine aufkeimende Wut verborgen zu halten, und fuhr fort:

»Drittens: Es gelten zwei Bedingungen: Sollte ich zusagen, schließen Sie für die Dauer von einem Jahr Risikolebensversicherungen auf Nina und mich ab. Die Summen: im Todesfall eine Million, bei Invalidität zwei Millionen, nach dem üblichen Versicherungsschlüssel. Pro Nase. In D-Mark, aber Sie dürfen diese Summen in Euro umrechnen, wenn Sie wollen. Begünstigt: Nina, falls es mich treffen sollte, und andersherum. Sollten wir beide abtreten ... Nina, was dann?«

Wie aus der Pistole geschossen kam es aus ihrer Richtung:

»Je fünfhunderttausend an den Naturschutzpark Aiguamolls und an die Institution, die das Kloster Sant Pere de Roda wiederherstellt, eine Million als Stiftung, Vorsitzender: unser Freund Peter Neuenfels in Empuriabrava, mit der Auflage, dieses Geld anzulegen und mit den Erträgen die Tierheime im Alt-Emporda und Vereine wie PRO GAT-Ampuria zu unterstützen.«

»Hab ich dir heute schon gesagt, dass ich dich mag?«, fragte Berlinger und musste sich sehr zusammennehmen, um nicht laut aufzulachen. Tolle Salve, dachte er, eine volle Breitseite hat sie da abgeschossen.

Burnhaupt öffnete seinen schmallippigen Mund, als wollte er etwas anmerken. Schließlich schüttelte er nur mit dem Kopf, sagte aber nichts.

»Baff«, meinte Nina lakonisch, wobei sie den Mann aus Madrid mit ebenso offen stehendem Mund und Spott in den Augen ansah. Der fing sich daraufhin wieder, trank hastig einen Schluck Wein, wie um von seinem gedanklichen Aussetzer abzulenken, und fragte dann in Berlingers Richtung, allerdings ohne ihn anzusehen:

»Neuenfels. Auch so ein harter Brocken wie Sie?«

Berlinger grinste breit und sah Nina forschend an. »Was meinst du, sind wir harte Brocken?«

»Seit frühester Jugend«, bestätigte sie ernst, »oder glauben Sie, Herr Burnhaupt, so ein Jesuiten-Internat hinterlässt keine Spuren bei den Schülern?« Berlinger schien es, als wollte sie noch weitersprechen, gäbe allerdings auf bei dem offensichtlichen Desinteresse des Botschaftsgesandten.

»Und die zweite Bedingung?«, erkundigte sich Burnhaupt mit einem Gesicht ohne jede Mimik, ganz so wie ein hölzerner erzgebirgischer Nussknacker.

»Die Beförderung. Eine Stufe, wenn ich zusage, eine weitere Stufe, wenn Ihr ›Erfolgsfall‹ eintritt.«

Nicht der geringste Anflug von Scham oder schlechtem Gewissen bei Berlinger. Er war eher wütend auf diesen Faselhans, diesen wegen Mangels an Gewicht nach oben gespülten, hässlichen Machenschaftler in seinem gottverdammten dreifachen Sicherheitsnetz, der sein Leben lang wohl nie ein Risiko hatte eingehen müssen. Sei es drum, dachte er, entweder sagt er ja, dann ist es gut, oder er lehnt ab, auch gut. Dann gehen wir eben friedlich nach Hause.

»Ich spüre hier eine unschöne Feindseligkeit. Warum eigentlich, Dr. Berlinger?« Ein aufgesetztes Lächeln erschien in Burnhaupts Gesicht, es wirkte so falsch wie die Nacht. »Nun kommen Sie schon, kann man handeln?«

Burnhaupt versucht es wenigstens, dachte Berlinger, allerdings nicht sehr nachdrücklich. Ein Ergebnis, nämlich die Zusage zur Mitarbeit dieses Frührentners hier am Tisch schien ihm wichtiger zu sein als der Preis dafür – es war ja schließlich auch nicht sein Geld.

Er lehnte prompt und locker ab: »Handeln? Auf gar

keinen Fall, *pokerman*. Schlechter Versuch und keine Chance auf einen weiteren. *Tilt*. Ich kenne Leute wie Sie: Die gehen hinter mir in eine Drehtür und kommen vor mir wieder heraus.«

»Schrapp, schrapp. Gute Gelegenheiten erkennen und gnadenlos ausnutzen. Hätte genauso gehandelt. Kompliment! Mehr wäre auch nicht drin gewesen.« Ohne die Aknespuren hätte er jetzt ein überaus gepflegtes Eingeweihtengesicht geboten, vielleicht sogar mit einer kleinen Spur übereinstimmenden Lächelns.

Dann schob Burnhaupt die Doppelmanschette seines Maßhemdes mit dem goldenen Manschettenknopf in Form eines Knotens zurück, sah auf seine ebenfalls goldene Uhr und gab kund: »Ich bin weg. Rufen Sie mich morgen an.«

Er packte das schmucke Köfferchen, knallte dessen Deckel achtlos zu und stand auf. Die zierliche Blumenvase mit der violett-weißen Orchidee fiel dabei um und vergoss ihr Wasser auf dem Tisch.

»Oh!«, war sein dünner Kommentar; er kam aber sofort wieder zurück zur Sache und meinte: »Bitte zahlen Sie und setzen Sie dann den Betrag auf Ihre Spesenabrechnung.«

»Nein.«

Burnhaupt gab seinen kalten Augen einen fragenden Ausdruck und fragte: »Und warum nicht?«

»Ich habe noch nicht zugesagt.«

»Korrekt bis ins Letzte. Verdammt noch mal, Berlinger, ich muss meinen Flieger erreichen.«

»Korrekt, so weit es geht. Die Shuttles fliegen jede Stunde nach Madrid.«

Burnhaupt zählte schnell drei blaue Zehntausendpesetas-Scheine aus seiner Brieftasche ab und warf sie auf den Tisch, als wollte er damit seinem Unmut Ausdruck verleihen. Das Geld landete halb im verschütteten Blumenwasser.

Lässig ging er auch darüber hinweg und, wie um sein ramponiertes Image wiederherzustellen, schnarrte er im Kommandoton: »Faxen Sie mir die Rechnung. Geben Sie mir umgehend Bescheid, wenn Sie sich entschieden haben. Egal, ob dafür oder dagegen. Falls dafür, berichten Sie mir täglich, per Telefon oder Fax, und zwar so lange, bis ich dankend abwinke und Ihnen Ihren Ansprechpartner beim BKA Wiesbaden nenne. Auf Wiedersehen.«

Mit einem Nicken wollte er sich abwenden, als Nina aufstand und mit honigsüßer Stimme sagte: »Aber Herr Burnhaupt! Welch erstaunlicher Mangel an Lebensart! Es hat mich wirklich sehr gefreut, Sie so richtig kennen zu lernen!«

Sie reichte ihm ihre rechte Hand, legte die linke auf seine Schulter und gab ihm ein Küsschen auf die Wange, wie es gute Freunde tun.

✧

»Puh!«, seufzte Nina und verzog ihr Gesicht zu einer Grimasse, als Burnhaupt das Restaurant verlassen hatte. Sie strich mit ihrer Serviette über den kleinen See, den das verschüttete Blumenwasser gebildet hatte, und schimpfte: »Was für ein Unsympath! Ein Ekelpaket! Wenn er schon einen solchen Mist redet, was mag er da erst denken und unausgesprochen lassen? Er kann ja nichts dafür, aber er sieht ja auch noch aus wie ein Gecko, fandest du nicht auch?«

»Der Fachmann für Reptilienfonds. Der Umgang damit färbt wohl ab.« Berlinger lächelte sie an, zufrieden mit ihr und mit sich ebenfalls, weil ihm das Gespräch recht gut gelaufen zu sein schien.

»Aber wir sitzen hier in einem wunderschönen Restaurant«, meinte Nina, »und kaum ist der Gecko weg, fallen mir die Tischblumen erst richtig auf – als bekämen sie ihre Farbe wieder zurück.« Sie lachte. »Bis auf unsere, natürlich. Die hat er mal eben mit links hingerichtet. Aber das Essen! Diese *galtes de porc* waren ein Gedicht. Was man aus simpler Schweinebacke alles machen kann!«

»Ich fand die Ravioli mit Gambas toll, die sollten wir zu Hause einmal nachmachen. Und dieser zweiundneunziger *Tinto Pesquera* ...«

»... eine Flasche für drei Personen! Ein bisschen armselig, oder? Los, Berlinger, davon noch eine. Und bestell doch für alle Fälle einige *tapas*, falls der Kommissar noch nicht gegessen hat. Dann sind wir wenigstens etwas höflicher als das offizielle Deutschland.«

»Gute Idee.«

Berlinger wandte sich der aufmerksamen Chefin des Hauses zu, orderte eine weitere Flasche von dem kräftigen, arttypischen Ribera del Duero und bat, der Koch möge für einen Moment an den Tisch kommen.

»Ich verstehe einfach nicht, warum dieser Burnhaupt schon gegangen ist. Er muss doch wissen wollen, was ich mit dem Kommissar zu besprechen habe«, sagte er, während sie auf den Koch warteten. »Vielleicht war es auch so geplant, wer weiß?«

Nina vermutete: »Oder ein automatischer Reflex, sich in leicht windigen Situationen körperlich herauszuhalten. Was hat er ganz zu Anfang noch empfohlen?« Sie versuchte, Burnhaupts schnarrenden Kasernenhof-Tonfall nachzuahmen: »›Auf schwierigem Gelände ist es immer empfehlenswert, nur vorsichtige Schritte zu unternehmen …‹ Was für eine Weisheit!«

Berlinger lachte laut auf und drückte ihr Handgelenk. »Du warst aber auch nicht schlecht. Deine Liste, was mit dem Versicherungsgeld geschehen soll! Alle Achtung, das hast du dir aber schnell und gut überlegt!«

Der Küchenchef kam und unterbrach sie mit einem freundlichen Lächeln. Nach einer kurzen Besprechung war der kleine Imbiss für den Kommissar in Auftrag gegeben. Die Tischdecke war ersetzt, die Dekoration ausgebessert worden und der Rotwein stand gerade dekantiert auf dem Tisch, als sie einen vom Maître begleiteten, gut aussehenden und sich in auffallend gerader Haltung bewegenden Mann auf sich zukommen sahen.

Der hoch gewachsene, deutlich über einen Meter achtzig große Spanier bedankte sich ausgesucht höflich für das Geleit, und dann stellte er sich ihnen vor: »Dr. Berlinger? Matamalas. Comisario Matamalas, *Policía de Figueres*. Hier meine Karte. Guten Tag.«

Berlinger war umgehend aufgestanden.

»Guten Tag, Comisario Matamalas. Willkommen in diesem wunderbaren Restaurant. Darf ich Ihnen zunächst die Frau vorstellen, mit der ich mein Leben teile? Nina Wegener.«

Nina behielt Platz, schüttelte nur mit einem gemurmelten »Papperlapapp« ihren schönen Kopf über Berlingers aufgeblasene Förmlichkeit, lächelte dann aber den Spanier entgegenkommend an, reichte ihm die Hand und strahlte, als sie das formvollendete Nicken des Kommissars bemerkte.

»*Señora, encantado de conocerla*«, sagte er höflich und begrüßte Berlinger mit einem kurzen, trockenen Handschlag.

»Ich freue mich ebenfalls sehr, Ihre Bekanntschaft zu machen, *señor*«, antwortete Nina. »Bitte nehmen Sie doch hier Platz.«

Der Comisario näherte sich dem Stuhl zwischen Berlinger und Nina und erwiderte: »Die Freude ist ganz auf meiner Seite. Ich hoffe, Sie können verstehen, was ich sage. Mein Deutsch, es ist vielleicht ein bisschen eingerostet, aber nach ein paar Tagen Übung es wird sicher besser.« Er sprach mit kräftigem Akzent, mit wie Purzelbäume schlagenden rollenden R's und sehr spanisch gefärbten Vokalen, aber Berlinger erkannte gleich, dass der Polizist – möglicherweise vor langer Zeit – intensiven Sprachunterricht genommen hatte.

»Aber nicht doch, Kommissar«, meinte Berlinger, während sie sich die Hände reichten, und mit einer einladenden Geste bat er ihn, an dem runden Tisch Platz zu nehmen. »Wo haben Sie unsere Sprache so gut gelernt?«

»Ich habe vor langer Zeit in Deutschland Jura studiert«, antwortete Matamalas. »Und alle Fälle, die in diesem Bezirk mit Deutschen zu tun haben, landen bei mir, auf meinem *escritorio*, eh … Schreibtisch, ja. Und so sieht der leider auch aus.«

Mit beiden Händen stellte er einen imaginären Stapel Unterlagen dar, bevor er sich mit einem höflichen Nicken in Ninas Richtung an den Tisch setzte, sah sich dann mit sparsamen Kopfbewegungen suchend im Lokal um, und mit einem kleinen, wie wieder erkennenden Lächeln fand er ein mittelgroßes Ölgemälde an der Wand gegenüber und wollte gerade etwas anmerken, als Berlinger schon sagte:

»Wir haben uns erlaubt, Ihnen eine Kleinigkeit zu bestellen. Nur einige *tapas,* weil wir nicht wussten, wann Sie kommen würden. Wir hatten eigentlich gehofft, Sie würden an dem Gespräch mit dem deutschen Botschaftsrat teilnehmen. Er hatte es aber sehr eilig, bitte entschuldigen Sie ihn.«

»Da haben Sie aber nichts verpasst, Comisario. Der Mann war schrecklich.« Nina sah ihn an. »Sie haben einen schönen Namen …«

»Es ist ein Name, der auch gut zu meinem Beruf passt.« Matamalas lächelte ein wenig gequält.

»Das ist uns auch aufgefallen, entschuldigen Sie. Ich hätte wissen müssen, dass Sie wohl zu oft darauf angesprochen werden.« Nina schien sich darüber zu ärgern, so mit der Tür ins Haus gefallen zu sein, und Berlinger nutzte diesen Moment, um seiner Neugier Nachdruck zu verleihen:

»Ich will nicht voreilig oder gar indiskret erscheinen«, sagte er, »aber ich gebe es zu: Ich bin so ungeduldig wie selten. Wenn es Ihnen also nichts ausmacht, Kommissar, lassen Sie uns bitte schnell zum Thema kommen.«

»Ich habe nichts dagegen.«

Berlinger nickte, froh über die Zustimmung, lehnte sich ein wenig vor und begann: »Was ich vorrangig wissen möchte, ist Ihre Antwort auf die für eine mögliche

Zusammenarbeit wichtige Frage, was Sie persönlich von einer deutschen Beteiligung an der Lösung des Falles oder besser der Fälle halten.«

Matamalas nickte, als hätte er mit genau dieser Frage gerechnet. »Ich muss dabei ein wenig … ausholen«, sagte er, stutzte und wiederholte das letzte Wort mit fragendem Ton.

»Ja, schon richtig«, half ihm Nina.

»*Perdón y gracias*. Zunächst einmal habe ich versucht, mir mit unseren kleinen Mitteln Informationen über Sie zu beschaffen, Dr. Berlinger. Sie haben einen ähnlichen Ruf wie ich: hartnäckig und … *totalmente informal.*« Er sah beide ein wenig schuldbewusst an und lächelte dankbar, als Nina ihm ›unkonventionell‹ als Übersetzung gab.

Berlinger hob die Hände bis über Schulterhöhe, die Handflächen nach oben gewandt und grinste wortlos. Seine Augenbrauen hatte er bis fast an den Haaransatz hochgezogen, er sah aus wie der Bajazzo.

Matamalas schmunzelte und räusperte sich kurz, bevor er fortfuhr: »Unkonventionell. Nur ein Wort, auf den ersten Blick hört es sich sogar gut an, positiv. Aber dem Fachmann sagt es viel mehr: Sei bloß vorsichtig mit dem Kerl …«

»Beurteilungen«, meinte Berlinger und verdrehte in gespielter Verzweiflung die Augen. »Jedes Jahr aufs Neue, für die Personalakte. Damit hatte ich auch zu tun …«

»*Sí,* Personalakten. Da kann jeder hingehen und das daraus machen, was zu seinen Vorurteilen passt. Ihre Frage möchte ich also vorsichtig beantworten, vorher aber habe ich eine Gegenfrage: Sind Sie von irgendeiner Dienststelle in Deutschland angewiesen worden, an dieser Sache mitzuarbeiten?«

»Nein«, sagte Berlinger mit Nachdruck. »Das wäre auch niemandem möglich. Ich bin pensioniert und habe mir ausbedungen, meine Entscheidung nach dem Gespräch mit Ihnen zu treffen.«

»Ausbedungen?«

»Ich entscheide, ob ich mitmache oder nicht. Nach unserem Gespräch.«

»Sehr gut. Und bitte«, er zögerte, »wie passt Nina, ehh, Frau Wegener in diese ...« Er machte wieder eine Pause, und es war ihm deutlich anzusehen, wie unangenehm er sich bei diesem Versuch fühlte, seine Frage zu formulieren.

Berlinger erkannte seine Not. »Keine Bange, Herr Kollege, ich kann Sie verstehen. Nina passt einerseits überhaupt nicht hierhin, andrerseits aber vollkommen, weil ich ohne sie nicht über meine Teilnahme entscheiden werde.«

»Kann ich mich auf Frau Wegeners und Ihre *discreción* verlassen, auch dann, wenn Sie nicht mitmachen?«

»Mehr als hundertprozentig«, erklärte Berlinger und sah zu Nina hinüber.

»Auf die meine selbstverständlich auch, Kommissar. Ich bin schon sehr dankbar, überhaupt informiert worden zu sein und wundere mich sogar ein wenig darüber, hier sitzen zu dürfen. Denn eines müssen Sie wissen«, meinte sie und sah dem Spanier in die Augen, als wollte sie damit das nun Folgende besonders betonen: »Berlinger ist nicht grundlos aus dem Dienst geschieden. Er hat mehr zu verlieren als zu gewinnen, wenn er sich ohne Not wieder an die krummen, schiefen und ekelhaften Gedanken eines Mörders herantastet.«

Sie sah, wie Berlinger seinen Kopf zum Eingang wandte, als gäbe es dort etwas weltbewegend Neues zu entdecken, und um ihn zu ihrem Thema zurückzuholen, sagte sie mit leiser Stimme: »Wer in den Abgrund blickt …«

Sein Kopf flog zurück, er sah ihr fragend ins Gesicht, und mit einem fast ärgerlichen »Nina, was soll das hier?« begann er, dem Spanier die Erklärung zu liefern. »Ein Nietzsche-Zitat, Comisario. Ich habe es während meiner Ausbildung wieder und wieder unter die Nase gerieben bekommen, und später habe ich es dann selbst auch immer wieder gebraucht: ›Wer mit Ungeheuern kämpft, mag zusehen, dass er nicht dabei zum Ungeheuer wird, und wenn du lange in den Abgrund blickst, blickt der Abgrund auch in dich hinein.‹«

Matamalas sagte einen langen Moment gar nichts. Seinem Gesicht war nicht anzusehen, was er dachte. Dann nickte er plötzlich, wie um neues Einverständnis herzustellen, öffnete den Knopf seines Sakkos und machte es sich auf seinem Stuhl etwas bequemer. »Gut, dann entscheiden also wir, wir drei hier an diesem Tisch, über Dr. Berlingers Hilfe. *Naturalmente*, Sie verstehen bitte, ich muss auch zustimmen. *Obligación*, ah, ich weiß schon, Zwang ist immer eine schlechte Motivation.«

Drei kleine, delikat garnierte Platten wurden aufgetragen: gabelgerecht zerteilter Seeteufel in Sardellensauce, umlegt mit glasierten Gambas, Lammspießchen in Aprikosensauce und ein mit frischen, essbaren Blüten dekorierter Servierteller voller unterschiedlicher Käsesorten, in dessen Mitte ein weißer Schafskäse in einem Schälchen duftender Estragon-Knoblauch-Marinade thronte.

Berlinger bat um eine weitere Flasche Wasser *sin gas*. Er hob sein Weinglas, und nachdem er sein Willkommen wiederholt und sie auf Deutsche Art miteinander angestoßen hatten, forderte er Matamalas auf, sich zu bedienen.

Sie hoben ihre Gläser zum Mund, und Matamalas griff beherzt zum Besteck und nahm sich reichlich.

»Das sieht gut aus«, meinte er zwischen zwei Bissen, »und es schmeckt auch gut. Aber wir können gern auf unser Thema zurückkommen.«

»Sehr einverstanden.«

»Ihre Frage von vorhin, Dr. Berlinger. Die Hilfe von Ausländern in einem Fall, der auf unserem spanischen Territorium spielt. Ich bin zwar ein Beamter, aber auch *pragmatista*, ein Pragmatiker, richtig?«

Berlinger bestätigte.

Und Matamalas führte aus: Der Beamte in ihm lehne jede auch noch so geringe Einschränkung seiner Kompetenzen als unerwünschte Einmischung in seine Angelegenheiten strikt ab, als pragmatischer Mensch aber, als Bürger dieses Landes, das nach der Isolation unter Franco noch immer den wirtschaftlichen und auch kulturellen Anschluss an die Entwicklung Westeuropas suche, nehme er jede Hilfe an, die ihm geboten werde, und er schere sich einen Teufel darum, was die Presse und andere Medien davon hielten.

Mit sorgenvollem Gesicht gab er seiner Überzeugung Ausdruck, es mit einem Serientäter zu tun zu haben, und er schilderte die sich jetzt schon andeutenden Folgen der

Mordserie: Außenstehende, meinte er, könnten sich keine Vorstellung davon machen, wie hinter den Kulissen schon jetzt geschoben und gezerrt werde. Das ginge von der offenen Drohung bis zur Kündigung langjähriger Freundschaften, und setzten die zuständigen Stellen diesem Morden kein Ende, würden die Folgen nicht nur für die betroffene Region unüberschaubar sein.

»Die Touristen bleiben weg«, erklärte er, »es kamen im letzten Jahr schon nicht mehr so viele. Sie fahren auf die *Islas Canarias o Baleares* oder gleich in die Türkei, und die Reservierungen für die kommende Saison hier an der Costa Brava zeigen eine neue, noch größere *regresión*, ehhh, wie sagt man noch, wenn etwas weniger wird?«

»Rückgang?«, bot ihm Nina lächelnd an.

»Ja, Rückgang. Das bedeutet, unsere Hotels werden im nächsten Jahr noch schlechter belegt sein, und so beginnen sich die Räder zu drehen: Zuerst wird am Personal gespart, *ahorrar gastos*, dann geht die *cuota* der Arbeitslosen nach oben. Die Familien haben immer weniger Geld, darum wird auch weniger ausgegeben, Geschäfte müssen schließen … Aber ich denke, Sie kennen diesen *círculo vicioso*, diesen Teufelskreis. Es ist so wie vor einigen Jahren in den USA, Sie erinnern sich bestimmt. Da wurden Touristen wegen ein paar Dollars erschossen, und als Touristen wurden sie nur wegen der speziellen Mietwagen-Nummernschilder an den Autos erkannt.«

Berlinger nickte. »Der Florida-Effekt. Hat in den Medien ein gewaltiges Echo gehabt.«

Matamalas bat darum, ihm bei der Bewältigung der reichlichen Portionen *tapas* zu helfen, und so aßen sie eine kleine Weile schweigend, und dann nahm der Comisario seinen Bericht wieder auf: »*Naturalmente*, nicht alle diese Auswirkungen sind auf unsere ›Kirchenmorde‹ zurück-zu-fuhren ...« Er warf in der typischen Geste des Aufgebens eine Hand ohne besonderen Nachdruck in die Luft und setzte noch einmal neu an: »Diese Morde sind nicht allein der Grund dafür. Es ist schwer, die Grenze hier genau zu markieren. Aber das Schlimmste, das, was am wenigsten hilft, ist der Druck der Medien.«

»Das kann ich mir aus eigener Erfahrung sehr gut vorstellen«, stimmte Berlinger zu und dachte dabei an seine aktive Zeit in Wiesbaden, an die Nervosität der Abteilungschefs des BKA, wenn ihr Amt von den Boulevardmagazinen ins Visier genommen wurde, von Leuten, die wider besseres Wissen Nachrichten zurechtbogen, stutzten und so frisierten, wie es dem Wohl der Auflage oder der Höhe der Sehbeteiligungsquote angemessen schien. Und im Stutzen und Frisieren war sein Amt ja nun auch nicht gerade schlecht gewesen.

Matamalas schmunzelte, nickte bestätigend, wobei er Berlinger frei heraus in die Augen sah, und dann schaufelte er sich noch ein wenig Ziegenkäse mit Mohn, Tomate und Sardellen auf den Teller. Nina hatte ihr Besteck bereits zur Seite gelegt und folgte wie auch Berlinger mit ihrem Blick der Hand des Spaniers. Er wies nämlich, nachdem er sich nachgelegt hatte, auf das Gemälde an der Wand, das er vorhin bereits so offensichtlich gesucht hatte, und fragte:

»Sehen Sie dort die alte Frau, die aus dem Fenster schaut und hinter einem jungen Paar herblickt, das möglicherweise ihr Haus gerade verlassen hat und fortgeht?«

»Wir kennen das Bild schon lange«, erwiderte Nina, »und haben einige Male darüber gesprochen. Es gefällt uns sehr gut. Berlinger kam darauf, dass das Fenster auch eine Art Spiegel sein könnte, in dem die alte Dame sich selbst sieht, wie sie in ihrer Jugend mit einem Verehrer in ihr eigenes Leben aufbricht.«

Lächelnd entgegnete der Kommissar: »Ich empfinde ähnlich. Ich freue mich, dass wir übereinstimmen. Was ich aber sagen wollte: Die Erinnerung an dieses Bild hat mich oft dazu gebracht, mich selbst und das, was ich tue, wie die Handlungen eines anderen, eines Fremden zu betrachten. Sie glauben gar nicht, wie sehr so etwas helfen kann. Nicht nur bei der *solución*, bei der Lösung eines konkreten Problems, sondern auch in einer ganz normalen Situation im Leben. Wir sind Polizisten, man hat uns geschult, nur beweisbare Tatsachen zu akzeptieren. Stimmen Sie mir zu, Dr. Berlinger?«

»Bitte, lassen Sie doch den Doktor weg, Comisario. Nennen Sie mich einfach Berlinger, ich bin es nicht anders gewohnt. Und natürlich stimme ich Ihnen zu.«

»Gut. Sie wollen die *motivación*, die Motive eines Verbrechers finden, weil Sie seine Person, seinen Namen nicht kennen. Sie müssen verstehen, was ihn antreibt, um zu wissen, wer er ist. Wenn Sie keine Zeugen haben, ist die Lösung eines Falles – ohne das Motiv des Täters zu kennen – zu *difícil*, fast nicht möglich. Dazu reichen aber Beweise, die Tatsachen, die wir haben, oft nicht aus. Und dann ist es sehr gut, wenn wir uns zurücklehnen können und so tun, als wäre es nicht unser Fall. Wir sehen uns von weiter außen, wir sind nicht mehr ... persönlich ... *no nos afecta* ...«

Diesmal konnte Berlinger aushelfen: »Betroffen. Wir sind dann nicht von dem Fall direkt betroffen.«

»Ja. Wir sehen uns dann wie ein anderer, nüchtern, mit Abstand. Wir gehen in die Gedanken des Täters hinein, na ja, wir versuchen es, und warten auf eine *inspiración*. So ähnlich wie die alte Dame dort auf dem Bild.«

»Das war aber eine elegante Überleitung zu den aktuellen Fällen! Genau wie ich dachte. Sie haben kein Motiv! Die Polizei weiß nicht, was den Mörder zu seinen Taten führt, und damit fehlt Ihnen jeglicher Schlüssel zu seinem Verständnis, also jeder Ansatz, die Fälle zu lösen.« Mit diesen Worten deutete Berlinger auf freundlich-ironische Weise seine Bereitschaft an, nun gemeinsam mit dem höflichen Spanier zum Kern des Problems vorzudringen, und fragte: »Lassen Sie hören. Was gibt es Neues? Der Botschaftsknecht war an Einzelheiten nicht interessiert, sodass ich eigentlich keinerlei Ahnung habe.«

Matamalas nickte. »Wir hatten großes Glück. Der Tote von Pau ist identifiziert, *sin duda*, ehh ... Zweifel? Ja, ohne Zweifel. Gestern, am späten Abend, es hat noch nicht in der Zeitung gestanden. Er heißt Kropp, Egon Kropp und kommt aus *Alemania*, aus Herne im Ruhrgebiet. Er war 21 Jahre alt und von Beruf Mechaniker ...« Er brach ab und fuhr dann mit neuem Schwung fort, wobei er jede Silbe des folgenden Wortes mit den Fingern abzählte: »Kraft-fahr-zeug-me-cha-ni-ker. Zusammen mit drei Freunden hat er ein Apartment in Empuriabrava gemietet. Die Leute haben zehn Tage Urlaub geplant, und er ist am dritten Urlaubstag verschwunden. Die Freunde haben einen ganzen Tag gewartet, *lamentablemente*, und sind erst dann zur Polizei gegangen. Hipolit Planas, mein

Assistent, hat sie in Empuriabrava besucht und die Identifizierung mit unseren Tatortfotos ist bestätigt. Heute am Nachmittag haben wir einen Termin mit ihnen im *tanatorio*, … im Lei-chen-schau-haus. Sie kennen das, die Vorschriften. Unsere *especialistas* für die Spuren waren auch da und haben ihre Proben genommen. Sie stimmen überein.«

Mit einem unsicheren Blick in Ninas Richtung fragte er: »Es gab da einige nicht so schöne Einzelheiten. Ist es da nicht besser, das wegen der jungen Dame später zu besprechen? *Por consideratión?*«

Berlinger sah fragend zu Nina hin.

»Sehr schön«, meinte sie. »Danke für die Rücksichtnahme. Ich bin aber schon groß, also erzählen Sie ruhig weiter. Mich wird es so schnell nicht umwerfen.«

Und so beschrieb Matamalas den Tatort in Pau und die auffälligen Besonderheiten der Szene, er informierte seine Zuhörer über die *barretina* und die Sonnenbrille, die Matratze, auf der der Tote halb aufgerichtet gelegen hatte, sprach von dem Pfeil mit der gebogenen Spitze, der darunter auf die Pflastersteine gemalt war, und als er zu den abgeschnittenen Augenlidern des Toten kam, schüttelte sich Nina und merkte leise an: »Mein Gott, wie furchtbar … Wer tut denn so etwas?«

Berlinger aber überging ihren Kommentar, und, als hätte ihn das Jagdfieber bereits gepackt, sagte er: »Na, das ist aber ein Fortschritt! Ich habe mir schon Ihre Schwierigkeiten vorzustellen versucht, falls es Ihnen nicht gelingen würde, wenigstens ein Opfer zu identifizieren. Sie hätten dann ja gar nichts in der Hand, mit dem sich eine Untersuchung von der Opferseite her überhaupt beginnen ließe …« Als wäre ihm hier ein besonderer Gedanke gekommen, machte er eine kurze Pause, und dann fragte er mit leiser Stimme, sich der vollen Aufmerksamkeit des Spaniers sicher: »Kinder? Spielende Kinder?«

Matamalas sah ihn fragend an, auch Nina schien seinem Gedanken nicht folgen zu können.

»Der Pfeil. War er vorher schon da, oder hat ihn der Täter angebracht? In welche Richtung zeigte er?«

Da ertönte das Hauptthema von Beethovens »Freude, schöner Götterfunken« als leises elektronisches Piepen von irgendwoher, und Matamalas holte sein kleines Handy aus der Innentasche seines Jacketts hervor. Der Antennenstummel des Funktelefons verhakte sich im Futterstoff der Tasche, und ein blütenweißes Taschentuch mit den aufgestickten Initialen ›FMS‹ fiel auf den Tisch.

»*Digame!*«, meldete er sich knapp, fast barsch, eine spanische Eigenart beim Telefonieren, die Berlinger schon bald nach ihrem Umzug hierher übernommen hatte.

Der Comisario hörte wortlos zu und unterbrach die Verbindung mit einem kurzen, gemurmelten »*Sí, ya voy.*« Dann steckte er das Handy genervt zurück in die Tasche, stopfte sein Taschentuch hinterher und meinte mit entschuldigender Geste: »Es tut mir Leid. *Perdón*. Matamalas zum Rapport. Der Polizeipräsident von Figueres und sein Besucher aus Barcelona, ein Sekretär vom Innenressort, sie wollen mich sofort sprechen. Glauben Sie mir, das sind sicher nicht die Leute, die den Kontakt mit der deutschen Botschaft in Madrid gut finden. Sie sind dagegen, dass wir hier zusammensitzen. Aber ich muss los, man darf sie nicht warten lassen.«

»Sicher kann es denen nicht schnell genug gehen, ich weiß«, bemerkte Berlinger trocken.

Der Spanier sah ihm in die Augen. »Ja, so ist es wohl überall. Ich schlage vor, wir treffen uns morgen früh in Pau vor der Kirche und setzen dort unser Gespräch fort. Sie wissen doch, wo das ist?«

Berlinger nickte in Gedanken vor sich hin, sah dann aber fragend zu Nina hinüber.

»Ja, Berlinger«, meinte sie und enthielt sich zu seiner Verwunderung jeglichen Kommentars.

Wieder nickte er zustimmend.

Aber dann, für ihn nicht überraschend, legte sie nach: »Sie wollen ihn dabeihaben, Kommissar ›FMS‹?« Nina griff nach ihrem Glas und sah zunächst keinen der Männer direkt an.

»*Sí*«, sagte Matamalas einfach.

»Ich bin einverstanden, ihr beiden, aber nur aus einem bestimmten Grund und unter einer Bedingung.«

»Der Grund?«, fragte Matamalas lächelnd.

»Und die Bedingung?«, erkundigte sich Berlinger.

Wie immer ungeniert, wie Berlinger fand, zeigte Nina mit ihrem Finger auf den Spanier: »Ich mag Sie, werter Comisario Fernando Maria Matamalas i Sanz«, sagte sie ohne Hast. »Wenn Berlinger Ihnen helfen kann, soll er es tun. Dieser Mann war verdammt gut in seinem Job, auch wenn es nun schon einige Zeit her ist. Und ich glaube, Sie haben es verdient.«

Dann wies sie auf die andere Seite des Tisches, direkt in Berlingers Gesicht und fuhr fort: »Und dich mag ich auch, Berlinger. Anders. Deshalb mein Vorbehalt: Du bist in dieser Sache nur ein Berater. Nicht mehr. Du hängst dich nicht aus irgendeinem Fenster und gefährdest dich. Und erst recht unternimmst du nichts auf eigene Faust, verstanden?«

»*De acuerdo*«, erklärten die beiden wie mit einer Stimme ihr Einverständnis.

Matamalas bat seinen deutschen Kollegen, ihm auf den Parkplatz zu folgen. Er griff nach seiner Brieftasche, wurde aber von einem zufrieden lächelnden Berlinger darüber informiert, dass die deutsche Botschaft ihre Zeche bezahlen würde. Sie standen vom Tisch auf, der Comisario verabschiedete sich mit einer förmlichen, aber dennoch eleganten Verbeugung und einem freundlichen »Sicher sehen wir uns an einem der nächsten Tage einmal wieder, *señora* Nina. Ich hoffe es wenigstens«, und sie verließen mit schnellen Schritten das Restaurant.

Auf dem Parkplatz öffnete Matamalas die hintere Schiebetür seines metallic-silbernen Seat Alhambra, deutete auf zwei große Faltboxen aus Plastik und sagte: »Ihre Unterlagen, überwiegend bereits in deutscher Übersetzung. Gestern haben wir ein Büro damit beauftragt, *muy caro*. Daran können Sie erkennen, wie wichtig die Sache hier genommen wird. Sie können die Seiten, die Sie nicht oder nicht *completamente* verstehen, nach Figueres in unser Präsidium faxen. Wir haben dafür gesorgt, dass Sie schnell auf Deutsch zurückgeschickt werden. Ach ja, Sie haben doch ein Faxgerät in Ihrer Wohnung? Wenn nicht, wir können Ihnen eines geben.«

Berlinger kramte in seiner Brusttasche nach einer Karte. »Kein Problem. Hier finden Sie alle Nummern, die Sie brauchen.«

Gemeinsam trugen sie die Boxen zu Berlingers Alfa.

»*Muy sofisticado*«, meinte der Spanier mit einem Nicken in die Richtung des Oldtimers.

»Ein Gesicht in der Menge«, antwortete Berlinger.

Matamalas stimmte zu, und nachdem er die Kofferraumklappe so übervorsichtig geschlossen hatte, als könnte die Giulia bei normaler Beanspruchung auseinander fallen, gab er Berlinger die Hand und erklärte: »*Bienvenido a bordo*. Willkommen an Bord. Danke, dass Sie uns helfen wollen. Ich bin sicher, wir werden uns gut verstehen. Aber Sie haben sich jetzt reichlich Arbeit ins Auto gepackt.«

Der Deutsche nickte und machte die gleiche Geste wie einige Zeit zuvor sein spanischer Kollege, als dieser auf die Berge von Papier auf seinem Schreibtisch angespielt hatte. Und in Matamalas' Lachen hinein sagte er: »Ich werde mich bemühen, diese Akten bis morgen früh durchzuarbeiten. Ich bin sehr gespannt darauf, und ganz besonders geht mir dieser Pfeil nicht aus dem Kopf. Aber lassen Sie uns morgen darüber sprechen. Hoffentlich kann ich Ihnen behilflich sein.«

»Ich weiß nicht, warum, aber ich habe das Gefühl, als stiegen unsere Chancen, die Sache aufzuklären.« Matamalas' Bemerkung klang aufrichtig und optimistisch.

»*Muy amable*, sehr liebenswürdig von Ihnen«, erwiderte Berlinger und grinste wie ein Schuljunge, »wie es scheint, wissen Sie, wie man Mitarbeiter aufbaut!«

»So war es nicht gemeint«, wehrte Matamalas mit einem Lächeln ab. »Viel Spaß bei der Lektüre wünsche ich Ihnen nicht, dafür sind die Fälle zu ernst. Dann bleibt noch eines: auf Wiedersehen und Dank für das gute Essen. *Hasta mañana a las nueve en Pau.*«

»Ja. Bis morgen um neun in Pau. *Adiós!*«

Berlinger schloss seinen Wagen ab. Er freute sich auf ein letztes Glas von dem prächtigen Rotwein und einen starken *cortado*. Er dachte an eine anschließende Siesta zu Hause, und dann würde er den großen Küchentisch frei räumen und sich auf die Akten stürzen.

Für seine Nina pflückte er eine bereits knospende kleine Geranie aus dem Beet am Gästeparkplatz und kehrte schnell zu ihr ins Restaurant zurück.

4
Empuriabrava

Nina hatte vorgeschlagen, auf dem Rückweg Peter Neuenfels einen Besuch abzustatten, und Berlinger brachte dagegen keine Einwände vor, obwohl er vermuten konnte, was Nina zu diesem Besuch trieb: Sie wollte ihren gemeinsamen Freund über die neuesten Entwicklungen informieren, darüber, dass Berlinger wieder auf dem Kriegspfad war und sie dem zugestimmt hatte, war es in der zurückliegenden Zeit in Spanien doch immer Peter gewesen, der Berlinger aufgefordert hatte, sich endlich mit etwas zu beschäftigen und nicht nur die Tage einfach an sich vorbeirauschen zu lassen.

Sie klingelten vergeblich, gingen um das Haus herum und versuchten, auf Peters Grundstück zu sehen. Es war von hoch gewachsenen Zypressen eingerahmt, die aber neugierige Blicke auf seine Terrasse aus den oberen Etagen der wabenförmigen Bahia-Hochhäuser aus der Richtung des Strandes nicht vollständig verhindern konnten. Ein Quell ständigen Ärgers für Peter, wie sie wussten, der jedes Jahr von März bis in den November hinein versuchte, sich mit Hilfe von motorgetriebenen Markisen und nur schwer verrückbaren Sonnenschirmen so weit wie möglich abzuschotten.

Erst nach einer ganzen Weile hörten sie ihn in seiner

Garage rumoren, deren Tor allerdings verschlossen war. Sie riefen seinen Namen, pochten an das dünne Metall des Schwingtores und waren überrascht, wie schnell er die einige Meter entfernte Haustür aufriss, während das hohle Geräusch ihres Klopfens noch nicht einmal verklungen war. Er trocknete sich gerade die Hände mit einem Küchenhandtuch, und sein runzliges, knittriges Gesicht machte seinem Spitznamen ›Monsieur Plissé, der Vielfältige‹ alle Ehre. Diesen gut gemeinten Namen trug er schon seit dem Ende seiner Schulzeit wie einen Titel mit sich herum. Es gebe halt Leute, sagte er zur Erklärung, die vorzeitig alterten, um dann doch alle Welt durch die lange Dauer ihres Daseins in Erstaunen zu versetzen. In Wahrheit aber, pflegte er spaßeshalber hinzuzufügen, sehe er verteufelt gut aus und seine exorbitante Intelligenz mache ihm das Leben leicht, deshalb beneide ihn der Erdkreis und bringe ihm Hass entgegen.

»Das Grauen hat einen Namen: Berlinger!«, meinte er grinsend, zeigte dabei sein kräftiges Gebiss und winkte seine Besucher zu sich heran.

»Verzieh dein Gesicht nicht so, wir könnten ja meinen, wir wären willkommen«, erwiderte Nina, »hast du einen Moment Zeit? Wir bleiben auch nicht lange.«

Peter hatte Zeit. Er bat sie herein.

Sie betraten das Haus, standen in der kleinen Eingangshalle mit dem merkwürdigen Garderobenständer, der wohl aus sechs oder sieben übermannshohen, farbig lackierten Speeren bestand, die in ihrer Mitte von einem Metallring zusammengehalten wurden und die wie eine Hand voll locker gehaltener, aber deutlich zu groß geratener Mikadostäbe aussahen. Berlinger hängte Ninas Jacke daran auf.

»Was wollt ihr überhaupt?«, fragte Neuenfels nur scheinbar unfreundlich. Solche Direktheiten gehörten unabdingbar zu ihrem Umgang miteinander, eine Tatsache, die Berlinger Nina zu Anfang mehrfach hatte erklären müssen, und es hatte nicht lange gedauert, da schien auch Nina Peters kantige Deutlichkeit einer um vieles leereren, förmlicheren Höflichkeit vorzuziehen. Die beiden Männer kannten sich seit Jahren. Peter war zwei Klassen höher im gleichen Internat wie Berlinger kaserniert gewesen, und sie hatten dort fast sieben Jahre lang zusammengehalten wie Pech und Schwefel.

Sie setzten sich an den Küchentisch aus altem Eichenholz. Berlinger erinnerte sich noch von seinen Besuchen in Neuenfels' Kölner Elternhaus her an diesen Tisch. Es hatte ihn schon gegeben, als Berlinger dort seine Internatsferien hatte verbringen dürfen, weil seine Mutter längst gestorben und sein Vater, der ewige Student und Nutznießer des Vermögens seiner zweiten Frau, unauffindbar irgendwo in der Weltgeschichte herumgesegelt war. Seit Berlinger im Alter von knapp zehn Jahren ins Internat gekommen war, hatte sich sein Vater um nichts weiter als um regelmäßige und reichliche Überweisungen auf Berlingers Treuhandkonto gekümmert, mit dem alten Neuenfels senior als Treuhänder.

Und hier an diesem Tisch empfand er wieder wie früher, als er wie ein Sohn von Neuenfels' Eltern aufgenommen worden war und Peter selbst als älteren Bruder und dennoch besten Freund angesehen hatte.

Berlinger berichtete von dem Treffen mit Burnhaupt

und Matamalas. Er erklärte Peter die Zusammenhänge, umriss, für wie bedrohlich Politiker und Behörden die Folgen der Taten des Serienmörders für die Region hielten, eines Killers, der hier seit Monaten frei herumlief und wie nebenbei die zunehmende Aufmerksamkeit der Medien erlangte. Und während Berlinger schilderte, wie wenig die Lösungsansätze der Polizei bisher wert waren, solange sie nicht wenigstens die Opfer identifizieren konnte und hinter das Motiv des Mörders kam, wie wenig sympathisch ihnen Burnhaupt erschienen und wie sachlich, aber dennoch angenehm ihr Gespräch mit Matamalas gewesen war, hing Peter wie gebannt an den Lippen seines Freundes.

»Ich werde ihnen helfen«, sagte Berlinger bestimmt.

Peter lachte einmal kurz und freudlos auf und merkte an:

»Du hast mir aber oft versichert, es sei ein für alle Mal Schluss mit deinem Kriminalistenkram.« Er sah fragend zu Nina hinüber, stand dann unvermittelt auf und kam mit einer Karaffe Grapefruitsaft und Gläsern an den Tisch zurück.

Nina hatte die kurze Pause anscheinend genutzt, um ihre Antwort zu formulieren, die sie jetzt an beide Männer richtete:

»Der Comisario hat mich überzeugt, Peter. Wenn Berlinger helfen kann, darf er sich nicht verweigern. Wir können uns hier in Spanien nicht wie die Maden im Speck aufführen. Ich meine, es gibt auch für Gäste eine gewisse Verantwortung für die Gegend, die man sich zum Leben ausgesucht hat.«

»*Exacto*«, stimmte Peter zu.

»Aber der Clou kommt erst noch«, schloss Berlinger sich an. Er erzählte von seinen Forderungen die Lebensversicherungen betreffend, und mit Begeisterung informierte er seinen Freund, wie Nina die Summen verwendet sehen wollte, die dann fällig werden würden, wenn ihnen etwas zustoßen sollte.

»Eine Million«, meinte Peter, »und ausgerechnet mit mir als deren Verwalter! Da wollen wir doch schwer hoffen, dass euch nichts passiert. Sonst komme ich ja noch einmal richtig zu Geld!«

Ein Scherz.

Mehr noch, ein grober Witz, wie Nina und Berlinger wussten, denn Neuenfels war Geologe und hatte während seiner Berufsjahre in den Diensten zweier US-Ölbohrfirmen gestanden, die ihm als einem der besten Kenner der Materie ein geradezu unwahrscheinlich gutes Gehalt gezahlt hatten, einen solchen Haufen Kohle, dass sich Neuenfels bereits vor über fünfzehn Jahren dieses wunderschöne Haus hatte bauen können. Das Grundstück lag vor den ersten Brücken Empuriabravas und war somit bestens geeignet als Anlegeplatz für eine Fünfzehn-Meter-Segeljacht im Hafenbecken hinter dem Haus. Er war reichlich in der Welt herumgekommen und hatte so viel Erfolg gehabt, dass er sich im Alter von gut vierzig Jahren auf sein Altenteil hatte zurückziehen können, und zusammen mit seiner Frau Marianne genoss er hier die zweite Hälfte seiner jetzt doch sehr bequemen Erdentage ohne den lebensverkürzenden Stress als Geschäftsführer und Teilhaber einer US-amerikanischen Aktiengesellschaft.

In der Hauptsaison, wenn die Touristen in Scharen

über die Region herfielen, die Straßen verstopften, den täglichen Einkauf zum Hindernislauf machten und den Früh- mit dem Dämmerschoppen verbanden, *sun-downer* und *moon-upper* mit Begeisterung in einer Sitzung, zogen Marianne und Peter sich auf ihr Schiff zurück, schipperten die Küste entlang und lagen über Nacht in einer der dann ruhigen Buchten der näheren und weiteren Umgebung. Wenn seine Tochter ausgerechnet in der Ferienzeit drei Wochen mit ihrer Familie zu Besuch kam, band ihn das häufiger an Land, als es ihm recht war, und dann konnte es geschehen, dass er wütend vor Berlingers Tür stand, Sturm klingelte und um Einlass und ein großes, volles Glas bat. »Alkohol«, japste er dann humorlos, als würgte der Durst ihn zu Tode. Kaum war die Familie wieder abgereist, begann seine elf Monate dauernde Abstinenzlerzeit wieder von vorn.

Jetzt war die Zeit des Gegenbesuchs in Deutschland, und Peter suchte seit Jahren keine Ausflüchte mehr dafür, in Spanien bleiben zu können. Diesen ›Familienkram‹ musste seine Frau allein durchstehen. »Fahr du, ich gehe hier nicht mehr weg«, das war das Einzige, was er dazu von sich gab.

Nina schien müde zu werden, und Berlinger spürte ebenfalls den schweren Rotwein von vorhin.

»Mach dir Notizen, schreib auf, was du denkst«, meinte Peter unvermittelt.

»Was?« Berlinger dachte, nicht richtig gehört zu haben.

»Schreiben. Ein Tagebuch führen. Wie ihr den Fall löst.«

»Ein Buch aus dieser Geschichte machen?«, fragte Berlinger.

»Erst ein Tagebuch, und dann machst du eine Geschichte daraus. Warum nicht? Du sammelst doch nicht umsonst seit Jahren deine sonderbaren Begegnungen mit den Leuten hier. Du zeigst mir doch immer deine voll gekritzelten Zettel. Mach was draus! Das wäre mal eine gute Gelegenheit, sie mit einer wahren Begebenheit zu verbinden, und dann veröffentlichst du das Ganze.«

Nina schien die Idee zu gefallen. »Los, Berlinger, das ist prima. Ich freue mich schon darauf, dich mit qualmendem Kopf am Schreibtisch sitzen zu sehen. Täte dir gut, mal etwas zu tun. Ich male, du schreibst. Toll!«

»Wenn es denn so einfach wäre …«, wandte Berlinger skeptisch ein.

»Wenn, wenn. Wenn du es nicht versuchst, kannst du das gar nicht beurteilen.« Nina schien Feuer und Flamme zu sein, und ihre Müdigkeit war vergessen. Berlinger aber dachte an den Berg von Unterlagen, an den Wust von Akten, die durchgearbeitet werden mussten, und drängte zum Aufbruch.

Als sie das Haus verließen, winkte ihnen Peter nach, wieder mit dem erschreckenden Lächeln in seinem vielfaltigen Gesicht. Er sah aus, als freute er sich über seine gute Idee, Berlinger wieder zu einer sinnvollen Arbeit zu zwingen.

Der Alfa rollte gerade an, als sich Berlinger noch einmal für einen letzten Gruß zu seinem Freund umdrehte. Der war aber schon in seinem Haus verschwunden.

5

Pau, Rabós, Pedret i Marzà

Es war noch früh.

Berlinger war schon zeitig aufgestanden und hatte sich weit vor der mit Matamalas verabredeten Zeit auf den Weg gemacht.

Die hinter den Bergen der Sierra de Pau und Sierra de Roda aufgehende Sonne ließ einen strahlenden Frühjahrstag erwarten, mit zwar noch kühler, aber dafür glasklarer Luft und ersten Ahnungen von frischem Grün. In einigen wenigen Wochen, um Ostern herum, würden die Landschaft und auch ihre Dörfer wieder in dem ganz besonderen Licht erscheinen, das die Maler anzog wie der Mond die nach ihm Süchtigen. Ein Licht, so hell und klar, dass die Welt um einiges freundlicher wirken würde mit all dem Mohn und den farbenfrohen, wie kostbare Kulturpflanzen wirkenden Wildkräutern an den Säumen der vielen Landstraßen, die die Ortschaften miteinander verbanden.

Berlinger saß auf einem Mäuerchen vor der Kirche in Pau. Er beobachtete mit freiem Kopf und umherwanderndem Blick die Umgebung, ließ sie auf sich wirken und wartete auf seinen spanischen Kollegen. Lag es wirklich so fern, seine bisherigen Notizen über Land und Leute zu verbinden mit dem, was er erleben würde, wenn er aktiv zur Lösung der Kriminalfälle beitrug? Wen könnte er um handwerkliche Hilfe bitten, fragte er sich und sah sich schon an seinem Laptop sitzen mit nichts außer einer Task- und Symbolleiste und einem fordernd blinkenden Cursor auf dem Display.

Und dann zwang er sich, nicht an die Schwierigkeiten zu denken, die er damit haben würde, leere Seiten mit einem sinnvollen, spannend zu lesenden Text zu füllen, sondern besann sich darauf, was in ihm beim stundenlangen Studium der Akten vorgegangen war, die ihm Matamalas ausgehändigt hatte. Er rekapitulierte all die Besonderheiten der Fälle, machte sich bewusst, in welchen Einzelheiten sie übereinstimmten oder sich von den Fällen unterschieden, mit denen er früher zu tun gehabt hatte. Und weil er jetzt und hier zwar wieder in den Niederungen menschlicher Untaten herumwühlte, dies aber in einer geschichtsträchtigen und wunderschönen Landschaft tat, die ihm wesentlich näher stand als das nördliche Europa, bedauerte er seine Entscheidung, der spanischen Polizei bei der Aufklärung der Verbrechen zu helfen, keinen Moment.

Mit seiner großen, schlanken Figur, mit dem bananengelben, in der Sonne leuchtenden Pullover über einem weißen Hemd, einer beigefarbenen Hose und bequemen, grüngelben Mokassins an den Füßen, mit seinem blonden, einfach nach hinten gekämmten Haar und den wenigen, dafür aber tiefen Falten um Nase und Mund hätte Berlinger auf jeden Passanten einen Eindruck von selbstbewusster Kompetenz und ausdauernder Zielstrebigkeit gemacht.

Ein mittelstarker *tramontana* blies kalt aus dem Norden, und die trockene Kälte der Nacht wich nun den Sonnenstrahlen, die tastend über die Berge fingerten und mit für Anfang März trotz des Windes unerwarteter Kraft auf Berlingers Schultern zu brennen begannen. Was bei seiner Fahrt durch das Vogelschutzgebiet Aiguamolls aus einiger Entfernung noch restlicher nächtlicher Nebel gewesen zu sein schien, hatte sich beim Näherkommen als Gruppe immer noch blühender Mandelbäume rechts und links vom etwas höher gelegenen Dorf entpuppt, unterbrochen vom schon bräunlichen Gelb der abgeblühten Mimosen.

Von dem abbröckelnden Putz der Hausfassaden an der *plaza mayor* ließ Berlinger sich nicht täuschen. Auf das Dahinter kam es an.

Er wusste, dass sich die Katalanen auch dort, wo das Einkommen nur fürs Notwendigste ausreichte, bezaubernde Patios schaffen konnten, die oft auch eine von rankenden Pflanzen bewachsene Außentreppe zu den oberen Stockwerken einschlossen, Innenhöfe, die dem Familienleben von zwei oder gar drei Generationen unter einem Dach einen bunten und dem menschlichen Maß entsprechenden Rahmen gaben. Extravagant nur für oberflächliche Betrachter aus dem regenreichen Norden, dachte Berlinger, die auf ihrer überbegeisterten Suche nach dem Ursprünglichen in Entzücken ausbrachen beim Anblick simpler Blumentöpfe, die von den gichtigen Händen einer Großmutter und der rührenden Hilfestellung ihrer eifrigen Enkelkinder schlicht gelb oder blau angestrichen waren. Und hatten die Wurzeln oder ein unerwarteter, seltener Frost das schwache Terrakotta gesprengt, reichte ein schmales, aber stabiles Eisenband aus, um Topf und Pflanze eine verlängerte Existenz zu verschaffen, behindert zwar, aber dennoch ein Ausdruck von Lebenswillen, störend nur für das übersensible Auge eines Perfektionisten.

Und Berlingers Gedanken flogen weiter: Wo die Not die Körper zur Arbeit zwingt, ist allein schon das Überleben ein Sieg, dachte er und erinnerte sich gern an die wenigen Gelegenheiten, zu denen Nina und er als Gäste in einen spanischen Haushalt eingeladen waren. Eine seltene Ehre, wie er wusste, und hoch einzuschätzen, auch wenn er sich nicht sicher war, ob die Verlegenheit seiner Gastgeber auf nicht angebrachter Scham über ihre einfachen Verhältnisse oder auf verborgen gehaltenem Hochmut gegenüber diesen bis zum Überdruss mit allerfeinsten Haushaltsgeräten ausgestatteten Nordlichtern beruhte.

Er sah zu den Containern hinüber, erinnerte sich an die Einzelheiten in den Polizeiakten, die er bis in die Nacht hinein studiert hatte, füllte den spröden Text mit wirklichen Bildern, die ihm einen weitaus anschaulicheren Eindruck vermitteln konnten, als es die Kopien der Fotografien in den Unterlagen vermocht hatten. Er sah die verblassenden Spuren des Kreidepfeils vor den Containern, folgte der Richtung des Pfeils und konzentrierte sich auf die Hauptfassade der Kirche mit ihrem rechts vom Portal angebrachten Hinweisschild aus Acrylglas mit den schwarzen Buchstaben:

Església
de
Sant Martí
Bisbat de Girona
s. XI – XII
Pau

Gleich links von der Kirche entdeckte er einen schmalen Durchgang, der auf seiner anderen Seite von einem großen Haus begrenzt wurde, das einen schmutzig grauen Putz mit unregelmäßigen, vorstehenden Scheinfugen aus dem gleichen Verputzmaterial aufwies: Fugen, die in ihrer angestrengten Zufälligkeit Natursteine vortäuschen sollten. Das Haus glich eher dem Fundament eines Leuchtturms, als dass es in dieses sicher über tausend Jahre alte Dorf gehörte. Sieh an, dachte Berlinger überrascht, auch hier scheint manchmal etwas gründlich danebenzugehen.

Er ging in die schmale Gasse hinein, auf der keine zwei Personen hätten nebeneinander laufen können, ohne sich rechts an der Seitenwand der Kirche und links am rauen Putz des Wohnhauses die Schultern aufzuschrammen, bis sie sich zu einem engen Pfad verjüngte. Dem scharfen Knick nach rechts folgend, hörte er seine Schritte nicht mehr wegen abertausender Taubenfedern, die auf dem unebenen Pflaster aus Sandsteinquadern lagen, und nach zwei weiteren Windungen stand er vor der Apsis des wehrhaften Kirchleins und atmete durch den Mund, weil der Gestank nach Vogelexkrementen und sich zersetzenden Tierkadavern übermächtig wurde.

Ab hier ging es nicht weiter. Der Pfad hörte vor einer nahezu vier Meter hohen Mauer einfach auf. Mit offenem Mund und von Ekel erfüllt, sah Berlinger sich um, und beim Hochblicken auf die nicht überwältigend große, aber dennoch wuchtige, perfekt im Halbkreis geschwungene Apsis sah er es und glaubte seinen Augen nicht trauen zu können: ein schlichtes Ausrufezeichen, mit weißer Kreide zittrig auf einen der verwitterten Sandsteinblöcke gemalt.

✧

Mit einem inbrünstigen »*Joder!*« knallte Matamalas sein Glas *cortado* auf die Theke und bat Mari um etwas Wasser. »Aber kalt, *por dios*, eiskalt!«. Sie hatten sich gleich nach Matamalas' Ankunft zu Mari in die Bar begeben, um einen schnellen Kaffee zu trinken.

Dabei ist der Comisario schon so vorsichtig gewesen, seine Finger mit einer der winzigen Papierservietten vor dem heißen Glas zu schützen, und nun glüht sein Gaumen mitsamt der Zunge, vermutete Berlinger mit einem fast schadenfrohen Grinsen.

Der Spanier sah es, und mit einem bestätigenden Nicken gab er zu: »Ja, ja, ich bin selbst schuld. Entschuldigen Sie mein Fluchen. Und dass meine Leute das … na, diesen Strich da an der Apsis übersehen haben …« Er stockte und fragte dann: »Was ist auf Deutsch ein *signo de admiración?*«

»Ein Ausrufezeichen«, half ihm Berlinger aus.

»Ja«, meinte Matamalas dankbar und klopfte sich mit zwei Fingern an die Schläfe, als wollte er damit sein Gedächtnis wachrütteln, »der Pfeil unter der Leiche und das Ausrufezeichen an der Apsis gehören natürlich zusammen.«

Wie an jedem Werktagmorgen war die Bar wieder gut gefüllt, und Mari brachte das kalte Wasser. Beim Abstellen schüttelte sie nur den Kopf, und diese Bewegung schien zu bedeuten, die junge Frau könne die

Leute gar nicht mehr zählen, die sich an ihrem Kaffee verbrühten, und angesichts dieser männlichen Dummheit enthielte sie sich auch allzu gern jeglichen Kommentars.

»Kommen Sie, Dr. Berlinger, wir gehen an den Tisch dort drüben«, bat der Comisario, nachdem er sich den verbrannten Mund mit dem in Windeseile hinuntergestürzten Glas Wasser gekühlt hatte.

Sie setzten sich nebeneinander mit dem Rücken zur Theke, und Matamalas fuhr fort:

»Der Mörder hat die Matratze bei den Containern gefunden und dann in seine Szene eingebaut. Wir kennen den Bauern, der sie dort auf den Müll geworfen hat.«

»Ja«, stimmte Berlinger zu, »das ist mehr als nur ein Indiz dafür, dass der Fundort nicht der Tatort ist. Und: Das Blut an der *barretina* war Ihrem Bericht zufolge zu trocken. Ich glaube, wir können sicher sein, dass der Täter die Leiche hierher transportiert hat.«

Matamalas nickte und sagte: »Wir müssen uns klar werden über die ... *manera*, ehhm, den *modo* ...«

»Die Art und Weise ...«

»... über die Art und Weise unseres Vorgehens. Dabei werden wir *automáticamente* über einige Dinge sprechen, die Ihnen aus den Akten schon bekannt sind. Aber das ist egal. Sie haben die Papiere sicher sehr gründlich studiert, oder?«

»Bis heute Morgen um halb vier. Und dann habe ich ein Fax mit meiner Zusage an die deutsche Botschaft geschickt, damit sich die Brüder auch an unsere Absprachen halten. Umsonst ist nur der Tod.«

Matamalas nickte zufrieden. »Das Wichtigste jetzt in

kurzer Form: Den ersten Toten fanden wir im Frühjahr, am einundzwanzigsten März im vergangenen Jahr in Rabós. Er lag am Fuß einer Treppe, die von dem höher gelegenen Dorfteil etwas weiter nach unten zur Kirche führt, und er war mit seinem Rücken an eine Hauswand gelehnt. Sein Kopf war eingeschlagen, das Gesicht des Toten zeigte genau zum Portal der Kirche. Er war Mitte dreißig, *más o menos*, trug Sportkleidung – einen Trainingsanzug, darunter Tennishose und weißes T-Shirt, weiße Socken. Standardware, nichts Besonderes. Es lohnte damals nicht, die Einkaufsquellen zu verfolgen. Und er trug alte Stiefel für Basketball, von Nike. Aber auffällig war, dass er unter der Tennishose eine Badehose anhatte, keine Unterwäsche, und das im Monat *marzo*. Leere Taschen, die das Identifizieren der Leiche mit Absicht schwierig machten. Keine Merkmale an den Augen, kein Pfeil, keine solche Sachen wie jetzt hier in Pau. Der Mörder hat also nicht an seinem Gesicht herumgeschnitten oder ihm irgendeinen Gegenstand dazugegeben. Aber sein Gesicht zeigte zur Kirche, genauso wie beim zweiten Fall in Pedret und wie hier in diesem Dorf. Unser *medico* war ganz sicher, dass der Mord nicht an der Fundstelle geschehen ist. Eine *identificación* ist uns leider bis heute nicht gelungen.«

»Versuchen Sie es bitte weiter, mit dem Schwerpunkt Deutschland. Ich werde in Wiesbaden anrufen, einen alten Kollegen beim BKA, der mir seit Jahren noch etwas schuldig ist.«

»Das Bundeskriminalamt? Ganz oben, wie? Höher geht wohl nicht mehr.«

»Das stimmt. Aber es gibt da noch einige gute Verbindungen zu meiner früheren Dienststelle. Haben wir es heute eilig?«

»Nein. Wir nehmen uns alle Zeit, die wir brauchen.«

»Dann schlage ich vor, chronologisch vorzugehen. Lassen Sie uns nach Rabós fahren, es ist ja nicht weit.«

»Gut, sehr gut. Hat Sinn. Rabós, Pedret i Marzà und zurück hierher.« Matamalas legte einige Münzen auf den Tisch und stand auf. »Da fällt mir etwas ein: Was bedeutet eigentlich ›OBI‹?«

»Ach ja, das Feuerzeug bei Opfer Nummer drei! Das ist eine Ladenkette für Heimwerkerartikel in Deutschland. Das hätte Ihnen einen Hinweis auf das Heimatland des Toten geben können. Aber zum Glück ging es ja auch ohne!«

»Glück«, sagte Matamalas leicht bitter.

»*Fortuna.* Die Sonnenbrille und das Feuerzeug?«, fragte Berlinger.

»Nicht exakt übersetzt, Sie meinen *suerte*, aber die Richtung stimmt. Das macht mich so wütend auf diese Leute mit ihren kranken Köpfen, die wir jagen müssen. Sie geben uns deutliche Spuren und … *ocupar* … ja, sie besetzen damit sogar unsere normale Umgangssprache. Für uns bekommen darum ganz alltägliche Wörter einen Bezug zu den Taten. Widerlich.«

»Es ist unser Job, Comisario. Einer muss ihn tun. Mich hat er fast verrückt gemacht. Aber es bleibt unser Job.«

Sie gingen über den Platz zu Matamalas' Auto.

»Übrigens«, meinte Berlinger, »wir suchen einen Mann, nicht wahr?«

»Sie denken an die eingeschlagenen Köpfe, der Transport der Leichen? Ja, ich bin mir ziemlich sicher.«

✧

Von Garriguella kommend nahmen sie die zweite Zufahrt ins Dorf Rabós hinein.

Berlinger zeigte lachend auf die Schafherde zu ihrer Rechten, die am Dorfeingang friedlich graste und gelangweilt hinter ihnen hersah, wobei sie von einem eifrigen Hund keine Sekunde aus den Augen gelassen wurde.

»Ja«, bemerkte der Spanier, »es dauert nicht mehr sehr lange bis Ostern.«

»Lammkeulen meine ich nicht«, antwortete Berlinger, »ich finde nur, dass es hier eine erfreulich große Anzahl schwarzer Schafe gibt!«

»Wie auch uns beide, was?«, fragte Matamalas, nun ebenfalls erheitert und parkte seinen Seat gleich oberhalb des runden Dorfplatzes ganz in der Nähe des Restaurants *Tomàs*.

Zu Fuß bewältigten sie den kurzen Weg zur Kirche, vorbei an verfallenden, schmalen Häusern, die aussahen, als würden sie nur von den Nachbarbauten notdürftig aufrecht gehalten, vorbei aber auch an sorgfältig restaurierten Gebäuden, deren moderne Technik der Fenster und Elektroinstallation, so weit sie denn von außen erkennbar war, auf neue Eigentümer aus Barcelona oder Girona hinwies, die an den Wochenenden fluchtartig ihre stickigen Städte verließen und ganz nebenbei für neues Leben in den Dörfern sorgten.

Mit ihren Gedanken schon an der Stelle, wo das erste

Opfer ihres Mörders aufgefunden worden war, passierten sie einen Brunnen und fuhren erschreckt zusammen, als sie ein altes Mütterchen hinter sich kichern hörten. Von ihren vielen Lebensjahren gebeugt, hielt sie einen dunkelbraun lackierten, hölzernen Krückstock mit einer Gummizwinge in der einen Hand und einen kleinen Karton mit dem aufgedruckten Firmennamen einer *patisseria* in Peralada in der anderen. Weil die Alte so klein war, konnten die beiden Polizisten die vielen kandierten Früchte, die den Kuchen verzierten, bunt durch das Zellophanfenster der Verpackung leuchten sehen. Sorgfältig frisiert, herausgeputzt mit einem schwarzen Kleid und einem breiten, beigefarbenen Spitzenkragen, der bis weit über ihre Schultern reichte, und in altmodischen, aber auf Hochglanz polierten Schuhen stand sie dort und sah mit schief gelegtem Kopf zu den beiden groß gewachsenen Männern hoch.

»Hihihihihi!«

»*Hola, abuelita, qué tal?*« Matamalas war lächelnd stehen geblieben, dankbar für die kleine Ablenkung von ihrer bedrückenden Arbeit, und Berlinger kramte in seinem Gedächtnis nach und erinnerte sich dann: *abuelita*, Großmütterchen.

Sie hob mühsam ihren dünnen Arm, wies mit ihrem massiven Gehstock auf den Wandbrunnen, einen schlichten, nur mit einer umlaufenden Kerbe verzierten Sandsteintrog ohne Abfluss und einer Pumpe mit einem altertümlichen Schwängel aus Gusseisen, glänzend an den Stellen, die die Passanten anfassten, und sang mit ihrer hohen Stimme mehr, als dass sie sprach: »*No es vino, es agua!* Hihihihihi!«. Dann drehte sie sich um und setzte ihren Weg vorsichtig fort, den Blick unverwandt auf das unebene Pflaster geheftet, um nur ja nicht zu stürzen.

Berlinger sagte lachend: »Sie hält uns für durstige Touristen, Wasser, kein Wein! Sachen gibt es!« Und in Gedanken machte er sich einen Knoten ins Taschentuch. Für mein Buch, wenn ich es denn tatsächlich beginnen sollte: *abuelita, agua, no vino.*

»Das wird wohl die Summe ihrer Erfahrungen mit den Touristen sein«, stimmte Matamalas zu, und sie setzten ihren Weg zur Kirche fort, deren Glockenwand – deutlich größer als die in Pau – auf der Hinfahrt von der Landstraße aus deutlich zu sehen gewesen, jetzt aber zwischen den Hausdächern nicht mehr auszumachen war.

Sie wichen einem uralten Kleinlaster voller mannshoher Gasflaschen aus, der in aberwitzigem Tempo durch die enge Gasse sauste und eine stinkende Dieselfahne hinter sich herzog, und nach einigen letzten rechten Winkeln standen sie plötzlich vor einer Treppe mit neun flachen, unregelmäßigen Stufen und einem eisernen Handlauf. Unten angekommen, zeigte Matamalas nach links auf die von einem Wohngebäude halb verdeckte, zugleich wehrhaft und doch wohlproportioniert anmutende Kirchenfassade.

Rechts von der hölzernen, mit diagonal angebrachten Eisenbändern verstärkten Eingangstür, für deren ungewohnte Winzigkeit das Wort Portal irreführend gewesen wäre, hing ein Schild:

Església de Sant Julià
Bisbat de Girona
s. XI – XIV
Rabós d'Empordà

Berlinger fiel das kleine blaue Emailleschild mit der weißen Zwanzig auf, und er dachte: Sieh mal einer an, meine erste Kirche mit einer Hausnummer.

Nach rechts führte der Weg weiter zum Friedhof, und mit einer fragenden Kopfbewegung erreichte Berlinger, dass ihm der Spanier dorthin folgte.

Von hier aus konnten sie den verfallenen steinernen Giebel des hinteren Kirchendaches sehen, einen merkwürdigen, hier in Katalonien allerdings nicht ungewöhnlichen Dachabschluss: eine wellenförmige Brüstung, unter der nach einigen Metern die Mönch-und-Nonne-Ziegel der wie immer runden Apsis begannen.

Die Jahrhunderte hatten ihre Spuren hinterlassen, und Berlinger nahm sich vor, auf jeden Fall einen Blick in das Gotteshaus zu werfen, um zu erkunden, in welchem Ausmaß auch das Kircheninnere vom von außen sichtbaren Niedergang betroffen war.

Die kleine Gräberstätte sah aus, als wäre sie an die Kirchenwand geklebt und könnte beim nächsten kräftigen *tramontana* weggeweht werden.

Berlinger studierte mit einem leichten Empfinden von Indiskretion einige der Grabtafeln, die den vertikalen Abschluss der Mauergräber bildeten. Bei den älteren Platten erleichterten vergilbte Fotografien der Verstorbenen neben den rostigen Haltern der Vasen voller Plastikblumen den lebenden Verwandten das Wiederfinden der letzten Ruhestätte, auch denen, die keine Chancen gehabt hatten, jemals das Lesen zu lernen. Jugendstil, *modernismo*, war Berlinger sich bei einer besonders prächtigen Grabplatte in weißem Marmor sicher, nicht nur wegen der typischen Pflanzenornamente, sondern vor allem wegen des dort eingemeißelten Todesjahres 1892.

†
R.I.P.
SU ESPOSA E HIJOS QUE NO LO OLVIDAN

Ja, dachte er, seine Frau und die Kinder, die ihn nicht vergessen werden. Abrupt drehte er sich um und ging, ohne auf Matamalas zu warten, den Weg zum kleinen Kirchenvorplatz zurück.

Jetzt reiß dich zusammen, ging es ihm durch den Kopf, du hast es ja so und nicht anders haben wollen. Friedhöfe, Tatorte, Tod. Kein Entkommen. Keine Sicherheit für die Zukunft. Nur Fragen, was danach kommt. Raus hier, bevor sich der eiserne Ring wie ein Schraubstock um deine Brust legt und dich zwingt, alles Lebenswerte zu vergessen, als wäre es nie geschehen. Vom Schmerz zur Trauer, von der Depression zur Neurose, und dann die daraus erwachsende Ungerechtigkeit gerade denen gegenüber, die dich lieben. Und immer die Frage: Warum dieser Beruf, warum tust du das? Wozu soll das gut sein? Welchen Sinn hat dein Leben, wenn du es auf diese Art fristest? Mörder, Vergewaltiger, Geiselnehmer jagen und bewusst deren Nähe suchen, sich in ihren Köpfen einnisten, um sie dann einer äußerst fragwürdigen Rechtsprechung auszuliefern? Er dachte an einen seiner letzten Fälle, bei dem ein neunzehnjähriger Raubmörder aufgrund seiner schlimmen Kindheit davongekommen war, und erinnerte sich ungern: Es ist nicht allzu lange her, da warst du aus Selbstschutz nahe daran, es für richtig zu halten, diese Kerle an die Wand zu stellen.

Matamalas schien gemerkt zu haben, dass mit seinem deutschen Kollegen etwas nicht stimmte. Er folgte ihm und machte ein verschlossenes Gesicht, als wollte er sich indiskrete Fragen auf jeden Fall verkneifen. Er zuckte nur einmal mit den Schultern und schien damit sagen zu wollen: Sei es drum, wenn du etwas hast, dann rück gefälligst damit raus.

Sie trafen sich vor der geschlossenen Kirchentür wieder. Berlinger versuchte vergeblich, sie zu öffnen.

Matamalas sagte mit bedauerndem Ton: »Diese kleinen Kirchen in den Dörfern sind meistens nur am Wochenende geöffnet. Wir können aber die Nachbarn fragen, vielleicht hat jemand den Schlüssel.«

Berlinger winkte ab. »Das werde ich in den nächsten Tagen nachholen. Ich glaube nicht, dass das Kircheninnere in unseren Fällen eine besondere Bedeutung hat. Der Täter wäre nachts ja auch nicht hereingekommen. Nein, da müsste ich mich sehr täuschen. Hier läuft uns nichts weg.«

Der Spanier zeigte auf dem Weg vom Portal zurück zum Fuß der Treppe auf ein unverputztes Stück einer mannshohen Gartenmauer neben einer Gitterpforte, die vor lauter Altersschwäche nicht mehr zu schließen war, und während sie die wenigen Meter dorthin gingen, erklärte er:

»Hier lag unsere erste Leiche. Bei uns hieß er ›Orantes‹, eine Anspielung auf seine Tenniskleidung, *sin piedad*, ohne Feingefühl. Aber so sind Polizisten, Sie kennen das bestimmt. Seinen wirklichen Namen haben wir ja bis heute nicht ermitteln können. Er war an dieser Stelle mit dem Rücken an die Mauer gelehnt, sein Kopf war eingeschlagen, von hinten rechts, das steht ganz eindeutig fest. Und sein Gesicht zeigte in direkter Richtung auf die Kirche.«

»Und keinerlei Auffälligkeiten wie in Pau? Kreidestriche? Irgendetwas in seinen Taschen?« Berlinger vermied es, Matamalas anzusehen, um nicht als jemand dazustehen, der seinem spanischen Kollegen Vorwürfe machte, etwas übersehen zu haben, denn in den Berichten hatte ja auch nichts von dem Ausrufezeichen an der Apsis der Kirche in Pau gestanden.

»Nichts, gar nichts. Die Leute aus dem Dorf, besonders die direkten Nachbarn haben wir selbstverständlich gründlich befragt. Ein alter Mann, sein Schlafzimmer geht hier zur Treppe hinaus, hat nachts um zwei Uhr ein Auto mit defektem Auspuff gehört. Er hat aber Probleme mit dem Rücken, *lumbago*, und deshalb ist er auch nicht aufgestanden, um zu sehen, was da los ist. Er wusste nur, dass da ein Auto angekommen war, aber er konnte uns nichts darüber sagen, ob es nach einiger Zeit auch wieder abgefahren ist.«

»Und der Pathologe hat an den Augen des Toten nichts festgestellt? Entschuldigen Sie, aber ich muss es einfach von Ihnen noch einmal hören, ich habe Gründe dafür ... Seien Sie mir bitte nicht böse. Irgendwelche kleinen Manipulationen? Hat vielleicht etwas neben der Leiche gelegen, womit der Mörder ihre Augen geöffnet halten wollte, was aber dann heruntergefallen ist, weil es nicht richtig befestigt war? Oder war sonst etwas Auffälliges an den Sinnesorganen zu beobachten? An den Ohren oder dem Mund? Besonderheiten an den Händen, den Fingerspitzen oder unter den Fingernägeln? Hinweise welcher Art auch immer, die vom Mörder hinterlassen wurden und uns in irgendeine Richtung führen könnten?«

Matamalas runzelte die Stirn zu scharfen Falten. Ja, dachte Berlinger, du hast ja Recht, ich reite hier auf etwas herum, von dem du denkst, dass ich es in deinen Protokollen hätte lesen müssen. Habe ich ja auch, und trotzdem, Fernando Matamalas, manches muss man mir dreimal sagen, und ich bestehe auf einer Antwort. Und vor Fehlern ist nun einmal niemand gefeit, du nicht und ich auch nicht.

Der Antwort des Comisario konnte er allerdings keinerlei Verärgerung anmerken: »Nein, nichts in dieser Richtung. Absolute Fehlanzeige, und unser Dr. Gonzaga ist sehr gut in seinem Fach. Eine Autorität, glauben Sie mir, ein über die Grenzen unserer Provinz bekannter Spezialist. Er wird nicht nur hin und wieder, sondern fast in jedem schwierigen Fall von seinen Kollegen in ganz Spanien um Rat gefragt.«

»Ich weiß, sein Name ist mir von verschiedenen Veröffentlichungen in den internationalen Polizeizeitschriften bekannt. Ich zweifle ganz bestimmt nicht an seinem Sachverstand. Aber um Ihnen helfen zu können, muss ich Fragen stellen dürfen, und wenn es irgendwie geht, sollten Sie diese nicht so verstehen, als wollte ich Ihnen Versäumnisse nachweisen. Ihre Polizeiberichte sind gute Arbeit, aber ich habe sie nur einmal durchgearbeitet, vielleicht ist mir dabei nicht jede Einzelheit haften geblieben. Lassen Sie uns einander helfen, und glauben Sie mir auch: Nicht eine meiner Fragen soll einen Vorwurf darstellen. Und wenn ich Ihnen einmal zu nahe rücke, sagen Sie einfach ›Protest‹, und wir reden darüber. Einverstanden?«

»Sehr. *Pero sólo entre nosotros*, eehhh ... ja, aber unter uns, nicht vor meinen Leuten. Die meckern sowieso schon herum und rufen sich auf dem Flur in unserem Präsidium hinterher: ›Halt! Stehen bleiben! Polizei!‹ Auf Deutsch, stellen Sie sich das einmal vor.«

Mit einem dünnen Lächeln, das fast schmerzlich wirkte, antwortete Berlinger: »Verstanden. Sie haben sie also schon über meinen Auftritt informiert. Da müssen wir einfach durch, sagt man in Deutschland in Situationen, in denen einem etwas gegen den Strich geht.«

»Gegen was?«

»Gegen den Strich! Das bedeutet, Ihnen gefällt etwas nicht, aber Sie können es nicht ändern und ärgern sich darüber. Streicheln Sie einmal eine Katze gegen die Richtung ihres Fells ...«

»... *a contrapelo*, ich verstehe.«

»Und wenn Ihre Leute solche Sachen auf den Fluren rufen, dann steckt darin ja auch ein wenig Humor, oder?«

»*Pero humor negro.*«

»Ja, tiefschwarzer Humor. Und einen gewissen Stolz auf die eigene Arbeit kann man auch heraushören. Das ist ja nicht unbedingt nur negativ.«

Matamalas lächelte ein wenig säuerlich und meinte: »Da ist etwas dran. So, und jetzt nach Pedret?«

»Jetzt nach Pedret.«

✧

Sehr merkwürdig, dachte Berlinger.

Da gibt es lediglich drei oder vier noch nicht einmal besonders große Bauernhöfe, und diese werden überragt von einer romanischen Kirche, die groß genug für ein Dorf mit deutlich mehr als dreihundert Seelen ist.

Was war hier los?

Der Doppelname des Dorfes Pedret i Marzà deutete auf eine deutlich höhere Einwohnerzahl als die vielleicht zehn, fünfzehn oder, wenn es hochkam, zwanzig Personen hin, die im Schatten der *espadana*, der hoch aufragenden Glockenwand mit ihrem dekorativ geformten oberen Abschluss leben mochten. Marzà war tatsächlich viel größer, lag aber mindestens drei Kilometer entfernt, getrennt durch Felder und das Flüsschen Riera de Pedret, wie Berlinger nach einem Blick auf die exakte Karte im Maßstab eins zu fünfzigtausend feststellte, die Matamalas in seinem geräumigen Alhambra mit sich führte.

Ein öffentlicher Zugang zur Kirche war nicht zu erkennen. Sie näherten sich ihr auf einem Weg, der ganz offensichtlich über ein privates Hofgrundstück führte und sie zunächst zur teilweise mit Efeu bewachsenen Apsis gelangen ließ. Ein einziges kleines Fensterchen war dort angebracht, der typische romanische Doppelbogen, getragen von einigen auffallend zierlichen Säulen, deren einziger Schmuck aus grobflächig-archaisch ausgeführten, aber wie zum Ausgleich für die nicht sehr ausgeprägte Bildhauerkunst spitzbübisch und burlesk lachenden Gesichtern auf den Kapitellen bestand.

Sie umrundeten das Gotteshaus auf dem nur wenig ausgetretenen Sandweg, und Berlingers prüfender Blick registrierte die meterlangen, mehrere Zentimeter breiten

Setzrisse an den Seiten des Gebäudes; er bemerkte das kleine Bäumchen, das auf dem Dach gleich hinter den drei Glocken um sein kärgliches Überleben kämpfte, und er entdeckte die rote Katze, die vorsichtig, aber doch mit vor Neugier großen Augen und vor Erregung zuckendem Schwanz den beiden Männern nachblickte und sich dabei hinter ins Kraut geschossenen Wildbüschen zu verbergen suchte.

Berlinger blieb in dem Moment, als sie die Nordwest-Ecke der Kirche passiert hatten und sich gerade der Hauptfassade zuwandten, so unvermittelt stehen, dass der hinter ihm herstapfende Matamalas auf ihn prallte.

»Da!«

Der Deutsche zeigte von der Fassade mit dem zugemauerten Haupteingang weg auf einen Hohlweg, der ihm wie ein Tonnengewölbe vorkam mit seinem Dach aus leicht gelblichem, trocken gewordenen und schilfartigen Röhricht. Der Weg wurde vermutlich nur von landwirtschaftlichen Fahrzeugen befahren, und Berlinger stand kopfschüttelnd davor und sagte: »Wie ein Eingang. Ein Tor. Oder ein Ausgang. Ja, das ist viel wahrscheinlicher.«

Er wandte sich dem Spanier zu, der Berlingers letzte Bemerkung ganz offensichtlich nicht so recht verstanden hatte und ihn fragend ansah.

»Nach den Fotos in den Polizeiakten muss Opfer Nummer zwei hier gelegen haben. Irgendwann Mitte Februar, ich glaube am einundzwanzigsten, wenn ich mich recht erinnere. Das ist ja noch nicht so lange her. Im Gegensatz zu den anderen war er gut und nicht gerade billig gekleidet. 501, Burberry-Socken, teurer Pullover, dicke, gefütterte Winterjacke von Red & Green. Und mit irgendetwas aus der Nähe war sein Oberkörper aufgerichtet, ja, es war eine Holzpalette. Seine Oberlider waren mit Sekundenkleber so fixiert, dass seine Augen offen standen. Sein Gesicht wies wieder genau zum Portal.«

Berlinger legte eine Hand auf die Schulter des Spaniers, zeigte mit der anderen auf die Stelle in der Fassade, bei der ein andersartiger Stein verwendet worden war, und sprach weiter: »Sehen Sie sich das an! Da ist kein Portal mehr! Zugemauert, und die Treppe, die früher dort hinaufführte, ist entfernt worden. Man kann es noch ganz deutlich an der Farbe der Steine erkennen.«

»Was ist daran so bemerkenswert?« Matamalas sah ihm erstaunt ins Gesicht.

»Ich brauche einen Kompass.« Berlinger war so ungeduldig, dass er die Frage seines Kollegen überhaupt nicht zur Kenntnis nahm.

»*Que*? Was brauchen Sie?«

»Einen Kompass.« Er griff nach seinem gelben Taschenwörterbuch, schlug nach und sagte: »*Una brújula. Como las los barcos*, das Ding, was man auf Schiffen braucht.«

»Habe ich im Auto. Lupe, Kompass, Schweizer Taschenmesser. Ein Geschenk zum letzten Geburtstag, von meinen Leuten, dazu ein Buch von Conan Doyle. Wenn sie glauben, ich höre nicht so genau zu, nennen sie mich Sherlock. Ich weiß nicht, ob das die Richtung ist, aus der man mich sehen sollte ...«

»Richtung! Genau das ist es, hier gibt es kein Portal mehr! Das ist so bemerkenswert, Matamalas. Die Kirchen. Die Position der Leichen. Das hat natürlich etwas miteinander zu tun. Aber was? Wir müssen es mit dem

Kompass kontrollieren, um den Zusammenhang herstellen zu können, aber ich glaube, hier finden wir eine erste Spur von unserem Mörder, hier erhalten wir eine erste Ahnung davon, wie es in seinem Kopf aussieht. Vielleicht entdecken wir sogar einen Hinweis auf sein Motiv, und das ist für uns zunächst einmal das Allerwichtigste. Deduktion, Matamalas, verdammt noch mal, wie im Lehrbuch: von den Taten auf den Täter schließen. Los, werter Herr Kollege, wir holen jetzt diesen Kompass aus Ihrem Auto und sehen zu, was dabei herauskommt.«

✧

Església
de Sant Esteve
de Pedret
Bisbat de Girona
s. XII
Pedret i Marzà

Berlinger hatte einige Minuten lang umständlich mit dem Kompass hantiert, aber dann sehr zufrieden genickt, ganz so, als hätten sich seine Erwartungen wie selbstverständlich bestätigt.

Sie hatten das Schild am einzigen Eingang an der Südseite der Kirche gesehen und saßen auf einer Bank zwischen den Gräbermauern auf dem Friedhof, der wie ein nach Süden ausgebildeter Appendix an dem Gebäude hing und viel höher lag als der Fußweg, auf dem sie vorhin das Kirchengelände betreten hatten.

»Wer ist Conchita?«, fragte Berlinger zusammenhanglos und sehr direkt.

Matamalas sah ihn zunächst überrascht, dann für einen Moment prüfend an, bevor er schließlich antwortete: »Mein Glück oder das Gegenteil davon, das hängt von mir ab. Meine Frau ist vor langer Zeit gestorben, an Lungenkrebs. Eine meiner übelsten Erfahrungen, so hilflos zusehen zu müssen, wie ein geliebter Mensch immer schwächer wird, wie sein Leben einfach verlöscht, ohne dass er sich wehren kann. Conchita ist unsere Polizeifotografin und mal gerade drei Jahre älter als mein Sohn.«

Berlinger hob eine Hand und sagte: »Ich hatte etwas so Privates nicht erwartet. Bitte entschuldigen Sie …«

»Schon in Ordnung. Ich hätte ja nicht antworten müssen. Es ist wohl mehr als nur eine kleine Affäre. So oder so, wir werden in den kommenden Wochen entscheiden, ob wir uns eine gemeinsame Zukunft vorstellen können.«

»Sie halten Ihre Beziehung noch geheim?«

»Wir versuchen es. Aber es scheint uns nicht so richtig zu gelingen.« Er dachte an Pau, an Aranas wissenden Blick, und es fröstelte ihn.

»Wenn Sie wollen, laden wir Sie beide gern an einem der nächsten Tage zu uns nach Hause zum Essen ein. Nina würde sich bestimmt freuen.«

»Danke. Ich gebe Ihnen Bescheid.« Matamalas lächelte kurz zu ihm herüber, bevor er sich sichtbar zusammenriss und fortfuhr: »Hier gab es Besonderheiten, die nach unseren heutigen Erfahrungen – ich meine, nach dem letzten Mordfall in Pau – besonders auffällig sind. Wir konnten uns zunächst nicht erklären, warum das Kreuz über dem heutigen seitlichen Haupteingang hier an der Südseite mit einem Fragezeichen versehen war. Weiße Kreide, wir dachten an jugendlichen Übermut. Sehen Sie, gleich über der Tür.«

Er wies in die Richtung, und Berlinger erinnerte ihn: »Das war meine Überlegung im *La Llar*, kurz bevor Ihr Telefon klingelte und Sie fort mussten. Graffiti von Kindern. Wenn allerdings der Mörder diese Zeichen angebracht hat, müssen wir sie richtig lesen. Aber wie kommt eigentlich ein Templerkreuz hierhin?«

»Das ist leider nicht genau geklärt. Es gibt einige Kirchen in dieser Gegend, an denen dieses Kreuz angebracht ist. Dass sie irgendeine Verbindung mit dem Templerorden haben, ist von unseren Historikern noch nicht nachgewiesen. Aber die Templer waren hier, in Colliure in Frankreich beispielsweise, gleich jenseits der heutigen Grenze. Zeitlich könnte das Kreuz passen, diese Kirche ist im zwölften Jahrhundert erbaut worden.«

Matamalas überlegte einen Moment, bevor er fortfuhr: »Der Orden wurde im Jahr 1119 von Hugues de Payens gegründet, und der letzte Großmeister, Jacques de Molay, wurde 1314 auf dem Scheiterhaufen verbrannt. Die Templer waren wirtschaftlich einfach zu erfolgreich, und der französische König Philippe IV. hörte auf seine Gläubiger. Er ließ zu, dass dem Orden Ketzerei angehängt wurde, und kassierte die unvorstellbaren Reichtümer der Templer, bevor sein Staat völlig Bankrott ging.«

»Sie haben Ihre Hausaufgaben gründlich gemacht, Junge, Junge!«

»Ja, aber diese Geschichte ist ja auch für sich betrachtet spannend genug.«

»Zurück zum Fall und einem weiteren wichtigen Hinweis: Wir haben einmal abgesehen von der sehr guten Kleidung, – na ja, zumindest ist sie auffallend hochwertiger als die der anderen Opfer –, auch noch die Turnschuhe. Gute Verarbeitung, resistent gegen Nässe, zum Wandern geeignet wegen der dicken Profilsohlen, mit einer vom Hersteller eingebrannten Bemerkung: ›Obermaterial Leder‹.«

»Auf Deutsch«, betonte Matamalas.

»Ja, auf Deutsch. Nun stellt sich natürlich die Frage: Ist unser Mörder nur nachlässig gewesen, oder ist es ihm mittlerweile gleichgültig geworden, ob die Nationalität seines Opfers schnell bekannt wird. Und ...«

Berlinger schüttelte unwillig den Kopf, als wäre ihm gerade ein neuer Gedanke gekommen und als nähme er es sich übel, erst jetzt daran gedacht zu haben. »Ihr Assistent müsste eigentlich für heute Nachmittag, ich schätze so ab fünf Uhr, spätestens aber morgen Vormittag für uns beide einen Termin mit den Freunden des letzten Opfers absprechen. Sie sind doch noch in Empuriabrava?«

»Wenn sie nicht geflohen sind, ja. Wir haben sie aufgefordert zu bleiben.«

»Gut. Ich hoffe, Sie begleiten mich?«

»Selbstverständlich. Ich darf Sie ja auch gar nicht allein jagen lassen. Klar?«

»Klar. Können Sie Ihren Assistenten jetzt anrufen?«

Matamalas erreichte Hipolit Planas, gab ihm seine Anweisungen, bat um seinen Rückruf mit der Bestätigung des Termins und setzte das Gespräch fort: »Gut, dann machen wir mit Opfer Nummer zwei weiter. Außer der uns schon von den anderen Fällen her bekannten tiefen Kopfwunde, zugefügt mit einem stumpfen, länglichen

Gegenstand, von hinten geschlagen, tauchte hier diese sonderbare Mütze auf. Ich habe so ein Ding nur einmal vorher gesehen, bei einer Fußballübertragung im Fernsehen. Barcelona gegen Kopenhagen, Europapokal der Landesmeister, als eine der Kameras mit großer Zoomeinstellung in den Block mit den dänischen *aficionados* fuhr.« An dieser Stelle unterbrach sich Matamalas kurz und fragte:

»Heißen die auf Deutsch auch Fans? Da war doch noch etwas mit Schlacht ... oder so.«

»Fans, ja, man sagt aber auch Schlachtenbummler. Typisch deutsch. So martialisch.«

»Auf jeden Fall war es eine Art Kappe mit daran befestigten *pitónes*, roter Stoff mit gelbbraunen Hörnern, Wikinger oder Teufel. Der Anblick war wirklich widerwärtig. So abstoßend, dass sich mir der Magen umgedreht hat, als ich dorthin kam. Es war, als wollte der Mörder sein Opfer im Tod noch verspotten oder lächerlich machen.«

»Ich fürchte, genau darum geht es in unseren Fällen. Hier schwingt sich einer als großer Richter auf. Mehr noch, hier will einer beurteilen, verurteilen und das Urteil auch gleich vollstrecken. Diese Hörnermütze ist sehr bezeichnend.« Berlinger sah auf seine Uhr. »Gibt es hier in der Nähe ein Restaurant? Wir haben schon Mittag, und ich habe nur sehr wenig Appetit beim Frühstück gehabt.«

Matamalas lächelte fein. »In Pau gibt es ein sehr gutes Lokal, *Le Calamar en folie*, der verrückte Tintenfisch, gleich hinter der Kirche. Aber ich bin nicht sicher, ich glaube, außerhalb der Saison ist dort kein Mittagstisch – oder wollten die Betreiber ganz schließen? Irgendetwas habe ich doch gehört ...«

»Mir wäre es, ehrlich gesagt, wesentlich lieber, nicht im Schatten einer dieser Mörderkirchen zu essen«, gestand Berlinger und verwendete damit unbeabsichtigt eine Formulierung aus einem der deutschen Boulevardblätter, deren Schlagzeile er vor wenigen Tagen bemerkt hatte.

»Einfache regionale Küche?«

»Sehr gern. Ich werde Ihnen dann in aller Ruhe von meinen Überlegungen erzählen. Und auch davon, was es mit dem Kompass auf sich hat. Sie können es ja kaum noch erwarten. Alle Achtung übrigens, Sie haben kein einziges Mal danach gefragt. Kolossale Selbstbeherrschung. Trifft man selten. Disziplinierter als ich jemals war.«

Matamalas nickte. »Glauben Sie mir, das fällt mir auch wirklich schwer genug. Ich bin sehr gespannt auf die Richtung, in der Sie überlegen.«

»Ich auch«, meinte Berlinger mit einem spitzbübischen Lächeln, »wohin wollen wir fahren?«

»Lassen Sie mich nachdenken. Etwas abseits von unseren Tatorten, einfache katalanische Küche. *Butifarra*, Bratwurst, wenn es geht, mit *habas*, dicken Bohnen? Irgendetwas in der Art?«

»Hört sich hervorragend an!«

»*Los Lloses*, in Palau-Saverdera. *Vamos*, auf, auf!«

6
Palau-Saverdera

Die enge, gewundene Gemeindestraße führte sie von Pedret zunächst zurück nach Pau, wo Berlinger den spanischen Kollegen bat, kurz zum Kirchplatz zu fahren. Er hatte dort wieder mit dem Kompass herumgefuchtelt und war mit zufriedenem Grinsen zu Matamalas zurückgekehrt.

»Eigentlich können wir es uns schenken«, meinte er, »aber aus Gründen der Vollständigkeit werde ich die Kirche in Rabós auch noch überprüfen. Am Wochenende, ich wollte sie mir sowieso noch von innen ansehen. Ich werde mit Nina einen Ausflug dorthin machen.«

»Gut.«

»Am Besten nehme ich meinen Wagen gleich mit. Fahren Sie ruhig voraus, ich folge Ihnen.«

»Auch gut. Bis gleich.«

In Palau-Saverdera angekommen, hatten sie ihre Autos auf einem Platz vor einem kleinen Supermarkt abgestellt und waren an einem winzigen Dorfpark mit alten Bäumen und einigen Kinderspielgeräten entlang die wenigen Meter zum Restaurant *Los Lloses* gelaufen.

Wie anscheinend immer in diesem Lokal gab es ein einfaches, täglich wechselndes, sehr preiswertes Menü. Die Speisefolge war auf eine Tafel geschrieben, die an eine der Säulen gelehnt war, die das obere Geschoss trugen.

»*Amanida, macarrons, escalope, postres.*« Matamalas übersetzte für Berlinger. »Das ist *català* und bedeutet, dass wir mit *amanida*, einem kleinen katalanischen Salat beginnen, den wir uns selber anmachen. Dann gibt es Makkaroni, die sind hier sehr gut, so etwa nach Bologneser Art und mit geriebenem Käse überbacken. Darauf folgt ein Schnitzel mit Beilage, aber denken Sie nicht in deutschen Portionen. Das Fleisch ist so dünn wie ein Bierdeckel, zudem noch frittiert, aber überraschend zart und gut gewürzt. Der Nachtisch ist wahrscheinlich ein *flan*, Obst oder Eis, aber mit etwas Glück gibt es eine sehr leckere *crema catalana.* Das Ganze inklusive Wein für neunhundert Pesetas. Das ist doch ein Angebot, das man einfach nicht ablehnen kann!«

Berlinger war froh, die Schauplätze der Morde für einen Moment vergessen zu können und hatte seinen kleinen Spaß an dem Gekritzel am unteren Ende der Tafel. Der Wirt hatte dort, weil ihm wohl der Preis von neunhundert Pesetas für sein Menü – in Zahlen angegeben – immer noch zu hoch erschien, einen grünen Geldschein aufgemalt, mit dem Wort ›*mil*‹ für tausend in der Mitte, dann ein ›*menos 20 duros*‹, abzüglich zwanzigmal fünf Pesetas, gefolgt von gezeichneten kleinen Münzen.

Sie hatten sich für einen *tinto* entschieden, einen einfachen Landwein aus der unmittelbaren Umgebung, vermutlich hergestellt von der *cooperativa vinicola* von Palau, sich diesen aber mit ein wenig Wasser ohne Kohlensäure verdünnt, was dem Geschmack keinen Abbruch tat und eher etwas Gutes bewirkte: Es schränkte die Wirkung dieses schweren Rotweins ein.

Der Chef des Hauses brachte den Salat. Sie hantierten mit Salz und Pfeffer, Essig und Öl, vermischten sorgfältig die Zutaten und ließen sich viel Zeit damit.

Und dann begann Berlinger mit seinen Ausführungen. Er zählte in chronologischer Reihenfolge auf: Opfer Nummer eins, der Mann in Tenniskleidung, der mangels einer Identifikation ›Orantes‹ genannt wurde, erschlagen und in Rabós mit Blickrichtung zur Kirche abgelegt aufgefunden. Opfer Nummer zwei in Pedret i Marzà: die Hörnermütze und die festgeklebten Lider, die sicherstellten, dass seine Augen in Richtung des Kirchenportals geöffnet waren. Als weitere Besonderheit die vermutete Nachlässigkeit des Mörders mit dem deutschen Schriftzug »Obermaterial Leder« in seinen Schuhen. Und, immer noch Opfer Nummer zwei: das mit dem Kreidefragezeichen hervorgehobene Templerkreuz. Dann Nummer drei: wieder eine Mütze, diesmal die *barretina*, die Sonnenbrille und der nicht vollständig entfernte Tascheninhalt. Die abgeschnittenen Oberlider. Der Kreidepfeil unter der Matratze, der auf das Portal wies, und das Kreidezeichen an der Apsis.

»Da ist eine fortschreitende Entwicklung erkennbar«, sagte Matamalas, »jedes Mal einige Hinweise mehr.«

Berlinger nickte zustimmend und erwiderte: »Mehr als nur einige Hinweise, meine ich. Viel mehr, wenn man sich in den Kopf des Mörders versetzt. Denn nichts geschieht hier zufällig, unbeabsichtigt. Er hat angefangen, sich über die Wirkung seiner Taten Gedanken zu machen, und scheint sie zunehmend zu planen, da bin ich ganz sicher. Aber nur zu, machen Sie ruhig weiter!«

Matamalas überlegte kurz, bevor er fortfuhr: »*Madre mía!* Ich habe den Eindruck, als wollte unser Mann uns etwas deutlich machen, auf Deutsch heißt das wohl ›mit der Nase auf etwas stoßen‹.« Er lachte ohne Freude auf.

»Sie sind ein Mann vom Fach. Hervorragend. Aber weiter. Wir sind dabei, eine Deutung seines Vorgehens zu entwickeln und auf ein Motiv des Mörders zu stoßen. Welche Beweggründe können wir von vornherein so gut wie ausschließen?«

»Sexuelle Motive.«

»Ja, das denke ich auch. Wir haben keinerlei Hinweise in dieser Richtung, Dr. Gonzaga hat das in seinen Berichten ausdrücklich hervorgehoben. Kein fremdes Sperma an den Körpern der Toten, und erst recht keine Nachweise für eine Analpenetration. Nehmen wir es also einfach als Tatsache: Sex scheidet aus.« Dann fragte er knapp: »Geld?«

»Nummer drei, Egon Kropp aus Herne, war Kraftfahrzeugmechaniker, ich vermute, er kam aus bescheidenen Familienverhältnissen. Die Kleidung von Nummer eins und drei machten keinen sehr gepflegten Eindruck, Nummer drei sogar ganz und gar nicht. Gonzo sagt, er habe selten ein solches Ferkel auf seinem Tisch gehabt. Nummer zwei bildet die Ausnahme.«

»Aber von Schmuck oder auffallend penibler Körperpflege, von Maniküre, Pediküre und dem ganzen Zeug war in den Berichten nicht die Rede. Wir können vermutlich ausschließen, dass die Opfer die Taschen voller Bargeld hatten.«

»Also scheiden finanzielle Gründe auch aus.«

»Einverstanden. Mangels Nachweises, und auch nur vorläufig.« Berlinger spießte die letzten Oliven seines Salats auf die Gabel und wandte sich einem neuen Aspekt zu:

»Kommen wir nun zu den Gemeinsamkeiten der drei Fälle, versuchen wir eine Opferanalyse, obwohl es dazu ein wenig zu früh ist, denn wir wissen einfach noch zu wenig über sie. Alle drei Toten liegen vor romanischen Dorfkirchen. Sie sind drapiert, ihre Oberkörper sind aufgerichtet, und in steigendem Maß haben wir mehr als nur das Gefühl, dass hier etwas in Szene gesetzt worden ist. Wenn sie es denn noch könnten, würden die Opfer in die Richtung der Portale blicken, nur im vorletzten Fall in Pedret ist dort kein Eingang mehr. Aber trotzdem liegt die Leiche an dieser Stelle und nicht irgendwo an der Südseite, wo sich der heutige Eingang befindet, zum Beispiel auf dem Friedhof.«

»Und jetzt kommen Sie mit Ihrem Kompass.«

»Jetzt komme ich mit Ihrem Kompass.« Berlinger nickte zustimmend und wartete einen Moment genervt ab, um dem Jugendlichen draußen vor dem Lokal Zeit zu geben, mit seinem kreischenden Enduro-Motorrad zu verschwinden. »Wie es der Zufall will«, fuhr er dann fort, »Nina konnte sich bei unserem Umzug nach Spanien nicht von ihren Büchern trennen. Die Wände unseres Wohnzimmers sind voll gestellt mit Regalen. Das wirkt sehr anheimelnd, und ich habe auch überhaupt nichts dagegen. Im Gegenteil, ich habe noch nie so viel gelesen wie in der letzten Zeit. Man kann süchtig werden davon. Und wer weiß, vielleicht setze ich mich ja auch einmal hin und versuche mich daran, unsere Geschichte aufzuschreiben.«

»Unsere Geschichte?«

»Matamalas, Sie können eigentlich schon einmal ein Pseudonym aussuchen!«

»Haben Sie das wirklich vor?«

»Ich bin mir da noch nicht sicher, aber warum eigentlich nicht? Mit ein bisschen Hilfe ...? Wenn Sie in der nächsten Zeit sehen, wie ich mir Notizen mache, dann wissen Sie, warum das geschieht.«

»Hm, ja, aber ...« Matamalas schien äußerst skeptisch zu sein, ganz so, als befürchte er Indiskretionen.

»Klar lasse ich Sie vorher Korrektur lesen. Mehr noch, ich werde Sie bei der Niederschrift brauchen können, wenn es denn dazu kommt. Keine Bange. Mir geht es nicht um Indiskretionen.« Berlinger tunkte ein Stück von dem frischen, weißen Brot in seine Salatsauce. »Olivenöl. Köstlich. Und dieser gute Pfeffer. Grober als gewöhnlich, oder?«

»*Sí, machacada.*«

Berlinger fuhr fort: »Wegen seines auffallenden Titels ist mir vor einigen Monaten eins von Ninas Büchern in die Hände geraten. Es heißt ›Der Teufel sitzt im Chorgestühl‹ und ist eine Art Führer durch die Bilderwelt alter Kirchen. Es erklärt sehr verständlich die Glaubensvorstellungen der Leute, beginnend mit den Anfängen des Christentums über das Mittelalter bis hin zur Zeit des Barock. Ich erinnere mich sogar noch an den Namen des Autors: Friedemann Fichtl. Auch ein schöner, alter Name, so süddeutsch.«

»Chorgestühl. Was ist das?«

»Der Raum, der ein Kirchenschiff abschließt. Den Geistlichen vorbehalten, der Platz für die Hochaltäre. Besonders in Klöstern findet man dort auch das Chorgestühl, auf dem die Mönche Platz nahmen. Denken Sie an die Verfilmung von ›Der Name der Rose‹. Da saßen sie und ließen stundenlang ihre gregorianischen Gesänge erschallen.«

»*Sillería de coro.*«

»Auch gut«, meinte Berlinger flapsig. »In diesem Buch wird beschrieben, welchen großen Wert die frühen Christen – unter anderem – auf symbolische Bedeutungen legten. So ist zum Beispiel nichts, was die heiligen Sakramente betrifft, aber auch rein gar nichts zufällig.«

Berlinger vertiefte sich einen Augenblick lang in seine Gedanken und setzte dann das Gespräch fort: »Ich kann mich gut erinnern«, sagte er und lehnte sich mit einem kleinen Lächeln zurück, »ich habe mein Abitur in einem katholischen Internat gemacht. Ich erinnere mich noch heute an meine damalige Wäschenummer: einhundertsechsundvierzig. Die vergesse ich wohl nie. Ja, da gab es einen alten Pater, ich glaube, er hat Erdkunde und natürlich auch Religion unterrichtet. Der hat mich einige Male tiefernst, mit großer Sorge um mein Seelenheil und peinlich lauter Stimme gefragt, ob ich heute eigentlich schon dem Satan abgeschworen hätte. An einem Tag sogar zweimal. Das fand ich immer reichlich rücksichtslos, das ist doch meine Sache, oder? Das geht doch nicht hundert andere Jungen etwas an.«

»Und was haben Sie ihm geantwortet?«

»›*Zweimal*, Pater‹. Er war zufrieden.«

Der Wirt kam zu ihnen, legte ihre bereits benutzten

Messer und Gabeln vom Salatteller zurück auf den Tisch und räumte nur die Teller ab.

»Besteck gibt es hier nur *einmal*, das ist so üblich«, erklärte Matamalas.

Berlinger lächelte. »Warum nicht? Das ist schon in Ordnung. Zurück zu Friedemann. Thema Taufe.«

»Mir fällt es wieder ein!«, unterbrach ihn der Spanier unerwartet. »Unsere katholischen Kirchen sind alle nach Osten ausgerichtet! Dafür brauchten Sie meinen Kompass, Sie wollten das überprüfen. Altar, Apsis, und – hah! – Chorgestühl weisen nach Osten.« Matamalas lehnte sich zufrieden zurück, und in seinem Blick war auch so etwas wie Anerkennung für sein Gegenüber zu erkennen, diesen deutschen Doktor mit seinen in keinem Lehrbuch zu findenden Methoden und seinen wie Tentakel ausgefahrenen Sinnen.

»Wenn denn eines vorhanden ist«, bestätigte Berlinger und meinte das Chorgestühl. »Genau. Der Osten. Der Orient. Ich fresse einen Besen, wenn unser Killer nicht auf die darin liegende Symbolik anspielt. Und etwas Spielerisches haftet ja auch zumindest den Fällen zwei und drei an. Die Mützen und so weiter.«

»Besen fressen?«

»Das ist nur sprichwörtlich zu verstehen. Den Ausdruck gibt es womöglich im Spanischen nicht. *Idiomático*.«

»Das habe ich mir schon gedacht. *Comer una escoba!*«

»*No, no, macarrons!*«, sagte der Wirt, der in seinen Filzlatschen geräuschlos herangekommen war, gespielt vorwurfsvoll. Er hielt eine Platte mit dampfender Pasta in den Händen, die mühelos für vier Leute gereicht hätte, und er stellte sie nun mit einem Lachen auf den Tisch.

Ebenfalls lachend nahmen die beiden Polizisten ihre Gläser zur Hand, stießen miteinander an und wünschten sich *salud* und guten Appetit.

»Im Westen geht die Sonne unter«, nahm Berlinger den Faden wieder auf, während er sich einen Berg Nudeln auf seinen Teller häufte, und fuhr fort: »In der frühchristlichen Vorstellung ist dort nicht nur der Ort der sichtbaren Dunkelheit angesiedelt, sondern im übertragenen Sinn auch das Reich des Teufels in seiner Eigenschaft als Fürst der Finsternis. Der Westen ist gewissermaßen unrein, ein Eingang zur Unterwelt. Darum steht der Ungetaufte im Westen, von der dunklen Seite herkommend, und er strebt nach Osten, denn der bringt das Licht: *ex oriente lux*. Daher erhält das Wort Orientierung seine tiefere Bedeutung. Und das ist ganz nebenbei auch der Grund dafür, dass die Taufbecken in aller Regel auch gleich am westlich gelegenen Haupteingang aufgestellt sind.«

»Wie in der Kathedrale von Castelló.« Matamalas schien fasziniert zu sein, und er sah aus, als ahnte er bereits, worauf Berlinger abzielte.

Erklärend fügte der Deutsche hinzu, seine Gedanken seien natürlich nicht abgeschlossen, das hier sei ja schließlich kein theologischer Vortrag. Er entwickle lediglich Theorien, während er rede, und er bat Matamalas, das immer zu berücksichtigen. »Halten Sie Ihre Anmerkungen und Einsprüche bitte fest, sie sind genauso wichtig wie das, was ich hier ausbreite«, forderte er ihn auf.

Matamalas nickte zustimmend, und Berlinger setzte seine Ausführungen fort:

»Bei der eigentlichen Taufzeremonie geschieht Folgendes: Der Täufling, meistens vertreten durch seinen Paten, der ihn auf seinen Armen trägt, wendet sich von Westen ab in Richtung Osten. Das ist das symbolische Abschwören und die durch das sich Abwenden vollzogene Orientierung zum Guten, zu Gott.«

Sie aßen eine Zeit lang schweigend, und beide dachten konzentriert darüber nach, wie sie einen Zusammenhang zwischen diesen Ausführungen und den Mordfällen herstellen könnten.

Matamalas begann als Erster: »Deduktion. Der Rückschluss von den Taten auf den Täter. Unsere Morde sind von einem organisierten Täter begangen worden.«

»Gut. Sie denken ebenfalls in diese Richtung: Hier liegt ein methodisches Vorgehen vor, Affekthandlungen sind weitgehend ausgeschlossen. Die Ausführung muss ohne Abweichungen dem Plan entsprechen. Prima. Wie diese *macarrons*. Machen Sie bitte weiter.« Als wäre er froh, dass ihn Matamalas beim Sprechen ablöste, fuhrwerkte Berlinger mit seiner Gabel herum, spießte zielsicher ein *macarron* nach dem anderen auf und führte sie zügig zum Mund.

»Organisiert.« Matamalas sah ihm amüsiert zu. »In aller Regel bedeutet das wiederkehrende Methoden, die sich zwar im Verlauf einer Mordserie durchaus verändern können, die aber dennoch immer etwas Verbindendes aufweisen.«

»Etwas Verbindendes nicht unbedingt, wenn Sie den *modus operandi* meinen. Der kann sich sehr wohl signifikant ändern, sodass Sie eine Verbindung zu einem anderen Fall nicht immer so einfach herstellen können. Stellen

Sie sich einen Serienmörder vor. Zunächst benutzt er ein Beil, stellt aber fest, dass ihm das viele Blut bei der Vertuschung, beim Aufräumen des Tatorts zu viel Arbeit macht oder ihn gefährdet: Er wird bei seinem nächsten Einsatz zu einem anderen *modus* finden und greift dann vielleicht zu einer Schlinge. Sie haben Recht, wenn Sie seine Handschrift meinen, seine Signatur, das, woraus er seine Befriedigung zieht, sein Ritual mit den Details, die uns zeigen können, unter welchem Zwang er steht. Dabei stellen diese Veränderungen aus der Sicht des Mörders sehr erwünschte Weiterentwicklungen, Wandlungen dar auf seinem Weg zur Vollkommenheit, und er erwartet wie selbstverständlich, dass alle Welt ihm zustimmt. ›Außer lautem Beifall hat das Völkchen nichts zu klatschen‹, wird er sich denken.«

»Aus seinem Drang heraus, sich mitzuteilen, sich und seine Motive deutlich zu machen. Er ist sich sicher, ein Recht darauf zu haben, die Verbrechen begehen zu dürfen.«

»Oder sogar, sie begehen zu müssen. Und irgendwann wird er dabei einen entscheidenden Fehler machen.«

Sie warfen sich ihre Folgerungen zu wie Jongleure ihre Bälle, und mit so etwas wie gegenseitiger Hochachtung sahen sie sich an.

»Als hätten sich Schleusen geöffnet«, meinte Matamalas, und Berlinger antwortete:

»Wir werden den Fall knacken. Sicher. Allerdings stehen wir erst am Anfang. Ich rechne fest mit weiteren Morden. Und was noch schlimmer ist: Zwischen den Fällen eins und zwei lag ein rundes Jahr, und zwischen zwei und drei nicht einmal ein halber Monat. Da drückt jemand aufs Tempo. Vielleicht wird er wütend und damit unvorsichtig, leichtsinnig. Aber er bleibt brandgefährlich.«

»Wir können nicht alle Kirchen im Ampurdan überwachen. Das ist einfach ausgeschlossen. Und die Bevölkerung können wir auch nicht bitten, Wache zu stehen.«

»Uns bleibt nur die Deduktion. Oder Videokameras mit Langzeitrekordern. Aber wo aufstellen? Unser Killer sucht sich die Orte, wo er seine Leichen ablegt, sorgfältig aus. Er tarnt sich wahrscheinlich als Tourist, fotografiert und wägt ab, er prüft die Stellen auf ihre Tauglichkeit. Sehr wahrscheinlich hat er längst eine Reihe von Orten als Reserve ausgewählt, sich einen kleinen Vorrat angelegt. Die Kameras kann man nicht so gut verstecken, sie würden ihm auffallen, denke ich. Außerdem ist es dunkel, wenn er mit den Leichen in die Dörfer fährt, und ich bin nicht sicher, ob die Scheinwerfer, von denen die Kirchen angestrahlt werden, in der Nacht genug Licht für die Kameras bieten. Also ist es sinnlos, es sei denn, wir wollen, dass er sie sieht. Interessanter Gedanke.«

Berlinger sah den Spanier an.

Der nickte und sagte: »Provozieren. Gute Idee. Ja, das behalten wir im Hinterkopf. Falls wir ihn unter Druck setzen wollen.«

»Gut. Machen wir also weiter, Matamalas. Organisiert, haben wir festgestellt, methodisches Vorgehen. Was könnte daraus gefolgert werden?«

»Erstens: Wir haben keine Affekthandlungen. In allen drei Fällen war die Todesursache ein einziger, äußerst kräftig ausgeführter Schlag auf den Kopf. Kein Blutrausch, sondern ein kontrolliertes Vorgehen. Zweitens: Die Mordmethode ist für uns ein weiterer Hinweis auf einen männlichen Täter.«

»Ja. Die zertrümmerten Schädel. Sollen wir uns einen Mann vorstellen, der sich an sein Opfer heranschleicht und es von hinten, beispielsweise mit einem Baseballschläger, ums Leben bringt?«

»Möglich. Wahrscheinlich nachts, bei Dunkelheit. Was heißt *emboscada*?«

Berlinger sah in seinem Langenscheidt nach. »Hinterhalt. Gut, Comisario, sehr richtig, das glaube ich nämlich auch. Hinterhalt. Heimtücke. Der Staatsanwalt wird sich freuen. Ein Mordmerkmal für die Juristen, Subsumieren leicht gemacht. Was noch?«

»Groß wird er sein. Kräftig, extrem stark, wie ein Bodybuilder? Jung?«

»Ein Muskelmann muss er meiner Meinung nach nicht sein. Er muss Kraft genug haben, die Leichen, auch wenn sie alles andere als Fettsäcke waren, in ein Auto zu wuchten und sie eine Strecke weit zu den Fundorten schleppen zu können. Jedenfalls dort, wo er nicht mit dem Wagen bis an die geeignete Stelle für seine Inszenierung heranfahren konnte. Groß muss er meiner Auffassung nach sein, ja, wegen des Winkels, in dem die Tatwaffe die Köpfe der Opfer traf. Und die waren ja keine auffällig kleinen Leute. Aber schwingen Sie einmal so einen Baseballschläger, damit können sogar Schwächlinge ziemlich wuchtig zuschlagen.«

»Wenn er demnach nicht notwendigerweise besonders auffallend kräftig zu sein braucht, dann muss er auch nicht unbedingt jung sein.«

»Matamalas! Gute Polizeiarbeit! Hat sich um sein Vaterland verdient gemacht.«

»*Bromista!*«

»Moment, muss ich nachschlagen.« Berlinger blätterte in seinem Wörterbuch und fand das Wort »Witzbold«. Er lachte und wollte gerade etwas anmerken, aber Matamalas ließ ihn nicht dazu kommen. In voller Fahrt unterbrach er ihn, um den Faden nicht zu verlieren:

»Die Rückschlüsse führen uns sogar noch weiter: Uns fällt sein methodisches Vorgehen auf, und wir wissen, dass es in keinem der drei Fälle einen Kampf zwischen Täter und Opfer gegeben hat. Das deutet möglicherweise darauf hin, dass der Mörder gute Gründe hatte, einen solchen Kampf zu vermeiden.«

»Und das legt die Vermutung nahe, es mit einem lebenserfahrenen Mann zu tun zu haben, der aufgrund dieser Erfahrung und seines methodischen und organisierten Vorgehens durchaus auch älter sein kann. Er ist sicher kein Schwächling, sondern wahrscheinlich gesund und gut in Form, trainiert, konzentriert und sich seiner Ziele sicher.«

Der Wirt war wieder erschienen und hatte die leeren Teller gegen neue mit den Schnitzeln und *patatas fritas* ausgetauscht.

»Wo wir schon so nah am Thema sind«, bemerkte Berlinger und beäugte misstrauisch sein *escalope*, »da kann man ja wirklich ein Vaterunser durchpusten.«

»*Verdad*, aber kosten Sie erst einmal. Sie können sich ja von Westen nach Osten vorarbeiten. Brauchen Sie vielleicht den Kompass?«

Berlinger bemerkte den Schalk in Matamalas' Augen,

er war nicht zu übersehen. Ein gut aussehender Mann, Nina würde sagen: eine blendende Erscheinung.

»Gut!«, rief Berlinger überrascht, nachdem er probiert hatte. »Und selbst geschnitzte Pommes frites. Das hätte ich in so einem kleinen Lokal nicht erwartet.«

»Gerade hier. Viele von den größeren Lokalen haben täglich die Tiefkühltransporter vor der Tür. Freut mich, dass es Ihnen schmeckt«, meinte Matamalas zufrieden und griff nach seinem Besteck. »Aber einem Motiv sind wir noch nicht näher gekommen.«

»Das sehe ich aber anders. Wir machen doch auf jeden Fall Fortschritte, indem wir Sexmotive und wahrscheinlich auch finanzielle Beweggründe ausschließen können. Erinnern wir uns doch noch einmal an Friedemann Fichtl. Wir haben einen Täter, der durch die Weiterentwicklung seiner Methode etwas ausdrücken will. Das Inszenesetzen der Leichname vor den Kirchen soll vermutlich deren Übergang von der Dunkelheit zum Licht bedeuten. Es ist in den Augen des Mörders eine kunstvolle und – so hofft er – in den Augen der Welt eine bedeutende Aktion, die – wiederum in seiner Vorstellung – sehr wahrscheinlich eine Korrektur hin zum Wahren und Schönen darstellt, etwa im dem Sinne von ›Indem ich euch töte, verwandle ich euch von bösen Menschen in gute.‹ Gerade weil unsere Nummer zwei, das Opfer in Pedret, nicht vor dem heutigen seitlichen Eingang lag, sondern vor dem zugemauerten alten, also von Westen nach Osten blickte, bin ich mir da sehr sicher.«

Berlinger machte eine kurze Pause und führte sich die Tatorte noch einmal vor Augen, bevor er seine Gedanken fortsetzte:

»Gestützt wird meine Ansicht auch durch die Kreidezeichen, in Pau gewissermaßen eine Unterstreichung des ›von Westen‹ durch den Pfeil unter der Matratze, und ebenso das Ausrufezeichen an der Apsis als Verstärkung des ›nach Osten‹. Das Fragezeichen in Pedret kann ich mir noch nicht so recht erklären, außer damit, dass es dem Mörder so ging wie mir, als ich mich über ein Templerkreuz in einem nicht übermäßig bedeutenden katalanischen Dorf wunderte. Vielleicht ist das seine spezielle Art von Humor, so etwa in der Art von ›Was soll denn dieser Scheißdreck hier an der von mir für würdig befundenen Kirche?‹ Seine Art, gegen das Kreuz zu protestieren, durch das er sich gestört fühlte.«

Matamalas hatte ihm durch eine Handbewegung einen weiteren Einfall signalisiert und sagte jetzt: »Protest ist gut. Aber nicht gegen das Kreuz, sondern gegen den neuen Eingang, der sich nicht an der Stelle befand, an der er hätte sein sollen.«

»Protest gegen das Stilllegen des richtigen Eingangs, dem vom Westen her. Ja, das passt!«

»Ein Weltverbesserer.«

»Ein penibler, korrigiersüchtiger, durchgeknallter Spinner! Das bestärkt unsere Vermutung: Er hat Bildung und Lebenserfahrung, genug jedenfalls, um seiner Meinung nach Richtig und Falsch unterscheiden zu können. Nicht unbedingt zwingende Beweise für einen jungen Täter, oder?«

»Sicher ist eins: ein *hijo de puta.*«

»So«, erwiderte Berlinger, »dann wollen wir doch noch einmal auf die Opfer unseres Hurensohns zurückkommen. Sie lagen an öffentlichen Plätzen, auch das in Pedret, denn dort ist ja nichts versperrt, jedermann hat Zugang. Öffentliche Plätze bedeuten Öffentlichkeit.«

»Für jedermann erkennbare Zeichen setzen.«

»Ja, Matamalas, und jetzt passen Sie mal auf! So muss es sein!« Berlinger legte sein Besteck auf dem Teller ab, wie um zu signalisieren, das nun Folgende besonders ernst zu nehmen: »Die Opfer müssen ihm irgendetwas getan haben. Ja, es geht gar nicht anders. Haben sie ihn bestohlen? Nein, eigentlich glaube ich das nicht. Oder haben sie vielleicht seine Frau oder das Töchterchen angemacht? Nicht völlig auszuschließen, wir wissen es nicht. Aber sie sind ihm auf irgendeine Weise zu nahe getreten. Danach müssen wir suchen!«

Der Comisario hielt sich an die Fakten: »Die Mützen sind seine spezielle Art von Humor. Aber das Festkleben und dann das Abschneiden der Lider ist für mich eindeutig ein Augenöffnen, nicht nur im Sinn von ›Da ist das Licht‹, entsprechend Ihrer Symbolik-Lektion von vorhin. Er ist also nicht nur ein Katholik, der sich im Recht glaubt. Er will etwas anderes mit seinen Taten ausdrücken, nämlich so etwas wie: ›Jetzt hör mal zu, *hombre*‹ ...«

»›Sieh mal, mein Junge‹ ...«

»Richtig. ›Sieh mal, hier bin ich, und da bist du. Du glaubst, mir nahe treten zu können. Wer bist du, so etwas annehmen zu dürfen? Ich bin etwas Besseres. *Noli turbare circulos meos*. Dir werde ich es zeigen!‹«

»Störe meine Kreise nicht. Ja, und noch etwas.« Berlinger nickte zustimmend, und davon überzeugt, ein weiteres Argument für seine Theorie gefunden zu haben, erklärte er: »Die Weiterentwicklung der Methode. In

Rabós keine Auffälligkeiten. Die Mütze kommt in Pedret hinzu, und der Sekundenkleber für die Augen. Dann im neuesten Fall, in Pau, wieder eine Mütze und die jetzt abgeschnittenen Lider. Er fängt an, die Gesichter seiner Opfer zu zerstören. Ganz im Gegensatz zu Morden aus sexuellen Motiven, denn da erleben wir häufig, dass die Gesichter der Opfer verschont bleiben. Sie wissen schon, all diese Dinge, die auch mit Sado und Maso zu tun haben.«

Matamalas bestätigte: »Das bedeutet, der Sexualtäter sieht sein Opfer, in überwältigender Mehrheit Frauen, nicht als Person an, sondern mehr als Symbol, meist als eine beliebige Vertreterin des anderen Geschlechts.«

»Ja. Das Opfer hat kein Gesicht, weil es ein Niemand ist, und deshalb hat die Physiognomie für den Täter keine besondere Bedeutung. Ihm ist das Gesicht egal, darum lässt er es unzerstört.«

»Und in unseren Fällen ist das anders. Nein, es entwickelt sich, es wird anders.« Matamalas spann den Faden weiter und stellte fest: »*Madre mía!* Sollte er wirklich wieder zuschlagen, erwarten Sie einen noch schlimmeren Anblick des Gesichts. Er entfaltet sich. Falls Sie Recht haben.«

»Ja, das ist meine Befürchtung.«

»Und was bedeutet ein zerstörtes Gesicht?«

»Sie wissen es so gut wie ich, Matamalas.«

»Er kennt die Opfer.«

»Ja, in aller Regel. Oder wieder in übertragenem Sinn: Er erkennt sie. Oder er erkennt in ihnen etwas, wogegen sich seine Wut und sein Zorn richten, und dem muss er Taten folgen lassen, wie unter Zwang. Er muss dagegen einschreiten. In unseren Fällen hat die Person des Opfers unserem Täter etwas getan. Diese Person, keine andere, ist ihm persönlich bekannt. Das Opfer steht hier nicht stellvertretend für beliebige andere.«

Berlinger nahm noch einige Gabeln voll Pommes frites, legte dann sein Besteck endgültig ab und meinte: »Comisario, ich gebe uns einen aus. Wir sehen deutlich klarer. Nur sagten Sie vorhin etwas von einer Lektion. Davon kann nun wirklich nicht die Rede sein, ich nenne das ›Zusammenarbeit‹. ›*Brainstorming*‹, jeder Gedanke, jeder einzelner Geistesblitz muss ausgesprochen werden dürfen.«

»Geistesblitz?«

Berlinger schlug nach und erklärte: »*Rasgo de ingenio.* Unsere beiden Köpfe zusammen sind besser als einer.«

»Wir fühlen uns schon wie die Bischöfe«, stellte Matamalas trocken fest.

»Wie kommen Sie jetzt darauf? Was soll das denn heißen?« Berlinger sah ihn erstaunt an.

»Schiere Bildung. Bischof auf Spanisch: *Obispo, episcopado.*«

»Los, Matamalas! Überraschen Sie mich mit Ihrem Scharfblick!«

»Ἐπίσκοπος, der mit dem Überblick«, löste der Spanier lächelnd sein Rätsel, indem er auf die Herkunft des Wortes hinwies.

»Na, hoffentlich haben Sie Recht!«, meinte Berlinger, und weil es ihm gerade in den Sinn kam, fügte er hinzu: »Sehen Sie uns beide einmal mit etwas Abstand. Wir überlegen hier, drehen Argumente hin und her und betrachten sie von allen Seiten. Das könnte sich doch in einem Buch sehr gut erzählen lassen. Immer vorausgesetzt, wir finden auch unseren Täter«, schränkte er ein.

Der Comisario kam nicht zu einer Antwort. Drängelnde ›Freude, schöner Götterfunken‹ aus Matamalas Innentasche. Hipolit Planas rief an und bestätigte den Termin mit den deutschen Urlaubern für sechs Uhr am Nachmittag in Empuriabrava, Badia Nummer hundertfünfundachtzig, einer kleinen Straße in der Nähe der Avenida Europa, die schräg gegenüber vom Restaurant *Capitan* lag.

Sie hatten Glück. Es gab *crema catalana* zum Nachtisch.

Es gab auch einen kräftigen *cortado*, an dem sich Matamalas wieder einmal die Zunge verbrannte.

Und es gab auch einen reichlich eingeschenkten, äußerst verdauungsfördernden Bobadilla 103 Brandy, *etiqueta negra* selbstverständlich.

Und es gab eine erstaunlich übersichtliche Rechnung für ihr Mittagsmahl.

7
Empuriabrava

Matamalas holte seinen deutschen Kollegen nach einer erholsamen Siesta in Empuriabrava ab. Sie machten sich sofort auf den Weg zur Wohnung der deutschen Touristen, zu den Freunden von Egon Kropp.

Pünktlich zur vereinbarten Zeit klingelten sie an dem in mehrere Apartments aufgeteilten Mehrfamilienhaus, und es wurde ihnen von einem jungen Mann in Unterhemd und Trainingshose geöffnet.

Aber was für ein Chaos! Der Raum, der wohl das Wohnzimmer darstellte, war mit leeren Flaschen, vollen Aschenbechern und achtlos irgendwo abgelegten, zusammengeknüllten Kleidungsstücken übersät. Sogar Schuhe mit hineingestopften Socken fanden sich unter dem niedrigen Wohnzimmertisch. Ein leerer Koffer lehnte mit seinem geöffneten Deckel an einer Wand, gleich neben dem auf höchster Stufe brennenden Gas-Katalysatorofen. An einem Nagel darüber war ein bunter Polyesterschal befestigt, der von unten nach oben den Schriftzug *Westfalia Herne* trug, und das vorher wohl an dieser Stelle aufgehängte Bild – ein großformatiges Aquarell mit auf den Strand gezogenen Fischerbooten – war achtlos und auf dem Kopf stehend hinter den braun-goldenen Ofen gezwängt. Auf einer schmucklosen Anrichte stand inmitten von, schmutzigem Geschirr und Audiokassetten ein viel zu laut eingestellter Gettoblaster und brüllte völlig sinnfreien Technolärm aus sich heraus. An allen Innenseiten der Fenster lief reichlich Kondenswasser am Glas herunter und sammelte sich zu kleinen Pfützen auf dem Fußboden, eine nicht zu vermeidende Folge der Sauerstoff fressenden Heizmethode und ein Zeichen dafür, dass hier seit Tagen nicht mehr gelüftet worden war.

Allein der beißende Gestank von schwarzen Zigaretten und Schweiß und die schwüle, drückende Hitze in diesem nicht sehr großen Raum hätten Berlinger und auch Matamalas normalerweise umgehend dazu veranlasst, dieses Haus wie Dr. Kimble auf der Flucht zu verlassen.

Berlinger fragte angeekelt: »Gibt es hier eine Möglichkeit, sich zu setzen? Und würden Sie freundlicherweise das Radio ausmachen?«

»Nun seinse doch nich so.« Dennoch folgte der junge Mann der Aufforderung und zog mit einem Ruck das Stromkabel aus der Wand.

In der so plötzlich eingetretenen Stille empfand Berlinger besonders deutlich, wie wenig er für Leute dieser Art übrig hatte und wie weit er sich mittlerweile von seinem früher gewohnten, allerdings ausnahmslos dienstlich veranlassten Umgang entfernt hatte.

»Schaufelnse sich doch das Sofa ruhig frei. Kommt bei uns nich so genau«, nuschelte der junge Mann weiter.

Die beiden Polizisten blickten sich an. Dann sah sich Berlinger noch einmal um, griff sich zwei metallene Barhocker, die vor der Theke der amerikanischen Küche standen und mit schmuddeligen Sitzkissen belegt waren.

Er ließ diese herunterfallen, meinte lediglich ganz nebenbei: »Na ja, das kommt hier wohl nicht so genau«, und drückte Matamalas einen der Hocker in die Hand. Ausgesucht unfreundlich fragte er dann: »Wo sind Ihre Freunde abgeblieben? Wir haben ja schließlich einen Termin vereinbart. Keinen Bock oder was?«

»Sind rüber zum Supermarkt. Müssen gleich wieder da sein, holen nur ebent Nachschub. San Mi-gu-el und ein bisschen Brandy, Sie wissen schon.«

»Nein, das weiß ich nicht. Und Sie, haben Sie vielleicht auch einen Namen?«

Ein Fummeln am rechten Ohr, das drei Ringe schmückten, davon keiner im Ohrläppchen: »Brehm. Franz Brehm. Können gerne Franzi sagen.«

»Niemals. Hören Sie zu. Dieser Herr hier ist der leitende Kommissar in der Mordsache Egon Kropp, Comisario Matamalas. Ich heiße Berlinger und handle im Auftrag der deutschen Botschaft in Madrid.«

Sie hörten ein dumpfes Poltern aus der Richtung des Hauseingangs, und im nächsten Moment kamen Zwillinge zur Tür hereingestolpert mit Einkaufstüten voller Sixpacks in den Händen. Ihre frettchenhaften Gesichter grinsten die Besucher verschlagen an: Franz Brehms Freunde und – zu dessen Lebzeiten – auch die Egon Kropps.

Berlinger hatte abgewartet und sich das Schauspiel nahezu fassungslos angesehen. Er ließ den beiden Neuankömmlingen zunächst die Zeit, ihre Einkäufe abzustellen, und rechnete fest mit irgendwelchen Kommentaren.

»Keine Musik im Schuppen, was, Alter?«, flachste einer der Zwillinge.

»Brehms Tierleben hier, wie? Samma, wen hamwer denn da? Bullen? Sind wohl vom Osborne-Etikett gehüpft?«, fragte der andere.

Träge, aber trotzdem neugierig kamen sie heran und beäugten die beiden Fremden, die ihnen mit ihren Sakkos und umgebundenen Seidenkrawatten wie Außerirdische vorkommen mussten. Sie setzten sich ohne Rücksicht auf die Sachen, die schon da lagen, auf das Sofa und legten wie auf Kommando ihre Füße auf den Tisch, wobei sie Hindernisse wie Flaschen, halb volle Gläser und einen Zeitungsstapel einfach zur Seite schoben.

Berlinger sagte: »Comisario Matamalas, der Leiter der spanischen Untersuchungen im Fall Kropp. Ich heiße Berlinger«, und hier kürzte er einfach ab, »und bin von der deutschen Botschaft in Madrid. Ihre Namen, bitte.«

Er erhielt sie und wiederholte: »Die Herren Brehm, Haffenloher und Haffenloher. Gut. Wir haben natürlich das Protokoll Ihrer Aussagen vor dem spanischen Kriminalbeamten gelesen. Sehr ergiebig war es ja nicht, woran Sie sich erinnern können. Dennoch müssen wir noch einmal darauf zurückkommen. Außerdem können wir Sie erst dann nach Hause fahren lassen, wenn wir uns absolut sicher sind, nichts übersehen zu haben.« Und sicherheitshalber fragte er: »Verstehen Sie das?«

Ein dreifach dahingenuscheltes Jooo, Jau oder ähnlich war die Reaktion.

»Na, hervorragend. Es geht doch. Was wir von Ihnen erfahren möchten, meine Herren: Wie gut haben Sie eigentlich Egon Kropp gekannt?«

Die Zwillinge sahen sich an, und grinsend zielten sie

mit jeweils einem Zeigefinger und erhobenem Daumen auf Franz Brehm und sagten unisono: »Bumm.«

Natürlich verstand Brehm diese eher comicähnliche Aufforderung und erklärte: »Schule zusammen, Lehre auch zusammen. Danach ich und Egon in einer freien Werkstatt, die Zwillinge bei Mercedes. LKW natürlich.«

»Und in Ihrer Freizeit …?«

»… hamwer ständig aufeinander gehangen. Disco und so, Girls, Girls, Girls, wissen Sie?«

Die Zwillinge schlugen irgendeinen Takt auf ihren Oberschenkeln, summten dabei drei absteigende Töne und folgten dem Gespräch mit ihren wachsamen kleinen Marderaugen, ganz offensichtlich so gespannt und heimtückisch wie Präzisionszwillen.

»Nein, weiß ich nicht.« Berlinger ging zum Fenster und öffnete es weit. »Und dann haben Sie sich für einen gemeinsamen Urlaub hier an der Costa Brava entschieden?«

»Ho, ho. Nicht zum ersten Mal. Jedes Jahr, seit der Lehre, was, Doppelloher?«

»Jau.« Dünne, aschblonde Haare, mit gelbem Gummi zum Zopf gebunden.

»Jau.« Dünne, aschblonde Haare, mit grünem Gummi zum Zopf gebunden.

»Und Abrava kennwer auch schon zur Genüge. Sind das dritte Mal hier. Immer dieselbe Bude, immer dieselben Superkneipen. Sind fast schon Stammkunden. Hau weg den Scheiß und ab dafür, was, Haffenzwei?«

»Jau. Ab dafür.«

»Jau, hau weg den Scheiß! Wann machen wir denn endlich weiter?«

Berlinger holte am Fenster tief Luft und fragte: »Und warum kommen Sie immer wieder ausgerechnet nach Empuriabrava?«

»Ist einfach besser hier. Hat mehr Klasse wie Lloret. Tolle Schlitten, super Schiffchen, jede Menge geile Weiber.«

»Alles ne Frage vom Stil.« Der linke Zwilling.

»Wir meinen, vonner Lebensart her gesehen, vom Stil her ebent.« Der rechte Zwilling.

Berlinger riss sich zusammen, und ihm kam der Gedanke: Diese Jungs sind die perfekten Opfer. Er fragte: »Sie waren drei Tage mit Egon Kropp zusammen, bevor er verschwand. Ist Ihnen da irgendetwas aufgefallen? Ein fremder Mann, der auf einmal Ihre Nähe gesucht hat? Oder jemand, mit dem Egon sich unterhalten hat, abseits von Ihnen?«

»Ne Schwuchtel meinse, wa?« Brehm lachte erst, wurde dann aber geradezu wütend. »Wie soll uns denn was auffallen? Wir sind doch zwölf bis vierzehn Stunden am Tag völlig zugeknallt. Und der Rest wird verpennt.«

»Aber hundertpro.«

»Aber hallo. Da kannse feste einen drauf lassen.«

Beides vom Sofa.

»Sie wollen mir doch nicht erzählen, dass Sie nur zum Trinken hierher kommen?«

»Aber warum denn nicht? Is spät hell hier und früh dunkel, genau wie in Herne, da muss man sich ranhalten. Was tun Sie denn wohl, wennse Urlaub ham?« Brehm sah Beifall heischend zu den Zwillingen hinüber, die langsam ihre Handflächen aufeinander zu bewegten und damit geräuschlos applaudierten.

»Mein Gott, irgendwann werden Sie doch auch einmal essen.« Berlinger zwang sich, ruhig zu bleiben.

In belehrendem Tonfall, so, als wäre er äußerst verwundert darüber, dass ein Mensch so schwer von Begriff sein könnte, meinte Brehm: »Sagenwer ja. Hörnse doch einfach mal zu, könnse vielleicht was lernen. Essen klar, keine Frage, geht ja auch wohl nich anners. Da wernse doch sonst ja ganz krank von, oder so was. Ich mein, wennset nich tun, essen, mein ich. Aber vom Stil her gesehen, gehört ja auch Trinken dazu. Essen *und* Trinken, das ist eins, vonner Lebensart her. Gehört einfach zusammen, meinen wir.«

Wieder das Sofa: »Keine Frage. Hat Recht, der Kerl.«

»Gehört zusammen, aber feste. Wie heißt der?«

Die lassen wirklich nicht locker, dachte Berlinger. Und: Die haben sogar Recht, du säufst ja auch genug.

Matamalas ahnte seine Verzweiflung und griff ein: »Ihr letzter gemeinsamer Tag, zusammen mit Egon Kropp. Erinnern Sie sich daran? Ist da irgendetwas passiert? Gab es da etwas Besonderes?«

»Aber klar doch.« Brehm sah zu den Zwillingen hinüber. »Kann Deutsch. Guter Mann«, meinte er und fuhr fort, indem er den Tonfall des Spaniers übertrieben nachäffte: »Gab es da etwas Besonnnderrres, Jungs?«

»Total Remmidemmi. Au weia.« Der Gelbe.

»N richtiger Klopper. Remmidämmi ohne Ende. Getz aber ma ganz ehrlich.« Der Grüne.

Und Brehm ergänzte: »Nie da gewesene Sause. Gesoffen, bis das Geld alle war. Dann ab nach Hause, mehr Bares holen. War aber nich. Frage: Kann man hier inner

Kneipe die Zeche mit Eurocheque zahlen? Wusstenwer nich. Also hier geblieben, weitergemacht. Mit allem Drum und Dran. Aber keine Drogen. Wir nie. Hamwer überhaupt nich drauf.«

»Packenwer nich an. Niemals nich. Sind doch nich blöd.« Frettchen eins.

»*Never*. Hände weg. Weil wegen Verstand weg.« Frettchen zwei.

Dann wieder Brehm: »Aber warn sehr wahrscheinlich keine Weiber dabei, ausnahmsweise. Warn zu zu. Mucke volle Kanne und ab dafür …«

»Hau weg den Scheiß!« Rechts.

»Keinen weggesteckt. Nix für ungut!« Links.

Zwillings-High-Five. Routiniert, beide mit der rechten Hand und ohne hinzusehen.

»Zu zu?«, fragte Matamalas.

»O Manno!« Ein über alle Maßen gequälter Brehm. »Zu sehr zu. Hacke. Total abgefüllt.«

»Mucke?«, fragte Berlinger.

»Lala, Sound natürlich, was denn sonst?«, erwiderte Franz Brehm herablassend.

»Und Egon Kropp war dabei?«

»Logisch. Oder meinen Sie, wir hätten Herner Roulette gespielt?«

»Was ist denn das, wenn ich fragen darf?«

»Also, wir vier haben Spaß. Fläschchen dabei, klaro. Einer is auf einmal ganz schlecht, grüne Schnauze und so, geht raus, Nase pudern. Die andern müssen dann raten, wer rausgegangen is.«

Die Zwillinge brachen in ein ehrliches Gelächter aus, so echt und glaubwürdig, als hätten sie zum ersten Mal vom Herner Roulette gehört, und schlugen sich gegenseitig kräftig auf die Schultern.

Spaß haben. Klaro.

Brehm bog sich ebenfalls vor Lachen, hielt sich die Hände vor den Unterbauch und sah dabei aus, als könnte er gleich sein Pipi nicht mehr bei sich halten, ging zu seinen Kumpeln hinüber und machte High-Five mit ihnen.

»Und irgendwann an diesem Abend oder in der Nacht haben Sie zu Ende geraucht, die Flasche leer getrunken, das Licht ausgemacht und sind schlafen gegangen?« Matamalas' Tonfall war nicht mehr sehr nachdrücklich.

»Zu Ende rauchen. Die Flasche leer trinken.« An Daumen und Zeigefinger abzählend, sah ihn der Linke verständnislos an.

»Licht aus. Schlafen gehen.« Der Rechte - er zählte an Mittel- und Ringfinger ab – sah ihn exakt genauso an wie sein Zwillingsbruder.

Und dann kommentierte Brehm überlegen: »Nu sagense mal, wo lebense eigentlich? Wen interessiert das denn schon? Das ist doch so was von elendig und scheißegal, wer weiß denn noch so was?«

Die Polizisten sahen sich an. Berlinger versuchte es ein letztes Mal: »Hören Sie. Das ist doch hier kein Komikertreffen. Ihr Freund ist tot. Ermordet. Wenn ich bei Ihnen schon keine Trauer feststellen kann, Ihr Bier.« Er bemerkte seinen Fehler, und um zu verhindern, dass sich diese Knaben umgehend ihre Flaschen holten, fuhr er schnell fort: »Aber Sie könnten wenigstens versuchen, uns zu helfen. Wir suchen den Mörder Ihres Freundes, verdammt noch mal. Sagen Sie uns doch einfach, wie Egon Kropp seine letzten Stunden verbracht hat!«

»Und wenn wir nichts mehr wissen?« Wieder Brehm.
»Und uns nicht mehr einfällt?« Sofa links.
»Filmriss, Mann. Alle vier.« Sofa rechts.

Brehm und Zwillingsbruder sahen Sofa rechts erstaunt und ungläubig an.

»Ehhh, Scheiß drauf, alle drei …«

Wortlos wandten sich Matamalas und Berlinger dem Ausgang zu.

Sie hatten die klemmende Haustür noch nicht einmal ganz hinter sich ins Schloss gezogen, als ihnen der hämmernde, wuchtige Bass der Technofassung von »Alle meine Entlein …« mit seinem massiven Luftzug das Türschließen zur Hälfte abnahm.

✧

»Kommen Sie doch bitte mit herein«, sagte Berlinger, nachdem Matamalas ihn nach Hause gebracht hatte. »Sie sollten besser mithören, was ich mit Wegmann vom BKA Wiesbaden bespreche.«

»Gern.«

Bis hierhin hatten sie kaum ein Wort gewechselt. Das völlig schief gegangene Gespräch mit Brehm und dem irren Doppel saß ihnen noch schwer in den Knochen. Berlinger hatte dem Spanier nur lakonische Anweisungen für den schnellsten Weg zur Falconera fünfundsechzig gegeben: »Zurück zum *Capitan*, dann geradeaus über den Kreisverkehr. Hinter der Brücke rechts. Jetzt bis zum Ende geradeaus. Links. Wieder links. – Und Stopp.«

Das Haus lag im Dunkeln. Sobald sie sich der Tür näherten, reagierte ein Bewegungsmelder, und Berlinger öffnete die beiden Sicherheitsschlösser. Im Flur entschärfte er die Alarmanlage, machte Licht und bat Matamalas, ihm ins Wohnzimmer zu folgen.

»Nina ist heute am Nachmittag nach Girona gefahren. Sie müsste aber bald zurück sein. Unseren Hund hat sie mitgenommen. Aber wir müssen jetzt erst einmal etwas trinken, einverstanden?«

»Hau weg den Scheiß, jau!«, erwiderte Matamalas und ahmte den hysterischen Tonfall der Zwillinge nach.

Berlinger war schon auf dem Weg zum Kühlschrank in der Küche und sah sich jetzt zweifelnd nach Matamalas um. Der aber stand mitten im Wohnzimmer und fing dermaßen an zu lachen, dass der Deutsche gar nicht anders konnte, als in das befreiende Gelächter einzufallen.

»Da muss man durch!«, japste der Spanier und ließ sich auf gleiche Weise wie Berlinger kurz zuvor in einen der mit hellem Alcantara bezogenen Sessel fallen.

»Ab dafür!«, trompetete Berlinger und wischte sich die Tränen aus den Augenwinkeln.

Sie erholten sich etwas von ihrem gemeinsamen Anfall, ihre Lachsalven lebten nur noch einmal auf, als sie fast gleichzeitig »Nix für ungut!« und »Da könnse feste einen drauf lassen!« von sich gaben.

»Haben Sie vielleicht ein San Mi-gu-el für mich?«, fragte Matamalas.

»Das nicht gerade, es ist uns einfach zu stark. Und übrigens, vonne Lebensart her gesehen geht der Trend wech vonne harten Sachen. Ich habe aber ein richtig kaltes Xibeca, ich trinke eins mit.«

Bei dem einen Bier blieb es zunächst, während sie über

ihren missratenen Verhörversuch sprachen und darüber, was sie vielleicht hätten besser machen müssen. Immer wieder flocht einer von ihnen eine der Bemerkungen von Brehm & Co. ein, und nur einmal wurde Matamalas zwischendurch ernst:

»Vergessen wir diese Knaben? Oder kommen sie möglicherweise als Täter in Betracht? Sie waren immerhin schon öfter hier, wahrscheinlich auch im letzten Jahr. Wir können prüfen, ob das zeitlich passt. Deren Chuzpe passt auf jeden Fall. Haben vielleicht gemeinsam ein Ding gedreht, und dann Streit mit Kropp bekommen?«

»Und die Leichen vor den Kirchen abgelegt? Wie sollen Rabós und Pedret hier hereinpassen? Orientierung, Zeichen setzen, vom Dunkel zum Licht? Der Wandel, das Fortschreiten in der Methode? Diese Leute, so völlig ohne Bildung? Glaube ich nicht. Die niemals.« Und er erzählte dem Spanier, wie er vorhin in dem Apartment an die drei als die typischen Opfer gedacht hatte.

»Abgehakt«, bestätigte Matamalas.

»Jau.«

»Ich werde Planas morgen anweisen, dass er sie von der Leine lässt.«

Berlinger sah auf seine Uhr und bemerkte: »Wir reden wie die, das ist sehr ansteckend. Aber ab dafür, es ist gleich acht Uhr. Wegmann wird jetzt ziemlich sicher zu Hause sein.«

Er zog einen kleinen Rollcontainer unter dem gläsernen Schreibtisch hervor, der vor der breiten Fensterfront zum Garten und dem Kanal stand, schob ihn bis zu dem niedrigen Tisch aus Alabaster heran, an dem sie saßen, und öffnete dessen obere Klappe. Zum Vorschein kam ein kleines, weißes Faxgerät mit einem Telefonhörer. Berlinger zeigte auf den Apparat und erklärte:

»Hier ist zusätzlich noch ein Lautsprecher eingebaut, Sie können also mithören. Greifen Sie bitte ein, wenn Sie wollen, klar?«

»Klar.« Matamalas lehnte sich zurück und wartete.

Während Berlinger über eine programmierte Kurzwahltaste die gespeicherte Privatnummer seines Kollegen vom BKA automatisch wählen ließ, griff er eine grüne, mit einem Reiter aus Plastik versehene Karteikarte aus einem kleinen Kasten in einer der Schubladen des Containers.

»Wegmann.«

»Berlinger hier. Hallo, Holger!«

»Mensch, Berlinger! Lange nichts von Ihnen gehört! Wo sind Sie überhaupt?«

»In Spanien, wo sonst? Wie geht es Ihnen denn so in der kalten Heimat?«

Berlinger sah fragend zu Matamalas hinüber, und dieser zeigte auf sein Ohr, hielt einen Daumen hoch und nickte. Nach einigen Minuten Smalltalk erkundigte sich Holger Wegmann nach dem Grund für Berlingers Anruf.

»Genug geschwätzt, Berlinger, es ist Ihr Geld. Was kann ich für Sie tun?«

»Die Mordfälle an der Costa Brava. Ich bin halb offiziell eingeschaltet.« Und nachdem er Wegmann aufgefordert hatte, in Stichpunkten mitzuschreiben, erzählte Berlinger von den drei Toten und davon, wie die Leichen aufgefunden wurden, alle von hinten erschlagen und vor den romanischen Kirchen in unterschiedlichen Dörfern abgelegt. Er berichtete in kurzen Worten von der von Fall zu Fall ansteigenden Inszenierung der Körper, der ebenfalls anwachsenden Zuhilfenahme diverser Utensilien wie Mützen und Brillen und schloss die Information für Holger Wegmann mit den Worten ab: »Sorge macht uns auch die beginnende Verstümmelung der Opfer. Bisher geschieht sie noch postmortal, aber wer weiß, wie es weitergeht? Und über eins bin ich mir sicher, es wird weitergehen.«

»O. k., Berlinger. Unser Amt ist informiert. Es hat hier gestern eine Besprechung stattgefunden, und bei mir sind Sie richtig gelandet. Ich habe Sie nur nicht unterbrochen, um den neuesten Stand zu erfahren. Der große Boss hat mir den Auftrag gegeben, den Kontakt mit Ihnen zu halten. Freut mich, Berlinger, dass Sie dabei sind. Sie haben immer noch einen guten Namen, und viele von uns hier haben es sehr bedauert, dass Sie so unvermittelt weg waren. Altenteil? Gnadenbrot? Wie fühlt man sich denn eigentlich, so jung und doch schon beim alten Eisen?«

»Wie ein Backgroundsänger in einer Rentnerband. Aber lassen wir das jetzt mal bitte für einen Moment, die Sache ist wirklich wichtig. Sie haben mitgeschrieben?«

»Natürlich.«

»Jetzt die Einzelheiten. Drei Tote in zwölf Monaten. Zuständig für alle Fälle, Matamalas, Comisario, Polizei Figueres. Er ist übrigens hier und hört mit.«

»*Buenas tardes!*«, rief Matamalas.

»Guten Abend, Kollege Kommissar«, kam es aus dem Lautsprecher. Und für Berlinger bestimmt sagte Wegmann: »Ich lasse das Tonband mitlaufen, o. k.?«

»Das war mir schon klar, ist in Ordnung. Die Fälle im Einzelnen: Nummer eins: am einundzwanzigsten März letzten Jahres, männlich, Fundort der Leiche: Rabós, Ampurdan, Spanien, Costa Brava, bei Figueres. Völlige Fehlanzeige bei der Identität. Damals etwa achtzehn bis zwanzig Jahre alt. Unsere Nummer zwei – Moment mal eben« er sah auf die Karteikarte, bevor er fortfuhr: »Am einundzwanzigsten Februar, also im letzten Monat, dito, Fundort Pedret i Marzà, Ortsteil Pedret, dito, dito. Etwa gleiches Alter, einziger Hinweis auf seine Identität sind die Schuhe, Innensohle mit Prägung ›Obermaterial Leder‹.«

»Auf Deutsch?«

»Ja. Nummer drei: achter März, also vor einigen Tagen. Fundort: Pau, dito, dito. Identität: Kropp, Egon. Geboren einundzwanzig-nullacht-sechsundsiebzig in Herne, Ruhrgebiet.« Langsam und deutlich gab er die Personalausweis-Nummer durch und schloss: »Letzter gemeldeter Wohnort: Herne-Baukau, Vinckestraße hundertachtundneunzig. Haben sie das?«

Wegmann wiederholte die Angaben zu Nummer drei und bemerkte: »Da drückt aber einer gewaltig aufs Tempo, was?«

»Das kann man wohl so sagen. Er fängt sogar an zu malen, Kreidestriche und so was. Wird ihn seinen verdammten Hals kosten. Die Datenwiederholung war korrekt. Ich bitte um Hilfe bei Identitätsfeststellung Nummer eins und zwei. Anfragen müssen in Wiesbaden vorgelegen haben oder noch immer vorliegen. Körpermaße, Fotos, die pathologischen Befunde, das Übliche eben. Warum zum Teufel haben die Spanier nichts von uns gehört, nicht einmal ein schlichtes ›Negativ, tut uns Leid, Kollegen, und viel Erfolg noch weiterhin‹?«

»Erinnern Sie sich an Baumeister, Abteilung Wirtschaft, speziell Versicherungen?«

»Baumeister, Siegfried, Kriminaldirektor. Viel zu jung für den Rang, seine Frau acht Jahre älter als er, galt als strammer Ficker, redete jedenfalls immer so.« Zu Matamalas gewandt, zog Berlinger entschuldigend die Schultern hoch und sah ihn mit einem Blick an, der zu sagen schien: ›So ist die Welt nun einmal, ich kann ja auch nichts dafür.‹

»Genau der. Sitzt seit drei Tagen hier in U-Haft. Verdacht auf Kungelei mit Lebensversicherungen. Hat Akten gehortet, alle haben mit Todesfällen von Deutschen im Ausland zu tun. Unbearbeitet. Hilfsersuchen ausländischer Polizeibehörden, Vermisstenmeldungen aus Deutschland, alles prima und sorgfältig abgeheftet. Mit Fotos und allem Pipapo. Nicht in den Behördenkreislauf zurückgeführt. Hausdurchsuchung, wir haben über zwanzig Fälle entdeckt. Wir rollen sie gerade auf und vermuten, dass es um die doppelt auszuzahlende Versicherungssumme bei Unfällen geht. Die Versicherung spart, wenn kein Unfall nachgewiesen werden kann, und Baumeister hält die Kralle auf und kassiert jeweils ein schönes Sümmchen. Vielleicht haben wir zur Abwechslung mal etwas Glück und finden eins von Ihren Opfern.« Und für Matamalas' Ohren fügte er noch etwas lauter hinzu: »Wenn ja, bitte ich um Verständnis, Comisario. Verzeihung, so etwas passiert leider auch hier bei uns.«

»Und was können Sie jetzt für uns tun?«, fragte Berlinger, froh, dass doch noch so etwas wie Hoffnung bestand, mit der Hilfe aus Wiesbaden möglicherweise ein weiteres Opfer identifizieren zu können.

Wegmanns Ton war profihaft geschäftsmäßig: »Ich bin ja selber mit an der Sache dran. Ich kann mir gut vorstellen, wie ihr euch da unten vorkommen müsst. Melde mich auf jeden Fall morgen, fix siebzehn-null-null, egal, ob positiv oder negativ. Uhrenvergleich: zwanzigdreiundzwanzig. O. k.?«

»Zwanzigvierundzwanzig, aber ab dafür.« Berlinger musste lachen. »Aber sonst sehr o. k. Auch kein Spaß für euch, einer muss ja wohl die Angehörigen unterrichten, wenn ihr Baumeisters unterschlagene Fälle knackt, und das geht ganz sicher nicht am Telefon. Aber ich habe noch etwas, Holger. Wir brauchen die Register der Vorstrafen von Kropp, Egon, von Haffenloher, Dirk, von Haffenloher, Dieter und Brehm, Franz.«

Er gab die Geburtstage und die Wohnsitze durch, indem er weitere seiner Karteikarten zu Hilfe nahm, und fuhr fort: »Alles, was ihr habt. Ebenfalls morgen, das müsste doch wohl gehen. Und: Die Polizei Herne soll zusätzlich noch herumfragen. Das Übliche. Zügig. Drei Tage, nicht mehr.«

»Will sehen, was ich tun kann. Sonst noch was?«

»Moment bitte«, meinte Berlinger und sah den Spanier an. Der nickte kurz, streckte seine Hand aus und sprach in den Hörer, den Berlinger ihm reichte.

»Matamalas hier. Nochmals guten Abend, Herr Wegmann. Nur eine Sache noch. Falls Sie bei Nummer eins und zwei fündig werden, wären die Vorstrafen auch in diesen Fällen für uns sehr wichtig.«

»Wird gemacht. Und Sie sind Spanier? Kompliment. Sie hören sich an wie einer von hier.«

»Da war ich ja auch lange genug. *Adiós*, Herr Wegmann, und nix für ungut. Zurück zu Ihrem Kollegen?«

»Ja, bitte. Nix für was? Ach, ab dafür. *Adiós!*«

Berlinger übernahm noch einmal. »Holger? Ich danke Ihnen. Wir haben hier einen Spinner, der seine Leichen vor Kirchen ablegt und ihnen die Augenlider abschneidet. Wir wollen ihn kriegen. Die ganze Region ist betroffen, wenn die Touristen Angst bekommen und ausbleiben. Können Sie sich vorstellen, wie wichtig diese Sache ist und was alles daran hängt?«

»Ja, ich glaube schon. Da ist der Lebensnerv der ganzen Costa Brava bedroht. Hat schon in unseren internen Informationen gestanden, auch, dass Sie mit im Boot sind. So etwas geht dann doch schnell, Gott sei Dank. Ich hoffe, Sie beide sind erfolgreich. Und, Berlinger, Sie haben mir auch schon mal geholfen. Zeit, Ihnen das heimzuzahlen.« Wegmann lachte, und dann schloss er: »Ich tue alles, was ich kann.«

»Danke, Holger. Wenn wir damit durch sind, kommen Sie mich besuchen!«

»*El Bulli*, von dem Sie immer geschwärmt haben?«

»*El Bulli*, Cala Montjoi bei Roses, versprochen. Bis morgen!«

»*Hasta mañana* oder wie das bei euch heißt. Bin ja schließlich kein Banause.«

Berlinger gab ihm noch seine Telefon- und Faxnummer mit der Vorwahl aus Deutschland und legte auf.

✧

Später am Abend saßen sie in bequemen Lehnstühlen vor einem kleinen Kaminfeuer. Nina, die kurz nach dem Telefonat mit Wiesbaden zurückgekommen war, hatte aus den vorhandenen Beständen und den in Girona gekauften Leckereien ein kleines Abendessen zubereitet.

Sie sprachen über andere Dinge, nicht mehr über den Fall, weil sie beschlossen hatten, jeder solle für sich über die neuesten Entwicklungen nachdenken. Sie hatten sich mehr kaltes Xibeca aus dem Kühlschrank besorgt, wobei sich ihnen die ebenfalls durstige Nina anschloss. Unausgesprochen war die Hoffnung der Polizisten geblieben, am nächsten Nachmittag etwas von Holger Wegmann zu erfahren, das sie entscheidend weiterbringen würde.

Lediglich ein hin und wieder eingestreutes ›Einen drauf lassen‹ oder ›vonne Lebensart her gesehen‹, was der jeweils andere mit einem ›ebent, vom Stil her‹ ergänzte, hatte Nina stutzig gemacht.

»Nun sag doch mal einer, wie redet ihr denn eigentlich? Besonders Sie, Comisario, das ist mir ja völlig neu.«

Anders als die beiden Männer fand Nina die Geschichte von den Zwillingen und Brehm überhaupt nicht lustig, und sie machte ihnen heftige Vorwürfe, die am höchsten Punkt ihres mühsam im Zaum gehaltenen Zorns darin gipfelten, dass sie unvermittelt aufstand und sagte: »Ich gehe jetzt ins Bett. Und dir, Berlinger, gebe ich zu bedenken, wobei ich Sie, *señor*, ausdrücklich nicht ausschließe: Ihr solltet euch über den Glücksfall einer guten Erziehung und einer möglicherweise noch besseren Ausbildung freuen. Andere haben das nicht gehabt.« Sie überlegte einen Moment, bevor sie fortfuhr: »Ich kann mit euch lachen, wenn es um diese Journalisten oder Fernsehkommentatoren geht, deren Werkzeug die Sprache sein sollte, die aber nur herumsülzen und nebenbei ewig und drei Tage brauchen, um den korrekten Plural von ›Paparazzo‹ herauszufinden.«

Berlinger erinnerte sich an die aufgeblasenen Informationsprofis aus seiner aktiven Zeit, daran, wie hohl und scheinheilig sie auftraten in ihrer Gier nach Sensationen, immer mit ihrem Credo auf den Lippen, die Öffentlichkeit habe ein Recht auf ihre verformten Wahrheiten …

Aber Nina zog ihnen weiter die Ohren lang. »Und lachen kann ich auch über diesen komischen Bischof, der sich vors Fernsehvolk stellt und absondert: ›Der Volkstrauertag ist ein zentrales Ereignis gegen das Vergessen und damit grundsätzlich wahr.‹« Sie lachte einmal bitter auf und schimpfte: »Das sind schließlich studierte Leute, die es eigentlich besser wissen müssten. Aber diese Sache hier ist etwas völlig anderes. Nehmt diese Leute gefälligst als das, was sie sind, nämlich ungebildete Kleingeister, gefundene Fressen für die Werbung. Dankbare Portemonnaie-Aufreißer für den blödesten Schund. Meinetwegen denkt euch ruhig euren Teil über Brehm und Konsorten, als Polizisten müsst ihr das wahrscheinlich sogar. Aber wenn ihr sie so verhöhnt, euch über sie lustig macht und sie nachäfft, seid ihr um keinen Deut besser als sie. Ich wünsche euch eine gute Nacht!«

Matamalas blieb gerade noch Zeit, aufzuspringen und sich für das Abendessen zu bedanken. Mit leicht erhobener Stimme rief er, alle Förmlichkeit vergessend, der davoneilenden Nina hinterher, der der Afghane mit fast ähnlich wütendem Gesicht gefolgt war: »Nina, nun bleiben Sie doch noch einen Moment lang hier! Nina, bitte.«

Und mehr zu sich und Berlinger sagte er: »*Estamos jodidos*, wir sitzen in Scheiße.«

Sie blieb stehen und drehte sich zu ihm um.

Er bat in beschwichtigendem Tonfall: »Lassen Sie uns einen Tag Zeit. Wir waren nur so völlig überwältigt von dieser anderen Welt, damit konnten wir nicht rechnen. Wir sprechen noch einmal darüber.«

Berlinger schloss sich an: »Du warst nicht dabei, Nina. Du hast ja Recht, aber glaub mir, für dich wäre es auch die Hölle gewesen. Wir reden so, um es von uns abzuwehren, mehr aus Instinkt als aus Überheblichkeit. Wie es auf dich wirkt, wie es auf andere wirkt, die uns auf einmal so reden hören, haben wir leider nicht bedacht.«

Nina kam ganz langsam zurück. »Schon gut. Du kannst diesem Mann erzählen«, meinte sie zu Berlinger und reichte Matamalas die Hand, »wie leicht ich manchmal aus der Haut fahre. Sag ihm aber auch, wie schnell ich mich wieder fassen kann. Gute Nacht, Comisario. Gute Nacht, Berlinger, und macht nicht mehr so lange.«

Nun lächelte sie doch noch, und Satan schlich verwirrt in sein Riesenkörbchen, wo er sich, von allen dreien beobachtet, ohne die sonst üblichen vielen Drehungen vernehmlich aufseufzend einfach fallen ließ.

Und Nina sagte zum Abschied, während sie bereits auf dem Weg war, das Wohnzimmer zu verlassen, über ihre Schulter hinweg: »Wie besprochen, Comisario, unser Abendessen am Sonntag, ich bin gespannt auf Ihre Conchita. Ihr könnt gern noch ein Bier trinken, aber bitte keine laute Musik, ich bin müde. Einverstanden?«

Klaro, sie waren einverstanden. Sie taten, was ihnen aufgetragen worden war.

Ab morgen würden sie es lassen, so zu reden. Aber heute ging nichts über noch eine gut gekühlte Literflasche.

Vom Stil her gesehen, vonne Lebensart.

Hau weg den Scheiß.

Und ab dafür.

Ebent.

8
Figueres

Anschluss Nina Wegener und Berlinger. Sie wissen ja, wie es geht. Nach dem Piepen bitte sprechen. Ich rufe zurück. Info für Holger Wegmann: Ich bin in Figueres. Null-null-drei-vier, neun-sieben-zwei, fünf-null-null-neun-zwei-neun. Verlangen Sie Matamalas. Ich wiederhole: Null-null-drei-vier, neun-sieben-zwei, fünf-null-null-neun-zwei-neun. Ade!«

Wegmann tat, was ihm der Anrufbeantworter aufgetragen hatte. Die extrem gute Verbindungsqualität ließ ihn denken, er rufe lediglich über den Rhein nach Mainz hinüber an.

»Ich übergebe an Ihren Kollegen. Der Lautsprecher ist an, ich nehme dieses Gespräch auf. Einverstanden?«, hatte Matamalas gefragt.

»O. k., Comisario.«

»Ja, Holger, hier Berlinger. Guten Tag.«

»Eine Niete, ein möglicher Treffer.«

»Super! Lassen Sie hören.«

»Über Ihre Nummer eins, den Toten in Rabós, liegt hier nur die Anfrage aus Spanien vor. Nicht bei Baumeister zu Hause, sondern in seinem Schreibtisch im Amt. Hat er sich vielleicht noch warm gehalten, dieser Schweinebuckel. Keine Vermisstenmeldung innerhalb Deutschlands. Ist über ein Jahr her, ich fürchte, da kommt nichts mehr.«

»Und Nummer zwei?«

»Der Tote in Pedret, ja. Sehr wahrscheinlich positiv. Kranenberg, Jochen. Geboren: siebzehn-nullneun-vierundsiebzig in Coburg, erster Wohnsitz in Staffelstein, bei Lichtenfels, nördlich von Bamberg. Student der Betriebswirtschaft in Würzburg, Bronnbacher Gasse achtundneunzig. Viertes Semester. Sein Vater: Unternehmer, hat einen Betrieb mit etwa siebzig Leuten in Staffelstein. Maschinenbau, Patente, Export, scheint gut zu laufen. Gehört dort zu den oberen Zehn, so klein wie das Kaff ist. Jochen hat sich bei seinen Eltern zum Beginn der Wintersemesterferien kurz sehen lassen, wahrscheinlich, um frisches Geld und saubere Klamotten abzuholen und sich mit dem Ziel Spanien verabschiedet.«

»Einfach nur Spanien?«

»Ja. Den Eltern war nichts Genaueres bekannt. Hat seinen Koffer gepackt, sich zum Bahnhof bringen lassen und ist in den Zug gestiegen. Geplant waren drei bis vier Wochen. Sein Motorrad hat er in Vaters Garage abgestellt, war ja auch nicht die richtige Zeit dafür. Großer Reisefan, immer allein. Wollte sich in Spanien einen Mietwagen nehmen. Hat von dort aus nicht einmal zu Hause angerufen, ob er überhaupt wohlbehalten angekommen ist. Einfach verschwunden.«

»Was für Hobbys noch, außer Motorrad?«

»Hard Rock. Iron Maiden, Metallica und so was. Ich kenne diese Gruppen von meinen Jungs. Kranenberg war Schlagzeuger – oder wie das heute heißt – in einer Band aus Würzburg. Habe vor wenigen Stunden mit seiner

Mutter gesprochen. Hatte seine CD-Sammlung und eine Mini-HiFi-Anlage in einem speziell dafür angefertigten Köfferchen dabei, ein High-Tech-Teil, fast viertausend Mark teuer. Aktiv-Boxen, wie sogar die Mutter wusste, sie machten nämlich einen Höllenlärm. Und einen teuren Laptop, na ja, der Vater wird es wohl absetzen können. Das letzte Geburtstagsgeschenk seiner Eltern. Sagte, er wolle mal raus und in Ruhe komponieren. Lossheim ist mit allen Unterlagen unterwegs nach Staffelstein. Wir hätten auf keinen Fall so entschieden, wenn wir uns nicht anhand der Fotos nahezu sicher wären. Scheißjob, so etwas den Eltern anzutun, er hat sich sehr bedankt.«

»Guter Mann, der kann das, das weiß ich noch.«

»Ja, sicher. Vorstrafen Kranenberg, Jochen: Fehlanzeige. Er musste als Jugendlicher allerdings einmal fünf Wochenenden bei den Sozialen Diensten helfen.«

»Warum?«

»Nächtliche Ruhestörung im Wiederholungsfall. Konnte wohl nicht aufhören damit. Lossheim wird da nachhaken bei den Kollegen in Staffelstein.«

»Könnte er auf dem Rückweg über Würzburg fahren? Er soll ins Revier gehen, das für die betreffende Gegend … Wo wohnte Kranenberg noch?«

»Moment, muss eben blättern … ja, da ist es: Bronnbacher Gasse achtundneunzig.«

»Er soll bei den zuständigen Kollegen fragen, ob etwas vorliegt.«

»Gute Idee. Die anderen vier, Moment, hier hab ich es, Kropp, Egon, Brehm, Franz und die beiden Haffenloher, Dirk und Dieter. Supertypen, richtig?«

»Prachtstücke.« Berlinger grinste Matamalas an.

»Machen wohl alles zusammen?«

»Ja, das denken wir auch.«

Wegmann ratterte die Vorstrafenlisten herunter: Automaten geknackt, Autos geklaut. Allerdings als Jugendliche, daher waren die Strafen auf Bewährung ausgesetzt worden. In der letzten Zeit war da nichts mehr, außer Führerscheinentzug. Alle vier hätten den Lappen schon einmal weg gehabt, zwischen neun Monaten und anderthalb Jahren. Brehm und Kropp wegen Alkohols, keine Unfälle, normale Kontrolle, die anderen wegen Gefährdung des Straßenverkehrs. Dieter: wiederholtes zu dichtes Auffahren bei überhöhter Geschwindigkeit, und Dirk hätten sie mit hundertfünfundsechzig Kilometern die Stunde in einer Autobahnbaustelle mit Tempolimit achtzig erwischt. Die Wohnortpolizei werde noch gehört.

»Und anschließend haben die sich wahrscheinlich nur noch auf das Saufen konzentriert«, meinte Berlinger.

Wegmann lachte kurz auf und resümierte: »Ich schulde Ihnen dann noch die Polizeiauskünfte. Erstens Lossheims Bericht aus Staffelstein und Würzburg und die Polizeiberichte Herne. Schicke ich wahrscheinlich per Fax an euch rüber, sobald ich etwas habe. O. k.?«

»O. k., Holger. Und vielen Dank.«

»Schon in Ordnung, Berlinger. Könnt ihr etwas damit anfangen?«

»Mit der vermuteten Identität Kranenberg ganz sicher. Reine Polizeiarbeit, wir fangen gleich damit an. Mit dem anderen, das weiß ich jetzt noch nicht. Aber schaden kann es auf keinen Fall. Die restlichen Infos so schnell wie es geht. Auch per Fax, das ist vielleicht sogar besser, denn wir werden sehr viel unterwegs sein in den nächsten Tagen.«

Berlinger sah wieder fragend zu Matamalas hinüber. Dieser schüttelte den Kopf.

»Ich glaube, das war es für heute, Holger. Guten Dienst, Dank und ade!«

Wegmann fiel aber doch noch etwas ein: »Eins habe ich noch. Eine Bitte von meinen Jungs. Sie fragen, ob Sie in einem CD-Laden etwas ausfindig machen können.«

»Klar. Was denn?«

»Die Nummern und Titel aller CDs von drei wahrscheinlich wüsten spanischen Bands. Moment, wo habe ich den Zettel … Ja, hier. In Deckung gehen, Berlinger: Heroes del Silencio, Parálisis Permanente und Siniestro Total.«

»Um Himmels willen!«

»Als Sie jung waren, haben Sie ja auch nicht nur Rocco Granata und Vico Torriani gehört«, meinte Wegmann in einem Ton, als wäre er beleidigt.

Berlinger lachte. »Stimmt. Beggars banquet, aber bis zum Geht-nicht-mehr. Stones, bis der Doktor kommt.«

Wegmann lachte und wünschte dann: »Viel Erfolg, und ›Gimme shelter‹, wenn Sie Ihren Spinner festgenagelt haben. Gruß an den Kollegen! Ade!«

✧

»Hier setzen wir an«, erklärte Matamalas entschlossen. »Wir suchen den Mietwagen. Wenn alle drei in dieser Gegend getötet wurden und Kranenberg mit dem Zug gekommen ist, kann er eigentlich nur hier in Figueres oder in Girona ausgestiegen sein. Am Bahnhof in Figueres sind die Büros von den drei großen Autoverleihern, Hertz, Avis und Europcar. Los, Berlinger, wir fangen sofort an.«

»Langsam, langsam, Comisario. Wir haben noch mehr.« Berlinger überlegte und fragte dann. »Conchita und Planas sprechen Deutsch?«

»Sie sehr gut, er kann sich ein bisschen mehr als nur verständlich machen. Er hat die Chorknaben in Empuriabrava vernommen.«

»Chorknaben? Wo haben Sie das denn her?«

»Ich habe ›Chorgestühl‹ noch einmal nachgesehen. Chorkonzert, Chorleiter, Chorsänger, nur unsere *chorizo* hat damit wohl nichts zu tun.«

»Eure scharfe Paprikawurst? Na, die ganz sicher nicht.« Berlinger lachte. »Und sind sie informiert über unsere Rundfahrt zu den Tatorten? Über unsere Rückschlüsse?«

»Selbstverständlich.« Matamalas schilderte kurz seine Arbeitsweise, die sich dadurch von der anderer Vorgesetzter unterschied, dass er mit seinen Untergebenen so regelmäßig wie möglich kurze Besprechungen abhielt, die alle mit der Lösung eines Falles Beauftragten auf den neuesten Stand der Ermittlungen brachten.

Berlinger stimmte zu: »Das finde ich richtig gut. Ich habe mir früher die größten Probleme mit meiner Offenheit meinen Leuten gegenüber eingehandelt, von wegen Verletzung der Verschwiegenheitspflicht und Preisgabe des Informationsvorsprungs, um die über alles geschätzte Autorität nicht einzubüßen. Dabei ist das der größte Blödsinn. Denn wenn wir nicht einmal unserem eigenen

Personal vertrauen, können wir sofort einpacken. Aber wenn wir einen von uns erwischen, der nicht dicht hält oder auf persönliche Vorteile aus ist, dann kann es keine Strafe geben, die hart genug ist. Wenn das jeder weiß, funktioniert es auch. Können Sie die beiden bitte holen? Wegen des Tonbandes.«

Wenige Minuten später saßen sie zu viert in Matamalas' Besprechungszimmer. Es war ein nüchterner Raum mit altgedienten Stühlen und einem Tisch mit grüner Resopalplatte. Vor einer Längswand standen mehrere große Flip-Charts, auf die ganze Serien von gestochen scharfen Fotos der drei Tatorte geheftet waren. Jeweils oben war der Name des Dorfes angebracht, und in senkrechter Richtung folgten Aufnahmen der Kirchenportale, der Leichen selbst und dann die Vergrößerungen der Gegenstände, mit denen der Mörder die Körper der Toten versehen hatte, um seinen Taten seinen besonderen Stempel aufzudrücken.

Auf der Tafel an der Stirnseite war aber noch Platz. Bedrückt nahm Berlinger diese Tatsache zur Kenntnis.

Er war den Neuankömmlingen sehr förmlich vorgestellt worden und ahnte, wie schwer es dem Spanier fallen musste, seine Liaison mit Conchita geheim zu halten und vor seinen Leuten den Schein zu wahren.

Sie hatten den Bandmitschnitt ihres Gesprächs mit Wegmann abgespielt, wobei Conchita in ihrem gelben Rollkragenpullover und den knapp sitzenden Jeans zu Berlingers Irritation unablässig mit ihrem Pferdeschwanz gespielt und der dunkelhäutige Hipolit Planas eine Ducados nach der anderen geraucht hatte.

»Um die Mietwagenfirmen kümmern wir uns, Dr. Berlinger und ich, und zwar jetzt gleich. Wir vermuten, dass unsere Nummer zwei hier in Figueres ausgestiegen ist. Dr. Berlinger hat noch eine Idee.« Matamalas übergab ihm das Wort.

»Bitte lassen Sie alle den Doktor weg. Es reicht völlig aus, wenn Sie mich vorübergehend als Ihren Kollegen akzeptieren, einverstanden?«

Nach bestätigendem Nicken der drei fuhr er fort: »Sie haben mitbekommen, was Ihr Kommissar und ich vermuten. Sexuelle und finanzielle Motive scheinen so gut wie ausgeschlossen zu sein. Wir glauben, hier will sich jemand gegen Übergriffe oder etwas, das auf ihn so wirkt, wehren. Die Angehörigen mögen verständlicherweise anders denken, aber um den Täter zu fassen, ist für uns die Kenntnis vom Aufenthaltsort der Opfer hier an der Costa Brava viel wichtiger als ihre Identität. Das heißt, wo genau haben sie gewohnt …«

»Aber nur das eine führt zum anderen«, wandte Conchita ein.

»Sicher«, stimmte Berlinger zu, »mit einem Namen ist es einfacher. Aber auch ohne den hätte das große Abklappern begonnen. Sehen Sie, ›Orantes‹, Opfer Nummer eins. Der Unbekannte, gefunden in Rabós, der bisher weiteste Abstand von der Marina Empuriabrava. Nummer zwei, Jochen Kranenberg, in Pedret, etwas näher an Empuriabrava als Nummer drei, Egon Kropp in Pau, aber nur der Luftlinie nach. Tatsächlich ist Pau mit einem Auto schneller zu erreichen als Pedret. Und ich sehe Empuriabrava deshalb als Zentrum eines gedachten Kreises, weil wir von Kropp wissen, dass es sein Aufenthaltsort, gleichsam seine Basis gewesen ist.«

Er ging zu einer Wandtafel und malte eine grobe Skizze der Gegend. »Die Bucht von Roses, die Ortschaften Roses, St. Margarida, Empuriabrava. Unserem Kreis hier fehlt fast die Hälfte: Wasser, kein Land, keine Kirchen. Castelló, Figueres.« Er machte kleine Kreuze an den Stellen, wo er die Orte auf der Tafel ansiedelte, und kürzte die Ortsnamen ab, indem er nur die ersten Buchstaben verwendete.

Auf der Tafel fuhr er mit der Kreide zurück nach Roses. »Und von hier aus, fast wie Perlen an einer Schnur, die Dörfer Palau-Saverdera, Pau« – ein Kringel um ›Pau‹ und eine Drei daneben – »Pedret, ein klein wenig abseits« – ein Kringel um ›Pedret‹ und eine Zwei daneben, – Vilajuïga, Garriguella, Delfià, wenn man so will, das sind ja nur ein paar Häuser, und dann Rabós.« Er malte den letzten Kringel um ›Rabós‹ und schrieb eine Eins daneben.

»Mit einem kleinen Schlenker bei der Nummer zwei könnte man sagen, er nähere sich zielsicher Empuriabrava«, bemerkte Conchita.

»Das kann man so sehen, es kann aber auch reiner Zufall sein.« Berlinger legte die Kreide ab, rieb die Hände gegeneinander, um den Staub zu entfernen, und setzte sich wieder an den Tisch. »Ich bin aufgrund meiner Ausbildung zum Psychologen zwangsläufig nicht ausschließlich auf Tatsachen fixiert. Ich habe Hinweise niemals gewichtet, für mich gab es nie nur wertvolle oder nur unwichtige Einzelheiten. Lassen Sie mich also zusammenfassen: Kropp wohnte in Empuriabrava. Kranenberg ist an die Costa Brava gefahren. Zu Nummer eins können wir bislang nur sagen, dass er im Ampurdan ermordet worden ist. Was also tun?« Und wie früher in seiner aktiven Zeit gab er auch jetzt seinen Mitstreitern die Gelegenheit, die notwendigen Schlüsse selbst zu ziehen, schwieg und sah sich erwartungsvoll um.

»Gefällt mir«, meinte Matamalas, der umgehend zu erkennen schien, was Berlinger mit seiner Pause bezweckte. »Los, Leute, keine falsche Bescheidenheit.«

Planas drückte seine gerade aktuelle Ducados im Aschenbecher aus und begann: »Mit Fotos und Daten von Kranenberg zu den Immobilienbüros, zuerst in Empuriabrava. Gute Chancen, dort etwas zu finden.«

Conchita schloss sich an: »Dasselbe mit den Unterlagen von Nummer eins. Die Chancen stehen vielleicht *a medias*, fifty-fifty?«

»Positiv denken. Was sitzt ihr hier noch herum?«, fragte Matamalas lächelnd.

Conchita ließ beim Hinausgehen Planas den Vortritt, wobei sie ein freundlich gemeintes »*Hombre*, nach dir!« in seine Richtung murmelte, wandte sich kurz vor der Tür aber noch zu den beiden Älteren um, und mit einem strahlenden Lächeln und erhobenem Daumen sagte sie: »Die Fotografin auf der Jagd. Dank dir, Fernando!« Und zu Berlinger: »Bis Sonntagabend! Ich freu mich drauf.«

Das Letzte, was sie bei ihrem kurzen Spurt hinter Planas her von sich sehen ließ, war ein Zipfel ihres schwarzen Haares oben in der sich schließenden Tür und unten ein schlanker linker Unterschenkel in Jeans, mit einem mehr als schlanken, ja sogar zierlichen, gelb bestrumpften Knöchel und einem recht derben, schwarzen Wildlederschuh.

✧

Matamalas und Berlinger entschlossen sich, zu Fuß zu gehen.

Sie verließen die *Jefatura Superior*, das Präsidium in der Carrer Pep Ventura, passierten die Rambla, ließen die lockenden Straßencafés unbesucht, kamen am Spielzeugmuseum vorbei, das sich Berlinger erst vor wenigen Wochen zusammen mit Nina angesehen hatte, und am unteren Ende der Rambla, gleich bei dem Denkmal für Narcis Monturiol, den die Spanier lautstark als Erfinder des U-Bootes priesen, bogen sie in die Carrer Nou ein, ein schmales Sträßchen, das den Verkehr komprimierte wie ein Flaschenhals eine Flüssigkeit.

Sie liefen über den Platz, den das Dach der noch neuen Tiefgarage bildete, sahen sich auf dem Obst- und Gemüsemarkt mit seinen verschlungenen Dachträgern aus der Zeit der Jahrhundertwende kurz um, und Berlinger fühlte sich wohl bei dem Anblick all der schwatzenden Großmütter in brauner oder schwarzer, für diese Sonnenstunde viel zu warmer Winterkleidung, die ihre gefüllten, schweren Einkaufstaschen schleppten, aus deren Mehrzahl entweder *baguettes* auf französische Art oder aber *barras*, die voluminösere spanische Variante, hoch herausragten.

Den auf sonnenbeschienenen Gartenbänken sitzenden Männern schien allen eine fast schon aufgerauchte Zigarette im Mundwinkel zu kleben, und während sie eine zusammengerollte Zeitung in der einen Hand hielten, benötigten sie ihre zweite, ja den ganzen Arm zum Unterstreichen ihrer soeben aufgestellten Behauptungen oder ihrer gerade gefällten, natürlich wohl bedachten Urteile. Dazwischen flitzten bunte Farbkleckse hin und her, Kinder auf ihren Skateboards, und die Tauben pickten nach allem, sogar nach Steinchen und prüften diese auf ihre Verzehrwürdigkeit hin. Das Auspuffgeknatter und die bimmelnden Glocken bemerkte anscheinend niemand besonders, ebenso wenig wie auf Rot schaltende Ampeln, und Berlinger erinnerte sich an die fatale Angewohnheit der Spanier, das Rotlicht weniger als Vorschrift, die es zum Besten aller Verkehrsteilnehmer einzuhalten gilt, sondern mehr als eine Art Vorschlag zur Güte anzusehen, ganz gleich, ob als Autofahrer oder als Fußgänger. In diesem Gewusel fielen allenfalls die wenigen beschlipsten Managertypen im Eilschritt auf, in ihren offenen, wehenden Anzugjacken, ein Handy am Ohr. Ihre blitzblanken Schuhe schienen das Pflaster kaum zu berühren.

Mit offenen Augen sah sich Berlinger um. Seit Peters Aufforderung, sich einmal Gedanken darüber zu machen, seine Erlebnisse bei der Jagd nach dem Mörder niederzuschreiben und Ninas spontaner Begeisterung für diesen Vorschlag schienen viele Dinge, über die er früher hinweggesehen hatte, eine neue Wertigkeit zu bekommen, ganz so, als gewännen sie auf seltsame Art an Bedeutung. Er merkte sich, was die Kinder und die Alten taten, die fliegenden Geschäftsleute in all ihrer Wichtigkeit und dachte bei sich, ja, so könnte es vielleicht gehen.

Und erst recht schaute er auf die eleganten, nach jüngster Mode gekleideten Frauen der Upper Class von Figueres, vor denen sich die Passantentrauben zurückweichend teilten, wie sich das Wasser vor dem Bug eines Schnellbootes teilt. Frauen, die so sibyllinisch lächelten wie ihre Schwestern im Geiste lächeln, all die feinen Damen in Deutschland, die ab und an bei Aldi einkaufen, sich dem gemeinen Volke zeigend und sich nicht zu schade dafür, einem großen Spaß beizuwohnen. Und vor allem anderen sah Berlinger die hoheitsvolle, aber falsche Demut, mit der sie zur Kenntnis nahmen, wie sogar Gespräche leiser wurden oder ganz verstummten, während sie vorüberwandelten. Eine Aura, dachte er, so sichtbar und fühlbar, als bestünde sie aus fester Materie und nicht aus nichts weiter als altem Geld, unverdientem Glück und besonders aus dem karrierefördernden, wissentlich falsch ›Empfehlung‹ genannten Heiratsdiktat hartherziger Eltern mit ihrer unbeirrbaren Gesinnung von vorvorgestern.

Kurz vor der Kreuzung, von der aus sie nach rechts die wenigen Meter zum Bahnhof und zu den Autovermietern am Bahnhofsvorplatz gehen wollten, schaute Berlinger auf die andere Straßenseite, blieb stehen und sagte: »Ich kann gar nicht zählen, wie oft ich hier schon durchgekommen bin. Aber das da habe ich noch nie gesehen.«

Er zeigte Matamalas den verwaschenen, noch Reste von Goldfarbe aufweisenden Schriftzug unter dem Dach des Hauses gegenüber:

✡CAPILLA DE NTRA SRA DE LOS
DESAMPARADOS✡

»Sieht nicht aus wie eine Kapelle unserer lieben Frau der Schutzlosen und Verlassenen«, bemerkte Berlinger, »eher wie ein Wohnhaus.«

»Ich denke, das ist ein Kloster, oder es war früher eines. Ich kann mich aber gern informieren.«

»Ach ja, bitte, tun Sie das«, bat Berlinger mit professoraler Ernsthaftigkeit, spaßeshalber, um auch Matamalas ein wenig aufzuheitern.

✧

Bei Avis hing ein handgeschriebenes Schildchen innen an der Glastür, ein selbstklebendes Etikett auf einem kleinen Quadrat aus Plastik, dessen Kettchen an einem Haken mit Saugfuß befestigt war. Es sah so unschuldig-verdächtig nach einem Notfall aus, mit dem schließlich niemand habe rechnen können, dass Berlinger sofort Verdacht schöpfte:

Tancat per 5 minuts
Cas d'emergència:
Roadrunner (Bar)
Pl. Estació, 7 (aquí al cantó)

Für fünf Minuten geschlossen, übersetzte Berlinger stumm. Im Notfall Bar *Roadrunner*, gleich gegenüber. Das glaubst du doch selbst nicht.

»Saufkopp!«, sagte er lakonisch.

✧

Hertz meldete mit ehrlichem Bedauern einen Computer-Breakdown, der zu diesem wohl erst vor kurzer Zeit neu eingerichteten Büro irgendwie nicht zu passen schien.

Der ganze Raum machte den Eindruck, als lächelte er

kalt, und er erhielt seinen einzigen menschlichen Bezug durch einen Pirelli-Wandkalender, der mehr oder weniger verhüllte Supermodel-Busen in Schwarzweiß zeigte. Die darunter sitzende junge Angestellte in Jeans und Twinset sah für Berlinger aus wie eine typische Halbtagskraft, und sie schien von den sexistischen Kalenderbildern völlig unbeeindruckt zu sein.

Ja, sagte sie, das tue ihr aber wirklich sehr Leid. Manuell sei da außer Neuvermietungen gar nichts zu machen. Äußerst bedauerlich, sie hätte gern geholfen, bei einer zusammengebrochenen Standleitung wisse sie sich aber keinen Rat. Sie habe längst den Techniker angerufen, der habe aber per Ferndiagnose festgestellt, es handele sich um ein Problem der *Telefónica.* Wahrscheinlich sei man morgen im Laufe des Vormittags wieder online.

»Ich kann wirklich nichts dafür, Comisario.« Und ob das O. k. sei.

»Ab dafür«, murmelte Matamalas in denkbar schlechter Laune.

Sie verstand es zwar nicht, nickte aber trotzdem, froh über die erzielte Übereinstimmung, und zog umgehend wieder ihr Strickzeug aus einer der Schreibtischschubladen hervor.

✧

Europcar lag schräg gegenüber.

Sie durchschritten einen kleinen Park von der Größe eines halben Fußballfeldes, dessen Bänke belegt waren von sich ausruhenden Hausfrauen, Kids mit Baseballkappen, deren Schirme nach hinten zeigten, oder aber von Pennern, die ihren Rausch ausschliefen, während ihre zotteligen Hunde Pappschälchen bewachten, die jeweils mit einer Fünfundzwanzig-Pesetas-Münze als Investition gefüllt waren.

Das Büro war nüchtern, zweckmäßig und reichlich europcargrün eingerichtet. Es wartete auch mit einem imperativ fordernden Plakat an der Wand auf, jetzt aber endlich einmal die *Sagrada Familia* in Barcelona zu besuchen, und Berlinger dachte an Nina, die mit ihrem Spaß am Widersprechen öfter die Meinung äußerte, diese Kirche müsse doch nun wirklich nicht weitergebaut werden.

Ein pummeliges junges Mädchen, mit einer Lesebrille auf der Nase und äußerst farbenunfroh gekleidet, nickte ihnen bei ihrem Eintreten schweigend zu und legte ihren dicken Roman mit den Druckseiten nach unten aufgeschlagen vor sich auf den Schreibtisch.

Sie zuckte angesichts des Dienstausweises leicht zusammen und antwortete auf Matamalas' Frage, ob sie nach Unterlagen über einen möglichen Kunden namens Kranenberg, Jochen suchen könne: »Moment, ich bin sicher, das haben wir gleich. Können Sie den Namen bitte aufschreiben, damit ich ihn nicht falsch eingebe?«

Sehr höflich. Äußerst zuvorkommend. Auch freundlich.

»Aber klar doch, Comisario, selbstverständlich versuche ich es auch noch über die Personalausweisnummer.«

Das Ergebnis war leider nur ein deutliches, zweifelsfreies Nein. Sehr bedauerlich. Und Entrüstung im Blick, als Matamalas ihr mit zwar lächelndem Mund, aber drohenden Augen zum Abschied ein fernsehreifes »Wenn es sein muss, kommen wir noch einmal wieder« hinwarf.

Das möchte ich auch können, dachte Berlinger.

✧

Der Avis-Mann hing mit den Ellbogen auf der Edelstahltheke im *Roadrunner*, die Unterarme aufgerichtet, links hielt er ein Zigarillo, rechts eine große Tasse in der Hand. Seine Hose zeigte am Standbein scharfe Horizontalfalten an der Rückseite des Knies, sein Spielbein war auf die Fußleiste der Theke gestützt. Er schwang gerade lautstark eine große Rede, von der Berlinger nur mitbekam, dass sie vermutlich von den in rasender Geschwindigkeit steigenden Lebensmittelpreisen handelte, und übertönte dabei das laufende Fernsehgerät unter der Decke in einer der Ecken der Bar.

Der Wirt hatte die Polizisten auf ihn hingewiesen.

»Wir können gleich rüber. Ich bin hier sofort fertig.« Er nahm seine Riesentasse, und unter Matamalas' nun wieder amüsiertem Blick schluckte er eine Hälfte seines Pharisäers auf einmal herunter und legte, sich bereits abwendend, einige Münzen auf die Theke.

»*Uno, dos, tres, adelante!*«, brüllte ein riesiges Geldspielgerät mit elektronischer Stimme und funkelte wild mit über tausend farbigen Lämpchen.

Wie um von der Tatsache abzulenken, statt im Büro in einer Bar entdeckt worden zu sein, brachte der Avis-Mann seine Ansprache zu Ende und goss sich mit Schwung den Rest seines Kaffees mit Brandy hinter die Binde. Auf dem Weg hinaus begann er, den Polizisten die

Hucke voll zu schwätzen von schlechtem Geschäft, immer pingeliger werdenden Kunden, die seit neuestem sogar den Reifendruck seiner Mietautos reklamierten, und beklagte sich, während sie sein Büro erreichten und er die Tür aufschloss, aufs Heftigste über die unglaublich langen Arbeitszeiten und seinen im Vergleich dazu viel zu geringen Verdienst.

Als Erstes nahm er das Schildchen weg, stopfte es in seine Hosentasche, ging zum Computer und fuhr ihn hoch, salbaderte dabei aber ohne Unterbrechung weiter. Er warf sich in einen prächtigen, teuren Drehstuhl, von dem Berlinger annahm, er sei das einzig geeignete Modell für Vorsitzende Richter, mit Lordosenstützen in der Nierengegend und mit matt glänzendem beigefarbenen Leder bezogen, und der Avis-Mann erklärte in belehrendem Ton, das sei kein Luxus, er habe es halt dermaßen arg mit der Wirbelsäule, ob sie das vielleicht verstehen könnten, das käme vom vielen Sitzen, da sei so ein Spitzenprodukt aus Deutschland ja wohl das Mindeste, was er von seinem Arbeitgeber verlangen könne. Und übrigens sei *lumbago* eine Familienkrankheit, sein Vater habe es auch gehabt, an den könne er sich nur als einen völlig schiefen Mann erinnern, und sein Onkel sei damit geschlagen gewesen und sein Bruder Florencio angeblich noch schlimmer, aber dem sei bei solchen Sachen nicht so ganz zu trauen, der übertreibe nämlich immer, behaupte einfach Dinge wie neulich die Geschichte von der Tante Encarna aus Vilasacra, die von einem Hund gebissen worden sei und daraufhin ganz einfach den Hund ebenfalls gebissen habe …

Dann endlich erlöste sie der Computer. Der schmerzhaft kreischende Nadeldrucker spuckte es in Windeseile auf grün-weiß gestreiftem Papier mit den abreißbaren Führungslöchern auf beiden Seiten aus:

19. Februar, Fiat Punto 55S, weiß, Matrikel M 3455 BK, Kilometerstand 7589, für drei Wochen gemietet und vorab bezahlt von Kranenberg, Jochen …

Es folgten Personalausweis- und Führerscheinnummer sowie die Heimatanschrift. Sechstausend Pesetas waren für den Fall hinterlegt worden, dass der Wagen bei der Rückgabe nicht voll getankt sein würde wie bei der Übernahme etc …

»Und können Sie einmal nachsehen, wo Ihr Kunde hier gewohnt hat?«

»Das ist mir doch so egal wie sonst was«, murmelte das Kerlchen leise vor sich hin. Und lauter: »Steht leider nicht in diesen Unterlagen.«

Beide Polizisten fluchten im selben Moment. Mit großer Inbrunst.

»Scheiße!«, schimpfte der eine.

»Bockmist!«, rief der andere.

Berlinger sah wegen des deutschen Schimpfworts anerkennend zu Matamalas hinüber und fragte dann den Avis-Mann: »Und wissen Sie, wo der Wagen jetzt ist? Oder haben Sie ihn wieder vermietet?«

»Der Fiat stand am zweiundzwanzigsten vor unserer Tür. Der Schlüssel war im Briefkasten. Ein paar Liter weniger als voll. Da ist nichts zu machen: Die Kaution ist weg. Wir haben schließlich auch unsere Vorschriften. Darüber können wir nicht einfach hinwegsehen, geht nicht.« Er vermutete wohl, die Polizei wolle ihm an den Kragen.

»Dann steht der Wagen also noch hier?« Matamalas sah eine geringe Chance, den Mietwagen von der Spurensicherung wenigstens auf Fingerabdrücke und Fasern hin untersuchen zu lassen.

»Ach was, Messe in Barcelona. ›Graphispag‹ und ›Transinfo‹, das sind Fachmessen für Grafik und für die Transport-Logistiker, was die auch immer den ganzen Tag lang tun. Sollten mal besser arbeiten, so wie ich. Weiß bei all der Arbeit gar nicht mehr, wo mir der Kopf steht. Wir helfen unseren Kollegen aus, große Nachfrage.«

»Drei Wochenmieten für drei Tage«, stellte Berlinger trocken fest. »Gutes Geschäft. Klasse.«

Vom Avis-Mann kam lediglich die Frage: »Ist ein Vertrag ein Vertrag?«

»Wollen Sie wirklich, dass wir uns damit etwas näher befassen?«, hakte Matamalas mit einem drohenden Unterton in der Stimme nach.

Aber der Mann von Avis ließ sich nicht einschüchtern. Er wiederholte nur seine Frage, er besaß sogar die Stirn, sie nicht einmal anders zu formulieren, und sah dem Comisario trotzig in die Augen.

»Kommen Sie«, meinte Berlinger beruhigend, »das lohnt sich ja doch nicht.«

»Auch wahr«, erwiderte Matamalas, drehte sich schnell auf dem Absatz um und verließ grußlos das Büro.

9
Empuriabrava

Berlinger und Matamalas klapperten am nächsten Tag gemeinsam die Immobilienbüros ab.

Conchita und Hipolit Planas waren mit einem anderen Fall beschäftigt, einer Körperverletzung mit Todesfolge in einem Hurenhaus an der Straße von Figueres nach l'Escala. Sie hatten am Vorabend wegen des in der Nebensaison üblichen früheren Feierabends lediglich bei den drei größten Maklern Empuriabravas vorsprechen können und waren abschlägig beschieden worden.

Ein mühsames Geschäft, mussten sie doch voraussetzen, dass nicht alle Vermietungen ihre Niederschrift in den Büchern und Computern fanden. Die Hauptsaison war kurz genug und die Zeit zwischen Weihnachten und Ostern die ruhigste des Jahres. Viele Lokale und Servicebetriebe waren geschlossen, und für die wenigen Unternehmenschefs, die ihre Firmen durchgehend geöffnet hielten, musste die Versuchung, das Betriebsergebnis mit ein wenig schwarzem Geld doch noch zu versüßen, sehr verlockend und damit unwiderstehlich sein.

Der strömende Regen aus dem mausgrauen Himmel mit seinen niedrig dahineilenden Wolken verstärkte noch den Eindruck, Empuriabrava sei eine Geisterstadt mit hochgeklappten Bürgersteigen; die wenigen, wie Aussätzige vermummten Passanten wichen den Plastiktüten, die der heute kräftig blasende Levantewind die Haupteinkaufsstraße entlangtrieb, wie Matadore aus, und Berlinger war froh über die neueren Bemühungen der Stadtväter von Castelló, zu dessen Verwaltungsbereich auch Empuriabrava gehörte, die nun endlich den Bau einer Abwasserkanalisation in Auftrag gegeben hatten.

Es ist ja auch wirklich ein Unding, dachte er, da fallen einem zwölfzylindrige Mercedes schon gar nicht einmal mehr großartig auf, da liegen traumhafte Privatjachten, so teuer wie ein Mehrfamilienhaus in der Gegend herum, und alle Welt mitsamt ihren *millionarios* schnüffelt herum und fragt sich, ob die hauseigene Sickergrube nicht schon wieder geleert werden müsste.

Die städtischen Gärtner hatten damit begonnen, die Oleanderbüsche, an den Straßen zu stutzen, wildentschlossen und wie immer auf rabiateste Weise; kein Hobbygärtner wäre auf den Gedanken gekommen, derart brutal zu Werke zu gehen, weil er nämlich zuverlässig Jahr für Jahr dazu tendierte, das Wachstumspotenzial aller Pflanzen in dieser äußerst fruchtbaren Gegend zu unterschätzen. Reichlich Sonne, Lebenskraft für die Flora, reichlich Regen für das Gedeihen und reichlich Wind, um wieder zu kühlen und zu trocknen. Wer auch nur eines davon in seinem permanenten Übermaß nicht vertragen kann, dachte Berlinger, der sucht sich besser eine andere Gegend aus.

Trotz des Regens friedlich gestimmt, beide wetterfest in Segeljacken gehüllt, die Kapuzen über die Köpfe gezogen und mit wadenhohen Gummistiefeln an den Füßen zum Schutz vor den Seen, die sich an manchen Bordsteinen gebildet hatten, stapften sie nun, einen weiten Abstand zwischen sich lassend, die kleine Treppe vor einem Bürohaus hoch, ihr fünfter Versuch am heutigen Vormittag.

Eine ganze Reihe von nicht sehr sauber polierten Messingschildern war mit rostigen Schrauben neben der Eingangstür an der Hauswand befestigt:

♦

ESWE-INMOAMPURDAN S. L.
Inmobiliaria y Ventas
Construcciones/Promociones

♦

ESWE-EUROTRANS S. A.
Mudanzas/Umzüge/Transport

♦

ESWE-CASA S. L.
Administración/Seguros/
Limpiezas

♦

»Ach, du bist selbst da«, sagte Berlinger zu dem fetten Mann hinter dem Schreibtisch, wobei er die von der hohen Luftfeuchtigkeit ein wenig verzogene Eingangstür sorgfältig hinter sich schloss. Der Dicke stand erstaunlich schnell auf seinen kurzen Beinen, um sie zu begrüßen, und kam ihnen mit einem falschen Lächeln auf seinem aufgeschwemmten, roten Gesicht und in watschelndem Entengang zügig entgegen.

Matamalas hatte das Büro als Erster betreten und stellte sich gerade förmlich vor, als der Dicke schon loslegte:

»*Buenos*, Comisario. Sielbert-Weniger. Tag, Berlinger. Du warst ja lange nicht mehr hier. Hast du was ausgefressen? Bist du vielleicht sogar in Haft gewesen? Ha-ha-har! Oder willst du ein größeres Haus kaufen? Wie geht es deiner Nina? Immer noch so schön und proper, als wäre sie nicht von dieser Welt? Sehen wir uns heute Abend?«

Berlinger erinnerte sich an den Jour fixe jeden Freitagabend in der ersten Woche eines Monats in wechselnden Restaurants, ein Treffen langjähriger Freunde des Ampurdan, an dem er einige Male teilgenommen hatte.

Die Gruppe bestand aus Personen verschiedener, allerdings überwiegend deutscher Nationalität, einigen spanischen Geschäftsleuten und meist wohlhabenden Rentiers aus fast allen Ländern Europas, und sie war nicht völlig ohne Einfluss. Ihre immer gut begründeten Eingaben, formuliert von den unternehmerischen Schwergewichten in dieser Runde, die nur dann mit ihrer Anwesenheit glänzten, wenn es galt, ihre eigenen Interessen tatkräftig zu fördern, hatten bei der Stadtverwaltung zu mancher Investition für den Erhalt und den Ausbau der Infrastruktur rund um Empuriabrava entscheidend beigetragen. Dennoch hatte Berlinger seine Besuche sehr eingeschränkt, denn wie immer bei solchen Treffen überwogen auch hier das Geschwätz und das übler Nachrede sehr nahe kommende Geplauder über nicht anwesende Dritte, und wenn er das Bedürfnis nach Flachsereien und Frotzeleien hatte, bevorzugte er einen kleineren, verschwiegeneren Kreis, am liebsten aber war ihm bei solchem Geplänkel seine Nina.

»Mensch, Birne, welche Frage soll ich denn nun als Erste beantworten? Oder reicht dir: Nein. Nein. Gut. Natürlich. Vielleicht? Hast du noch ein paar Kilo zugelegt?«

»Wir haben Winter. Ich baue vor. Ha-ha-har. Und außerdem: So richtig dick bist du erst, wenn du am Strand liegst und die Jungs von Greenpeace kommen und versuchen, dich wieder ins Wasser zurückzuschieben.«

Lachend fragte Berlinger: »Wo trefft ihr euch denn heute Abend?«

Sielbert-Weniger zog ein kleines Notizbuch aus seiner Tasche und sah nach.

»*El Tupi* in Castelló«, antwortete er, nachdem er mit seinem kurzen, wurstähnlichen Zeigefinger die Eintragungen geprüft hatte, »ein kleines Restaurant. Ich glaube, es hat erst im vorletzten oder vorvorletzten Jahr eröffnet. Die Küche soll sehr gut sein. Um Punkt zwanzig Uhr. Mensch, kommt doch auch mal wieder! Wir haben heute Abend den ganzen Laden für unsere Gruppe reserviert.«

»Mal sehen. Wenn Nina Lust hat, sind wir sehr wahrscheinlich dabei.«

Matamalas hatte die ganze Zeit über ungeduldig zugehört, war nervös geworden und von einem Fuß auf den anderen getreten. Er fragte nun ziemlich barsch, ob in den letzten Tagen der Name Kranenberg, Jochen in den Unterlagen dieser Firma aufgetaucht sei.

»Was ist denn mit dem?«, wollte Sielbert-Weniger wissen und verschwendete keine Sekunde mit dem Versuch, seine Neugier ein wenig zu kaschieren.

»Bitte.« Ein ärgerlicher Spanier.

»Ja, ja, schon gut. Der Name kommt mir irgendwie bekannt vor. Einen Moment, ich muss nachsehen. Ich kann schließlich nicht alles im Kopf haben.«

Der Dicke watschelte zu einem hölzernen Stehpult, wobei er seine gefütterten Pantoffeln über den Boden schleifen ließ, öffnete den Deckel des Pults mitsamt dem großen Hauptbuch, das darauf lag, und holte einen Karteikasten hervor. Er nahm die wenigen, im Unterschied zu den anderen mit einem grünen Reiter versehenen Karten heraus und schlug im Hauptbuch nach.

Hinter seinem Rücken zeigte Berlinger zunächst mehrfach von sich auf Matamalas, dann auf Sielbert-Weniger, schüttelte den Kopf, rümpfte deutlich die Nase und hielt einen Finger vor die Lippen. Er hatte ärgerlicherweise vergessen, Matamalas darüber zu informieren, dass sie mit »Birne« Sielbert-Weniger das größte Schwatzmaul der Costa Brava vor sich hatten.

»Wenig los zurzeit«, meinte der Dicke gerade und verglich weiter Karten und Hauptbuch, »von wegen wilde Küste, viel eher tote Küste. Ja, ja, schon, schon, das Leben ist eines der Schwersten.«

Berlinger sah sich um, während Sielbert-Weniger sie auf seine Suchergebnisse warten ließ, und sein Blick fiel auf die Korkwand neben ihm, an die mit Eisbär-Nadeln Computerausdrucke von zum Verkauf stehenden Häusern gepinnt waren. Ihm fielen die reißerischen Formulierungen auf, unter anderem:

**Verkaufe
Bar-Pub im Los Arcos.
Vollkommen eingerichtet und
am Laufen.**

Er wollte sich gerade zu einem »Neu renoviert« und dem noch gelungeneren »Total frisch neu renoviert und komplett erneuert« äußern, als sich der Makler rührte.

Sielbert-Weniger runzelte die Stirn, schüttelte den Kopf, als wäre ihm auch bewusst geworden, was für eine Platitüde er kurz zuvor vom Stapel gelassen hatte, und anschließend trompetete er los: »Ha, hier haben wir es doch! Kranenberg, drei Wochen ab dem neunzehnten Februar, voll bezahlt inklusive Endreinigung. Eine Kopie des Personalausweises haben wir auch. Badia hundertsechsundneunzig. Ein kleines Einfamilienhaus, Terrasse, Gärtchen, zwei Schlafzimmer. Ich vergesse doch keine Namen, sag ich ja! Was hat der denn angestellt?« Neugierig und sich die Hände reibend, kam er auf sie zu.

»Das ist im Moment wirklich nicht wichtig. Eine Kopie von der Kopie, bitte. Und die Hausschlüssel.« Ein hochoffizieller Matamalas.

»Ja, aber so einfach ist das nicht«, begann der Dicke, »irgendein Papier müssen Sie schon vorweisen können. Sie dürfen doch nicht so ohne weiteres in vermietete Objekte eindringen. Das kann ich als Vermieter doch gar nicht zulassen, das müssten Sie eigentlich wissen.«

»Sie behindern die Polizeiarbeit, Herr Sielbert-Weniger.« Der Comisario in Wut. »Ich hoffe, Sie wissen, was Sie tun.«

Er griff nach seinem Handy, um die äußerst umständliche Prozedur in Gang zu setzen, sich eine Hausdurchsuchung vom Dienst habenden Ermittlungsrichter in Figueres genehmigen zu lassen.

Berlinger hatte unterdessen nachgedacht und war zu einem Entschluss gekommen. »Moment, *jefe*«, bat er, zog seinen Kollegen zurück zur Eingangstür und sprach eindringlich und leise auf ihn ein: »Wir haben die Bestätigung, dass zwei von drei Opfern in Empuriabrava gewohnt haben. Das lässt sich auf Dauer nicht verheimlichen. Die Freunde von Kropp und die Eltern von Kranenberg werden es in Deutschland auf jeden Fall mit der Presse zu tun bekommen, und die schweigen dann doch nicht wie Gräber.«

»Stimmt leider.«

»Und hätte ich gewusst, dass Birne …«, er zeigte über seine Schulter hinweg auf den Dicken, »… dass der heute Dienst schiebt, wäre ich besser nicht mit hereingekommen. So ist die Neuigkeit aber so gut wie herum, der hält niemals den Mund. Das heißt, spätestens heute Abend ist jeder hier im Ort informiert: Berlinger, unterwegs mit einem spanischen Kommissar. Und in jeder Zeitung hat gestanden, dass Matamalas die Kirchenmorde untersucht.«

»Stimmt auch.«

»Also zählt das Völkchen zwei und zwei zusammen und kommt wie immer zu folgendem Ergebnis: fünf. Oder zu noch mehr, wenn angebliches Wissen mit kräftig blühender Fantasie zusammentrifft. Das Resultat ist abzusehen: Wir fördern die Gerüchte, ob wir es nun beabsichtigen oder nicht. Und die Gerüchteköche sind hartnäckige Jungs, besonders jetzt im Winter, wenn sonst weit und breit kaum etwas passiert. Wir erreichen genau das Gegenteil von dem, was wir erreichen wollen. Und gerade das müssen wir unbedingt vermeiden, weil es der Region mit Sicherheit noch mehr schaden würde.«

Sielbert-Weniger sah zu ihnen herüber, seine rosige Zungenspitze fuhr über seine Lippen, und es schien, als hoffte er gierig auf ein schönes Pfund, mit dem er würde wuchern können, indem er Gott und aller Welt lautstark und stolz seinen Wissensvorsprung bewies.

»Was schlagen Sie also vor?«

»Sie rufen jetzt Ihre Spürhunde, sie sollen sofort zu dem Haus kommen. Der Dicke tut so, als wäre er der bevollmächtigte Vertreter des Hauseigentümers, aber in Wirklichkeit will er uns doch nur begleiten und seine Sensationsgier befriedigen. Also lassen wir ihn. Ich war zuerst strikt dagegen, aber wir können nicht anders. Er wird vergattert, da wird er sich wichtig vorkommen, und wir sind im Haus und sehen uns zusammen kurz um. Und heute Abend gehe ich zu dem Treffen. Es kann nicht schaden, einmal ein paar Leinen auszulegen.«

»Leinen auslegen?«

»Wie die Fischer. Das Netz über Bord werfen und auf guten Fang hoffen. Wir wissen, dass der Dicke das Maul nicht halten kann, also benutzen wir ihn.«

»Alternativen zu diesem Spiel mit dem Feuer?«

»Auf die nächste Leiche warten. Hinter dem Vorhang herumsitzen, Däumchen drehen und auf einen Fehler unseres Killers lauern.« Und, um sofort Matamalas' möglicher Nachfrage vorzubeugen, sagte Berlinger, indem er die Geste vorführte: »Däumchen drehen, *estar mano sobre mano*.«

Matamalas nickte. »Die Initiative ergreifen. Ich verstehe. Sie sind ein Schlitzohr. Ein Teufel im Chorgestühl. Eine Gelegenheit beim Kopf packen. Einverstanden.«

»Beim Schopf«, korrigierte Berlinger.

»Wie bitte?«

»Beim Schopf packen, heißt das.«

»Ja, dann packen wir mal.«

✧

Badia hundertsechsundneunzig. Sielbert-Weniger sauste vor ihnen her, und sie folgten ihm in eine kleine Straße hinein, die sie ein wenig von der Avenida Europa wegführte. Nicht einmal hundert Meter neben dem Haus, in dem Egon Kropp mit seiner wüsten Truppe untergebracht gewesen war.

Sielbert-Weniger hatte begeistert zugestimmt. So habe doch alles seine Ordnung, und niemand könne ihnen an den Karren fahren, es sei doch wirklich besser so. »Vernünftige Lösung. Macht Sinn. Kann ich vertreten.« In Windeseile hatte er seine Schuhe angezogen und ein *Sofort-wieder-da*-Schild mit seiner Handynummer an die Bürotür gehängt.

Nichts wie weg.

Es war ein Häuschen wie aus dem Bilderbuch. Dem Dicken wurde verboten, irgendetwas anzufassen, am Besten solle er seine Hände tief in die Taschen stecken und nichts tun. Die beiden Polizisten trugen Handschuhe und sahen sich um.

Aufgeräumt. Keine herumliegende Garderobe im Schlafzimmer. Das Bett sorgfältig gemacht und mit einer knallbunten Patchwork-Tagesdecke abgedeckt. Das Fenster auf Kipp, ein schwarzer Funkwecker mit grünen Tasten auf dem Nachttisch neben »Single & Single«, dem neuesten Roman von John le Carré. Wenige Kleidungsstücke im Schrank, saubere, farblich gut aufeinander abgestimmte Sachen, warm, geschmackvoll und praktisch. Der Raum aber kalt, sehr kalt.

Im hell gefliesten Bad peinlichste Ordnung. Rasierapparat, Föhn, Haarbürste, ein Atomiseur, »Heaven« von Chopard. Ein Päckchen Kondome, Marke »Schwarzer Abt«, aber ohne Ärmchen und Beinchen. Das Waschbecken sauber, aber benutzt, Spuren von Seife, einige wenige Kalkränder von eingetrockneten Wassertropfen. Ein kleines Fläschchen »Vionell«. Die Handtücher gefaltet, bis auf eines. Der elektrische Heizventilator staubfrei, keine Fusselbällchen im Lüftungsgitter. Eine blauweiße Fußmatte sorgfältig über dem Badewannenrand. Der Duschvorhang – zugezogen, damit er besser abtrocknen konnte – aus weißem Plastik, darauf gedruckt eine graue Frauengestalt mit dickem Haarknoten, die ein langes Messer von oben ausholend über ihrem Kopf schwang, die Messerspitze nach vorn. *Zietz-zietz-zietz-zietz-zietz!!!* »Psycho«. Anthony Perkins als seine eigene Mutter. Wie überaus sinnig. *Design: A. Garcia, Barcelona, Spain.*

Schweigende Polizisten, sämtliche Antennen weit ausgefahren. Schritt für Schritt ihr Vorgehen, Erfahrung gepaart mit Intuition. Im Spiegel hinter ihnen zu sehen: ein mürrischer, enttäuschter Fettkloß, die Hände im Bunker, Dreifachkinn, er hatte mehr erwartet. Ihm kam es wahrlich nicht wie bei Hitchcock vor.

Ein zweites Schlafzimmer, offensichtlich unbenutzt.

Gepflegt auch die amerikanische Küche. Ordentlich, kein schmutziges Geschirr. Im Kühlschrank zwei Flaschen *Viña Heredad Blanc de blancs Añada 1995* von *Segura Viudas*, eine davon angebrochen und mit dem Korken sorgfältig wieder verschlossen. Ein Sechserpack »Estrella«, ein bisschen Käse am Stück, Manchego, und in Scheiben geschnittenes Fabrikweißbrot von Bimbo. Ein angebrochenes Glas fette, grobe Leberwurst, Import aus Deutschland oder mitgebracht. Himbeermarmelade. Im Eisfach dann ein dünnes Ledermäppchen: fünfhundert Deutsche Mark, wahrscheinlich als eiserne Reserve, und ein Personalausweis, ausgestellt auf den Namen Kranenberg, Jochen, wohnhaft in Staffelstein.

Der Hochschrank daneben enthielt Geschirr, hinter der nächsten Tür ein Grundstock an Gewürzen. Olivenöl. Essig. Eine Kaffeedose. Filterpapier. Ein zwanziger-Päckchen Onno-Behrends-Teebeutel, kräftige Ostfriesenmischung, sehr ergiebig. Eine Tüte mit spanischen Plätzchen. Einige Portionsschälchen Kaffeesahne aus braunem Plastik, die Dinger, die kein Mensch öffnen kann, ohne sich die Klamotten zu versauen. Zucker. Süßstoff.

Mit leichter Verzögerung schriller Alarm in Berlingers Hinterkopf.

Sehr ergiebige Beutel.

Mit spitzen Fingern holte er die grüne Teepackung aus dünner Pappe heraus, klappte die Deckellasche hoch und rief leise nach Matamalas.

Sieben Teebeutel und elf schlicht weiße Papiertütchen. Sehr vorsichtig öffnete er eines davon, und nach kurzer Prüfung sagten beide: »Kokain.«

Das Wohnzimmer wie erwartet. Mit schlichten Mitteln in einer Mischung aus gutem Willen und viel hellem Pinienholz eingerichtet. Ein schöner Blick auf den kleinen Garten, über die unbenutzte Terrasse hinweg mit vier ineinander gestapelten Sesseln und einem Tisch, der mit einem Stein unter einem seiner Füße schief gestellt war, damit das Regenwasser ablaufen konnte. Ein rotes Lämpchen am portablen Fernsehgerät signalisierte seinen Standby-Status, auf dem Display des daneben stehenden Satellitenreceivers auf einem Gestell aus verchromten Metall leuchtete eine grüne Elf.

Daneben ein Zeitungsständer, kniehoch und ebenfalls verchromt, mit einer älteren Ausgabe des »Spiegel« oben auf dem Stapel.

Auf dem Wohnzimmertisch der Laptop, das Display hochgeklappt neben einem vollen Aschenbecher, einer leeren Schachtel Philip Morris Super Lights und zwei halb vollen Weingläsern. Das Netzteil des Computers mit brennendem grünen Lämpchen, bei Bedarf bereit, den Akku aufzuladen. Eine kabellose Maus auf einem zuhälterblauen Mousepad. Ein äußerst dickes, irgendwie unanständig aussehendes aufgeschlagenes Bedienerhandbuch für ein Softwareprogramm zum Komponieren. Ein DIN-A4-Heft, jungfräulich. Ein Kugelschreiber mit dem Aufdruck *MKS, Maschinenbau Kranenberg Staffelstein*. Der Bildschirm schwarz.

Ein sehr schöner, arttypisch sparsam gemusterter Gabbeh-Teppich aus dicker Wolle, gelb und blau, aber er war eindeutig zu klein für diesen mit Abstand größten Raum des Hauses.

Ein graues Kabel führte zu einem Beistelltisch. Darauf

stand eine völlig zertrümmerte High-Tech-Minimusikanlage. Nochmals miniaturisiert, aber dieses Mal ohne High-Tech. Sondern mit schierer Gewalt.

Die Polizisten sahen sich lange schweigend an. Matamalas zeigte auf die Küche, und Berlinger hob nickend einen Daumen. Der Spanier deutete auf die beiden benutzten Gläser, und sein Kollege stellte seinen Zeigefinger auf. Zuletzt wies Matamalas mit dem Kopf auf die zerstörte Musikanlage, und Berlinger hob einen weiteren Finger.

Von draußen hörten sie mehrere Wagen herankommen. Die Reifen knirschten auf dem Schotter am Straßenrand.

Türenschlagen.

Matamalas' Kavallerie.

✧

Für Berlinger gab es hier im Haus nichts weiter zu tun.

Sein Alfa war von den Polizeifahrzeugen eingekeilt, und deshalb entschloss er sich, Peter Neuenfels heimzusuchen, dessen Haus ganz in der Nähe lag.

Er hastete im Laufschritt durch den ohne Unterbrechung fallenden Regen quer über die Avenida Europa zu Peters Grundstück, klingelte Sturm und drängte ins Haus, wobei er seinen Freund mit der Schulter anrempelte.

»Wenn du willst, komm ruhig herein«, sagte Neuenfels und starrte auf die Pfützen von Regenwasser rund um Berlingers Schuhe. »Zu Fuß, bei dem Wetter? Ist dein Blubber-Alfa endlich hinüber?«

Berlinger erklärte ihm den Zusammenhang, umriss mit wenigen Worten, wie sie ein weiteres Opfer ihres Kirchenmörders identifiziert hatten, und fragte, ob er einen Moment bleiben könne, sein Auto sei von der Polizei blockiert.

»Klar«, antwortete Peter, »ich werde uns einen Tee machen.«

Berlinger hängte seine regennasse Jacke an einem der Speere des Garderobenständers auf und zog seine Gummigaloschen mühsam von den Füßen, wobei er sich bücken musste und unsicher auf einem Bein herumhüpfte. Er stellte sie dann sehr ordentlich auf die Fußmatte an der Eingangstür, denn er hatte gemerkt, wie kritisch ihm Peter zusah, und wie um ihn abzulenken, fragte er schnell: »Wann kommt eigentlich Marianne zurück?«

»In zwei Wochen. Sie macht sich wie jedes Frühjahr eine schöne Zeit in Stuttgart und ruft ständig an. Sie hat aber keine Chance, mich dorthin zu locken. Ich sehe meine Tochter ja bald, du weißt doch, wie die Zeit rennt.«

»Welchen Tee?«, fragte Berlinger. »Hast du einen neuen entdeckt?« Er folgte Peter in die Küche, um seine Auswahl aus dem an die fünfundzwanzig verschiedene Sorten umfassenden Vorrat zu treffen.

Jede Menge Edelstahl, weiße Fliesen bis hoch an die Decke, deren gewellte Oberfläche das Licht der sehr überlegt verteilten Lampen auf vielfältige Weise brach. Ein doppeltüriger amerikanischer Kühlschrank mit langen, vertikalen Griffstangen zum Öffnen, ein Eiswürfelspender und eine kleine Zapfgelegenheit für Getränke in der linken Tür, sodass man sich bequem von außen bedienen konnte, ohne sie öffnen zu müssen.

Nachdem sie sich für einen grünen Chinesen entschieden und das von Peter ausschließlich für das Teezeremoniell aufgefangene Regenwasser aufgesetzt hatten, nahmen sie an dem Küchentisch Platz.

Peter erkundigte sich nach dem Stand der Ermittlungen in den Mordfällen und pflichtete Berlinger bei, dass es dem Täter in erster Linie um Aufmerksamkeit und ein möglichst großes Presseecho gehe.

Und während der Tee zog, kam er wie so oft auf sein Lieblingsthema zu sprechen: die völlig ungehemmte Entwicklung Empuriabravas, die als Folge der mit ihr einhergehenden Bauwut sein vormals allein stehendes Haus so umzingelt hatte, dass er manchmal stundenlang zornig dasitzen konnte, ohne etwas von sich zu geben. Und bei den sich dann anschließenden Tiraden war es üblicherweise Marianne, die die jeweils aktuellen Erklärungen nachreichte: Party gegenüber, Einfahrt zugeparkt, die ganze Nacht kein Auge zugetan und was es so alles an Widrigkeiten geben konnte.

Der Tee war zubereitet, und Berlinger erkundigte sich, ob Peter Lust dazu habe, am Abend mit in das Lokal in Castelló zu kommen.

»Der spanische Kommissar und ich haben uns etwas überlegt«, erzählte er und blies auf seine Tasse mit der heißen, knallgrünen Flüssigkeit, »wir wollen das Gewäsch im Ort ein wenig fördern und haben uns Birne-Weniger als Tröte, als Lautsprecher für unsere Nachricht ausgesucht. Vielleicht kommt etwas dabei heraus.«

»Gute Idee«, meinte Neuenfels und sah Berlinger direkt an. »Und heute Abend, ja, ich hätte wohl mal wieder Spaß daran. Nehmt ihr mich mit? Könnt ihr mich abholen?«

»Kurz vor acht?«

»Passt.«

Berlinger sah auf seine Uhr und nickte. Nach einigem Hin und Her über das Thema Garten trank er seinen Tee aus, stand auf und erkundigte sich noch, ob er wie in jedem Jahr Peters Vertikutierer in den nächsten Tagen einmal ausleihen könne, was ihm gnädig durch ein Nicken gestattet wurde, aber nur dann, wenn Neuenfels Berlingers Farbspritzpistole für zwei oder drei Tage benutzen dürfe.

»Dank für den Tee. Bis heute Abend!«

Peter sah ihm nach, wie er in den Regen rannte und winkte hinter ihm her. Schulterzuckend nahm er zur Kenntnis, dass dieses Winken wohl unbeantwortet bleiben würde.

10

Castelló de Empúries

Großes Hallo im *Tupi*.

Nina und Berlinger hatten Peter Neuenfels rechtzeitig abgeholt. Jeder der hier Anwesenden wusste, dass ihm als Feinschmecker, Pfeifenraucher und als jemand, der eine ruhige Umgebung bevorzugte, Zusammenkünfte wie diese eigentlich zutiefst zuwider waren. Umso größer war aber die Freude, dass die drei, die so lange nicht mehr an den Treffen teilgenommen hatten, heute Abend dabei waren. Neuenfels behauptete gerade Sielbert-Weniger gegenüber, lediglich die Aussicht auf ein gutes Essen in einem ihm unbekannten Lokal habe ihn schließlich zustimmen lassen.

Vivaldis »Vier Jahreszeiten« gingen im Begrüßungslärm unter, sodass Berlinger nicht feststellen konnte, ob der punkige Nigel Kennedy mit von der Partie war.

Der dicke Sielbert-Weniger peilte schon die große Tafel an, die aus vier oder vielleicht sechs zusammengesetzten kleineren Tischen entstanden war und deren Längsseiten Platz für jeweils vier Personen, die Schmalseiten für je drei Gäste boten.

Er zog seine magere Gattin entschlossen hinter sich her und besetzte zielsicher ganz oben am Kopf des Tisches die beste Position, den mittleren der drei Stühle, seine

Gerlinde rechts, die Toilette nah, aber nicht zu sehen, die Küche in seinem Rücken, den Blick zum verglasten Eingang.

Heftig gestikulierend, winkte er Berlingers kleine Gruppe zu sich heran, rief: »Wie immer, Männerüberschuss!«, und redete so intensiv auf Nina ein, dass sie sich schließlich bereit erklärte, links neben ihm Platz zu nehmen. Der sich ausgesucht höflich gebende Peter Neuenfels setzte sich mit einem Lächeln, an dem seine Augen nicht beteiligt waren, neben die fast durchsichtige Frau Sielbert-Weniger und legte umständlich sein Schlüsselbund und das Pfeifentäschchen auf dem Tisch ab, als gäbe es vorgeschriebene Orte für solches Zubehör, an die er sich im Augenblick allerdings nicht erinnern könne. Berlinger war es recht, so bei Nina zu sitzen, dass er ihr mit einer kleinen Kopfdrehung in die Augen sehen konnte, ohne dass es alle mitbekamen.

Neben Peter saß ein spanisches Ehepaar, das Berlinger vom Namen her kannte, Marietta Caralt und Paco Romero, er ein Fliesenfabrikant aus der Nähe von La Bisbal. Sielbert-Weniger erklärte Neuenfels gerade, diese beiden seien am Nachmittag in sein Büro gekommen und suchten nach einer Villa am Kanal, an dem sie ihr neues, größeres Boot bequemer anlegen könnten, als es ihnen an ihrem jetzigen Haus möglich war. Er schien dabei außer schamlos an seinen Vorteil an nichts anderes zu denken, als er auf diese Indiskretion noch eine weitere Unverschämtheit folgen ließ:

»Nach meinem Dafürhalten ist das die glänzendste Idee, die die beiden jemals gehabt haben!«, trötete er laut und zufrieden lächelnd in die Runde und weidete sich an dem verlegenen, allerdings nicht sehr nachdrücklichen Protest des spanischen Ehepaares.

Die ihnen gegenübersitzenden beiden Holländer, Zwaantje und Willem van der Graaf, waren Bestandteil jeder auch nur von weitem als gesellschaftliche Zusammenkunft erkennbaren Veranstaltung. Overdressed mit für ihr Alter zu bunter Kleidung, Willem im dunkelblauen Blazer mit blau-silber gestreiftem Schlips, brillant- oder glasbesetzter Krawattennadel und hellblauem Einstecktüchlein in der Brusttasche, Zwaantje in einem papageienbunten Kleid und darüber gezogener apfelgrüner Kostümjacke mit Goldknöpfen in der Form dorischer Säulenkapitelle, gab es für sie keinen Anlass, zu dem sie nicht aufgekreuzt wären, es sei denn, die Termine überschnitten sich. Und selbst dann, so erzählte man sich, hatte es Feiern gegeben, zu deren Besuch sie sich aufgeteilt hatten, um nur ja nichts zu verpassen. Einmal sogar, so ging das Gerücht, sei Willem um Punkt elf Uhr von einer Geburtstagsparty verschwunden und umgehend durch Zwaantje ersetzt worden, wobei die Gäste einer anderen Fete zur gleichen Zeit etwas Ähnliches zu berichten wussten, nur sei dort wie Banquos Geist auf einmal Willem erschienen, und Zwaantje hatte sich verkrümelt. Leider konnte sich niemand erinnern, in den letzten Jahren einmal etwas von einem Fest bei den van der Graafs vernommen zu haben, und so richtig wusste auch keiner, woher das Geld der beiden Niederländer eigentlich kam; ja, wenn sie ehrlich waren, konnten sie nicht einmal mit Sicherheit sagen, ob überhaupt ausreichend davon vorhanden war.

Die beiden dunkel gekleideten Herren gegenüber vom

dicken Sielbert-Weniger rückten gerade zur Seite, als sich eine blauhaarige Dame mit einem monumentalen Steiß zwischen sie setzte, die in ihrem bonbonrosa Kostüm und mit äußerst mutig aufgetragener Schminke einen farbenfrohen Abschluss der Tischrunde bildete.

Eugenia Wellershof, mit einem ›F‹, worauf sie größeren Wert zu legen pflegte, redete ständig davon, was für ›die Hebung der Kultur in Empuriabrava‹ zu tun sei, beklagte unaufhörlich Missstände und tat nichts. Sie lebte von dem Vermögen, das ihr längst verstorbener Ehemann seinen Hinterbliebenen vermacht hatte, von denen sie nur eine war, und sie lag mit den Kindern ihres Mannes aus erster Ehe fortwährend im Streit ums liebe Geld.

»Wir leben einfach länger, Johann«, sagte sie gerade zu ihrem rechten Nachbarn, »das ist erwiesen, da beißt keine Maus einen Faden ab. Und deshalb ist der wichtigste Beitrag zur Emanzipation von uns Frauen, den ihr Kerle leisten könnt, ein wirklich *unmissverständliches* und *eindeutiges* Testament, an dessen Durchsetzung sich nicht jeder schräge, hergelaufene Winkeladvokat seine Taschen füllen kann.«

Johann-Ferdinand lachte laut auf, ein Trumm von einem Mann, mit seinem Vollbart und den dicken, schwarzen Haaren, kurz geschnitten und zur Bürste nach oben gekämmt, die Idealbesetzung für die Rolle des Piratenkapitäns in einer Laienspielgruppe. Der Österreicher betrieb einen Schiffsverleih in Empuriabrava, vom einfachen Schlauchboot mit Außenbordmotor bis zur mittelgroßen Segeljacht, und die touristenarme Zeit zwischen Weihnachten und Ostern nutzte er, um seine kleine Flotte auf Vordermann zu bringen.

»Wie selten bei dir, Eugenia *Wellershoff*«, antwortete er bassstimmig, »gesunder Menschenverstand!«

»Haben Sie *das* gehört, Rudolph?«, fragte sie empört ihren Nachbarn zur Linken. »Was unser Don Juan d'Austria hier gerade *gesagt* hat? Ich pflege großen Wert darauf zu legen, dass mein Name nur ein ›F‹ aufweist. Wellers*hof*, wie in Hofstaat, so schwer kann das doch nun wirklich nicht sein. Und, mein Gott, *gesunder* Menschenverstand!«

»Er ist nun einmal so, gnädige Frau«, antwortete Rudolph Singraven mit seiner leisen Stimme, »galant, charmant, der Pferd-i-nand.«

»Nicht wieder Ihre Spielchen, Hochwürden«, polterte Johann-Ferdinand gutmütig los, »ich bin ein leicht aufbrausender Mensch, ich liebe den Frieden, halte aber niemals auch die andere Backe hin. Ich habe jetzt im Frühjahr jede Menge Zeit, mich um Dinge zu kümmern, die mich ärgern!«

»Sehen Sie, gnä' Frau, so ganz und gar nicht wie ein ordinärer Zossen!«

Hochwürden war natürlich kein Hochwürden, obwohl er häufig entsprechend salbaderte, sondern ein wegen wiederholter Steuervergehen rechtskräftig verurteilter ›Consultant‹ und Anlageberater aus Berlin. In einem schwachen Augenblick hatte er jemandem einen Teil seiner Lebensgeschichte anvertraut und wohl nicht damit gerechnet, dass dieser sich im Nachhinein als wenig verschwiegenes Plappermaul erwies. So jedenfalls wusste die Empuriabrava-Gemeinde schnell Bescheid: Singraven hatte nach der Wende Millionen verdient, in einer völlig durchgeknallten Periode, wie er selbst sie genannt hatte, als nämlich Westbürger in seine Büros gestürmt und blind seinen Empfehlungen gefolgt waren, gierige Wessis, die sich um ihn wie die Ratten um den Fänger von Hameln geschart hatten, in der Hoffnung, eine Menge gutes Geld aus schlechten, viel zu reichlich aus dem Boden gestampften Ostimmobilien saugen zu können.

Rudolph Singraven war wegen guter Führung vorzeitig aus dem Strafvollzug entlassen worden, hatte aber wegen der strengen Bewährungsauflagen und wegen seines völlig zerstörten Rufes in Deutschland kein Bein mehr an Deck bekommen. Jeder rätselte, wo er das viele Geld hortete, das ihm nach Abzug der Steuernachzahlungen sicher noch geblieben war, aber er ließ niemanden so nah an sich heran, dass gesicherte Auskünfte darüber möglich gewesen wären. Man vermutete, er rechne immer noch mit Untersuchungen der Finanzbehörden und sei deshalb unablässig auf der Hut vor Unbekannten, die unvermittelt seine Nähe suchten, weil er sie allesamt als verdeckt arbeitende Steuerfahnder betrachtete.

Zwei Stühle waren noch frei geblieben, und Sielbert-Weniger, der ohne vorherige Absprache den Vorsitz übernommen hatte, rief nach kurzem Blick auf seine Uhr in leutseligem Ton nach der Bedienung.

Die Chefin kam selbst, sich die gerade gesäuberten Hände an ihrer Schürze abtrocknend, mit ehrlichem, sympathischen Lächeln aus Freude darüber, einige bekannte Gesichter vorzufinden.

Sie wünschte einen guten Abend und schlug vor, die Karte einmal zu vergessen und sich vertrauensvoll ganz in ihre Hände zu begeben. »Bitte, wer von Ihnen mag keinen Fisch?«, fragte sie und zog dabei einen kleinen Notizblock und einen Kugelschreiber aus der Brusttasche ihrer gestärkten weißen Bluse.

»Gekocht nicht so gern«, sagte ausgerechnet Johann-Ferdinand, der Pirat.

»Lamm?«

»Nur ganz heiß!«

»Ja, heiß.«

»Bloß nicht kalt!«

»Kaltes Lamm? Niemals!«

»Dann lassen Sie mich vorschlagen: eine fruchtige Vorspeise, anschließend einen kleinen Zwischengang mit Filets von verschiedenen Fischen *a la plancha*, dann einige Entrecôtes, ein ganzes Rinderfilet und zwei Lammkeulen mit Beilagen. So können Sie sich von allem etwas nehmen. Medium? Knoblauch?«

Kein Widerspruch, nur freudige Zustimmung und ein grinsender Fettwanst, der die Lammkeulen einfach auf Verdacht vorbestellt und sich fest vorgenommen hatte, heute aber einmal so richtig zuzulangen.

»Sehr gut, danke. Die *postres* gibt es vom Dessertbuffet, es wird nur etwas später aufgebaut, aber das kennen einige von Ihnen ja schon. Einverstanden?«

Sehr einverstanden. Sie einigten sich auf Rot- und Weißwein *de la casa*, Wasser *con gas* und vorab etwas Brot mit *alioli*, der feurigen Knoblauchmayonnaise.

✧

Ein ausgezeichnetes Essen folgte, von bestens gestimmten Gästen mit Genuss verzehrt, im Hintergrund begleitet von leiser klassischer Musik.

Zur Vorspeise ein Mus aus Pflaumen, als Spiegel auf einem schwarzen Teller, umlegt mit dottergelben Pfirsichachteln, in der Mitte die Hälfte einer lindgrünen Avocado, aufgefächert geschnitten. Ganz wie von einigen bereits erwartet, bevor er sein Mündchen öffnete, sprach Sielbert-Weniger es dann tatsächlich aus: das Auge esse ja schließlich auch mit.

In der von allen begrüßten Pause vor dem Dessert, nach dem auf die Minute exakt zubereiteten Fischgang, dem würzigen, viel zu reichlich portionierten Fleisch und einer Fülle von Gemüsebeilagen, bat Berlinger die Runde um einen Moment ihrer geschätzten Aufmerksamkeit.

»Heute Vormittag«, begann er, »bin ich unserer Birne hier in die Fänge geraten ...«, und in das Lachen der anderen hinein fuhr er fort: »... und ich war nicht allein, sondern in Begleitung eines spanischen Kriminalkommissars aus Figueres.«

»Wieder im Dienst, Berlinger?« Ein in die gespannte Stille hinein leise fragender Rudolph Singraven.

»Beratend, ja. Es geht um die drei Morde, die Toten vor den Dorfkirchen. Es ist erwiesen, dass zwei von ihnen Deutsche waren und in Empuriabrava gewohnt haben.«

»Und was haben Sie damit zu tun?« Paco Romeros nicht inquisitorisch gemeinte, sondern völlig unbekümmert formulierte Frage.

»Ich war früher bei der Polizei, in Wiesbaden.« Der weiß das ja wirklich nicht, dachte Berlinger.

Neuenfels nestelte penibel in seinem eleganten Täschchen aus Leder herum, das seine Rauchutensilien beherbergte, und sagte ins Blaue hinein, ohne den Kopf zu heben: »Um dem Irrsinn zu entkommen, muss man ihm weit vorauseilen.«

»Was soll das denn heißen?«, fragte Eugenia Wellershof und sah sich in der Runde um, wo sie Zustimmung für ihr Unverständnis zu finden hoffte, wobei sie ihren Kopf mit dem dauergewellten, leicht blau getönten Haar ruckartig wie ein Vogel von einer Seite des Tisches zur anderen bewegte. Ihr goldenes Ohrgehänge kam erst zur Ruhe, als Neuenfels längst mit seiner Antwort begonnen hatte:

»Ich will damit sagen«, murmelte Peter mit zwischen den Zahnreihen balancierender Pfeife, »wenn ich mit so etwas Fremdem wie diesen Kirchenmorden zu tun habe, mit etwas, das mir völlig unverständlich ist, habe ich zwei Möglichkeiten. Erstens: nachdenken, entscheiden und dann etwas tun, um den Irrwitz zu beenden. Zweitens: nachdenken, erkennen, dass ich nichts tun kann, dann entweder abhauen oder dableiben und den lieben Gott einen guten Mann sein lassen.« Er sah belustigt zu, wie sich der Nebel des Unverständnisses sanft und mit Liebreiz über seine Zuhörer legte.

»Nachdenken ist nie verkehrt«, sagte Sielbert-Weniger platt und bewegte seinen massigen Kopf auf und ab, und dieses Nicken in Zeitlupe wog um einiges schwerer als seine Äußerung.

»Was halten Sie denn davon, Nina?«, fragte Zwaantje van der Graaf.

»Was meinen Sie damit?«

»Na, dass Berlinger jetzt wieder Mörder jagt.«

»Das tut er nicht. Er ist um Rat gefragt worden, nicht mehr, und beugt heute Abend lediglich solchen Gerüchten vor, wie Sie sie gerade formuliert haben.«

Düpiert meinte die Holländerin: »Man wird sich ja wohl noch erkundigen dürfen.«

»Lass gut sein, Zwaantien«, meinte Willem, »wie immer wird auch hier mehr dahinter stecken, als uns gesagt wird. Und ich denke überhaupt nicht daran, mir den ganzen schönen Abend verderben zu lassen, nur weil hier einer ein Thema anschneidet, von dem ich einfach nichts hören will. Schnaps, *mijne Heeren*, egal, was ihr trinkt, ich will dasselbe, aber in doppelter Menge selbstverständlich!«

Johann-Ferdinand, in gut gelaunter Trinkbereitschaft, verwickelte den neben ihm sitzenden Willem in eine heftige Diskussion darüber, welcher Fusel denn jetzt angebracht sei. Sie steckten ihre Köpfe zusammen und tuschelten sich ihre Vorschläge zu.

»Ist das wirklich alles, Nina?«, fragte Singraven gewohnt gedämpft, und sofort flüsterten seine Nachbarn zur Rechten nur noch. »Hört sich schlüssig an. Ist es das auch?«

»Worauf wollen Sie hinaus, Rudolph?« Nina sah ihm direkt in die Augen, lächelte und lächelte dennoch nicht.

»Ginge es hier nur um Tipps, wie man günstig an zwei fabrikneue Weber-Doppelvergaser für einen alten Alfa kommt«, antwortete Singraven, sah zur Decke hoch und bleckte seine Zähne, »dann wäre die Sache klar. Aber hier haben wir es mit etwas Schwerwiegenderem zu tun. Das ist doch kein Spiel, kein Hobby. Berlinger sollte hier mal besser nicht den Maxe machen. Er ist schließlich, nein, er war ein Schwergewicht vom BKA, eine Kapazität.«

Nina wollte antworten, aber Berlinger legte ihr seine Hand auf den Unterarm. »Bitte, Nina. Lass ihn reden.«

»Sie sind unterwegs mit einem Polizisten«, setzte Singraven seinen Einwand fort, »Sie befinden sich auf der Jagd. Sind dabei leider von Sielbert-Weniger gesehen worden. Sie wissen, dass der gar nicht anders kann, als in der Gegend herumzutrompeten, und treten die Flucht nach vorn an. Sie bekennen hier: Ja, es stimmt. Was liegt da näher, als nur die Hälfte zu bekennen, wenn überhaupt? Nur ein Zipfelchen?«

»Erfahrung ist eben durch nichts zu ersetzen, was, Rudolph?« Berlinger wollte dem Gespräch etwas von der Schärfe nehmen, die Singraven eingebracht hatte. »Nichts ist so, wie es zu sein scheint. Hinter allem steckt mehr. Da fällt mir Dalí ein ...«

»Sie lenken ab.« Gefährlich tonlos.

»Aber es passt so schön«, meinte Berlinger fröhlich, »passen Sie auf, Zitat Salvador Dalí, über das Jenseits: ›Und wenn das alles so ist, wie es am wahrscheinlichsten ist, macht es auch nichts.‹ Zitat Ende. Rudolph, ich glaube, Sie sehen Dinge, die einfach nicht vorhanden sind.«

Von Singraven kam nichts, er sah ihn nur ruhig und forschend an. Berlinger fuhr deshalb fort:

»Tatsächlich haben Sie mich aber mit Ihrem ersten Einwand unterbrochen. Bitte lassen Sie mich fortfahren, es dauert nicht allzu lange.«

Berlinger ließ sich so lange Zeit, bis auch Johann-Ferdinand und Willem van der Graaf, die miteinander über Schnäpse tuschelten, aufmerksam wurden, und sagte mit Bestimmtheit:

»Die Polizei weiß nicht, was sie tun soll, außer abzuwarten. Die Identifizierung des zweiten Opfers ist ein

Erfolg, ohne Zweifel. Aber was jetzt? Wie geht es weiter?«

Er blickte um sich, sah das fette Gesicht Sielbert-Wenigers, der sich mit seiner Serviette gerade den Schweiß von der Stirn wischte; er sah die von zu viel Schminke herrührende Vogelmaske Eugenias, wunderte sich über den völlig undeutbaren Ausdruck Singravens und nahm zur Kenntnis, dass die anderen wie gebannt an seinen Lippen hingen, als hätten sie sich diese Frage auch schon immer gestellt und keine Antwort darauf gefunden. Nur Nina schaute ihn lächelnd an, und Peter Neuenfels' Gesicht war hinter einem dichten Nebel aus Tabakqualm verborgen.

»Also treten die zuständigen Behörden in Verbindung«, griff Berlinger seine kleine Ansprache wieder auf, »und irgendeiner erinnert sich an den ausrangierten Psychologen Berlinger, der genau dort herumhängt, wo die Probleme aufgetaucht sind. Und im nächsten Moment schon wird der Rentner gefragt, ob sein Berg von Erfahrung noch in der Lage ist, mehr als nur ein Mäuschen zu gebären.«

Und damit verhielt sich Berlinger genau so, wie er es zuvor mit Matamalas abgesprochen hatte: »Der zeitliche Ablauf und der Umfang unserer Zusammenarbeit bleiben diffus«, hatten sie entschieden, »unsere kleinen, aber hoffentlich feinen Fortschritte werden zum Großteil verschwiegen, und ganz wichtig ist es, dass wir uns so klein wie möglich machen. Und wenn auch alle Welt die Polizei für dumm hält: Egal, macht nichts, denn wir haben einen Plan.

Ein Signal an den Mörder.

Wir informieren ein wenig, setzen etwas in die Welt, und die Anwesenden sind unser Sprachrohr, sind die Vervielfältiger der Nachricht: *Sei ganz ruhig, die Polizei ist hilflos, und du bist der Allergrößte.«*

»Mehr ist es wirklich nicht, Rudolph«, fuhr nun Berlinger fort, »aber ich nehme die Gelegenheit gern wahr, Sie alle zu bitten, Ihre Augen und Ohren offen zu halten. Möglicherweise wohnt unser Mörder in Empuriabrava, aber das können wir bislang nur vermuten, wir wissen es zum jetzigen Zeitpunkt einfach nicht besser. Unsere einzige Begründung für diese Vermutung ist die Tatsache, dass zwei von drei Opfern in Empuriabrava gewohnt haben.« An dieser Stelle seiner Ausführungen angelangt, hob er noch einmal seine Stimme und sagte: »Wenn Sie also irgendetwas im Zusammenhang mit den Morden hören, wenn Ihnen etwas – ganz gleich, was es ist – auffällt, geben Sie mir bitte umgehend Bescheid. Kleinigkeiten, Gerüchte, Sie haben mein Gehör. So, und das war es dann auch schon.«

Selbst Rudolph Singraven schien sich damit zufrieden zu geben, er faltete seine Hände wie zum Gebet und schwieg, auch wenn sein nachdenklicher Blick noch ein Weilchen prüfend auf Berlinger ruhte.

Neuenfels störte Gerlindes abwehrendes Händewedeln nicht im Geringsten, er paffte seelenruhig seine dicken Rauchwolken.

Das spanische Ehepaar neben ihm war schon längst bei einem anderen Thema und sprach mit vielem Hin und Her lautstark von seinen Plänen für das kommende Wochenende. Zwaantje, die Holländerin, schwieg immer noch irgendwie beleidigt.

Willem van der Graaf und Johann-Ferdinand, zu keiner Entscheidung gekommen, weil das sich zum Schlechteren hin veränderte Klima an ihrem Tisch einen gepflegten Umtrunk unmöglich zu machen schien, standen frustriert auf und folgten dem phänomenalen Hinterteil Eugenia Wellershofs zum lockenden Dessertbuffet.

Sie teilten danach die Rechnung durch die Anzahl der Anwesenden und bezahlten. Ein jeder legte, mit der gebotenen Küchenleistung sehr zufrieden, ein angemessenes Trinkgeld dazu; zurück aber blieb bei allen außer Nina und Berlinger das vage Gefühl, gemeinsam einen Abend verbracht zu haben, der besonders zu seinem Ende hin deutlich gelungener hätte sein können.

Sie verabschiedeten sich dankbar von der Chefin und ihrer Bedienung, versprachen ein Wiederkommen, und beim Verlassen des Lokals, hinein in die flüchtig dahingesagten »Bis zum nächsten Mal« und »Ja, ja, macht es gut«, fragte Berlinger den immer noch schwitzenden Sielbert-Weniger, wen er denn außer den Erschienenen noch über das Treffen informiert hätte.

»Chico«, antwortete der.

»Wer ist das?«

»Chico *de la calzada*, Henning Seiffert. Seit wann kennst du den denn nicht mehr?«

»Klar kenne ich Henning. Mein Gott, das ist ein guter Freund von uns, aber warum nennt ihr ihn Chico?«

»Wir nicht, er selbst nennt sich so. Ihm geht es anscheinend noch dreckiger als früher schon. Seine Olle in Deutschland hat einen cleveren Anwalt gefunden und wohl herausgekriegt, wo er lebt und wie sie ihm etwas von seinem wenigen Geld abluchsen kann. Nun muss er entweder verschwinden oder blechen.«

»Und weiter?«

»Du weißt doch, wie er ist. Hat die Füße nicht mehr so richtig auf dem Boden. ›Was ich mache, ist sowieso alles Kacke‹, sagt er, ›da will ich wenigstens einen Titel haben.‹«

»*Chico de la calzada*«, wiederholte Berlinger und dachte ein wenig mitleidig an den kleinen Teufel, der ihnen zunächst willkommen gewesen war, der sie später aber bei vielen Gelegenheiten wegen seines Schandmauls und oft auch weinerlichen Geplärres so genervt hatte, dass sie ihm mehr als nur ein wenig aus dem Weg gegangen waren. »Der Kleine vom Bürgersteig. Mein Gott! Und so will er jetzt genannt werden? Das ist jetzt sein neuestes Pseudonym?«

»Genau«, meinte der Dicke. »Chico.«

»Und wer sollte noch kommen?«

»Ich habe reichlich herumtelefoniert. Die Brauers, Duprez, der Belgier und die Delgados. Fest zugesagt hat allerdings keiner von denen.«

Berlinger merkte sich die Namen, um sich und sein Anliegen möglicherweise später noch ins Spiel bringen zu können, und fragte: »Und das Sahnestückchen vom Berlinger auf der Pirsch hast du überall herumerzählt?«

»Ganz so, wie du es haben wolltest, oder? Ha-ha-har!« Sielbert-Weniger grinste breit und selbstsicher, zufrieden mit sich und seinem Durchblick. »Für so völlig vertrottelt musst du mich schließlich auch nicht halten, Herr Doktor!«

Berlinger sah ihn an und erkannte, dass er Sielbert-

Weniger wohl ein wenig unterschätzt hatte. Zugetraut hätte er es ihm nicht, innerhalb einer so knappen Zeit zu erkennen, dass er mit seinem allseits bekannten Plaudermaul lediglich nur benutzt worden war.

»Ich bin ja schließlich nicht blöd«, meinte der Fettwanst noch abschließend und watschelte hinter seiner auf ihn wartenden, frierenden Ehefrau her zu seiner hydropneumatisch gefederten Sänfte, einem weißen, beklagenswert ungepflegten Citroën XM-Kombi.

11
Empuriabrava

Ihr habt ja wirklich nicht viel in der Hand, mit dem ihr etwas anfangen könnt«, sagte Peter Neuenfels beim Einsteigen in Berlingers Auto. »Kein Wunder, dass ihr mit all den Vermutungen eine schlechte Presse bekommt. Oder?«

»In diesem Kreis werde ich einen Teufel tun und hart an der Wahrheit bleiben«, antwortete Berlinger, schlagartig wütend, weil er nicht beurteilen konnte, ob er mit seinem Mummenschanz im *Tupi* überhaupt ein Stückchen vorangekommen war. »Dir habe ich schließlich viel mehr erzählt als den anderen da drinnen, das weißt du doch.«

»Ja, und das verstehe ich ja auch. Reg dich nicht so auf. Du weißt doch, wer sich aufregt, ist von vornherein ein Verlierer.«

Mit zusammengekniffenen Lippen, eine wortlos aus dem Fenster schauende Nina neben sich, überlegte Berlinger, warum Peters letzte Bemerkung so merkwürdig spitz geklungen hatte. Er fuhr die kurze Strecke vom Parkplatz neben der von vielen Scheinwerfern in geheimnisvollem Gelb angestrahlten Kathedrale von Castelló zurück nach Empuriabrava, zum Hintereingang hinein, vorbei an der Tankstelle am Mugadamm, die jetzt allerdings bereits geschlossen und nur im Umkreis der

Automatiksäule mit dem Geldscheineinwurf von einer trüben Funzel beleuchtet war, und dann kreischten jäh die Reifen. Er musste voll in die Eisen gehen, als er mit seinen Scheinwerfern einen Mopedfahrer ohne Licht, ohne Helm und ohne Auspuff erfasste, was Peter Neuenfels zu einem unbeherrschten »Du Arschloch, du dämliche, blöde Scheiß-Drecksau!« hinriss, Wörter, die weder Nina noch Berlinger von ihrem Freund gewohnt waren. Die beiden wunderten sich über die unverhüllte Wut, mit der Peter seine Beschimpfungen ausgestoßen hatte. Sie drehte sich zu ihm um, Berlinger blickte in den Rückspiegel, und beide sahen einen wie um Vergebung grinsenden Neuenfels, der erschreckend nah mit hochgezogenen Schultern in der Mitte der Rückbank saß und seine Ellbogen auf den Lehnen der beiden Vordersitze abstützte.

Nina schien einen Entschluss gefasst zu haben, sich aber dessen nicht sicher zu sein. In aufmunterndem Ton versuchte sie es wenigstens: »Was ist, Jungs, wollen wir noch einen bei Jürgen nehmen? Zum Heben unserer Laune?«

»Mössjöh Plissé? Was sagst du dazu?« Berlinger schien nicht abgeneigt zu sein, sah im Spiegel Peter Neuenfels' jetzt wieder faltiges und im schwachen Licht der Instrumentenbeleuchtung fahles, wie leblos wirkendes Gesicht und war überrascht über seine spontane Zustimmung.

»Brav, ihr Männer, sehr schön.« Nina wirkte zufrieden. »Bietet mir etwas. Frauchen ausführen, wie folgsam. Werde es zu Haus zu rühmen wissen.«

Berlinger lachte über die Art, wie Nina umgehend in die Cliquensprache fiel, und hoffte, einige bekannte

Gesichter vorzufinden. Er parkte den Wagen am Ende der Avinguda Fages de Climent, der von ihrem Beginn bis zu ihrem Ende von hohen Peitschenmasten hell beleuchteten sechsspurigen Einkaufsstraße Empuriabravas, auf der aber lediglich dort, wo Restaurants und Wirtschaften geöffnet hatten, ganze Trauben von Autos vor den Eingängen standen.

Noch hast du einen Blick für diese unwirkliche Szenerie, dachte Berlinger, es hat tatsächlich etwas von Science-Fiction, besonders im Vergleich zu dem, was hier in ein paar Wochen los sein wird. Und Kneipenszenen gehören schließlich auch zu einem Buch. Seine Laune besserte sich zusehends.

Sie gingen die Treppen zum oberen Geschoss vom *Los Arcos* hoch und waren nicht sehr erstaunt über die zahlreichen Besucher in der Bar *Valentinos*. Sie fanden aber noch Platz an der langen Theke, am äußersten linken Rand, gleich neben dem giftgrünen Münztelefon der *Telefónica*. Nina und Peter rutschten auf die Bank, und Berlinger stellte sich davor.

»Schwerter zu Zapfhähnen«, sagte Neuenfels mit Nachdruck und orderte »sechs Pils, aber zügig. Null-zwo Veltins, und kalt wie die Nacht.«

Nina und Berlinger sahen erst sich und dann ihn fassungslos an, und schließlich war es Nina, die knapp, aber laut bemerkte: »Jeder hat ein Recht auf ein bisschen Glück. Abstinenzlertum ist auch eine Art von Wahn.«

Der Wirt Jürgen vernahm es mit Freude, zapfte an und fummelte an seiner ausgebufften Musikanlage herum, während seine Frau sich freundlich den anderen Gästen widmete.

Zeitgleich mit dem Eintreffen ihrer ersten Runde begann Ana Belen, ihr von forschen Blechbläsern begleitetes Lied »Derroche« zu schmettern, und durstig griffen die drei zu ihren Gläsern.

»Sinnfrei leben!«

Berlinger zuckte zusammen, und etwas von seinem Bier, das er soeben antrank, schwappte über und landete auf dem Ärmel seines Tweedjacketts.

»Herr im Himmel!«, beklagte er sich lautstark, stellte sein Glas ab und drehte sich nach dem Schreihals um.

»Ja, sinnfrei leben! Darum geht es doch, Berlinger, oder etwa nicht?«

»Henning, meine Güte, warum erschreckst du mich denn so?« Und zu Nina und Peter sagte er vorwurfsvoll: »Ihr hättet mich aber auch vor dem Winzling hier warnen können, ihr habt doch sicher gesehen, wie er sich an mich herangeschlichen hat!«

Stumm lächelnd prostete ihm Nina zu, und der Gnom ratterte weiter:

»Du darfst Chico zu mir sagen, den ›Henning‹ lege ich gerade ab. Ich häute mich, wie man so sagt, und hervor kommt mein Pseudonym: Chico *de la calzada*, der ambitionierte Wurzelsepp, für Ignoranten und Knallköppe einer mit blauem Blut, aus altem Adel, inquisitionsgestählt und kolonialherrisch, habsüchtig, hochmütig und voll von übler, ja sogar böser Geilheit. Ideal für die Frau ab drei Zentner.«

Er machte eine kurze Pause, legte eine Handfläche als Vergrößerung seiner Ohrmuschel an den Kopf und tat so, als höre er zu, obwohl gerade niemand zu ihm sprach. Laut sagte er mit übertriebenem Nicken und in bestätigendem Ton: »Freilich, danke, ich trinke gern ein Bier mit. Auch zwei.« Und lauter: »Vier!«

In einer dunkelgrünen Breitcordhose und schreiend gelbem Rollkragenpullover, darüber eine ärmellose Weste in knalligem Orange stand der kleine Mann vor ihnen und grinste ein breites Grinsen, das seine tiefe Zufriedenheit mit Berlingers schreckhaftem Zusammenfahren ausdrückte, wobei sein über siebzig Jahre altes Gesicht ausgeprägte Furchen zeigte, so markante Risse wie die der Drei Zinnen in den Dolomiten, und dieses Gesicht erzählte von Erfahrungen, die er »niemandem zu machen wünschen würde«, wie sein ständiges Reden war.

»Henning, hol dir den Hocker da drüben und setz dich zu uns.« Berlinger hob die Hand, Jürgen sah herüber und bestätigte die mit einer kreisenden Bewegung und vier ausgestreckten Fingern ausgedrückte Bestellung.

Neuenfels gab den stillen Lächler und widmete sich Nina, die ihm gerade von ihrer letzten Tour nach Girona erzählte.

Chico hatte sich den Hocker herangeschleppt und ihn mühsam erklommen, wobei er sich ein wenig an Berlinger fest halten musste.

»So, Berlinger«, fing er an, »ich als Instinktmensch mit reichlich Körperschläue wundere mich ja über wenig. Und wenn, dann meistens über Leute, denen bei ihren verzweifelten Versuchen, dem Alkohol gewissermaßen mit Erfolg zuzusprechen, nur Niederlagen ins Haus stehen. Dabei weiß doch der ganze Kosmops«, er wiederholte den »Kosmops« und plauderte weiter, »dass die Realität lediglich eine Illusion ist, die aus Mangel an Alkohol entsteht.«

Berlinger schaute gequält zur Decke. Chico sah es, nahm es hin und fuhr unbeeindruckt fort:

»Ein Alkoholiker ist ein Mensch, der es tun oder auch lassen kann. Also tut er es.«

Jürgen hatte mittlerweile eine CD mit französischen Oldies aufgelegt, und Chico rief, weil er wohl den Namen Françoise nicht richtig aussprechen konnte, begeistert:

»Hört mal, das ist stark, Anneliese Hardy!« Er pfiff, obwohl es noch zu früh dafür war, die Melodie des Refrains von »Tout les garçons et les filles de mon âge« so richtig schön schräg vor, stellte sich auf die Fußleiste des Hockers, stützte sich dabei mit seinen kurzen Ärmchen an der Theke ab und schwenkte seinen Hintern, als hätte er nicht mehr alle Nadeln an der Tanne.

Ihre Runde kam, und Chico schnappte sich als Erster sein Glas, schnell wie ein Hai den Köder packt, kippte sich das Bier in einem Zug hinter die Binde und schloss dann seine Bemerkungen über die Schlucker ab: »Ich hingegen«, meinte er und leckte sich den Schaum von den Lippen, »ich hingegen bin kein Alkoholiker, bin es niemals gewesen, sondern nichts weiter als ein genauer, unbestechlicher Trinker mit sehr viel Sinn fürs Detail.«

»Ja und?«

»Ja, und nun frage ich dich, was du wohl sein magst.«

»Was soll das, Chico? Mensch, nun werde doch mal deutlicher!«

»Ich habe heute Mittag Sielbert-Weniger getroffen. Williams' Feistbirne. Auslaufen wird der beim nächsten Wespenstich, ist ja schon unanständig, so eine Tonnenform. Heutzutage wird so einer wie der doch gar nicht mehr hergestellt. Na ja, er erzählte mir jedenfalls ganz aufgeregt etwas von deinem unerwarteten Besuch. Mit einem spanischen Comisario aus Figueres.«

»Ja«, sagte Berlinger nur.

»Ziemlich zügige Reaktivierung, wie? Einmal Bulle, immer Bulle, oder was?«

»Henning, Mensch …«

»Er blubberte etwas von ›Die Tage des Killers sind gezählt‹ und so. Das Gesicht so rot wie Lenins Taschentuch. Das Neueste vom Neuen. Stimmt das?«

Berlinger lachte und gab Chico kurz nur das bekannt, was er auch den anderen im Restaurant *Tupi* erzählt hatte.

»Dann sieh aber zu«, meinte dieser, »dass du von deinem neuen Schwung nicht aus der Kurve getragen wirst, mein Lieber. Wundere mich doch sehr darüber, dass deine Nina dich das machen lässt.«

»Ach, Chico, nun blas dich nicht so auf …«

»Na, du hättest dich damals sehen sollen, als ihr hier ankamt. Ist auch schon wieder eine ganze Weile her, was? Du warst ein Wrack, ein Schlag in die Fresse jedes Ästheten. Hättest ein Feigenblatt für dein Gesicht gebraucht. Konntest nichts alleine tun. Sei froh, dass du Nina hast. Dich sticht der Hafer oder so was. Hast du die Rückseite deiner Geburtsurkunde nicht gelesen, das klein Gedruckte?«

»Und was steht da?«

»Ist doch klar: ›Du kannst nicht gewinnen.‹ Was soll sonst da stehen? Es soll ja schon Neugeborene geben, die mit der Luft ihres ersten Atemzuges losbrüllen: ›Ich will sofort meinen Anwalt sprechen!‹«

Einige Gäste drehen sich alarmiert zu ihnen um, weil

Chico seinen letzten Satz mit falscher hoher Stimme geschrien hatte, und er setzte – über sich selbst erschrocken – ein wenig leiser fort:

»Du kannst das ja beim nächsten Treffen deiner Selbsthilfegruppe mal zum Thema des Tages machen. Es gibt immer ein paar Gutmenschen, die stundenlang und länger darüber schwätzen können.«

»Dann treffe ich dich ja sicher da.«

»Ach was, Berlinger. Kein Bedarf für so einen Scheiß. Was ich auch anfange, es ist sowieso alles Kacke. Wünsche niemandem, meine Erfahrungen machen zu müssen. Nie war Doofsein cooler als heute.«

Berlinger nahm den kleinen Mann in den Arm und drückte ihn sanft. »Komm, Chico, Schwermut ist kein Lebensmittel. Freund Hein kommt zu uns allen. Seit unserer Geburt wackelt nur der Termin.«

»Ja, der große Schnitter, noch wesentlich zuverlässiger als die Scheißschwerkraft.«

»Der Sensenmann, jawoll. Und bis er dann endlich kommt und dich mit seinem knöchernen Finger zu sich lockt, gilt es, die Fassung zu bewahren.«

»Kontenanxe. Bist ein guter Mensch, Berlinger. Bedeutest mir viel, besonders aber Trost, so, wie du zusiehst, wie ich jeden beschissenen Tag auf meinem Weg zur Bedeutungslosigkeit ein weiteres Stückchen vorankomme.« Zwei kleine Tränen bildeten sich in Chicos faltigen Augenwinkeln.

»Lass es gut sein, Chico. Du rückst mir zu sehr auf den Pelz«, meinte Berlinger, allerdings ohne seinen Arm von Chicos Schultern zu nehmen. Im Gegenteil, er drückte ihn noch etwas kräftiger an sich.

Chico murmelte leise: »Fass mich nicht so hart an, ich kriege so leicht Druckstellen ...«

Berlinger lachte jetzt leise auf, ließ ihn los und rief nach kurzem Blick auf Nina und Peter zu Jürgen hinüber: »Einen können wir noch, Wirt!«

Ganz Profi, bestätigte dieser die Bestellung mit einen kurzen »Schon in Arbeit!«

»Du bedeutest mir auch eine ganze Menge, Henning«, fuhr Berlinger fort, und er spielte damit auf seine ersten Monate in Empuriabrava an, als der Kleine vom Bürgersteig mit seiner gepflegten Halbbildung, wie er selbst sie nannte, Nina und ihm ein witziger und vor allem hellwacher Führer durch die angeblich bessere Gesellschaft dieser Region gewesen war.

Neuenfels hatte seine Stimme gehoben, anscheinend, um Nina mit mehr Nachdruck in den Ohren zu liegen. Berlinger hörte, wie er mit einem seiner Lieblingsthemen Fahrt aufnahm und von der Bevölkerung dieser Gegend als von einer mit schwerreichen Ausländern durchsetzten Gesellschaft sprach, die eine arg ramponierte Maske aus Kulturbeflissenheit vor ihre verlegenen Gesichter halte, um das sie umgebende Elend nicht gar so deutlich erkennen zu müssen. Dieses Elend sei dem der Dritten Welt nicht vergleichbar, das sei unmöglich bei den tüchtigen Katalanen, sondern es stelle ein Elend dar, das der sich ziellos, stillos und disziplinlos über den Erdball lümmelnde Wohlstandspöbel bei denen verursache, die sich noch dazu aufraffen könnten, eine gewisse Haltung, einen Rest an Würde zu bewahren.

Ja, Haltung und Würde, dachte Berlinger, da mag er wohl Recht haben. Aber ich habe sie alle beschissen, meine Freunde, Nina und vor allem auch mich selbst. Es wird allerhöchste Zeit, das nun endlich zu korrigieren.

Nina schlug Berlinger vor, die Plätze zu tauschen.

»Ich muss mal«, sagte sie, »und sitzen kann ich auch nicht mehr. Und Peter wird so laut. Aber nach Hause möchte ich noch nicht. Ihr etwa? Los, Leute, wie wär es, lasst uns tanzen, wenn ich zurückkomme. Simply Red, Elton John oder Dire Straits. Bloß keinen Iglesias.«

Sie stand auf und verschwand in Richtung der Toilette, wozu sie das ganze Lokal durchqueren musste.

Chico war, »Geil! Wasser abschlagen!« murmelnd, mit ihr gegangen, und Berlinger setzte sich zu Peter hinüber, der ihn sofort ansprach, als hätte es gar keine Unterbrechung ihres Gesprächs im Auto während ihrer Fahrt von Castelló hierher gegeben:

»Nun hör mal zu. Ich kenne dich nun wirklich lange genug, um zu wissen, dass du dich als Polizist nicht an einer Sache beteiligst, bei der du nicht davon überzeugt bist, sie auch zu einem aus deiner Sicht guten Ende zu bringen. Da bleibt am Schluss nur eine einzige wichtige Frage übrig: Was werdet ihr als nächstes tun?«

Berlinger überlegte lange. Bevor er Neuenfels das Ergebnis mitteilte, zu dem er gekommen war, wandte er sich an Jürgen und richtete ihm Ninas Musikwünsche aus, die umgehend mit einem »Hab ich, kommt sofort!«, bestätigt wurden.

»Gut, Peter, wir nähern uns an. Wir haben mehr, als ich dir heute am Vormittag erzählt habe, viel mehr. Allerdings eher durch den Ausschluss von Möglichkeiten als durch Beweise, die in die Richtung einer Person zielen. Es ist mühsam und bisher noch sehr vage. Wir leben mehr von unserer Erfahrung, als dass wir belegbare Tatsachen in der Hand haben. Aber wenn unsere Vermutungen darüber zutreffen, was unseren Täter antreibt, wenn wir uns seines Motivs sicher sind, dann ist der Rest nur noch Routine, allerdings arbeitsreiche Routine.« Er trank einen langen Schluck, grüßte einen Bekannten und fuhr fort: »Ich fürchte allerdings, dass wir in Teufels Küche kommen, wenn wir nicht bald Fortschritte erzielen. Auf keinen Fall dürfen wir mit unseren Untersuchungen in die Hauptsaison geraten.«

Wie um ihn von seinen Problemen abzulenken, zeigte Peter auf die Tanzfläche, auf der der kleine Chico, einem Veitstänzer gleich, um die sich rhythmisch und fließend bewegende, viel größere Nina herumwirbelte.

»Sieh mal dahin, unser Chicito ist zum Beispiel sehr motiviert«, meinte Peter freudlos, »und mühsam ist es für ihn wahrscheinlich auch.«

Bei dieser Musikwahl könnte auch ein Teufel nicht anders, als los zu sein. Das *Valentinos* bebte auf dem Weg seiner Gäste hin zu einem gründlichen, tief sitzenden Rausch.

12
Figueres

Am Samstagvormittag saß Matamalas schon früh in seinem schlichten Büro in der *Jefatura Superior* und sah den Stapel der schriftlichen Berichte seiner Leute durch. Eigentlich, so gestand er sich selbst gegenüber ein, eigentlich wartest du doch nur ungeduldig auf die ersten Ergebnisse der Hausdurchsuchung im Fall Jochen Kranenberg.

Die Schlägerei in dem Hurenhaus war aufgeklärt: Mehrere Zeugen hatten den völlig ausgerasteten Bordellwächter als Täter bestätigt. Der hatte mit seinen bloßen Fäusten so furchtbar auf den angeblich zahlungsunwilligen Freier eingeprügelt, dass dieser an seinen inneren Blutungen und dem schweren Schock, den sein übel gebrochener Kiefer verursacht hatte, noch auf dem Weg ins Hospital von Figueres gestorben war. Die Zeugenaussagen lagen unterschrieben vor, der Schläger saß im Knast, und Dr. Gonzaga hatte die Todesursache bereits mündlich bestätigt. Sein Bericht würde Montag oder Dienstag in der kommenden Woche vorliegen, er müsse lediglich noch abgeschrieben werden.

Ein weiterer Fall war also abgeschlossen. *Bueno*.

Der Comisario zeichnete eine Erklärung ab, in der Arana, der Spurensicherer, beschrieb, auf welche Weise er in der vergangenen Woche ein Polizeifahrzeug in seine

Bestandteile zerlegt hatte. Dem Wortlaut dieser Erklärung war nicht die geringste Andeutung eines auch nur ansatzweise vorhandenen Schuldbewusstseins zu entnehmen. Matamalas beschloss wütend, Arana wegen dieser Angelegenheit noch mächtig Dampf zu machen, denn er erinnerte sich an einen ähnlichen Vorfall vor einigen Jahren: Damals war Arana auf seinem Rückweg von einem Einsatz in Colera aus Richtung Llança ohne Mitwirkung anderer Verkehrsteilnehmer kurz vor Figueres aus einer Kurve geflogen, sein Dienstwagen war auf dem Dach gelandet und übel zugerichtet gewesen. Ein schlimmer Fall: etwas weniger als Totalschaden, hohe Reparaturkosten, keine Versicherung zahlte.

Damit allerdings nicht genug: Arana war damals gleich im Anschluss an seinen Unfall zum Präsidium getrampt und hatte – kurz entschlossen oder völlig ohne jedwede Überlegung – drei willfährige junge Polizisten von ihren Tätigkeiten abkommandiert und ihnen befohlen, ihm zu folgen. Dies aber lediglich zu dem Zweck, ihnen zu zeigen, was ihm passiert war. Er hatte sich den nächstbesten Polizeiwagen gegriffen, war mit ihnen die Strecke zurückgefahren, hatte gewendet und das zweite Auto auf exakt gleiche Weise hingerichtet wie das erste.

Ein toller Hecht.

Als das Fahrzeug auf dem Dach lag, so berichteten Aranas Kollegen, habe er »Fürchtet euch nicht!« gerufen und sei in ein irres Lachen ausgebrochen.

Der schlimmere Fall: etwas weniger als Totalschaden, hohe Reparaturkosten, keine Versicherung zahlte – und zwei Beamte erlitten Verletzungen. Einer der beiden schob seitdem ausschließlich Innendienst.

In einem solchen Kopf, dachte Matamalas bedrückt, in einem solchen Quadratschädel muss sich der Wahnsinn bereits so ausgebreitet haben, dass der von ihm Befallene gar keinen Leidensdruck mehr verspürt. *Muy malo.*

Und während er daran dachte, diese Geschichte Berlinger zu erzählen, damit dieser sie in seinem Buch verwenden könne, klopfte es auch schon an der Tür, und der Deutsche schob seinen massigen Blondkopf und eine seiner breiten Schultern schräg zwischen Türblatt und Rahmen herein.

»Moin, Comisario«, rief Berlinger gut gelaunt, »ich bin heute ein bisschen spät dran. Hat gestern länger gedauert, als wir eigentlich beabsichtigt haben. Kleine Sause.«

»Moin?«

»Abkürzung von Morgen, guten Morgen. Norddeutscher Dialekt, genauer Ostfriesland. Mittendrin liegt die einzige Stadt der Welt mit nur einem Buchstaben.«

»?«

»M!«

»?«

»Hochdeutsch Emden, Comisario.« Mit leicht geröteten Augen grinste Berlinger breit und steckte seinen Kollegen damit an, während er vorbeugend erklärte: »Und eine Sause ist eine Art gepflegten, zivilisierten Umtrunks, eigentlich nur etwas für besonders durstige Leute.«

»Wusste ich schon«, erwiderte Matamalas und erinnerte Berlinger an die drei Semester seines Studiums in Süddeutschland. Auf sein Winken kam Berlinger heran, zog seine dick wattierte Jacke aus, und nach einer freundlichen, beinahe familiären Begrüßung berichtete er ausführlich, wie er ihren gemeinsamen Plan umgesetzt hatte.

Er begann mit dem Zusammentreffen der Gäste in Castelló und dem dann folgenden Essen im *Tupi*, beschrieb die anwesenden Personen und die zunächst lockere, dann aber in Verunsicherung umgeschlagene Stimmung, als Singraven ihm so hartnäckig zu Leibe gerückt war; er erzählte von seinen Versuchen, unter Zuhilfenahme des Dalí-Zitats der Unterhaltung die Schärfe zu nehmen, und war sich Matamalas gegenüber sicher, ihre gemeinsam erarbeitete Darstellung des Standes der polizeilichen Ermittlungen so heruntergespielt zu haben, wie sie beide es zuvor geplant hatten. Und dann schloss er seinen Bericht mit der anschaulichen Schilderung ab, wie der Abend im *Valentinos* in Empuriabrava zu Ende gegangen war.

Demnach war vor allen anderen Peter Neuenfels aus seiner gewohnten Rolle gefallen.

Während Berlinger und Chico-Henning sich abwechselnd um die tanzwütige Nina gekümmert hatten, habe Peter grummelnd und schimpfend an der Theke gesessen, den Wirt in seinem schnell wachsenden Rausch erst »garstiger Gastronom«, dann »zapfendes Scheusal« genannt, und als er seine ihn begleitenden Freunde wohl vollständig vergessen hatte, habe er, die Klinke der Hintertür in der Hand, laut durchs ganze Lokal gerufen:

»Ich finde es empörend, auf welch niederträchtige und skandalöse Weise uns dieser Wirt vor Durst vergammeln und verrecken lässt!«

Und Berlinger fuhr fort: »Nur das sprichwörtliche Glück der Kinder und Besoffenen hat verhindert, dass

Peter beim unbeabsichtigten Niederdrücken der Klinke die Eisentreppe auf der Rückseite des *Valentinos* herunterfiel.«

Nina und Berlinger hatten den Vorfall dann zum Anlass genommen, den Abend zu beenden, und mit größter Mühe sei es ihnen gelungen, Peter nach Hause zu verfrachten. Er habe ihnen gegenüber dabei kein einziges verständliches Wort mehr von sich gegeben.

Das Telefon beendete mit schrillem Klingeln Matamalas' amüsierte Konzentration, er nahm den Hörer mit Schwung hoch, und Berlinger gab den Versuch schnell auf, dem wieder einmal in rasendem Catalá geführten Gespräch seines Kollegen zu folgen. Der Spanier fasste nach dem Auflegen mit zufriedenem Gesichtsausdruck zusammen:

»Kranenberg hatte Besuch. Wir haben Lippenstiftspuren an einigen Zigarettenfiltern und am Glas auf dem Tisch gefunden, dort auch fremde Fingerabdrücke, dieselben wie auf dem Fläschchen Vionell im Badezimmer und an einigen Türklinken. Die Größe der Abdrücke und auch die Intim-Lotion weisen eher auf eine Frau oder ein Mädchen hin, die Abdrücke sind leider nicht bei uns gespeichert. Er, sie oder beide gemeinsam haben gekokst, das Papier im Aschenbecher ist mit dem der Tütchen in der Teeschachtel identisch. Zum Vögeln sind sie wahrscheinlich nicht mehr gekommen.«

»Dr. Gonzaga?«

»In seinem mündlichen Bericht hat er nichts über Kranenbergs Nasenscheidewand gesagt. Vielleicht hat der erst hier damit angefangen. Ich werde aber bei Gonzo noch einmal nachfragen.«

»Man kann es sich auch aufs Zahnfleisch reiben oder sonst wohin. Schleimhaut ist Schleimhaut.«

Matamalas schüttelte den Kopf. »Hat er alles untersucht. Kein Koks.«

»Die leere Schachtel Philip Morris?«

»Gut möglich: Er geht zum Zigarettenholen raus und kommt nicht wieder. Soll es schon einmal gegeben haben.«

»Wie finden wir die Frau?«

»Wahrscheinlich gar nicht, wenn sie nicht gefunden werden will. Da fange ich mir nur Ärger ein, wird sie sich wohl denken. Das kann ich sogar verstehen, nämlich dann, wenn sie sich kaum gekannt haben und keine ernsthafte Beziehung zueinander hatten.«

»Sie wird vermutlich auch nicht viel von dem mitbekommen haben, was dann passierte. Sie hat sich einfach aus dem Staub gemacht, als Kranenberg nicht wiederkam.«

»Und die zertrümmerte Stereoanlage?«

»Nicht typisch für eine Frau, oder?«

»Unser Mörder. Er greift sich Kranenberg, haut ihm eins über den Schädel und transportiert ihn nach Pedret. Dann kommt er zurück und vernichtet eine Musikanlage.« Zweifel in Berlingers Stimme.

Matamalas bestätigte: »So könnte es gewesen sein. Die Frau hat er vielleicht gar nicht bemerkt. Sie war schon weg, als er wiederkam.«

Berlinger bestand darauf: »Aber trotzdem, irgendwo müssen sich Kranenberg und die Frau kennen gelernt oder getroffen haben. Also schicken Sie am besten zwei Leute los, mit Fotos von Kranenberg. Die sollen die Restaurants und Kneipen abklappern. Vielleicht erinnert sich jemand an die beiden, oder sie bekommt von der Herumfragerei etwas mit, kriegt ein schlechtes Gewissen und meldet sich auf den Druck hin. Wir können das nicht auf sich beruhen lassen, wir müssen jeder Spur nachgehen.«

Matamalas stimmte zu. »Ja, besser jetzt sofort als erst am Montag anfangen. Am Wochenende sind auch immer mehr Leute unterwegs als in der Woche. Wer weiß, vielleicht stehen unsere Chancen gar nicht einmal so schlecht.«

»Sehr gut.«

»Ich weise das gleich an. Übrigens, Sie haben Post bekommen.« Er händigte ihm einen großen Umschlag aus. »Mit schönem Gruß aus der Heimat.«

Berlinger riss die Lasche auf, die mit gleich vier Etiketten versiegelt war, auf denen der deutsche Bundesadler prangte.

Der Umschlag enthielt zwei Versicherungspolicen und eine Nachricht mit der Unterschrift von Burnhaupt, dem Botschaftsmenschen, in dem er die getroffenen Vereinbarungen bestätigte. Von den vereinbarten Beförderungen stand allerdings nichts in dem Begleitschreiben, sondern es enthielt lediglich den Passus:

> *Die eine Erhöhung Ihrer regelmäßigen Bezüge betreffenden Absprachen können auf diesem Wege selbstverständlich nicht schriftlich festlegt werden, wofür Sie bitte Verständnis zeigen wollen. Sie gelten allerdings unbeschadet der fehlenden schriftlichen Fixierung als verbindliche Zusage, und zwar dergestalt, dass im Streitfalle das Zeugnis der Frau Nina Wegener von unserer, folglich der*

dieses Schriftstück unterzeichnenden Seite akzeptiert werden wird ...

Das hat aber mal wahre innere Größe, dachte Berlinger ergriffen, und er wunderte sich kaum über die mäanderhaften Formulierungen dieser Leute, die sich eine Sprache angeeignet hatten, die ja nichts weiter war als der Ausdruck ihres zur zweiten Natur gewordenen Taktierens. Leute eben wie Burnhaupt, Brennkopp, wie Nina ihn treffend genannt hatte, die solche gewundenen Sätze fanden. Sätze, deren Absicht es war, den Adressaten so voll zu sülzen, dass dieser an einen Absender auf einer Art höheren Lebensstufe glaubte, deren Worte aber ihr Ziel so umständlich umkreisten wie verwöhnte Hauskatzen, die in freier Natur selten mehr als drei Meter weit geradeaus laufen können und die dann mit der endlich gefangenen Maus nichts weiter anzufangen wissen, als sie zu Tode zu spielen.

»Wie kommt das denn zu Ihnen?«, fragte er den Spanier und hielt die Seiten hoch.

»Ja, da passen Sie mal auf!« Matamalas lachte aus Vorfreude, denn er wusste, dass Berlinger an der folgenden Geschichte seinen Spaß haben würde, und er legte los: Die deutsche Botschaft in Madrid habe den Umschlag per Flugzeug an das deutsche Konsulat in Barcelona geschickt, per Kurier natürlich, damit es auch schön teuer werden würde. Das Konsulat habe dann einen Unglücklichen zum Innenressort bei der *Generalitat de Catalunya* gescheucht, ebenfalls in Barcelona. Unglücklich sei der deshalb, weil es nämlich Stunden dauern könne, bis er seine Quittung für den abgelieferten Brief bekäme.

Berlinger schüttelte den Kopf, von solcher Umständlichkeit erschüttert, und hörte dem amüsiert fortfahrenden Matamalas gebannt zu.

»Die Leute dort leiten die Post weiter an unsere vorgesetzte Polizeibehörde, und wieder wird aus einem vormals ganz normalen Menschen ein Pechvogel, wegen der Flursteherei, denn der muss ja auch wieder auf seine Quittung warten. Ihr Umschlag ist allerdings noch immer nicht aus Barcelona herausgekommen. Aber jetzt kommt Leben in den Vorgang. Unsere interne Behördenpost bringt nämlich den Brief vom Präsidium in Barcelona zu uns nach Figueres. Wir rufen Sie an, und dann kommen Sie von Empuriabrava mal eben kurz hierher, fragen sich normalerweise etwa zwei Stunden durch und bekommen dann den Kram ausgehändigt. Gegen Quittung natürlich. Was wollen Sie eigentlich, es ist doch ganz einfach.«

»Wie schön!«, sagte Berlinger bewundernd, schlug übertrieben beeindruckt die Hände zusammen und nahm so an Matamalas' Munterkeit teil. Er überlegte kurz, bezog sich bei dem, was nun folgen sollte, nur auf den irren Weg, den sein Brief aus Madrid genommen hatte, und sagte: »Irgendwann geht Ordnung in das Bedürfnis nach Totschlag über.«

Matamalas' Gesicht erstarrte in seiner Heiterkeit, und wie in Zeitlupe schmolz das kleine Lächeln, es brach einfach unter dem Gedanken in sich zusammen, der in diesen Sekunden Gestalt annahm. Ein überraschender und kühner Einfall, seine Lippen pressten sich zusammen, und seine Augen wurden zu schmalen Schlitzen, wie ein Wolf sie haben mag, der Beute aufgespürt hat. Bewegungslos saß er da, dachte einen Moment lang nach, und fast ohne seinen Ausdruck zu verändern, flüsterte er stimmlos und matt: »*Otra vez* ...«

»*Cómo dice?*«, fragte Berlinger. »Was haben Sie da gerade gesagt?«

»Noch mal, bitte.«

»Irgendwann geht Ordnung in das Bedürfnis nach Totschlag über. Ich glaube, das stammt von Robert Musil«, antwortete der verwunderte Berlinger arglos.

»Das Motiv! *Madre mía*, hier haben wir endlich unser Motiv!«

Und dann ein sich blitzschnell von einem fast apathisch-trägen zu einem vulkan-explosiven hin verändernder Comisario, dessen geballte spanische Faust kräftig auf den Schreibtisch pochte: »Berlinger, *hombre!* Verstehen Sie denn nicht?« Und um dem offensichtlich noch an den Nachwirkungen des Alkohols vom Vortag leidenden Deutschen das Verstehen seiner auch ihn selbst überraschenden Eingebung leichter zu machen, versuchte er, ihn mit einer Abwandlung des Dalí-Zitats vom Treffen im *Tupí* aus seinem gedanklichen Hohlweg herauszuführen: »Und wenn das alles so ist, wie es am wahrscheinlichsten ist, macht es doch was!«, begann Matamalas und erläuterte dann mit wieder klar zu verstehender, sachlicher Stimme: »Wir haben uns schon vor einigen Tagen einen Mörder vorgestellt, der seine Taten ausführt, weil ihm jemand zu nahe getreten ist. Und jetzt kommen Sie mit Musils *Bedürfnis nach Ordnung*, das, wenn es nicht erfüllt wird, zum Totschlag, in unserem Fall natürlich zum Mord führt.«

»Ha!«, sagte Berlinger, griff sich an den Kopf, um Zeit zu gewinnen, unterstrich damit aber nur seine Begriffsstutzigkeit. Doch es dauerte nur einen Moment, dann war er mit seinen Folgerungen wieder schnell dabei: »Die kaputtgeschlagene Stereoanlage bei Jochen Kranenberg. Schwermetaller, Iron Butterfly und so, Komponist und Schlagzeuger. Die Radaubrüder Brehm, Pest, Lepra und Konsorten mit ihrem Techno-Scheißdreck und unserem Opfer Egon Kropp. Und die Wohnungen dieser beiden Parteien liegen mal gerade einen Steinwurf weit auseinander.«

»Genau«, erwiderte Matamalas. »Die machen Lärm in der Nacht, und unser Mann lässt sich das nicht gefallen. Er erschlägt sie und legt sie relativ weit vom Tatort entfernt vor den Kirchen ab …«

Das Telefonklingeln unterbrach ihn. Der Spanier hob nur kurz unwillig den Hörer hoch, donnerte ihn sofort wieder auf die Gabel und fuhr ohne Verzug mit seinem angefangenen Satz fort: »… wahrscheinlich aus zwei Gründen: Erstens, er wohnt ganz in der Nähe seiner Opfer, oder er kommt öfter dort vorbei. Also ist es für ihn wichtig, die Tatsache zu verschleiern, dass es im Kern aller Taten um die speziellen Gegebenheiten Empuriabravas geht. Mit dem Transport der Leichen zu den Kirchen in der Umgebung will er verhindern, dass sich die polizeilichen Untersuchungen auf Empuriabrava konzentrieren.«

Berlinger nahm den Faden auf und spann ihn weiter: »Und zweitens hat er mit der Einbindung der Kirchen seinen Taten einen deutlichen Stempel aufgedrückt, ihnen eine Botschaft mitgegeben: ›Statt mir auf den Geist zu gehen, statt hier herumzulärmen und eure Blödheit laut herauszudröhnen, solltet ihr besser die Gelegenheit nutzen, euch neu zu orientieren, und in Meditation über das wirklich Wichtige im Leben versinken. In Ruhe, und bitte kultiviert. Ich *kann* euch nicht nur helfen, ich *tue* es sogar. Ja, ich helfe euch, ich öffne euch die Augen.‹«

»Eine Frage stellt sich aber. Der Stempel, die Botschaft. Für wen soll sie sein?«

Berlinger überlegte einen Augenblick, bevor er mehr für sich selbst rekapitulierte: »Wir haben finanzielle Beweggründe längst ausgeschlossen. Für sexuelle Motive gibt es keinen Hinweis. Die erste Frage bei allen Verbrechen ist nach wie vor: *Cui bono fuerit*, wem ist es zum Nutzen? Sie spielen jetzt auf so etwas wie Rache an, auf Vergeltung für ein Zunahetreten durch Lärm. Was muss das für ein Charakter sein, dem Krachmachen ausreicht, um Menschen zu töten?«

»Da fehlt das Wichtigste. Er entledigt sich der Leichen auf eine äußerst ungewöhnliche Art. Er gibt ihnen eine Botschaft mit auf ihren letzten Weg, statt sie zu verstecken. Das Meer ist nicht weit, er könnte sie versenken, dann würden sie gar nicht oder erst viel später und möglicherweise an anderer Stelle wieder auftauchen.«

»Aber so, wie er es macht, behalten sie einen Bezug zu dieser Region.«

»Und sprechen zu wem?«

»Nicht nur zu uns als Polizisten. Dem Kerl geht es um mehr …«

»Was hat er bisher erreicht?« Der Comisario schien die Antwort auf diese Frage bereits zu kennen.

»Das Aufheulen der Presse.«

»Medienrummel.«

»Nicht voll belegte Hotels.«

»Weniger Touristen.«

»Gefährdung der wirtschaftlichen Basis der ganzen Gegend.«

Berlinger reichte seinem spanischen Kollegen die Hand zum festen Druck. »Das ist es. Der Florida-Effekt. Der Mörder will den Leuten Angst machen. Weil Argumente für ein friedliches Auskommen miteinander nichts bewirken, wenn er es mit Leuten in Urlaubslaune zu tun hat. Er bringt sie um, drapiert sie in für ihn aussagefähiger Umgebung und spekuliert darauf, dass die Berichterstattung über die Morde zu einem Rückgang der Besucherzahlen und damit zu mehr Ruhe führt.«

Verschlagen wie ein hundertjähriger Partisanengeneral sagte Fernando Maria Matamalas i Sanz: »Und um den Effekt, die Wirkung auf die Medien zu steigern, verstümmelt er seine Opfer bei jedem Mal ein wenig mehr. Ohne jedes Schuldbewusstsein. Er fühlt sich im Recht. Er sieht nicht mehr hinter sich und ahnt nicht, wie nah wir ihm sind. Aber jetzt weiß ich es. Ganz sicher. Den Kerl schnappen wir uns.«

13

Kloster Sant Pere de Roda

Während Berlinger in der *Jefatura superior* beim Comisario saß, war Nina mit dem Teufelshund durch Figueres gestreift, um ihre Einkäufe für das Wochenende und für ihr Essen mit Conchita und dem Comisario zu erledigen.

Sie hatten sich dann wie verabredet in einem Café an der Rambla in Figueres getroffen, waren über die vor wenigen Jahren perfekt ausgebaute Straße von Vilajuïga her den Berg hinaufgefahren und hatten ihre Giulia Super auf dem Parkplatz abgestellt, von dem auch der Schotterweg zur Einsiedelei Sant Onofre ausging. Sie hatten kurz überlegt, ob sie statt zum Kloster zur kleinen Eremitage laufen sollten, dem nach Süden weithin sichtbar weiß leuchtenden Gebäude, hatten sich aber wegen des schon länger zurückliegenden letzten Besuchs doch lieber für Sant Pere entschieden.

Sie schienen weit und breit als Einzige unterwegs zu sein.

Berlinger hatte während des ersten halben Kilometers noch schwer mit sich gerungen und sich gefragt, ob jetzt endlich der richtige Zeitpunkt gekommen sei, Nina seinen wunden Punkt zu offenbaren.

Als sie an der dem Kloster weit vorgelagerten Kirchenruine Santa Helena vorbeikamen, war sein Entschluss endlich gereift, sein Herz aus der Versenkung hervorzukramen, aber kurz bevor er sein von ihr längst für ein Alarmsignal gehaltenes »Nina« – »Ninita« – »Ninanka« und so fort herunterbeten konnte, wurden sie Zeugen einer äußerst merkwürdigen Begebenheit:

Ein Dreirad – eher eine Art Pick-up-Moped mit hinten angebrachter Ladefläche – war vom Kloster kommend stehen geblieben oder gestrandet, mit laufendem Motor und, wie Berlinger registrierte, mit seinem defektem Auspuff laut knatternd. In Spanien scheint es nicht ein Zweirad mit korrekter Auspuffanlage zu geben, dachte er und bemerkte, wie schwer das Fahrzeug mit dem Abfall der Restauratoren des Klosters beladen war, die dort während der Woche nicht nur ihren Arbeitsplatz, sondern auch ihre Unterkunft fanden. Auf der Ladefläche türmte sich ein Berg schlickgrauer, prall gefüllter Müllsäcke auf, und der Fahrer, ein alter Zausel im Blaumann mit hartem, kurz geschnittenen und glänzend silbernen Drahthaar, eine Mütze aus dickem blauem Stoff mit halb abgerissenem Schirm auf dem Kopf und einen erloschenen Zigarrenstumpen im Mund, kratzte sich gleichzeitig den Hinterkopf durch die Mütze hindurch mit der linken Hand und seine *cojones* im Schritt mit der rechten.

»*Joder!*«, sagte er nachdrücklich und so laut, als hätte er sich gerade sehr weh getan, und Nina sah ihn daraufhin verwundert und doch aufmerksam an.

Vor ihnen hatte sich ein aus dem Fels sickerndes Rinnsal wegen einer Wegsenke zu einem Miniatursee gestaut, fast so breit wie der Weg und keine fünf Meter lang, und diese flache, etwas groß geratene Pfütze war während der Nacht zu Eis gefroren. Glatt wie eine Bobbahn machte das geringe Hindernis es dem alten Mann auch jetzt noch unmöglich, mit seinem überforderten Gefährt und der instabilen Ladung weiterzukommen.

Berlinger hatte seine Hilfe angeboten und mit kräftigen Armbewegungen ein Anschieben angedeutet, nur für den Fall, dass der Alte ausschließlich *Catalá* sprach, war aber entrüstet abgewiesen worden mit irgendetwas, das sich wie »*He! Finalmente este es mi trabajo!*« anhörte.

Auch Satan war auf dem Eis ausgerutscht, hatte sich schlingernd wieder aufgerappelt und dann wütend diesen seltsamen Untergrund beschnüffelt. Mit ärgerlichem Bellen beklagte er sich nun über die Heimtücke dieser Welt, als wäre sie lebendig.

Berlinger nahm es mit einem Schulterzucken hin; er dachte lediglich in seiner Konzentration auf Wichtigeres: Na, der Alte wird schon wissen, was er für ausschließlich seine eigene Arbeit hält, und hakte das Ganze ab, obwohl ihm in seinem Hinterkopf die doppelten Bedeutungen von ›glatt‹ und ›trügerischem Eis‹ zu schaffen machten. Mit leichter Bitternis fiel ihm auf, wie schwer er sich damit tat, einen geeigneten Einstieg in seine Beichte zu finden.

Der Alte mit seinen Schwierigkeiten lag schon weit zurück, das Zweitakt-Knattern war eben noch zu hören, als Berlingers mentale Dämme schließlich brachen und er endlich loslegte, so wie Stromschnellen brausen und schießen, wenn sie die Enge hinter sich gelassen haben.

Nach Luft ringend, versuchte er die schweigende Nina zu überreden, auf der Hälfte der Strecke von Santa Helena zum Kloster, ja, dort am Wegkreuz mit der wunderbaren Aussicht auf El Port de la Selva hinunter doch bitte schön eine kurze Rast einzulegen.

Nina stimmte ruhig zu. Sie schien zu wissen, etwas Wichtiges würde folgen.

Und hier, auf dieser rohen Holzbank aus zwei Kloben und einem in Längsrichtung halbierten Stück Stamm sitzend, bemühte er sich, so objektiv und glaubhaft, so ehrlich und so wenig um Verständnis bittend wie möglich einer auch weiterhin wortlosen Nina von den Verlockungen zu erzählen, so jung und mit vorgeschobenen Gründen den größten Scheißberuf hinzuschmeißen, den die Welt jemals einem Mann habe bieten können, *und* sich dafür auch noch bis zum Lebensende alimentieren zu lassen, einer Versuchung, der er nicht nur nicht habe widerstehen können, sondern der er, sie billigend in Kauf nehmend, endlich sogar erlegen sei.

»Und was das Schlimmste dabei ist«, sagte er, »das, weshalb ich mir wirklich schwere Vorwürfe mache, ist die Tatsache, dass ich es dir verschwiegen und all die Jahre nicht mit dir darüber gesprochen habe.«

Nachdem Berlinger geendet und Nina einen Moment lang das Gehörte bedacht hatte, war sie aufgestanden und hinter ihn getreten; sie hatte ihm ihre Hände unter die Achseln gezwängt und ihn mit einem gewohnt resoluten »Komm schon hoch, du schlimmer Mann!« nach oben gezogen.

Satan bestimmte die Richtung, als wäre es zwischen ihnen abgesprochen, indem er ganz im Gegensatz zu ihren von der hinderlichen Winterkleidung herrührenden plumpen Bewegungen elegant federnd den Weg zu den beiden bereits sichtbaren Turmspitzen des gewaltigen Klosters einschlug und sich wie aufmunternd zu ihnen umsah.

»Ich bin jetzt dran, und du schweigst still«, meinte Nina und gab damit nicht nur das Tempo vor, mit dem sie sich ihrem Ausflugsziel näherten. »Du kannst alles tun, na ja, fast alles, mein Lieber, nur eines solltest du unbedingt und immer vermeiden: mich zu unterschätzen.«

Sie bot ihm ihren Arm so dar. Berlinger hakte sich bei ihr unter und bemerkte nur oberflächlich, dass irgendetwas falsch herum war, so etwa, wie Jungs aus Gewohnheit die Knöpfe einer Jacke rechts erwarten und nicht irgendwo anders; bewusst überlegte er allerdings, wann und wobei er Nina wohl unterschätzt haben mochte.

Nina fragte, erkennbar keine Antwort erwartend: »Was glaubst du denn, was ich getan habe, als wir uns kennen lernten? Zunächst habe ich mich angepasst, klar, das gebe ich gern zu, und zwar so, wie es jede Frau tun würde, die wider Erwarten und entgegen jede Erfahrung doch noch auf den Mann trifft, den sie sich als den einzig Richtigen für ihr kleines Leben vorstellen kann.«

Sie knuffte ihn schmerzlich-herzhaft in die Seite und sagte:

»Mensch, Berlinger, wir Frauen sind doch nicht permanent engelhaft, genauso wenig wie wir nur Huren oder nur ewige Mütter oder kleine Lolitas sind. Wenn überhaupt sind wir alles zusammen, und der größte Witz ist, dass das Ganze nur als Vorstellung in euren männlichen Schädeln existiert.« Sie ließ ihm etwas Zeit, das Gesagte zu überdenken, bevor sie fortfuhr: »Ohne unser Zutun würdet ihr heute noch hingehen und jahrelang versuchen, ein Hünengrab oder Stonehenge ganz allein zu errichten. Und als ewige Kinder würdet ihr euch nach vollbrachter Tat lärmend auf die Brust schlagen und ›Ich, ich groß!‹

brüllen, alles in der durchtriebenen, leider auch sehr Erfolg versprechenden Hoffnung, die Dorfschönste in euer verdrecktes Nest zu locken und um euch«, und sie betonte es ausdrücklich, »*nur euch* gewinn- und lustbringend um den noch verbliebenen kümmerlichen Restverstand zu vögeln.«

Satan versuchte, es den Paraglidern gleichzutun, indem er sich abflugbereit vor einen Abhang stellte, mit gespannter Sprungmuskulatur und im Wind wehenden Haaren, die sein normalerweise erhebliches Körpervolumen zumindest von der Windseite her auf das wirklich vorhandene, deutlich zierlichere Maß reduzierten.

Auf Berlingers entschlossenes »Bei Fuß, *diabolo!*« hin ließ er allerdings zügig von seinem Vorhaben ab, als wäre es eigentlich doch nur irgend so eine Idee gewesen, und tat hündisch, indem er – um von seinem Einfall abzulenken und um wenigstens der Form zu genügen – ein verkrüppeltes Bäumchen anpinkelte, das er zuvor noch nicht einmal ansatzweise beschnüffelt hatte.

»Du denkst nach, das finde ich ja auch so prima an dir«, setzte Nina fort, »aber in Wahrheit denkst du nicht richtig nach. Du hast mich in dein Leben treten lassen, ohne dir wirklich darüber bewusst zu sein, was für ein Kaliber du dir da ins Haus holst.«

Mit sicherem Gespür für den Effekt von Pausen schwieg sie einen Moment und ließ das soeben Ausgesprochene auf ihn wirken, bevor sie weitersprach. »Von dir habe ich von deinem Ausscheiden aus dem Dienst gehört, ja, du hast es mir erzählt, und du hast auch davon berichtet, was deiner Meinung nach dazu geführt hatte. Aber noch einmal, was glaubst du, was ich anschließend getan habe?«

»Keine Ahnung«, antwortete Berlinger wahrheitsgemäß.

»Und was war mein Vater? Womit hat er sein Geld verdient?«

»Ach, du grüne Neune!« Ein Richter am Oberlandesgericht mit all den Möglichkeiten, die solchen Herrschaften auf dem kleinen Dienstweg zur Verfügung stehen.

»Genau. Ich kannte dich keine zwei Monate, und wie du weißt, sind wir in unserer Beziehung verdammt schnell vorangeschritten.« Zwischen den nun folgenden Worten machte sie wieder deutliche Pausen: »Du solltest mein Mann werden, ohne Kirche oder Staat, das war meine Entscheidung. Und die Konsequenz daraus heißt selbstverständlich Solidarität.«

Lammfromm sagte er: »Jaaa, Nina.«

»Nun mach hier mal keine Witze, ja? Ich bin noch gar nicht fertig mit dir.«

Wieder ließ sie sich viel Zeit. Sie waren etwa fünfzig Meter schweigend weitergegangen, als sie endlich ihre Ansprache fortsetzte:

»Es waren keine acht Wochen vergangen, da saß ich schon bei dem Psychiater, der verantwortlich war für die behördliche Entscheidung, dich in den vorzeitigen Ruhestand zu schicken. Ein Kinderspiel für meinen Vater, der bei der persönlichen Terminabsprache ganz einfach die Wahrheit gesagt hatte: ›Meine einzige Tochter und ein Dr. Berlinger lieben sich und wollen sich zusammentun, vielleicht auch heiraten. Er hat Probleme. Ich möchte wissen, ob und wie sie ihm helfen kann.‹ Und dann haben wir gemeinsam mit dem Mann gesprochen, bei ihm zu Hause.

Ich glaube auch heute noch, dass das richtig war. Ich hatte ein Recht, ihn aufzusuchen.«

Entgeistert sah Berlinger sie an.

»Da staunst du endlich mal, was? Eine bemerkenswerte Person, dieser Psychofritze. Er hat sich nicht sehr lange hinter irgendeiner Schweigepflicht verschanzt, nachdem er erkannt hatte, wie ernst es mir mit dir war. Ich kenne dich, Berlinger, und zwar viel besser, als du glaubst. Und ich habe lange darauf gewartet, dass du deinen Mund aufmachen würdest, manchmal sogar in einer Art Totstellung. Ich hätte dir eine noch wesentlich bessere Frau sein können, wenn du mir etwas früher ein noch besserer, weil ehrlicherer Mann gewesen wärst, da sei mal sicher. Aber ich liebe dich mehr als an unserem ersten Tag dafür, dass du heute mit mir darüber sprichst, und ich hatte niemals auch nur den geringsten Zweifel daran, dass du es eines Tages tun würdest.«

Satans Benehmen gab nichts her, womit Berlinger die furios in Fahrt geratene Nina von der ihm unangenehmen Richtung, die ihr Gespräch nahm, hätte abbringen können, einer Aussprache, deren Kurs eigentlich er hatte bestimmen wollen. Und so schwieg er, weil es für ihn etwas Einfacheres und – ohne ein schlechtes Gewissen dabei zu verspüren – auch Selbstverständlicheres in dieser Situation einfach nicht gab.

»Brennend musst du eigentlich wissen wollen, was der Mann gesagt hat, oder?«

Er nickte, gebückt von dem schweren Kreuz, das er trug und auf dem herumzuhüpfen Nina sich jetzt offenbar vorgenommen zu haben schien.

In professoralem Kathederton fuhr Nina fort, sie

zitierte jetzt aus dem Gutachten, aus dem der Arzt vorgelesen und dessen Wortlaut sie sich wörtlich und unauslöschbar eingeprägt hatte, wobei sie manche Formulierungen mit unverhülltem Genuss zitierte:

»›Dr. B. hat nicht nur unserer Auffassung nach schweren und möglicherweise auch bleibenden Schaden an seiner Psyche genommen. Dieser Schaden ist unserer Einschätzung nach nur dann reparabel, wenn es B. schnellstens gelingt, die diese Schäden bedingenden Lebensumstände zu ändern.‹«

Berlinger schüttelte ungläubig den Kopf, hörte seiner Nina aber dennoch gebannt zu, die in gleichem Ton wie zuvor fortfuhr, wobei sie ihn unverwandt musterte und ihre Augen mit fast starrem Blick an den seinen festmachte, als wollte sie mit einem stählernen Arm seinen ganzen Schädel fixieren:

»›Zu befürchten ist bei ihm aufgrund seines ungewöhnlich ausgeprägten Pflichtbewusstseins eine Verlagerung der Ursachen für seine Probleme *weg* von den beruflichen Misshelligkeiten *hin* auf seine Person, das heißt, seine wirklichen Probleme werden erst dann anfangen, wenn er in den realiter gebotenen vorzeitigen Ruhestand eingetreten ist. Mit an Sicherheit grenzender Wahrscheinlichkeit wird B. auch als ausgebildeter Fachmann mit vielen Jahren Erfahrung in der Psychologie nicht erkennen können, wie schwer seine beruflich bedingten Beschädigungen sind: Er wird sich vorkommen wie ein Simulant.‹«

Berlinger blieb stehen. Er konnte Nina fast nicht glauben und erwiderte nichts, schaute sie lediglich misstrauisch an, als versuche er, dahinter zu kommen, ob dies nur ihre eigenen Worte waren, die ihn nichts weiter als trösten sollten, oder ob sie wirklich aus einem tatsächlich über ihn archivierten medizinischen Gutachten zitierte.

»›An dieser Stelle‹«, hob Nina ihre Stimme, »›wird auf die dringend – der Unterzeichner unterstreicht ausdrücklich diesen Passus und wiederholt ihn – auf die dringend erforderliche, die Zeit des Übergangs in den vorzeitigen Ruhestand begleitende psychiatrische Betreuung hingewiesen, im denkbar schlechtesten Fall sogar auch darüber hinaus.‹«

Berlinger sah genauso aus wie Matamalas wenige Stunden zuvor in seiner ersten Reaktion auf Berlingers Musil-Zitat, wie weggeweht war sein Misstrauen. Mit großen Augen schüttelte er noch unverständig den Kopf, zunächst verneinend, langsam, um seiner Ablehnung Ausdruck zu verleihen, dann aber heftiger, immer wilder, wie um seine Gedanken durch die Fliehkraft aus dem Gefäß, das sein Kopf bildete, herauszuschleudern, weit von sich fort, am liebsten da vorn den steilen Hang hinunter und – um Himmels willen! – bloß weg aus seinem Blickfeld.

Dann hielt er inne. Nina nahm seine Arme und legte sie sich um den Hals.

»Ich verstehe dich gut, mein Lieber. Du siehst dich als Betrüger. Du schweigst darüber, seit du mich kennst. Und ich komme heute daher und erzähle dir das, was dein Gutachter mir gegenüber vor mehr als zwei Jahren gesagt hat: ›Passen Sie auf ihn auf, Frau Wegener, er fühlt sich als treibende, als die betreibende schlechte Kraft in diesem Verfahren. Er hält sich für den Mann, der die Fäden in seiner Hand hält. Der ist er nicht. Der Mann ist fertiger als fertig.‹ Das muss schwer zu verarbeiten sein für dich, hab ich Recht?«

»Und nu?«, war alles, was er über seine trockenen Lippen brachte.

»Hallo! Ist hier jemand?«, schrie Nina auf einmal los, laut und mit hexenmäßig verstellter Stimme, als wäre sie nicht sicher, ob sie sich allein hier oben aufhalten würden. Der Widerhall ihres Schreis war gewaltig, denn sie standen mittlerweile vor dem in frühromanischem Fischgrätenmuster gemauerten ersten Portal des Klosters, und rechts von ihnen ragten die spärlich bewachsenen Felsen in die Höhe.

Zum Vorschein kam zunächst ein schläfriger Kartenverkäufer in nur halb geschlossener Uniform, den Nina allerdings mit ihrem Schreien keineswegs gemeint hatte, nein, es tauchte ganz langsam auch ein Berlinger auf, den sie sehr wohl gemeint hatte. Er kam zurück aus seiner Benommenheit, und nach einer heftigen Umarmung Ninas hatte er ganz offenbar den Willen wieder gefunden, die Zügel seines Lebens – zur Not gemeinsam mit dieser komischen Frau da neben sich – erneut in seine Hände zu nehmen.

Der Kartenverkäufer war bei Satans Anblick schnell wach geworden und begrüßte ihn wie einen alten Bekannten. Sie sprachen kurz mit dem Katalanen, zahlten die Eintrittsgebühr und folgten ihrem Hund, der sich hier auskannte und schnurstracks den Weg zur Terrasse entlanglief. Dort angekommen, standen sie vor der Brüstung und starrten gedankenverloren über die Pyrenäenausläufer aufs Meer. Nina zog Berlinger nach geraumer Zeit zu ihrer gewohnten Sitzbank, und bevor sie sich setzten, sah er, was Besucher dort eingeritzt hatten und was er nie zuvor beachtet hatte:

Sex & Drugs & Helmut Kohl!

Gleich daneben stand ein bereits verwitterndes

Quien no aprecia los valores de la vida, no los merece

Leonardo McVinci

Berlinger fuhr mit dem Zeigefinger nachdenklich durch die Furchen dieser letzten Nachricht, übersetzte sie ganz oberflächlich für sich mit ›Werte des Lebens nicht verdienen‹, wobei er auch dem Pfeil folgte, der mit seiner leicht nach außen geschwungenen, vollständig ausgeritzten Spitze und dicken Federn an seinem Ende von der zweiten Inschrift wegführte und auf eine Anmerkung eines anderen Besuchers zielte:

¡EXACTO! PROCANUEVA

Und darunter entzifferte er auch noch ein:

GR8 2 C U, in love forever: an unknown Fuzzy

Hartnäckig wie gewohnt setzte Nina ihre Gedanken an der Stelle fort, an der sie beim Betreten der Klosteranlage unterbrochen worden waren: »Im Glauben zu bescheißen, hast du dich selbst beschissen. Und du hast versucht, mit mir ähnlich zu verfahren.«

»Und du schweigst jahrelang und länger. Siehst zu und befreist mich nicht von meinen Problemen.« Berlinger glaubte, ein gutes Argument in der Hand zu haben.

Nina nickte zustimmend. »Das ist mir auch schwer genug gefallen. Aber, Berlinger, du musstest damit beginnen. Nur dann konntest du dich wirklich befreien. Ich habe sehr an dir gezweifelt, ganz besonders in dem Moment vor ein paar Tagen, als du diesem Burnhaupt zwei Beförderungsstufen für deine Mitarbeit bei der Lösung der Mordfälle aus dem Ärmel geleiert hast. Ich war zuerst erschrocken, dann aber auch begeistert. Cool, hab ich gedacht, doch dann, nach einigem Nachdenken, war ich wirklich gründlich durcheinander. Ich wusste nicht mehr, was ich von dir halten sollte.« Wie um letzte Zweifel zu zerstreuen, fügte sie mit Entschiedenheit in ihrer Stimme hinzu: »Ja, ich musste bei meiner Überzeugung bleiben, dass es an dir lag, das Thema auf den Tisch zu bringen. Und du weißt, was mir nicht liegt: Andeutungen machen, dir zeigen, dass ich mehr wusste, als du ahnen konntest, dich ein kleines bisschen durch Verunsichern anschubsen. Nein, das ist nun einmal nicht meine Art. Das konnte ich nicht. Also habe ich mich eigentlich genauso verstellt, wie du es auch getan hast. Verzeih mir.«

Berlinger hatte sich beinahe wieder im Griff. Er bewunderte diese starke Frau da neben sich, und er wandte sich zu ihr hin, legte seine beiden kalten Hände an ihre ebenso kalten Wangen, wischte ihr mit den Daumen zwei kleine Tränen aus dem sofort wieder belustigt lächelnden Gesicht und erwiderte: »Nina, da gibt es nichts zu verzeihen. Wenn ich das alles richtig verstanden habe …«

»Ich glaube, das hast du. Und du hast auch Recht, wenn du sagst, dass es nichts zu verzeihen gibt. Weder von dir noch von mir.«

Berlinger legte einen Arm um Ninas Schultern, lachte befreit auf und meinte im Verschwörerton:

»*Great to see you*, Nanka. Nenn mich ruhig Fuzzy, *wellknown*, wenn du willst, aber nur, wenn wir unter uns sind, sonst komme ich in meinem hohen Alter doch noch zu einem Vornamen. Willkommen in meinem neuen Leben. Habe ich dir heute eigentlich schon gesagt, dass ich dich ….«

Nina versuchte, ihn mit beiden Armen von sich wegzuschieben, doch Berlinger erkannte ihre nur gespielte Wut.

✧

Der innige, lange und selbstvergessene Kuss seiner beiden Mitmenschen wurde Satan zu viel.

Er gähnte verlegen, stand auf, wie die beiden kurz zuvor, und schlug, einmal kurz aufbellend, den besonderen Rückweg ein, dem Ritual folgend, dem sie sich gemeinsam zwei- oder dreimal in jedem Jahr unterwarfen: ein langer Rundgang durch die Klosterkirche, um die Restaurierungsfortschritte zu verfolgen. Gepasst hatte ihm das nie, musste er doch draußen bleiben. Er konnte sich nur dort hinlegen und so lange auf sie warten, bis sie sich an ihn erinnerten.

Die Wiederherstellung war eine äußerst mühsame Arbeit, weil die ganze Klosteranlage nahezu zwei Jahrhunderte leer gestanden hatte, dem Wetter, dem Wind und den Plünderern schutzlos ausgeliefert.

Zuerst waren die Kapitelle des ehemals wunderschönen Kreuzgangs abgeschlagen und gestohlen worden, mitsamt den zierlichen Säulen, keine davon ausgeführt wie die andere; die Wandmalereien verrotteten, die Brunnen versiegten, das umgebende Land lag brach, und als nichts Wertvolles oder Dekoratives mehr weggetragen werden konnte, dienten zumindest Teile der Anlage noch als äußerst bequemer Steinbruch.

Sehr bemerkenswert die Ausdauer und Konsequenz der zuständigen Abteilungen der *Generalitat de Catalunya*, dachte Berlinger wie bei jedem seiner Besuche. Die Landesregierung ließ sich bei ihren Anstrengungen auch von Universitäten aus dem europäischen Ausland helfen, und sehr lobenswert fand er die Tatsache, dass nach und nach, dem Fortschreiten der Renovierung folgend, neben guten Kopien sogar einige Originale der früheren Kloster- und Kircheneinrichtung aus Museen in Barcelona und Girona ihren Weg dorthin zurückfanden, woher sie gekommen waren und wohin sie schließlich auch gehörten.

Übertrieben freudig begrüßte sie der Afghane, der – völlig aus dem Häuschen – so tat, als hätte man sich seit Jahren nicht gesehen, und, wie Berlinger Nina erzählte, um sie herumtanzte, wie er selbst vor langer Zeit als Kind beim Indianerspielen den Marterpfahl umtanzt hatte, damals, vor Jahrhunderten, als Indianerspielen noch schwer in Mode gewesen war und kein Tamagotchi die Kids in den Autismus getrieben hatte.

Sie verabschiedeten sich mit einem Winken vom Wärter, der, lediglich um zurückzuwinken, das Fenster seines Kabuffs am Klostereingang mühsam öffnete, indem er ein dickes Kreppklebeband an der Griffseite des Fensters löste; ein ärmlicher Schutz vor dem immer noch kalten, durch alle Fugen dringenden Wind. Und als fände er, dass der Aufwand nur für eine grüßende Handbewegung zu groß gewesen sei, rief er ihnen zusätzlich, gewissermaßen gratis, ein ehrliches und freundliches ›*Adiós, señores*‹ hinterher.

Der Teufelshund verspürte Stalldrang. Er lief ihnen immer wieder weit voraus und sah sich nach ihnen um; wenn er sie wegen der kurvigen Strecke aus den Augen verloren hatte, kam er zur Kontrolle eben ein Stück zurückgelaufen. Er benahm sich insgesamt äußerst ungebärdig – eine Körper und Bewegung gewordene Aufforderung, nun endlich voranzumachen.

Am Wegkreuz wartete Satan ungeduldig. Er saß auf der klobigen Bank, die Berlinger auf dem Hinweg den nötigen Halt, die dringend erforderliche Stütze geboten hatte, um das für ihr Zusammenleben wichtigste Gespräch zu beginnen, das sie je geführt hatten, und sah bei ihrem Näherkommen so aus, als lachte er sie herzlich an, als wollte er sagen, seht ihr, Leute, es geht doch, man muss nur wirklich wollen. Dann sprang er geschmeidig wie eine Katze in einem großen Satz direkt aus seiner sitzenden Position über die Rückenlehne der Bank, gerade in dem Moment, als er zu Recht vermuten konnte, seine Menschen würden sich wiederum zu einem Plausch setzen wollen. Um das zu verhindern, kläffte er hoch und hell wie ein Welpe, umtänzelte sie spielerisch und albern und nahm dann den Rückweg wieder auf.

Berlinger berichtete Nina, wie Matamalas aus heiterem

Himmel unter Zuhilfenahme seines Musil-Zitats auf das wahrscheinliche Motiv des Mörders gestoßen war.

»Mein Gott, wie krank«, murmelte Nina, nachdem Berlinger geendet hatte, und sah ihn traurig an. »Da fühlt sich jemand gestört, und dann bringt er Leute um.«

»Für den Mörder nur schlüssig«, meinte er, »wenn erst einmal eine Grenze überschritten ist, dann gibt es kein Halten mehr. Er fühlt sich so sehr im Recht, dass er Opfer, Richter und Henker zugleich spielt.«

»Die Kirchen. Er fühlt sich als Prophet. Ein elftes Gebot«, sagte Nina und zeigte ihm damit, wie mühelos sie in der Lage war, sich in seine Gedankenwelt hineinzuversetzen.

»Richtig, Nina.« Und nach einem kurzen Augenblick: *»Du sollst nicht lärmen.* Sein Ziel: Presserummel, Medienlärm, Angst erzeugen, damit weniger Touristen hierher kommen.«

»Und was macht ihr jetzt?«

»Übers Wochenende schieben mehrere Polizeibeamte in der Einwohnermeldebehörde und im Katasteramt Dienst. Sie erstellen einen Plan für die unmittelbare Umgebung der Straßen, in denen die identifizierten Mordopfer gewohnt haben. Wir hoffen, damit sehr viel weiterzukommen. Montag ist große Lagesprechung in Figueres.«

In Gedanken versunken gingen sie weiter, und als sie eine der letzten Kurven genommen hatten, überraschte sie ein alter Bekannter.

Der Zausel stand immer noch da mit seinem Lastenmoped. Das Kratzen am Kopf und weiter unten hatte aber offensichtlich zu einem Ergebnis geführt: Vor ihm qualmte es schwarz und stank fürchterlich, und beim

Näherkommen wurde Berlinger klar, auf welche Idee der Alte gekommen war, der jetzt zufrieden nickend neben der Bescherung stand, die er da angerichtet hatte:

Irgendwie musste es ihm gelungen sein, ein Stück Schlauch aufzutreiben, entweder hatte er es aus einem der Müllsäcke gefischt oder von seinem Motörchen abgebaut und später wieder angebracht. Ein paar kleine Zweige sammeln und auf das Eis legen, ein wenig Benzin aus dem Tank saugen, den Sprit großzügig über das Reisig gießen und ein Feuerchen machen – pah! –, eine Sache von Sekunden!

So würde er heute Abend in seiner Kneipe vor den staunenden Zechern prahlen, stellte Berlinger sich vor. Nur dass er weit mehr als eine Stunde dafür benötigt hatte, das würde der Zausel niemals zugeben.

Und schon kletterte das Männlein auf seine Maschine, grüßte die beiden *turistas* wie Königinmutter, mit majestätischer Würde und irgendwie staatstragend, und knatterte los.

In Windeseile war er hinter der nächsten Biegung verschwunden. Er hinterließ eine lange Abgasfahne und einen Hauch von verbranntem Zweitakttreibstoff, hatte es aber nicht lassen können, sich vor der Biegung noch einmal breit grinsend zu ihnen umzudrehen und seinen linken Arm hoch in die Luft zu werfen.

»Was sollte das denn?«, fragte Nina, amüsiert von diesem Schauspiel.

»Entweder schimpft er mit seinen Göttern, die er ja sicher herbeigerufen hat, und freut sich diebisch, dass er ihnen eins auswischen konnte, weil sie nicht gekommen sind. Diese Prüfung hat er jedenfalls mit der jedem Katalanen angeborenen Intelligenz und dem katalanischen Witz bestanden. Oder aber ...«

Lachend unterbrach ihn Nina: »... oder er hatte bloß die andere Hand nicht frei, um eure typische Macho-Geste auszuführen. Wäre ja auch zu schön gewesen, wenn er noch vom Sattel gefallen wäre!«

»So wird es sein«, bestätigte Berlinger und nahm noch einmal Ninas von der Kälte gerötetes Gesicht in beide Hände, rieb es warm und sagte: »Zeichen auf unserem Weg.«

»*Que, Fuzzy?*«, fragte sie mit gekünstelt tiefer Stimme, breit und platt und gedehnt wie ein schlecht gestimmter Bauer aus der Vulkaneifel, und sie ließ ihre vollen Lippen nach einem erneuten »Waaaas?« geöffnet.

»Zausels Hindernis. Unser Hinweg: gefroren, hart, kalt, glatt: Eis.«

»Dann unsere Aussprache. Und unser Rückweg: frei, geräumt, passierbar. Sehr schön.«

Und nach einem Moment lächelnden Nachdenkens: »Dafür liebe ich dich. Hörst du, Berlinger?! Ich liebe dich.«

»Und ich liebe dich, Nina.«

»Sehr gut. Dann darfst du mich jetzt auch noch einmal küssen.«

Nina, die Zufriedene.

»Aber bitte genauso schön wie vorhin!«

14
Peralada, Empuriabrava

Auf dem Rückweg machten sie einen Abstecher nach Peralada, um zur Feier des Tages einer Flasche kaltem »Gran Claustro« den Hals umzudrehen.

Nach Berlingers guter Erfahrung mit dem kleinen Restaurant in Palau-Saverdera teilten sie sich in der *cantina social*, schräg gegenüber vom Casinoeingang des Schlosses von Peralada, eine *butifarra*. Die grobe katalanische Bratwurst, kräftig gewürzt, rasch und sehr heiß gebraten, war eine alle Etikette missachtende Begleitung für den hervorragenden *cava*, der fein perlend, trocken und dennoch aromatisch ihre freudige Stimmung unterstrich. »Wie Arsch auf Eimer«, lautete Berlingers respektlose Bemerkung. Die Gläser, dickwandige, niedrige Schalen, die eher für Desserts geeignet zu sein schienen und es kaum zuließen, dass sich die sie umgebende Luft kondensierend an ihrer Außenseite niederschlug, störten sie da nicht besonders.

Sie bemerkten die anderen Gäste und die harmlos-selbstverständliche Art, mit der sie ihr Gläschen Sekt tranken, eine bescheidenere Ausführung freilich, *seco* oder gar *semi seco*, ob Bauer, Malocher oder Veterinär in schlichter, ländlicher Arbeitskleidung mit seinesgleichen schwatzend, *naturalmente, todos somos humanos*, wir sind alle nur Menschen. Dabei rauchten sie ihre Zigaretten, warfen ungeheure Mengen Kartoffelchips in sich hinein, ließen ihre bis an den Rand des Filters gerauchten Kippen achtlos auf den Fußboden fallen und traten sie mit ihrem derben Schuhwerk auf den alten, welligen Terrakottafliesen aus. Und wie schon zu anderen Gelegenheiten fiel Berlinger auch jetzt wieder auf, wie selten die Menschen hier einen besonderen Anlass brauchten, um sich mit auffallend geringem Brimborium an den Genüssen dieser überaus bevorteilten Region gütlich zu tun.

Es waren ausnahmslos Männer, die dort an der Theke standen oder sich dann, wenn sie etwas zu besprechen hatten, was nicht jeder mitbekommen sollte, an einen der Resopaltische mit den simplen Stühlen aus verchromten Metallrohren zurückzogen. Berlinger war froh, dass weder Nina noch er die katalanischen Bemerkungen verstehen konnten, die die Machos bei Ninas Erscheinen hatten fallen lassen. Er vermutete, sie versuchten sich gegenseitig mit ihren eindeutigen, von unmissverständlichen Gesten und anzüglichem Lachen begleiteten Kommentaren zu übertreffen, und sie wurden erst dann etwas ruhiger, als sich diese selten schöne Frau – *que chica!* – mit ihrem Rücken zur Theke gesetzt hatte.

So war Nina wenigstens ein wunderbarer Blick auf Hunderte Paletten mit Tausenden von Flaschen in hellblauen Plastikkästen vergönnt, den Materialvorrat der Sektabfüllanlage nebenan, allerdings auch auf den Kinderspielplatz des Lokals, auf dessen Schaukel, die mit Sicherheit keiner TÜV-Prüfung standgehalten hätte, an langen, ungeölten Ketten ein dick eingemummeltes Kind hin und her schwang und ein nervtötendes Quietschen erzeugte, das an eine alte, rachitische Pendeluhr erinnerte, die von der Zeit, die sie anzeigen sollte, überholt und völlig außer Atem gebracht worden war.

Doch während er so in Gedanken hinausschaute, sein Gespräch mit Nina auf dem Klosterberg noch einmal überdachte und sich seine Zukunft in den schönsten Farben ausmalte, sah er im Augenwinkel Nina zusammenfahren. Starr, ohne ihren Kopf zu bewegen, sah sie hinaus auf die Straße. Er folgte ihrem Blick, und für einen Moment war ihm so, als sähe er eine ihm bekannte Gestalt aus dem Casinoeingang kommen, ein Schattenriss von einem Mann, der wegen der schon leicht schräg hinter ihm stehenden Sonne nur ungenau zu erkennen war. Er überquerte gerade mit kontrollierenden Blicken nach rechts und links die Straße und kam geradewegs auf sie zugelaufen.

Der Blick des Mannes streifte die vor der *cantina social* geparkten Wagen und verharrte beim Anblick des Alfa Romeo. Im nächsten Moment hielt der Mann inne. Er wandte sich um und entfernte sich mit schnellen Schritten in die andere Richtung, als wollte er nicht, dass jemand seiner ansichtig werden würde.

Sowohl Berlinger als auch Nina waren sich allerdings sicher, Hochwürden Rudolph Singraven erkannt zu haben. Berlinger nahm es kommentarlos und nur schulterzuckend zur Kenntnis, machte sich aber in Gedanken eine mit einem Ausrufezeichen versehene Notiz.

Wo wohnt der eigentlich, dachte er.

Je näher an der Avenida Europa, desto sauberer putze

ich meine Lupe, bevor ich ihm auf die Finger sehe, nahm er sich vor.

✧

Sie hatten auf eine weitere Flasche verzichtet, wobei sie sich gegenseitig versicherten, welch ungeheures, geradezu übermenschliches Maß an Willenskraft für eine solche Entscheidung erforderlich sei, und waren zu Hause in Empuriabrava angekommen, ein wenig schlapp und ruhebedürftig; sie hatten allerdings pflichtbewusst den entgegen allen Erwartungen nicht sonderlich hungrigen Afghanen gefüttert und sich dann erst zu ihrer späten Siesta zurückgezogen.

Berlinger schälte sich gerade aus seinen warmen Sachen, und Nina hantierte bereits im Bad herum. Er überlegte, ob er der Frau dort nebenan nicht auf faunische Weise satyrhaft auflauern sollte, als sie ihn schon herbeirief. Er taperte barfuß nach nebenan, ein nackter Adam, unter den Achseln ein wenig nach Schweiß riechend wegen des dicken Pullovers und der Jacke, die ihn während ihres Marsches über die Berge wie eine Rüstung umhüllt hatten. Er tastete sich durch die dichten Nebel, die Ninas heißes Duschwasser fabrizierte, und er konnte nur mit einiger Mühe erkennen, dass die sich gerade öffnende, schon völlig beschlagene Glastür der Duschkabine ihn freundlich einzuladen schien, doch auch hereinzukommen.

Nina umarmte ihn unter dem Strahl des laufenden heißen Wassers, sagte »Puh! Du riechst nun wirklich nicht so gut«, nahm sich das Gel, schob den Duschkopf mit einem

Griff nach oben zur Seite weg und begann, seinen ganzen Körper sorgfältig einzuschäumen. Ihr nasses, schwarzes Haar legte sich wie eine den Inhalt schützende Verpackung um ihr waches, auch unter der Dusche noch anmutiges Gesicht.

In den Knien vor ihm hockend, widmete sie sich besonders seinen Genitalien, die Zungenspitze herausgestreckt, und murmelte: »Das machen wir jetzt aber mal gründlich, du wirst noch gebraucht, du eigensinniger Kerl!« Sie verstrich das Gel mit zarten, streichelnden Händen, drückte mit nach vorn gewölbten, weichen Lippen einige mehr spielerische, liebkosendere als simpel auffordernde, nur antörnende Küsse auf seinen jetzt aufmerksam gewordenen Penis, so viele jedenfalls, bis es ihm zu bunt wurde und er die durch ihre Haarsträhnen hindurch listig zu ihm aufblickende Nina unter ihre haarlosen, sehr mädchenhaften Achseln fasste und sie zu sich hochzog, bis ihre beiden Gesichter auf dem gewohnten Höhenunterschied angelangt waren.

»Der muss ja nicht auf eine Ausstellung«, meinte er und unterdrückte mit einem entschlossenen, heftigen und verlangenden Kuss ihren nächsten Kommentar, den sie, in jeder Lebenslage vorlaut, schon mit einem »Kören heißt das, Berling ....« begonnen hatte.

Mit einer Hand griff er nach oben und richtete den Wasserstrahl wieder auf sich und Nina, regelte anschließend den Thermostaten herunter und hielt in der Folge seine große Liebe unter dem schnell immer kälter werdenden Wasser erbarmungslos fest, bis es auch ihm zu eisig wurde; aber zu einem Wechselbad gehörte ja nun auch das Gegenteil, und so quollen Schwaden aus Dampf von hochroten Leibern, bis es endlich begann, ihnen beiden wehzutun.

Er fasste Nina mit beiden Armen um ihre Taille, hob sie hoch, und wie aus einem Reflex heraus umschlangen ihre Beine seine Hüften. Mit einer stützenden Hand unter ihrem runden, kleinen Po stieg er vorsichtig über den niedrigen Rand der Duschwanne, blind, weil sein Gesicht zwischen ihren warmen, nassen Brüsten wie eingezwängt war, und er öffnete dabei die Glastür ganz einfach, indem er Ninas Rücken dagegen drückte. Er trat sich auf der Fußmatte sorgfältig seine Fußsohlen trocken und schwankte durch den Nebel ins helle Schlafzimmer, unsicher nicht etwa wegen Ninas doch nur geringen Gewichtes oder der wenigen Schlückchen Sekt in Peralada, sondern wegen seines Instinktes, die süße, zarte, liebenswerte Last, die ihren Kopf vertrauensvoll in dem Winkel zwischen seinem Hals und seiner Schulter verborgen hielt und die wie eine Klette an ihm hing, auf dem gemeinsamen Weg zu dem folgenden, auch durch ein Erdbeben oder sonst etwas nicht mehr aufzuhaltenden Beweis ihrer Zusammengehörigkeit schützen und beschützen zu wollen.

Dort warf er sie mit Elan auf das große Bett, und sein Gesicht zeigte ein friedliches Lächeln, das so gar nicht zu seinem trainierten, kräftigen Körper mit dem erigierten Glied passen wollte. Nina landete mitten zwischen seiner dort abgelegten Kleidung, und sie wurde von dem kräftigen Schwung und dem zurückfedernden hölzernen Lattenrost ein ganzes Stück wieder nach oben geschleudert, während er schon nach dem Rollo griff, das er mit einer Handbewegung ganz heruntersausen ließ, um neugierigen Blicken vorzubeugen. Dann stürzte er sich, aus Spaß wie ein Gorilla röhrend, auf sie, als wollte er sie auf die schamloseste Weise der Welt bespringen.

»Nicht so«, sagte Nina geduldig. Sie strich ihm mit fürsorglichen Bewegungen seine nassen Haare nach hinten, wand sich unter ihm weg, drehte ihn – angestrengt an seinen Armen zerrend – auf den Rücken, was er passiv, aber den Blick ununterbrochen in ihre Augen versenkt, über sich ergehen ließ, und sie richtete sich über ihm auf: »Du machst dich wieder absichtlich schwer, du Klotzkopf, *pero no tenemos prisa*, wir haben es nicht eilig, lass mich mal ruhig machen, mein Lieber.«

Wieder langte er kräftig hin, und seine muskulösen Arme versuchten, sie auf sich zu ziehen, aber mit ihren Armen und Händen, die sich gegen seinen leicht aufgerichteten, nur wenig blond behaarten Brustkorb stützten, wehrte sie sich gegen seine schiere Kraft. Doch sie empfand Berlingers Kraft auf ihre wissende, milde und verstehende Art zu Recht ganz anders als nur als lieb- und geistlose Stärke, die ausnahmslos von einer Körperlichkeit herrührt, die lediglich überwältigen will und ihre Erfüllung immer nur dann findet, wenn sie Macht ausdrücken kann.

»Nein, *tonto*, du Dummer«, flüsterte sie hastig in sein Ohr, »kapierst du denn nicht? Dieser Tag ist etwas sehr Besonderes.« Sie steckte ihre nasse Zunge in sein Ohr und blies dann mit spitzen Lippen warm hinein. »Nur ruhig, ich verstehe dich ja. Du willst schon wieder Felsen verrücken.«

»Ich, ich groß!«, brummte Berlinger in tiefstem Bass.

»Ja, und ich Frau«, antwortete sie, in voller Absicht

betörend wie Rita Hayworth in »Gilda«. »Lass uns Zeit. Bitte.«

Während er sie sanft von sich herunterschob, drehte Berlinger sich leicht, sodass sie einander auf der Seite eng gegenüberlagen. Er legte eine Hand unendlich zart auf ihre zu einem schmucken kleinen Dreieck rasierten Schamhaare und antwortete: »Wir haben Zeit. Alle Zeit dieser Welt.«

Und nichts, aber auch gar nichts konnte Berlinger daran hindern, sich in dieser Zeit so zu verlieren, dass sich nicht einmal eine einzige seiner Milliarden grauen Zellen auch nur eine Sekunde lang mit den Toten vor den Kirchen beschäftigte.

15

Empuriabrava

Sonntag.

Ihre Verabredung mit Conchita und dem Comisario war auf neunzehn Uhr dreißig festgelegt worden, ein großes Entgegenkommen der Spanier, die es nicht anders gewohnt waren, als erst ab etwa einundzwanzig Uhr an eine abendliche Mahlzeit zu denken.

Es war am späteren Nachmittag, als Nina ihre Vorbereitungen für das *Bœuf bourguignon* abgeschlossen, den feuerfesten Keramiktopf, der so gerade eben noch in den Backofen passte, bereitgestellt hatte und sich die Hände an einem Handtuch mit maritimen Symbolen abtrocknete. Sie entschied sich dafür, nach den letzten vorbereitenden Handgriffen den Satanshund noch einmal kurz auszuführen, bevor die Gäste kamen und solange die gerade einsetzende Dämmerung noch nicht in vollständige, nachtschwarze Dunkelheit übergegangen war.

Berlinger hatte den Esstisch sorgfältig gedeckt. Während er die Sektflöten, die Wein- und Wassergläser noch einmal polierte, bevor er sie neben die Platzteller stellte, erinnerte er sich an ihre gemeinsamen, langen Überlegungen, ob der Tisch wirklich in der Küche stehen sollte. Nina war zunächst dafür gewesen, ihn ins Wohnzimmer zu stellen, hatte ihm aber aufgrund seiner Argumente zugestimmt: Ihr Haus hatte keinen Platz für ein Esszimmer, und zu Repräsentationszwecken waren sie nicht nach Spanien gezogen. Der familiärere und auch dem Kühlschrank nähere Platz in der Küche war für sie ungleich praktischer, ganz abgesehen davon, dass ein ungenutzter Esstisch im Wohnraum mit seinen vier oder gar sechs Stühlen sie eher an einen Stadtbus vor seinem ersten Einsatz erinnerte.

Er sah auf die Funkuhr über der Tür zur Garage, stellte fest, dass ihm vor der Ankunft der Gäste noch genügend Zeit bleiben würde, drückte der vor dem Herd hantierenden Nina wortlos einen Kuss auf den Nacken, wobei er mit seinem Handrücken ihr Haar hochhob, und machte es sich anschließend im Wohnzimmer bequem.

Nach kurzer Zeit hockte er im Schneidersitz auf dem Boden vor dem mit nicht übermäßig großem Feuer brennenden Kamin, ein ganzes Stück abseits vom Wohnzimmertisch, an dem sie später ihren Aperitif nehmen würden, und unter sich hatte er das voluminöse Hockerkissen gelegt. Er trug dicke Wollsocken, und ein alter, rostroter Pullover mit ausgeleiertem Rollkragen und flattrigen Bündchen war in seine pludrige, von einem jugendlichen Satan übel zugerichtete Jogginghose gestopft. Konzentriert las er im letzten Drittel seiner zerfledderten Taschenbuchausgabe von Helmut Kraussers »Melodien«.

Nina steckte von der Küche aus ihren Kopf zur Tür herein, wobei ihr belustigter Blick den friedlich lesenden Mann, das jetzt bereits eingeschaltete, indirekte und warme Licht der Stehlampen und die immergrünen Blätter und dunkelviolett leuchtenden Früchte der Zweige eines Beerenstrauches aufnahm, die sie auf ihrem Rückweg vom Ausflug zum Kloster Sant Pere de Roda gepflückt hatten.

Das züngelnde Kaminfeuer spiegelte sich im Glas einer guten Reproduktion von Dalís »Senicitas«, und die trockenen Holzscheite knackten laut im Feuer, so deutlich hörbar, weil Berlinger auf Hintergrundmusik zu seiner Lektüre verzichtet hatte; er dachte sich, am heutigen Abend würde es genug davon geben. Er blickte beim Umblättern einer Seite kurz zu Nina hoch und bemerkte, wie sie sich überrascht umsah, als der Afghane sie von hinten auffordernd in eine ihrer Kniekehlen stupste.

»Du ahnst schon wieder, was wir jetzt tun, was?«, sprach sie ihn an. Der Hund machte stumm kehrt und lief mit hoch erhobenem Haupt und heftigem Schwanzwedeln durch die Küche zur Haustür.

»Du brauchst nicht mitzukommen«, rief sie Berlinger zu, »lies nur weiter, es ist ja auch ein tolles Buch. Ich gehe nur eben mit dem Teufel die Straße hinauf.«

»Ja, gut, Nina«, antwortete er dankbar, blickte zu ihr hoch und winkte. »Bis gleich. Wenn du zurückkommst, werfen wir den Herd an und ziehen uns um.«

Durch die verglaste Tür zum Flur konnte er sehen, wie sie in ihren neuen schwarzen Wintermantel schlüpfte, sein Geschenk zum letzten Weihnachtsfest aus dem Corte Inglés in Barcelona, sich einen langen, ebenfalls schwarzen Wollschal dreimal um den Hals wickelte, und sich dann seine fellgefütterte, für sie viel zu geräumige Ledermütze auf den Kopf setzte, die ihr selbstverständlich sofort bis auf die Nase rutschte. Sie schob die Mütze so weit auf den Hinterkopf, dass sie wieder sehen konnte, griff nach der Leine und verließ mit dem ungeduldigen

Hund im Gefolge das Haus, wobei sie ein letztes Mal spitzbübisch in Berlingers Richtung lächelte.

»*Adéu!*«, signalisierte sie dabei, deutlich die Lippen formend, sodass er den katalanischen Gruß verstand, obwohl er ihn nicht hören konnte.

»Ajü!«, lautete seine von ihr ebenfalls ungehörte Antwort.

✧

Nach etwa dreißig Minuten wunderte er sich.

Er sah durch das Fenster in den Garten und stellte fest, dass es bereits dunkel war.

Nach weiteren zehn Minuten wurde er unruhig. Er stand auf, sah auf seine Uhr und schaltete die Terrassenbeleuchtung ein. Er rüttelte sicherheitshalber an den Scheiten im Kamin, damit dort nichts Unvorhergesehenes geschehen konnte, ging dann zur Haustür und schaute hinaus.

Satan stand einsam im Licht der Laternen auf der Straße, und weil er Berlingers Türöffnen gehört hatte, blickte er kurz und Hilfe suchend zu ihm hin, dann aber gleich wieder nach rechts, als erwartete er, in jedem Moment von dort jemanden herankommen zu sehen.

Berlinger trat in den Flur zurück, streifte sich ein Paar Mokassins über, griff sich zuerst die starke Maglite-Taschenlampe aus einer der Schubladen, dann eine Jacke aus dem Garderobenschrank und lief nach draußen zu seinem Hund.

Keine Nina.

Mit Satan ging er die ganze Straße hinunter, rief erfolglos Ninas Namen und dann, auf dem Rückweg, kam ihm ein schrecklicher Gedanke, der mit nahezu jedem Schritt zunächst zum bedrohlichen Verdacht und schließlich zur kaum noch zu bezweifelnden Gewissheit wurde, schlicht und grauenvoll:

Nina war verschwunden.

Mein Gott, dachte er. Was ist, wenn …

✧

Nina blieb verschwunden.

Berlinger holte seinen Motorroller aus der Garage und fuhr die gewohnten Gassi-Straßen ab, hinauf und hinunter, begleitet vom Afghanen, der völlig ohne Freude verstört hinter ihm herrannte.

Er hielt immer wieder an, stellte den Motor ab, rief in Abständen »Nina! Nina!« und lauschte zwischendurch, in der vagen Hoffnung, sie sei möglicherweise nur gestolpert und könne sich lediglich nicht fortbewegen.

Die Geschäfte waren am Sonntagabend geschlossen, aber Berlinger fuhr zu den drei am nächsten bei seinem Haus liegenden Restaurants, denn irgendetwas musste er ja schließlich tun. In einem sah er durch ein Fenster Chico sitzen, er stieg rasch ab und betrat das Lokal. Ein Fünkchen Hoffnung leuchtete auf, erlosch aber sofort wieder, als Berlinger merkte, dass der Kleine vom Bürgersteig dabei war, sich schon so früh am Abend mit zwar alkoholfreiem Bier, aber zusätzlichem dreifachem Gin pur den Rest zu geben. Ein erklärender Satz zu Chico, aber dessen leerer Blick gab Berlinger Gewissheit, dass jedes weitere Wort verschwendet wäre.

Er sah sich in den anderen beiden Lokalen um und fragte die Chefs und Bedienungen nach Nina, weil er verzweifelt an der Möglichkeit festhielt, sie habe vielleicht einen Bekannten getroffen und sich für eine unerwartet lange Zeit festgequatscht, oder ihr sei möglicherweise das Salz oder sonst etwas ausgegangen und sie sei deshalb auf die Idee gekommen, sich dort etwas ausleihen zu können.

Natürlich wusste er es besser.

Nina quatschte sich nicht so einfach irgendwo fest.

Und erst recht ging ihr niemals das Salz oder sonst etwas aus.

✧

Berlingers Versuche blieben ohne jedes positive Ergebnis.

Zur vereinbarten Zeit waren Conchita und Matamalas eingetroffen. Die junge Spanierin trug ihr glänzendes schwarzes Haar heute offen und war festlich, aber zurückhaltend gekleidet. Als einzigen Schmuck trug sie eine kleine Rose aus Weißgold am Revers der Jacke, doch Berlinger hatte keinen Blick für ihre Erscheinung. Conchita und der immer elegante Comisario im dunklen Dreiteiler saßen ihm gegenüber am zuvor wunderschön geschmückten Esstisch, auf dem jetzt allerdings Gläser, Besteck und Teller nachlässig auf eine Seite geschoben waren und keine einzige Kerze ihr gemütliches, warmes Licht verbreitete; das Kaminfeuer war erloschen, und die beiden versuchten, Berlingers in Schüben immer wieder aufkeimenden, ungeduldigen Tatendrang – so gut wie es ihnen möglich war – zu beschwichtigen.

Ein zwölfköpfiges, in aller Eile zusammengestelltes Sonderkommando der Polizei befand sich auf der in profihafter Polizeimanier organisierten Suche nach Nina.

»Wir durchkämmen die nähere Umgebung, zur Not auch die ganze Nacht hindurch«, sagte Matamalas so unaufgeregt, wie er konnte, und er nahm sich vor, am nächsten Tag oder noch in dieser Nacht mit Conchita zu sprechen und zu versuchen, ihr einen Zwangsurlaub zu verordnen. Er plante, sie so lange wie notwendig zu ihren Eltern nach Zaragoza zu schicken, um sich später nicht vorwerfen zu müssen, ihr den Schutz versagt zu haben, den er ihr hätte zukommen lassen können und auf den sie auch einen Anspruch hatte.

Berlinger war froh, als Matamalas fragte, ob er die Nacht über hier bleiben könne. »Da bin ich in der Nähe meiner Leute«, war das vorgeschobene Argument des Spaniers, das Berlinger sofort durchschaute: ein freundschaftliches Angebot, ihm in dieser üblen und ungewissen Situation beizustehen.

Er stand vom Tisch auf, bat beide mit einem schmerzlichen Lächeln, ihm zu folgen, und führte sie in das immer vorbereitete Gästezimmer mit dem großzügigen Doppelbett. Er holte einen Stoß sauberer Handtücher hervor, und während Matamalas mit einer seinen Dank anzeigenden Handbewegung das Zimmer wieder verließ, ging Berlinger mit Conchita in das kleine, aber komplett eingerichtete Gästebad, um ihr zu zeigen, wo Nina die üblichen Toilettenartikel und auch den unüberschaubaren Vorrat an Kosmetika aufbewahrte.

Mit ernstem Gesicht sah ihn Conchita an, berührte ihn irgendwie tröstend an der Schulter, wandte sich ab und begann umgehend damit, die von ihnen benötigten Dinge auf den großen Waschtisch und die gläserne Ablage darüber zu stellen, und Berlinger begab sich tief in Gedanken auf den kurzen Weg zurück zu Matamalas.

»Conchita?«, fragte er nur, als er wieder in der Küche ankam, wo der Comisario schon auf ihn wartete.

»Ja«, sagte Matamalas. »Ich habe mir schon etwas ausgedacht. Ihre Eltern leben in Zaragoza, ich werde sie morgen dorthin schicken. Danke dafür, dass sie heute Nacht hier bleiben kann.«

Berlinger sah ihn an. »Das ist doch wohl klar. Ich habe zu danken.«

»Aber bisher ist es nur eine Vermutung.«

Ohne es auszusprechen, bezog sich der Comisario auf die schlimmste aller möglichen Begründungen für Ninas unvorhersehbares Verschwinden: Der Kirchenmörder hatte sie gekidnappt oder ihr noch weit Schlimmeres angetan, und Conchita war möglicherweise ebenfalls in großer Gefahr. Aber noch während er sprach, schien ihm klar zu werden, dass er sich mit seinem »... nur eine Vermutung« an nichts weiter als an einen Strohhalm klammerte, und auch für Berlinger enthielt sein Tonfall nicht einmal eine kleine Spur von Optimismus.

»Wir werden sehen«, erwiderte Berlinger verzweifelt und stand auf, wobei er die Stuhlbeine achtlos über den Boden schleifen ließ. Er ging nach nebenan in das Wohnzimmer, öffnete zwei Klappen des kleinen Barschranks aus Aluminium, dessen polierter, satter Glanz ihm jetzt irgendwie erschreckend kalt und abweisend vorkam, wählte aus und holte eine deutlich mehr als halb volle Flasche hervor.

Er hielt sie fragend zum Comisario hin, der ihn von seinem Platz in der Küche aus durch die offen stehende Tür hindurch sehen konnte. Dieser bestätigte mit einem kurzen »Ja, gern« und zeigte dabei zustimmend ebenfalls in Richtung des Gästezimmers, worauf Berlinger drei Whiskygläser auf ein kleines, rundes Silbertablett stellte und mit der Flasche zurück zum Tisch kam. Er stellte das Tablett ab und füllte am Kühlschrank einige Eiswürfel in einen Behälter.

Im gleichen Augenblick kehrte auch Conchita in die Küche zurück. Sie setzten sich und schlürften schweigend das stille Feuer eines reichlich eingeschenkten, goldfarbenen »Laphroaig« aus Schottland, in den nur die junge Fotografin zwei oder drei Eiswürfel gegeben hatte, die seltsam stumpf und auf merkwürdige Weise unmelodiös an das Glas stießen.

Noch bevor sie ihren ersten Drink ausgetrunken hatten, war Berlinger wieder aufgesprungen und bereitete aus Weißbrotscheiben einige Toasts zu und belegte sie mit Schinken und Käse. Conchita folgte ihm, sah ihm kurz über seine gebückte Schulter zu und half dann, wofür Berlinger ihr dankbar war. Sie fanden auch zwei große, nicht zu reife Tomaten, die sie mit reichlich Salz und Pfeffer bestreuten, und dann richteten sie gemeinsam alles auf einem durch jahrelangen Gebrauch sehr mitgenommenen großen Holzbrett an und kehrten zum Tisch zurück.

Sie aßen ohne großen Appetit und schwiegen sich auch weiterhin an. Berlinger hatte keine Ader dafür, ob sich seine Gäste wohl fühlten, er war ihnen nur herzlich verbunden, weil er ihre Anwesenheit und ihr Schweigen kommentarlos als großen Freundschaftsdienst annehmen durfte.

Ein Toast, ein Whisky, und wieder von vorn, bis das Holzbrett leer war.

Und dann durchbrach Matamalas die nur durch das Besteckklappern und das klopfende Geräusch der abgestellten Gläser gestörte Stille: »*Yo me llamo* Fernando«, sagte er, »ich bin schließlich der Älteste hier.« Er nahm sein Glas und hielt es Berlinger ruhig hin, deutete auf die schöne junge Frau neben sich und fuhr drängender als zuvor fort: »Lass uns gemeinsam in den Abgrund blicken.«

Berlinger füllte ihre angehobenen Gläser nach, vergaß sein eigenes nicht und sagte: »Es ist kein schöner Anlass, Fernando, aber du hast Recht. Ich bedanke mich sehr für deinen Beistand. Conchita, Dank dafür, dass ihr mich heute nicht allein lasst.« Er stieß mit ihnen an, sie tranken, und der Deutsche fuhr fort: »Leider bin ich ein Mann ohne Vornamen. Angeblich soll ich einen haben, aber gehört habe ich nie darauf. Mit neun Jahren ins Internat, und seitdem ist er abgelegt, er hat sich einfach nicht wieder eingefunden. Berlinger, einfach Berlinger, das reicht und ist besser als das ›Bärle‹ meiner Eltern.«

Sie prosteten sich so lange freudlos zu und warteten vergeblich auf eine Meldung des draußen suchenden Sonderkommandos, bis die Flasche in den Abfall konnte und sie, das teils verzweifelte, teils sehr bedrückte Trio, in ihre Betten.

Selbst Satan lag, als sie ihre benutzten Gläser und Servietten abräumten, bedrückt in seinem Küchenkorb und verfolgte mit seinen tiefbraunen Augen die kleinste Armbewegung der Leute dort, als hätte er noch eine geringe Hoffnung gehabt, ein Zuprosten und Anstoßen von Gläsern als Zaubertrick für die umgehende Wiederherbeischaffung seines Frauchens durchgehen lassen zu können.

16

Empuriabrava und Palau-Saverdera

Es läutete Sturm in Berlingers unruhigem Schlaf.

Er schlug die Augen auf und sah auf den Wecker: sechs Uhr fünfzehn. Er schlüpfte in seinen Hausmantel und riss voll aufkeimender Hoffnung die Haustür so heftig auf, dass die auf das Mahagoni donnernde Faust beim letzten Schlag ins Leere traf.

Er nahm die vom atemlosen Planas hervorgepresste Nachricht entgegen, enttäuscht, dass sie nicht Nina betraf, und lief zum Gästezimmer, wobei er laut »Fernando, Conchita! Aufstehen!« rief.

Er hörte dort bereits das Duschwasser durch die Leitung rauschen, als Matamalas die Tür einen Spalt breit öffnete und mit fragendem Gesichtsausdruck seinen Kopf herausstreckte, das silberdurchsetzte Haar ungekämmt und wie bei einem Igel in alle Richtungen abstehend.

»Eine Leiche in Palau, los, kommt.«

»Männlich?«

Bitter bestätigte Berlinger: »Ja, männlich.«

»Planas?«

»Er hat alle schon aus dem Bett geholt und dorthin bestellt. Du brauchst dich nicht darum zu kümmern.«

»Gut, Abfahrt in fünf Minuten?«
»Fünf Minuten, o. k.«

✧

Matamalas' routinierte und disziplinierte Truppe fand sich in Windeseile in Palau-Saverdera ein.

Ein Reparaturtrupp der Elektrizitätsgesellschaft hatte die Polizei informiert, früh unterwegs, weil ein Leitungsmast, den ein Auto gerammt hatte, gesichert und verstärkt werden musste, bevor die Dorfbevölkerung den morgendlich gewohnt hohen Strombedarf abrief.

Wie immer gut ausgerüstet, hatten die Elektriker den Fundort zwar unberührt gelassen, die beiden wattstarken Scheinwerfer aber, die während der Nächte die kleine Kirchenfassade mit ihrem gelben Licht anstrahlten, so verstellt, dass der Kirchenvorplatz in hellem Licht lag und die Polizei sofort mit ihrer Arbeit beginnen konnte.

Matamalas hatte sich bei ihnen bedankt und sie für ihre Umsicht gelobt, sie aber unmissverständlich für wenigstens drei Stunden fortgeschickt.

Berlinger umkreiste bereits die Kirche, begleitet von Satan, der weite Wege ging, aber immer wieder zu ihm zurückkam, wie um sicher zu gehen, dass er noch da war.

Wie sein Hund suchte auch Berlinger schnuppernd und fühlend nach einer Fährte, und er folgte in einem kurzen Abstecher der kleinen Gasse, die, von einem alten grünen John-Deere-515-Traktor fast blockiert, von der Apsis wegführte, und er erkannte sofort den Platz vor dem Restaurant *Los Lloses* wieder, in dem er vor wenigen Tagen gemeinsam mit Matamalas so gut gegessen hatte.

Spätestens dort waren sie zu einem Team geworden, das effektiv in eine Richtung arbeiten konnte und das in der Lage war, die Theorien zu entwickeln, die sie schließlich zu ihrer – allerdings immer noch unbestätigten – Überzeugung geführt hatten, endlich auf das Motiv des Serienkillers gestoßen zu sein.

Er zwängte sich auf dem Rückweg wieder an dem Trecker vorbei, musterte die gedrungene Kirchenrückseite und stellte fest, dass es sich trotz der geringen Größe dieses Gotteshauses um eine dreifache Apsis handelte; er konnte an dem winzigen, schießschartenähnlichen Fenster die Dicke der Mauern ablesen, und er sah die früher wahrscheinlich mit Heiligenstatuen ausgefüllten, jetzt aber leeren gleichmäßigen Aussparungen mit dem typisch romanischen Halbbogen unter dem Apsisdach. Er wunderte sich über das nicht in die Periode der Romanik gehörende kleine Fenster in Kreuzform, einem später durchgeführten Durchbruch ähnlicher als einem wirklichen Fenster, ausgeführt lediglich, um mehr Licht zu schaffen, und dann ging er, anders als beim ersten Mal, links um die Kirche herum.

Església
Sant Joan
Bisbat de Girona
s. XI
Palau-saverdera

Warum war Saverdera mit einem kleinen »S« geschrieben, dachte er auf seinem Weg zum Fundort der Leiche.

Das Schild erinnerte ihn an Pedret, wie dort war es am

Seiteneingang angebracht, und tatsächlich, es gab eine Übereinstimmung:

Im ersten Tageslicht, das den Kirchplatz von Minute zu Minute deutlicher erkennbar werden ließ, entdeckte Berlinger innerhalb der insgesamt dunkleren Bausubstanz der Fassade die auffallend helleren Steine zwischen zwei alten Fenstern, beginnend unterhalb des Turms mit seinen beiden Glocken und bis zum Boden herunterreichend, und er stellte fest, dass auch hier das ganze vormals sicher vorhandene Westportal verschwunden und später dann viel schmuckloser mit anderen, neueren Steinen zugemauert worden war. Wie an der Apsis auch, war hier lediglich ein kreuzförmiger Lichteinlass offen gelassen worden.

War der Grund hierfür das Sicherheitsbedürfnis der Dörfler aus weit zurückliegenden Jahrhunderten? Hatten sie die kleine Treppe zum Hauptportal abgerissen, den kunstvoll-dekorativen romanischen Eingang mit seiner sicherlich eisenbewehrten massiven Holztür entfernt und ihn mit dicken Wackersteinen verbarrikadiert? Hatten sie sich beschieden mit dem wesentlich kleineren Seiteneingang, der aber auch leichter zu verteidigen war, um in ihrer Kirche Schutz vor plündernden Piraten, durchgedrehten Landesherren und der marodierenden Soldateska zu suchen?

Er schwor, nur um sich seine Zukunft nicht völlig trostlos vorstellen zu müssen, den Grund hierfür herauszufinden und Nina, sollte er sie je zurückbekommen, ebenfalls die Antwort auf diese Frage suchen zu lassen, eine Aufgabe, die sie durch eigene Forschungsarbeit ohne seine Mithilfe lösen sollte. Diese Gedanken gaben ihm ein wenig Trost.

Dass er allerdings nur wenig Hoffnung hatte, gestand er sich nicht ein. Er verbot sich, in diese Richtung zu denken, und konzentrierte sich fieberhaft auf die handfesten Aufgaben, die mit dem neuen Mordfall vor ihnen lagen.

Er kümmerte sich zunächst nicht um den Toten, der auf einem kleinen Podest oder eher einer Art großer Sitzbank aus schieferschwarzen Steinen etwa zwanzig Meter vor der Kirchenwestseite saß, wobei die Lehne dieser Bank gleichzeitig die Wand einer nach unten in den Keller führenden Rampe eines alten, grau verputzten, zweistöckigen Wohnhauses bildete, das der Kirche vorgelagert war.

Dr. Gonzaga und die Spurenfachleute unter Arana bildeten eine dichte Traube um den Leichnam. Matamalas saß einige Meter weiter entfernt in der offenen Schiebetür des Mannschaftstransporters und dachte darüber nach, ob ein Lob für den Mann aus Lleida nur deshalb schon angebracht wäre, weil er anerkennenswerterweise so überlegt gewesen war, die komplette Fotoausrüstung der Polizeidienststelle Figueres hierher mitzubringen.

Conchita hockte im Schneidersitz neben ihm und trug gerade die Etikettenbeschriftungen ihrer Filmdosen in ein Kontrollbuch ein. Die beiden hatten eine mausgraue Wolldecke mit eingewebtem Polizeischriftzug unter sich ausgebreitet und boten einen seltsamen Anblick in ihrer eleganten Abendkleidung, so, als wären sie eher nahe Angehörige des Opfers als ausgerechnet die Leute, deren Job es war, den Täter zu ermitteln.

Berlinger sah Matamalas' in sich gekehrten, leeren und in einiger Entfernung von seinen Leuten auch unkontrolliert mutlosen Blick, ging aber ohne jede Bemerkung an ihm vorbei zur Nordseite des Kirchleins und betrachtete das winzige Gärtchen mit seiner vom Alter verwitterten, unentzifferbaren Grabplatte.

Er registrierte gerade das jetzt schon lebendig-grüne Rasenstückchen, das so gerade noch Platz ließ für einen uralten Olivenbaum und eine wie mahnend aufragende zweistämmige Zypresse vor einem spielzeughaft kleinen Seitenschiffchen des Gotteshauses, sah den musealen Citroën 2CV in stumpfem Beige mit dem angekoppelten einachsigen Anhänger und gleich daneben einen modernen, giftgrünen Lancia Y.

Zwischen diese beiden Autos gezwängt stand eine blau-rot-weiße Enduro auf ihrem Ständer, über und über mit Aufklebern von Diskotheken der näheren Umgebung und von Ölfirmen voll gepflastert. Auf beiden Seiten des Tanks prangte jeweils die dicke, schwarze Startnummer dreizehn, und der noch aufmerksamer gewordene Berlinger fragte sich, warum auf dem Sattel ein kleiner Stein und ein stabförmiges Stück von einem Ast einer Korkeiche lagen, verfolgte diese Sache allerdings deshalb nicht weiter, weil er gerade lautstark von Matamalas herbeigerufen wurde.

✧

»Das werde ich mir mein Lebtag vorwerfen«, sagte der Comisario niedergeschlagen. »Wir hätten es wissen müssen.«

»Was wissen müssen?«, fragte Berlinger, der sich zunächst ausschließlich um den Fundort und dessen nähere Umgebung, nicht aber um den Toten gekümmert hatte.

»Ein guter Bekannter«, antwortete Matamalas. Und

dann: »Herr im Himmel, es wäre doch so einfach gewesen!«

Conchita sagte tonlos: »Brehm. Franz Brehm.«

Der Comisario schlug sich mit der Hand vor die Stirn: »Eine simple Überwachung, diskret natürlich, und mit wechselnden Überwachern. Aber wer kann denn auch damit rechnen, dass diese Leute bis zu ihrem letzten Tag hier bleiben würden?«

Mit unbewegtem Gesicht – denn was hätte ihn nach dem gestrigen Nachmittag noch weiter aus seiner Bahn werfen können – überlegte Berlinger eine ganze Weile, bevor er den beiden widersprach: »Du machst dir Vorwürfe. Klar, das liegt nahe. Aber ich sehe das ganz anders, Fernando. Wir waren uns doch sicher, dass unser Mörder seine Opfer nicht persönlich, gleichsam als Individuen meint. Ich weiche von dieser Auffassung nicht ab. Bei Nina mag das vielleicht nicht zutreffen, ich weiß nicht, was ich denken soll. Aber das hier ist so, wie wir es uns vorgestellt haben.« Er machte eine Pause, um noch wesentlich überzeugter fortzufahren: »So schlimm es sich auch anhört: Unser Mörder braucht einen Anlass für seine Aktionen. Und hätte nicht Franz Brehm diesen Anlass gegeben, dann wäre ganz sicher jemand anderes dran gewesen. Wir müssen und dürfen uns in diesem Fall kein Versäumnis vorwerfen.«

Conchita und Fernando schauten ihn skeptisch an, als wollten sie prüfen, ob ihnen hier jemand billigen Trost oder aber überzeugende Argumente lieferte.

Schließlich nickte Matamalas zustimmend, er ließ sich von Berlingers handfestem Argument überzeugen und sah nun ebenfalls keinen Grund mehr, von ihren früheren

Überlegungen Abstand zu nehmen. Er stand, wie mit neuer Kraft versehen, in dem Moment entschlossen auf, als Dr. Gonzaga sie heftig winkend zu sich rief, und die drei gingen die kurze Strecke zu dem schwarzen Podest hinüber.

Der Comisario bat alle Leute, die dort ihrer Arbeit nachgingen, eine kurze Pause einzulegen, und dann bot sich Berlinger ein Anblick, dermaßen surreal wie ein Wirklichkeit gewordener Höllentraum aus der grauenhaften Fantasiewelt eines Hieronymus Bosch: eine Gestalt, zusammengekauert auf der Bank. Wieder einmal im Trainingsanzug und Turnschuhen an den Füßen.

Eine violette Mütze auf dem Kopf, eng anliegend, mit drei, in verschiedene Richtungen schlaff vom Kopf des Toten herunterhängenden Zipfeln, der hinten rechts grün, der nach hinten links blau, der letzte rot und über der rechten Schläfe des Toten liegend, und an den Zipfelspitzen baumelten kleine goldfarbene Glöckchen.

Verdammte Tat, dachte Berlinger: der dreimal verfluchte Joker im Rommé-Spiel.

Den vierten Zipfel an der linken Schläfe bildete der gelbe Schnorchel einer schwarzen Taucherbrille, die Franz Brehm über den Kopf gezogen worden war.

Das weiße Tischtennisbällchen an der Spitze des hoch stehenden Schnorchels löste das Wiedererkennen bei Berlinger aus: ein auf dem Kopf stehendes Ausrufezeichen, dachte er, wie in Spanien zu Beginn eines Ausrufesatzes üblich.

Das Stöckchen und der Stein auf dem Sattel des Motorrads.

Er drehte sich um, aber es war zu spät.

Zunächst mehrmals im Leerlauf hochgejagt, ein aufheulender Krach, der schwerer Körperverletzung nahe kam, hatte der Motor nun die Zahnräder des Getriebes und die Kette zu bewegen. Nur Sekunden vergingen zwischen dem Schalten vom ersten in den zweiten Gang, und wie der Zorn Gottes war der Fahrer mit seiner Maschine über den Kirchplatz gefegt und dann verschwunden. Er zog einen nur langsam leiser werdenden Lärmteppich hinter sich her, und Arana stand dort auf dem Platz mit dem gelben Absperrband in den Händen, das er auch jetzt noch hochhielt, zum Passieren einladend, wo doch der Irre mit seiner Enduro längst davongebraust war.

Das Holzstückchen und der Stein waren auf den Anhänger des Citroën geworfen worden, und Arana behauptete gerade, der junge Mann habe ja schließlich zur Arbeit gemusst und er sei aus dem Haus da gekommen, jawohl, aus dem verwitterten hellblauen dort drüben mit der offen stehenden Garagentür und dem großen Regenwasserfass daneben.

Berlinger enthielt sich mit Mühe jeglichen Kommentars, er nahm Aranas Bericht lediglich kopfschüttelnd zur Kenntnis und kehrte zu der Leiche zurück.

Getrocknetes Blut am Hals des Opfers, rechts, und zwar in großen Mengen.

Eine rötliche Fliese beschwerte den Körper, ein massives Stück geriffelten Bürgersteigbelags, mit vielleicht fünfzig mal fünfzig Zentimetern Seitenlänge und ganz sicher mehrere Kilo schwer. Sie war dem sitzenden Toten auf die Oberschenkel gestellt und an seiner Brust angelehnt worden und arretierte den Körper in seiner jetzigen Position. Er schien die Fliese mit seiner rechten Hand krampfhaft fest zu halten, wie um den Wert der aufgemalten Nachricht noch weiter zu steigern: eine schlecht ausgeführte Zeichnung von aufeinander stehenden Tieren – Esel, Hund, Katze, Hahn – und ein darunter platziertes Wort:

Kroppzeug!

Die Bremer Stadtmusikanten.

Brehm und Kropp. Kroppzeug.

Weiße Kreide, selbstverständlich.

Was für ein kranker Humor.

Franz Brehms linker Arm war hoch hinausgestreckt und wies ebenfalls in leicht linker Richtung weit über die Kirche hinaus in den Himmel.

Der Arm wurde in dieser Position gehalten von einer Achselkrücke, auf deren nach oben offener Krümmung er kurz unterhalb des Ellbogens auflag. Die hölzerne Gehhilfe wurde ihrerseits von drei kleinen Holzkeilen in der Öffnung eines simplen, weißen Plastikschirmständers gehalten, einem bei Getränkeherstellern beliebten Give-away mit dem kaum noch entzifferbaren Aufdruck

Enjoy Coca-Cola!

Und weil die im Tode zu einer schwächlichen Faust zusammengekrümmten Finger Franz Brehms den von seinem Mörder gewünschten Effekt nicht zu erzielen vermochten, hatte der ein grünes, dünnes Bambusstöckchen in Brehms linken Trainingsjackenärmel geschoben, das die vom gesamten linken Arm angezeigte Richtung unterstrich und verdeutlichte.

Berlinger witterte und fand. Er spürte den Hohn des Täters, als stünde er neben ihnen und würde gerade sagen: Seht her, so leicht fällt mir das alles. Ich gebe euch die Richtung vor!

Das Stöckchen. Ein Zeigestock.

Ein sehr sinniger Ersatz für einen zeigenden Finger.

Nachsinnenswert.

Der tut nichts ohne Sinn.

Ohne Hintersinn.

Ich gebe euch Hilfe.

Und Berlinger nahm die Hilfe an.

Er stellte sich vor den Toten und blickte in die Richtung des ausgestreckten Armes.

»Den Kompass bitte, Fernando! Schnell!«

Jemand brachte einen.

Nord. Was sollte das? Warum zeigte der Bambusstock nach Norden?

Die linke obere Kirchenfassade und der hoch gewachsene, an dieser Stelle wohl weniger dem Ertrag als lediglich der Dekoration dienende Olivenbaum verhinderten den Blick auf das, was dahinter liegen mochte.

Berlinger sah sich nach Planas um und erschrak ein wenig, als er ihn gleich hinter sich entdeckte und merkte, dass der Assistent längst erkannt hatte, was ihn antrieb. Kommentarlos griff sich Planas eine der Leitern der Stromleute, schleppte sie hinter die Lehne der schwarzen Bank die Rampe hinunter und stellte sie in sicherem Winkel genau hinter der Leiche an die Wand.

Berlinger war ihm gefolgt, nickte jetzt dankbar und kletterte hoch.

Immer noch nichts zu sehen. Er musste höher hinaus

und merkte sich einen besonders verwitterten Fassadenstein ganz oben am Sims.

Wiederum der hilfsbereite Planas: Er wuchtete das nicht schwere, aber lange Aluminiumgerät wieder die Rampe hoch, werkelte einige Augenblicke daran herum, und mit dem Geräusch quietschender Gelenke und einrastender Scharniere zauberte er aus den zwei zusammengeschobenen Elementen eine umgekehrt v-förmige Stehleiter, die er jetzt vor dem Toten aufbaute.

Berlinger rang sich ein kleines, bitteres Lächeln ab, klopfte Planas anerkennend auf die Schulter, korrigierte die Position der Leiter, indem er kontrollierend Brehms Arm und die Spitze des Stöckchens mit dem Fassadenstein in Deckung brachte, und stieg erneut hoch.

Klar.

Kein Zweifel möglich.

Der Arm und das Bambusstöckchen, der Fingerersatz, beide zeigten auf das Castell de Sant Salvador, der hoch über dem Kloster Sant Pere de Roda aufragenden Festungsruine. Das Kloster selbst lag auf der anderen Bergseite und war deshalb von hier aus nicht sichtbar. Die Festung Sant Salvador hatte den Benediktinermönchen schon vor Jahrhunderten als damals sorgfältig in Stand gehaltene, wehrhafte und außer durch Aushungern nahezu uneinnehmbare *atalaya*, als Ausguck und Fluchtburg gedient. Von hier aus war die ganze nähere und weitere Umgebung einschließlich des Meeres einzusehen, bei guter Sicht sogar bis zum Horizont: ein ideales Frühwarnsystem.

Sant Salvador.

Der Retter. Der Erlöser. Die Hilfe.

Ich kann mich täuschen, dachte Berlinger, schöpfte aber dennoch ein kleines bisschen Hoffnung.

Hätte ihn jemand nach dem Warum gefragt, eine Antwort hätte er nicht zu formulieren gewusst. Für niemanden verständlich, auch für ihn selbst noch nicht, hätte er lediglich stammeln können Nord, warum der Norden?

✧

Dr. Gonzaga nahm die Taucherbrille vorsichtig ab, indem er zunächst die Jokermütze mit beiden Händen fasste und in eine von Matamalas bereit gehaltene Plastiktüte steckte, und dann erst öffnete er die seitliche Verschlusslasche des geriffelten Gummibandes der Brille und nahm sie so vom Kopf des Toten, dass nichts von dem hätte verloren gehen können, was sich möglicherweise innen auf dem Glas angesammelt haben mochte.

Es war nicht zu übersehen: eine tiefe Kopfwunde voll mit getrocknetem Blut und verklebten Haaren, von hinten mit einem einzigen, wuchtigen Schlag zugefügt, eingerahmt von hoch stehenden, scharfen Rändern des blanken Schädelknochens.

Abgeschnittene Oberlider – ein furchtbar anzuschauendes Gesicht, das dunkle, rote Tränen geweint hatte, als es noch von einem schlagenden Herzen durchblutet worden war: Franz Brehm hatte noch gelebt, als ihm von seinem Mörder die Augen geöffnet worden waren.

Blutspuren ebenfalls in den Ohren. Gonzaga holte eine kleine Pinzette hervor und fischte die abgeschnittenen Augenlider heraus.

In den Mundwinkeln ebenfalls dunkelrote, fast

schwarze Krusten. Mit einem Spezialinstrument öffnete Gonzaga die Kiefer ein kleines Stückchen weit, sah mit seiner winzigen, aber erstaunlich lichtstarken Stiftlampe in die Mundhöhle hinein und sagte nüchtern wie ein Automechaniker: »Die Zungenspitze ist abgeschnitten.«

Augen, Ohren, Mund.

Matamalas beschriftete nach Gonzagas Angaben die Tüten, und Berlinger, dem schlagartig wieder Ninas ungewisses Schicksal einfiel, knickten die Knie ein, und er musste sich, von Conchita gestützt, die nicht weit entfernt auf etwas Derartiges gewartet zu haben schien, neben dem Toten auf die Bank setzen.

Planas kam zu ihnen herüber. Er kratzte sich am Kopf, unschlüssig, ob er stören sollte, und räusperte sich vernehmlich, worauf Matamalas brummig fragte:

»Was gibt es?«

»Ehh, *jefe*«, sagte Planas und zeigte auf sein Handy, »die *Jefatura* hat angerufen.«

»Ja, und?«

»Arturo war dran, Sie wissen schon, der Sohn vom alten Ripoll.«

Der Polizeischüler. Ein wacher Lehrling. »Mach schon!«, drängte der Comisario.

»Zwei Dinge. Wir haben doch am Samstag dort unten in Empuriabrava nach dem Mädchen gesucht und überall nach ihm herumgefragt. Die Besucherin oder Freundin von Chokken …« Er startete erfolglos einen neuen Versuch: »… Chokken Kranenberg.«

»Jochen, und weiter?«

»Sie hat sich gemeldet. Arturo hat sie für heute Nachmittag um fünf ins Präsidium in Figueres gebeten.«

»Gut. Und zweitens?«

»Der Pfarrer von Santa Maria in Castelló hat vor einer Stunde angerufen und sich über Leute beklagt, die seine Kirche verschandelt haben.«

Berlinger hörte das, fuhr hoch und war mit einem Male wieder hellwach, stand auf und kam schnell auf die Gruppe zu. »Was ist passiert? Noch ein Toter?«

»Nein«, antwortete Hipolit Planas, »es klang eher, als hätten da Witzbolde gewütet. Genaues weiß ich nicht.«

Berlinger sah Matamalas ernst an.

Dieser wandte sich an Planas und sagte: »Ruf Arturo an, der Termin heute Nachmittag geht in Ordnung. Und er soll dem Pfarrer Bescheid geben. Wir kommen rüber, sobald wir hier wegkönnen.«

»So gut wie schon erledigt, *jefe.*« Angesichts Berlingers gesteigerter Aufmerksamkeit bei der Erwähnung der Kathedrale in Castelló schien Planas froh darüber zu sein, mit seiner Unterbrechung richtig gehandelt zu haben. Er drehte sich zum Transporter mit dem Funktelefon um, und im nächsten Moment rief er: »*Mira!*«

Die den Toten umstehende Gruppe sah den Motorradfahrer, der mühsam seine Maschine vorwärts schob, auf den Platz zurückkommen.

Planas lief zu ihm, unterhielt sich kurz mit ihm und kam mit der Nachricht zurück: »Er hat einen Motorschaden. Wahrscheinlich ist es ein Kolbenfresser.«

Berlinger sah Matamalas an, zeigte auf die Maschine und bat hastig: »Fernando, sofort beschlagnahmen, das Scheißding. Deine Leute sollen sich Handschuhe anziehen. Genau untersuchen, was damit los ist. Den Motorschaden, die Fingerabdrücke, sonstige Spuren … den ganzen üblichen Kram.«

Planas sah fragend zu seinem Chef hinüber.

Der zuckte mit den Schultern und meinte: »Nun mach schon, Junge, tu, was er sagt. Vielleicht hat er das zweite Gesicht oder so was. Wer weiß das schon genau?«

Eine Planke war schnell gefunden, und das Motorrad verschwand im Transporter, in dem das doppelte Zusammenklappen einer der Sitzreihen den nötigen Platz schaffte.

17

Castelló de Empuries

Knapp zwei Stunden später saßen sie mit dem Pfarrer in der kleinen Bar *Silenus*, gegenüber der die ganze Stadt überragenden gotischen Kathedrale. Ihr Tisch stand im unteren Geschoss der Bar, weit genug von der Theke mit den anderen Gästen entfernt, die sie weder stören noch belauschen konnten.

Berlinger erinnerte sich wehmütig an seinen ersten Besuch bei Paco vor einigen Jahren, als Nina und er hier in einem gemieteten Häuschen Urlaub gemacht hatten. Weil sie draußen mit Blick auf die Kathedrale einen *cortado* trinken wollten, hatte Berlinger sein damals nur rudimentäres Spanisch zu einer freundlich gemeinten Frage zusammengekratzt; er hatte auf einige Tischchen gezeigt, die draußen, jenseits der engen Gasse, die ins Stadtzentrum führte, auf einer kleinen Empore mit einer gotischen Mariensäule standen, und gestammelt: »*Señor, por favor, estas mesas son mesas de este Bar Silenus?*«

Und Paco, bebrillt und mit einer Denkerstirn bis zum Hinterkopf, ab dort aber mit Haaren bis zum Hemdkragen, hatte ihn eulenhaft angesehen und lakonisch die Frage beantwortet, ob die Tische dort drüben ebenfalls zur Bar gehörten, wobei sein Lächeln in seinen Augen festsaß und seinen Mund nicht erreichte: »*Las sillas también!*«

Die Stühle also auch. Bei vielen dann folgenden Besuchen offenbarte sich der Eigentümer der Bar als Gelegenheitsphilosoph, als großer Spötter und Eigenbrötler in einer Person. Zur ›*Terra de Trobadors*‹, dem jährlichen mittelalterlichen Troubadourfest der Stadt, brachte er es fertig, sich ein vor Jahrzehnten abgelegtes Kleid seiner alten Mutter überzustreifen und jedem der mehreren Tausend Besucher, der es denn genauer wissen wollte, zu erklären: »*Auténtico, eso es medieval!*«

Pacos Meinung, das sei nun wirklich Mittelalter: wieder so eine Geschichte, die sich zu merken lohnt, dachte Berlinger. Aber verwendbar nur dann, wenn …

Nun hatte Paco sie mit Kaffee und Croissants versorgt, ihre erste, späte Mahlzeit an diesem fortgeschrittenen Vormittag. Nur aus diesem Grund war der Priester bereit gewesen, ihr Gespräch hierhin statt in seine Wohnung oder in die Sakristei zu verlegen, andernfalls hätten sie ihn mit einer entschiedenen Bitte um einen Kaffee in arge Verlegenheit gebracht, denn auf Gäste war er nicht vorbereitet.

Conchita war mit den anderen zurück nach Figueres gefahren, und Matamalas hatte noch in Palau-Saverdera Hipolit Planas dringend aufgefordert, sie nicht aus den Augen zu lassen. Dann hatte er sein Anzugsakko und die Weste gegen eine dunkelblaue Polizeiwindjacke getauscht und endlich auch seine Krawatte abgenommen. Zumindest sah er jetzt dienstlicher aus als zuvor.

Beim Umziehen hatte er etwas von »Ich bin doch nicht Derrick« gemurmelt, in der Hoffnung, seinen deutschen Polizeikollegen etwas aufmuntern zu können, aber er musste schnell einsehen, dass das mit einem so abgeschmackten und billigen Witzchen einfach nicht zu bewerkstelligen war.

Der Pastor, ein erfahrener Hirte mit tiefen Furchen in seinem Gesicht und einer dicken Brille auf der Nase, griff jetzt entschlossen unter den Tisch und zog eine schwarze Einkaufstasche aus Baumwolle hervor. Er räumte nicht sehr akribisch einige Tassen beiseite und breitete den Tascheninhalt mit einem ärgerlichen und zugleich vorwurfsvollen Gesichtsausdruck vor sich aus.

Ein langer, schwarzer Wollschal.

Eine fellgefütterte Ledermütze.

Eine lederne Hundeleine, breit, stabil und flaschengrün.

Daran ein grünes Halsband, Leder, mit goldfarbenen Metallapplikationen und einem an der Öse für den Karabinerhaken der Leine hängenden, gravierten Schild:

Satan
Wegener/Berlinger
Tel.+Fax Empuriabrava 451679
Falconera 65

Und die berühmten drei Affen. Aus beigefarbenem Plastik, leicht und billig, vielleicht dreizehn Zentimeter breit und sieben Zentimeter hoch. Made in Taiwan.

Augen, Ohren, Mund.

Nichts sehen.

Nichts hören.

Nichts sagen.

Ein »Bumm« der weichen, auf die Tischplatte knallenden Pfarrerhand hatte jeden auf den Holztisch gedonnerten Gegenstand begleitet, sodass einige der Kaffeetrinker von oben prüfend herunterlugten, ob dort vielleicht schon so früh am Tag gezockt würde. Einer sah den Priester und zog seinen Kopf mit beschwichtigenden Handbewegungen aus der vermutlichen Gefahrenzone.

»*Satanas en mi iglesia!*«, rief der Gottesmann schwer verärgert.

Berlinger war sich natürlich klar darüber, dass der Pfarrer keinen Anlass hatte, die schändliche Verunstaltung seiner stolzen Kathedrale mit den Kirchenmorden in Verbindung zu bringen. Und einen Hund Satan zu nennen, kann einem Priester ja auch nicht so ganz gefallen. Deshalb schwieg er auch. Der hat gut reden, dachte er nur, dabei hat er hoch oben an einer der Säulen rechts vor dem Hochaltar gleich neben dem Kalbskopf sogar einen Baphomet hängen, mehrköpfig, ganz so, wie es sich auch nicht gehört.

In mühsam verhaltener Ungeduld traten seine Fingerknöchel weiß hervor.

Ninas Schal, seine Mütze, Satans Leine. Ich kann es fast nicht glauben: Der Arsch spielt mit mir. Mit uns.

Aber vielleicht spielt er nur.

Fernando Matamalas bemerkte es beunruhigt und begann etwas von der verzweifelten Kraft zu ahnen, mit der Berlingers Finger zur Faust zusammengedrückt wurden.

Der Priester bat sie, ihren Kaffee auszutrinken und ihm zur Kirche zu folgen. Es hielt ihn nicht mehr hier unten, er wollte nun endlich die Blasphemie, diese unglaubliche Schmähung auch am Corpus Delicti vorzeigen.

Matamalas packte die Fundsachen zurück in die Tasche, nickte dann aufmunternd zu Berlinger hinüber, als wollte er ihn auffordern aufzustehen, ging zur Theke und bezahlte. Paco gab ihm das Wechselgeld, und in dem Moment, als Berlinger die kurze Treppe von unten hochgekommen war, legte er los.

Er hatte am frühen Morgen wie üblich gleich nach dem Aufstehen aus dem Fenster geschaut, um das Wetter zu kontrollieren und um zu prüfen, ob sich über Nacht etwas in seiner überschaubaren Umgebung verändert habe. Das sei seine tägliche Routine, erzählte der Lebenskünstler den beiden Polizisten, und zunächst sei ihm nichts Besonderes aufgefallen. Aber dann, beim zweiten Hinsehen, sei er stutzig geworden:

Die Apostel auf der linken Seite unter dem Tympanon von Meister Antonio Antigó mit Maria, der Namenspatronin der Kirche, den Knaben auf ihrem jungfräulichen Schoß, Josef, dem Zimmermann, den Heiligen Drei Königen und der wesentlich kleiner ausgeführten Figur der unbekannten Stifterin, darüber *los ángeles*, oder vielmehr nur einer, denn der andere Engel war im Verlauf der Jahrhunderte irgendwie abhanden geflogen – diese sechs Apostel, sie sahen so komisch, so eigenartig und verändert aus, berichtete er.

Das Tageslicht hatte sich noch nicht vollständig durchsetzen können, und so entschloss sich Paco, zum Portal hinüberzulaufen, um sich die Sache genauer anzusehen. Sicherheitshalber griff er nach seiner alten, von ihm aber gut in Schuss gehaltenen Polaroid, Zahlungsmittel eines nicht ausreichend mit Pesetas bestückten schwedischen Touristen mit mehr Durst als Gottesfurcht, um später ein möglicherweise unerhörtes, noch nie da gewesenes Ereignis den immer vorhandenen Zweiflern gegenüber – *Paco el mentiroso!* – auch belegen zu können, und sauste los, schnell wie ein Blitz trotz seiner alten, ausgelatschten Hausschuhe, denn einen Lügner wollte er sich nur äußerst ungern nennen lassen.

Am Ende dieses Berichts öffnete Paco eine Schublade in der antiken, hölzernen Thekenrückwand unter der Batterie von Flaschen, holte einige Fotos hervor, drückte seine Zigarette nachlässig in einem Haufen alter Kippen aus, die sich den ganzen Vormittag über angesammelt hatten, und machte unverkennbare Anstalten, gemeinsam mit den drei anderen Männern hinauszugehen.

Es schien, als sähe sich der Priester um die ihm vermeintlich zustehende Hauptrolle gebracht, er war eifersüchtig, wie es Berlinger vorkam, denn schließlich war ja *seine* Kirche verunstaltet worden. Er trat ungehalten von einem Fuß auf den anderen und wollte gerade deutlich und entschlossen Einspruch erheben, als Matamalas mit wenigen, direkt in das linke Ohr des Gottesmannes gemurmelten Sätzen, in denen mehrmals von Paco, Fotografien, einem wichtigen Zeugen und auch von einer genuinen, unverfälschten Aussage die Rede war, sein Ziel erreichte: Paco durfte mitkommen.

✧

Von neugierigen Blicken verfolgt, traten sie vor die Bar und gingen über das Kopfsteinpflaster des Platzes vor der imposanten, mächtigen Kathedrale, deren quadratischer, massiver Turm im gleißenden Licht der zwischen zwei dicken, mausgrauen Wolken hervorscheinenden Mittagssonne in falschem Glanz aufleuchtete.

Catedral de Santa Maria
Bisbat de Girona
s. XIII-XV
Castelló de Empúries

Der Pfarrer raschelte und kramte wieder in seiner Einkaufstasche. Matamalas hatte ihn gebeten, die Fundstücke genauso an den Apostelfiguren anzubringen, wie Paco sie Stunden zuvor fotografiert und wie er, der Priester, sie anschließend auf den alarmierenden Anruf des Barmannes hin vorgefunden und dann umgehend entfernt hatte.

Dazu musste der nur schwach protestierende Geistliche zunächst zu seinem Wohnhaus gleich rechts vom Portal der Kirche laufen, um die Leiter wieder herbeizuschleppen, und jetzt erst gelang es Matamalas, Paco die Fotos, die er wie einen Schatz umklammerte, abzuschwatzen, ohne ihm drohen zu müssen. Nur das Versprechen, ihm die Originale oder wenigstens gute Kopien davon auf jeden Fall zurückzugeben – mit Blickkontakt von Mann zu Mann und besiegelndem Händedruck der Marke »ehrliche Haut« –, reichte dem der Polizei gegenüber immer misstrauischen Wirt schließlich aus.

Berlinger hatte, in Gedanken versunken einfach nur herumgestanden, trat jetzt aber zu Matamalas und studierte die Fotografien. Die acht aus verschiedenen Blickwinkeln unter Zuhilfenahme des Blitzlichtes exakt aufgenommenen, farbigen Polaroidfotos sprachen so deutlich zu den Kriminalisten, die durch ihre tagelangen intensiven Bemühungen, sich in den kranken Kopf des Mörders hineinzudenken, bereits zu intimeren Kennern seiner

Psyche geworden waren, wie es klarer gar nicht hätte möglich sein können.

Alle Fotos waren Aufnahmen der sechs Apostel auf der linken Seite des Portals, wobei nur der Zweite von rechts in dieser Reihe, wie der gerade mit der Leiter zurückgekehrte Pfarrer sagte, kunsthistorisch exakt benannt werden konnte: Santiago, Jakob mit dem langen Wanderstab und dem Hut mit der daran befestigten Muschel.

Alle Apostel standen auf Sockeln, die bis auf drei mit den sorgfältig herausgearbeiteten Hausmarken oder Wappen ihrer Stifter versehen waren, und die Männer konzentrierten sich jetzt auf die dritte Figur von links, bei der das »P« der Stifterfamilie unterhalb des Apostels, der ein aufgeschlagenes Buch in den Händen hielt, stark an die Sektkellerei von Peralada erinnerte, ein gotisches »P«, das auf den Etiketten mancher Sorten dieses Herstellers ebenfalls auftauchte.

Sie ließen den Geistlichen gewähren.

Er hatte die Leiter aufgestellt, hantierte mit den üblen Gegenständen herum und erklärte dabei, es sei eine Schande, was er hier tun müsse, genauso wie es eine Schande sei, dass die Historiker immer noch nicht über einige vage Vermutungen bei der Identifizierung der Figuren hinausgekommen seien. Denn schließlich gebe es ja auch noch die Privatarchive der Stifterfamilien, die man durchsehen könne. Da würde doch ganz sicher einiges zu Tage treten, jedenfalls bei denen, meinte er weiter, deren Wappen noch vorhanden, entzifferbar und einer Familie zuzuweisen sei; und dann bliebe ja noch die Ausschlussmethode: Bewiese man, dass der mit dem längsten Bart und dem Tuch über dem Kopf da drüben Lukas sei, könne der Bartlose da, drei Nischen weiter links, eben nicht Lukas sein.

Als er fertig war, kletterte er herunter und ließ sie mit vorwurfsvollem Gesicht sein Werk, die von ihm wiederhergestellte unerhörte Gottlosigkeit, mit Pacos Polaroidfotografien vergleichen:

Der Apostel mit dem »P« unter seinen Füßen trug nun Berlingers Mütze, die ihm in noch höherem Maße als gestern Nina zu groß war, ihr Schal war ihm einfach, ohne Schlinge um den Hals gelegt und hing an beiden Seiten weit hinab. Mit dem Karabinerhaken an einem Schalende festgeklemmt, baumelte Satans Leine noch weiter herunter, sodass die Handschlaufe fast den Boden berührte.

Die Affen standen auf dem Buch in den Händen des Apostels, das Spuren von verwischter Kreide auf seinen steinernen Seiten aufwies. Berlinger wusste von dem Foto her, dass auf der linken Seite ein großes »N« mit einem darunter gemalten Fragezeichen, auf der rechten ein kleines »N« mit einem darunter stehenden Ausrufezeichen gestanden hatte; beide Buchstaben und ebenso die Satzzeichen waren leider von dem aufgebrachten Gottesmann fast vollständig weggewischt worden.

Berlinger überblickte die Montage und empfand sie als viel Besorgnis erregender als die Fotos.

Matamalas hatte den Mund bereits zum Sprechen geöffnet und schien zu überlegen, ob hier eine Rüge für die mutwillige Veränderung eines Tatortes angebracht sei, entschied sich aber dagegen, um den dann ganz sicher folgenden theologischen oder moralischen Diskussionen mit dem Pfarrer aus dem Weg zu gehen.

Höchste Zeit, sich von hier zurückzuziehen und in Ruhe zu überlegen.

Berlinger hatte wortlos fragend auf Matamalas und sich gezeigt, eine Hand zum Mund geführt und dann kreisend irgendwohin gewiesen, was der Comisario sofort nickend bestätigte.

Sie packten die Fundstücke wieder zusammen, bedankten sich beim Wirt, der es sich nicht verkneifen konnte, sie an die hoffentlich sehr bald erfolgende Rückgabe der Fotos zu erinnern, wünschten dem Gottesmann bessere Tage für seine prächtige Kathedrale als ausgerechnet diesen, liefen das kurze Stück zum etwas oberhalb liegenden Parkplatz und stiegen in den Alfa, dessen für Berlinger sonst so freundlich blinzelnde Doppelscheinwerfer ihn jetzt mit bitterem Ernst anzustarren schienen.

Satan, der die ganze Zeit aufrecht auf der über die Rückbank gelegten Schondecke gesessen und versucht hatte, sie nicht einen Moment aus den Augen zu lassen, begrüßte sie mit einem Schwanzwedeln und kleinen Andeutungen eines Kläffens, einer wegen Ninas Abwesenheit aber merklich kontrollierten Freude.

Beim Einsteigen schaute Matamalas forschend zu seinem deutschen Kollegen und neuen Freund hinüber, er sah dessen verschlossenes, irgendwie zusammengesunkenes, älter gewordenes Gesicht und den unsteten, kein festes Ziel erfassenden Blick. Dann fiel ihm im Nachhinein auf, dass Berlinger seit dem Betreten der Bar *Silenus* nicht ein einziges Wort gesprochen hatte, und so langsam begann er, Berlingers Schweigen unheilvoller zu finden als seine Gründe dafür.

18

Mollet de Peralada

Die Fahrt in dieses nördlich von Peralada gelegene Dörfchen brachten sie schweigend hinter sich. Berlinger trat kräftig aufs Gas, und die Giulia röhrte auf die typische Alfa-Manier, denn für solche gewundenen Landstraßen war sie schließlich vor langer Zeit einmal konstruiert worden. Ihm war bewusst, dass er sich damit wie ein Jugendlicher abreagierte, aber er nahm auf dieser kurzen Rallye keinerlei Rücksicht auf Matamalas, der sich in manchen Kurven angespannt am Haltegriff über der Beifahrertür fest hielt.

Sie fuhren nun langsam in das Dorf hinein, und jeder der beiden sortierte seine Gedanken. Berlinger war über sich selbst erstaunt: Er hatte mit seiner forschen Fahrweise neue Entschlussfreude und Tatkraft gewonnen. Es war, als hätte er ein Tal hinter sich gelassen und befände sich nun kurz vor einem Gipfel, der neue Ausblicke und vielleicht sogar Lösungen erkennen lassen könnte, und dieser Wandel schien sich Matamalas, obwohl er wortlos vonstatten gegangen war, auf eine geheimnisvolle Weise mitzuteilen.

Etwas tun. Die den Tod atmenden Gedanken eines Mörders erkennen und nutzen, um endlich Taten folgen zu lassen, die ihm bei der Ausübung seines zunehmend schauriger werdenden Handwerks ein für alle Mal einen Riegel vorschieben würden.

Sie parkten und stiegen zügig aus, der Hund durfte eine kurze Runde drehen, bevor er wieder auf die Rückbank musste. Hätte jemand bei ihrem Anblick gedacht, hier stünden zwei Bullen vor für sie unlösbaren Problemen, so hätte dieser Jemand mit seiner Vermutung sehr deutlich danebengelegen.

Das Restaurant *Ca la Maria* war glücklicherweise geöffnet. Beim Näherkommen sahen sie schon das offen stehende Holzgitter, das die so früh im Jahr noch nicht genutzte Außenterrasse zur Straße hin abschloss.

Sie hielten sich nicht lange mit der Karte auf, als sie von dem heutigen Tagesmenü hörten: endlich *favas amb botifarra*, dicke Bohnen mit Bratwurst, und Matamalas brauchte nicht lange zu erklären, dass das Katalanisch sei, denn im kastilischen Spanisch klang es ähnlich: *habas con butifarra*. Vorher Salat und eine Tagessuppe. Auch gut.

Sie hatten um einen Vierertisch etwas abseits gebeten, kein Problem im März, etwas vor der üblichen spanischen Mittagszeit – es war beinahe ein Uhr –, und erst recht kein Problem in diesem großen, im Landesstil eingerichteten Lokal mit seinen vielen Aquarellen an den Wänden. Berlinger, der dieses Restaurant zuvor noch nicht besucht hatte, registrierte mit schnellem, aber nur oberflächlichem Blick die warmtönigen Herbst- und bunten Frühlingsbilder, und zwang sich, positiv zu denken: Er nahm sich vor, mit Nina wiederzukommen und die Gemälde, von denen beinahe die Hälfte bereits das überall bekannte rote »Verkauft«-Etikett trug, gründlich zu studieren.

Berlinger nahm die sorgfältig ausgewählte Einrichtung

kaum wahr, die schönen, dunklen Stühle mit den leider sehr kurzen Sitzflächen, die Jugendstillampen, die polierten Kerzenleuchter auf den Tischen und vor allem die mit wenigen, zarten Blumenmotiven verzierten Bodenfliesen.

»Was wollen wir hier überhaupt?«, fragte er mürrisch, sich irgendwie bewusst, dass sie wichtige Zeit verloren und dass es Dringlicheres zu tun gab, als sich jetzt in aller Ruhe zu Tisch zu begeben. Aber ihm schwirrten so viele Gedanken über die verschwundene Nina und den letzten Leichenfund im Kopf herum, ganze Hände voll loser Fadenenden, die er zwar sah, aber noch nicht verknüpfen konnte, dass er sich den Argumenten des Spaniers nicht verschließen wollte.

»Erstens«, erwiderte Matamalas auf Berlingers Einwand hin, verständnisvoll wie ein Vater seinem aufsässigen Sohn gegenüber, »müssen wir etwas Vernünftiges essen. Zweitens hat es überhaupt keinen Wert, jetzt voller Aktivismus in der Gegend herumzurennen. Wir sollten vielmehr Folgendes tun: Wir nehmen die neuen Hinweise, werten sie sorgfältig aus und entscheiden dann über unsere nächsten Schritte.«

Sie saßen nebeneinander mit dem Rücken zur Wand, damit sie sehen konnten, wer sich ihnen näherte; der nächste besetzte Tisch war wohl an die zehn Meter von ihnen entfernt, und sie kritzelten jetzt mit ihren Kugelschreibern auf dem für jeden Gast zusätzlich zum textilen Tischtuch aufgelegten Papierdeckchen herum, wobei Berlingers Seite die Überschrift *Castelló* trug, die von Matamalas aber mit *Palau* gekennzeichnet war.

Und dann legten sie los, nur von den einzelnen Gerichten ihres Menüs unterbrochen, die sie – hungrig wie sie nach dem ausgefallenen Essen am Abend zuvor waren – mehr einwarfen als halbwegs gesittet zu sich nahmen, denn das Croissant bei Paco war nichts Dauerhafteres als ein Tropfen auf einem heißen Stein gewesen. Mit dem Essen erwachte auch Berlingers Appetit, und er kam gar nicht dazu, sich darüber zu wundern, weil Matamalas voller Tatendrang begann:

Franz Brehms Arm, die Dalí-Krücke und das Bambusstöckchen.

Stock und Stein auf einem Motorrad, das, kaum war es losgedröhnt, vom Fahrer mit Motorschaden wieder zurückgeschoben worden war.

Und erst recht der Zustand von Franz Brehms Leiche.

Die Jokermütze.

Die Taucherbrille.

Die geöffneten Augen. Die Ohren mit den hineingestopften Lidern. Die abgeschnittene Zungenspitze.

Und das Schrecklichste von allem: das Tränen aus Blut weinende Gesicht des Franz Brehm.

Dann war Berlinger an der Reihe.

Je ein Teil, das Nina, ihm und seinem Hund gehörte. Schal, Mütze, Hundeleine.

Die Affen beim Apostel mit dem »P«.

Das doppelte »N« mit seinen noch zu deutenden Satzzeichen in dem Buch, das er in den Händen hielt.

»Wie ist er überhaupt da oben an die Figur herangekommen, das sind doch sicher mehr als zwei Meter?«, fiel es ihm spontan ein.

Matamalas holte die Fotos noch einmal hervor, wählte eines aus und sagte: »Sieh hier mal auf die Stufen vor dem Portal. Die sind nicht hoch, das sind jeweils nur einige

Zentimeter. Wenn er nicht gerade einen tief liegenden Sportwagen hat, kann er mühelos über die Treppe bis auf diesen Absatz vor den Kirchentüren gefahren sein und sich dann auf sein Autodach gestellt haben. Vielleicht ein kleiner Kombi, ein Kastenwagen, eventuell mit einer Leiter auf dem Dach. Das müsste gereicht haben.«

»Ja, das geht«, stimmte Berlinger zu und sah sich dann das Gekrakel auf der Tischdecke an; er hatte sich alle Gedanken an Ninas momentane Situation verboten.

Er dachte an all die »Nadannwollnwermals«, wie er sie immer genannt hatte, diese nassforschen Vorgesetzten in Wiesbaden beim BKA, die ohne die geringste Ahnung vom gerade aktuellen Fall an der Tafel des Besprechungszimmers gestanden und ihre rangniederen Pflastertreter überlegen und gleichzeitig auffordernd und ergebnisheischend angesehen hatten. Ihm wurde wieder bewusst, auf welch demotivierende Art die unausgesprochene Drohung einer Strafversetzung in die Provinz, »Bayrisch-Kongo bee-zett-wee Frankfurt-aber-Oder!« über den Beamten gehangen hatte, und er war jetzt wieder froh darüber, zum Stab gehört zu haben und nicht zur viel mehr kujonierten Linie.

»Nadannwollnwermal«, sagte er bitter, von seinen Erinnerungen und seiner momentanen Situation zutiefst angewidert, aber dennoch aufgestachelt.

✧

»Charakteristisch für Serienmörder«, begann Berlinger, wieder in seinem fast zwanghaften Dozententon, aber ganz nebenbei wunderte er sich, woher er auf einmal die

Ruhe zum Dozieren nahm, »ist unter anderem ihr Wunsch, bei der Aufklärung ihrer Taten aktiv mitzuhelfen. Frag mich nicht, warum das so ist. Ich habe selbst erlebt, dass diese Leute sich am Ort ihres Verbrechens als Rotkreuzler ausgewiesen haben und fragten, ob sie erste Hilfe leisten könnten, bis ein Arzt da sei. Andere gaben sich als Journalisten oder Freunde der Opfer aus, nur um sich in der Nähe des Tatorts aufhalten zu können.«

»Ja«, meinte Matamalas, »ich hatte auch einmal so einen Fall. Da tat einer so, als wäre er zufällig Zeuge in drei Mordfällen gewesen. Am Ende war er selbst der Täter. Der hat es uns sehr leicht gemacht.«

»Ich glaube, hier ist es ähnlich. Unser Mann ist zwar nicht so dumm, seine Person einzubringen. Er lässt aber andere Hinweise sprechen und stellt sich zu Hause lachend vor, wie wir an der Lösung seiner verdammten Rätselaufgaben herumbasteln.« Er zog einen Zahnstocher aus dem Gläschen neben Öl, Essig, Salz und Pfeffer und knabberte und knackte unruhig daran herum.

Matamalas ergriff die Gelegenheit, die ihm Berlingers Schweigen bot, und warf ein: »Du verbindest Palau-Saverdera – oder Teile des Puzzles, das wir dort vorgefunden haben – mit der Szenerie an der Kathedrale in Castelló.«

»Ja klar, das müssen wir doch auch. Komm, du denkst doch genau das Gleiche, Fernando. Die Affen in Castelló, die Verletzungen an Brehms Augen, an den Ohren und am Mund. Er hat sich Nina geschnappt und sie vielleicht längst umgebracht, weil sie nicht in die Reihe passt. Sie hat mit seinem Hauptmotiv nicht das Geringste zu tun, sie stört seine Serie, und das ist der einzige Grund, warum wir sie noch nicht vor irgendeiner Kirche im nächsten Kuhdorf gefunden haben. Verdammt noch mal, er kann sie nicht wie die anderen einfach vor einer Kirche ablegen und in Szene setzen!«

»Einspruch, er hat sie nicht umgebracht.« Matamalas sah ihm voll in die Augen. »Glaub mir, das ist jetzt kein billiger Trost. Ich bin der festen Überzeugung, dass Nina lebt.«

»Beweise.« Berlinger sprach, ohne seine Stimme zu heben, nüchtern und sachlich wie ein Nachrichtensprecher. Fernando schien zu ahnen, wie aufgewühlt der Deutsche innerlich sein musste.

»Beweise! Die habe ich natürlich nicht, das weißt du selbst am Besten. Aber was tut unser Mann? Er nimmt Nina als Geisel. Und er hat großen Spaß daran, über ihren Schal sie, über deine Mütze dich und über die Leine und das Halsband auch deinen Hund in sein verschlagenes Spiel mit Andeutungen einzubeziehen.«

»Die ganze Familie«, bemerkte Berlinger unter trockenem, galligen Auflachen. »Du hast Recht. Er spielt mit uns, ich habe vorhin schon einmal daran gedacht. Mach weiter.«

»Die Affen.« Wieder einmal krächzte in Matamalas' Innentasche die Ode auf, Schillers Teamwork mit Beethoven.

Der Comisario griff nach seinem Handy, und während Berlinger sich ebenfalls einen Götterfunken wünschte, in diesem Fall allerdings einen gedanklichen, gab der rührige Planas seine neuesten Informationen durch, wobei der Comisario Punkt für Punkt in der gleichen Stichwort-Manier für den Deutschen übersetzte:

»Die Enduro von Palau … Es ging ganz schnell und war verdammt einfach herauszukriegen … Motorschaden stimmt … Kolbenfresser stimmt ebenfalls … Ölfilm gerissen.« Und dann: »Zucker im Tank.« Das war es schon. Er steckte das Telefon zurück in seine Innentasche.

Berlinger nickte und stellte fest: »So ein Ding macht Krach. Also zerstört der Arsch die Ursache dafür. Hat zufällig ein Tütchen Zucker in der Tasche und los, so wie man beim Schach en passant einen Bauern schlägt. Und er kann es sich nicht verkneifen, erneut einen Hinweis zu geben, indem er ein Ausrufezeichen aus dem Zeug bildet, was zufällig dort herumliegt. Und lacht sich wieder eins, weil es ausgerechnet auch noch Stock und Stein ist.«

»*A campo traviesa.*«

»Genau. Kann sein, dass wir zu viel hineindeuten, aber auf jeden Fall passt es. Er gibt uns wieder einmal zu verstehen: ›Nichts hält mich auf.‹«

»Zurück zu den Affen.« Matamalas schien ohne Absicht Berlingers Dozententon zu imitieren: »Nichts hören, nichts sehen, nichts sagen. Das muss sich auf die Opfer beziehen, es kann gar nicht anders sein. Zum einen die Toten, die Krachmacher, die ihre Strafe erhalten haben.«

»Hier, bitte schön, zur Belehrung der Lebenden. Beispielhaft und unpersönlich gemeint.«

»*Sí.* Und zum anderen ist Nina auch ein Opfer. Aber ein von ihm persönlich anders gesehenes, wegen der Dinge in Castelló. Somit liegt die Sache völlig anders. Ich bin ganz sicher, dass er sehr sorgfältig unterscheidet. Er hat hier keine Wahl.«

»Er fühlt sich bei seinen Morden im Recht.«

»Und deshalb kann er Nina nicht umbringen, wenn und solange ...«

»... sie ihm nichts getan hat.« Berlinger war schlagartig hellwach, er sah eine Chance. »Verdammt noch mal, Fernando, sie hat ihm nichts getan! Vor allem anderen hat sie keinen Lärm gemacht. Und wenn er sie trotzdem so wie die anderen behandeln würde, wäre das in seinem schrägen Hirn ein Unrecht!«

Berlinger war jetzt so richtig in Fahrt gekommen, und während er sich zufrieden zurücklehnte, schien Matamalas den nur mühsam kontrollierten Ausbruch seines Freundes mit Freude zur Kenntnis zu nehmen, und er sah aus, als konstatierte er für sich ganz trocken: Das wurde aber auch Zeit.

Ohne die anderen Gäste im Lokal hätte Berlinger jetzt wohl laut gebrüllt, so aber beherrschte er sich mit Mühe und stieß hervor: »Die Affen gelten uns, verfluchte Scheiße! Sie sind eine Drohung an die Polizei! Wir sollen nur ja aufhören, ihm nachzustellen. Nichts sehen, nichts hören, nichts sagen! Wir sollen gefälligst seine Sache, sein Anliegen nicht in Gefahr bringen! Sonst schlägt er zu, unverhofft, jederzeit. Ninas Entführung gilt als Warnung. Wird sie nicht ernst genommen, dann – und erst dann – fühlt er sich berechtigt, auch ihr etwas anzutun. Und seine verschwenderischen Hinweise und Schlenker zeigen, dass ...«

»... es ihm eigentlich ziemlich egal ist, ob er erwischt wird oder nicht. Nur seine Botschaft zählt, er selbst hält sich möglicherweise nicht für wichtiger als seine Opfer.«

Berlinger griff hektisch nach seinem Kugelschreiber und zog einen großen quadratischen Rahmen auf die

Papiertischdecke, unterteilte sie vertikal in der Mitte und schrieb in die linke und rechte Hälfte:

N	n
!	?

»Genau«, stimmte der Spanier zu, »für mich ist das jetzt ganz klar. Es handelt sich hier um zwei unterschiedliche Botschaften. Erstens:

nomen nescio!«

Er schrieb die Worte in das Quadrat auf der Tischdecke und sprach dann weiter: »*Nomen nescio* mit Ausrufezeichen. Damit legt er uns diesen lateinischen Ausdruck in den Mund. ›*Den Namen kenne ich nicht*, und dabei soll es auch bleiben! Schöne Grüße von eurem Unbekannten‹. Und zweitens …«

»… zweitens steht das doppelte ›N‹ für Nina, mit Fragezeichen: ›Ich habe sie, und ihr wisst nicht, wo sie ist.‹« Berlinger begann zu hoffen, während er den Kugelschreiber nahm und der Vollständigkeit halber auf die andere Seite des Quadrats schrieb:

Nina?

Matamalas fuhr fort: »Aber im gleichen Moment gibt er einen Hinweis. Ohne das geht es bei ihm nicht. Was passt seit Ninas Verschwinden nicht zu den anderen Tatumständen oder Besonderheiten? Wenn wir das wissen, können wir seinen Tipp vielleicht verstehen.«

Berlinger beugte sich über Matamalas' Tischdeckenteil und hakte die von ihm notierten Punkte ab.

»Das kaputte Motorrad ist es nicht. Damit hat er sich sicher nur einen Scherz erlaubt. Es steckt doch keiner Zucker ein, wenn er sich einer Leiche entledigen will. Auch nicht die Verstümmelungen an Franz Brehms Gesicht. Das hat sich ja schon früher angedeutet. Die Fliese nicht, die brauchte er, um den Körper in Position zu halten. Die Mütze nicht, sie ist nichts Neues. Die Taucherbrille? Ist Nina vielleicht auf einem Schiff oder irgendwo in einer Bootsgarage? Dann können wir uns aber auf eine lange und nervenaufreibende Suche gefasst machen.«

»Nicht auszuschließen. Aber du sagst ja selbst: Das würde Aufregung verursachen, also Hektik und möglicherweise Chaos, darum glaube ich zunächst einmal nicht daran. Nein, das passt nicht zu dem bisher sehr überlegten Vorgehen des Mörders. Er sieht sich doch eher als Drahtzieher, als Marionettenspieler, deshalb kann er Mit- oder Gegenspieler ... eehhh, ohne Kopf ... nicht gebrauchen.«

»Kopflose Gegenspieler. Ja. Und der Schnorchel mit seiner imperativen Anmutung passt eigentlich eher zu der Mütze mit ihren drei Schellenzipfeln. Damit stellt er den vierten Zipfel dar, und dieser steht witzigerweise aufrecht. Er hat bei den anderen Morden schon so viel mit Richtungen gespielt, das Arschloch, hat mit Ost und West herumhantiert, dass er in seinem Perfektionswahn vielleicht nur alle vier Richtungen andeuten wollte, so im Sinn von ›Alle Welt soll auf mich hören‹, oder so ähnlich. Darum glaube ich auch nicht so recht daran, dass der Schnorchel auf Wasser und Meer hinweist.«

Matamalas rückte eine Servierplatte, die den obersten von ihm notierten Punkt teilweise verdeckte, auf die freie Seite des Tisches und sagte bestimmt: »Hier, es bleibt eigentlich nur der zeigende Arm. Damit hat der Mörder sich große Mühe gegeben. Die Krücke und das richtungsweisende Stöckchen. Wo hat er wohl die Krücke her? Früher waren die Dinger sehr gebräuchlich, sie hat vielleicht irgendwo im Rummel gelegen. Aber griffbereit muss er sie gehabt haben, wenn er damit etwas über Ninas Aufenthaltsort sagen wollte. Er hatte keine Zeit, sich so ein Ding irgendwo bei einem Trödler zu kaufen, einmal ganz abgesehen davon, dass es ihm auch sicher zu gefährlich gewesen wäre, weil die Polizei schnell dahinter kommen würde.«

Berlinger war sich auf einmal sicher, dass Matamalas mit seinen Überlegungen richtig lag. Und in dem Bewusstsein, dass ihm nicht erst von nun an die Zeit wegzulaufen drohte, sah er auf seine Uhr und erklärte hastig: »Es ist gleich zwei Uhr, uns bleiben vielleicht noch ungefähr vier Stunden Tageslicht. Komm mit, Fernando, ich habe endlich eine Idee, der wir nachgehen müssen.« Er stand schon auf. Sein Stuhl prallte mit der Rückseite der Lehne gegen die Wand, und Berlinger zwang sich, ihn sorgfältig zurück unter den Tisch zu stellen.

»Ist das eine gute Idee? So ... *precipitado?*« Matamalas sah zu ihm hoch. Er hatte seine Gründe dafür, warum er seinen Leuten immer wieder überlegtes Handeln predigte.

»Mensch, Fernando! Überstürzt? Vorschnell? Nina ist irgendwo da draußen. Es ist arschkalt nachts, sie wird wahrscheinlich gefesselt sein. Und ich glaube, dort oben ist es noch viel kälter.«

»Dort oben?«

»Klar. Der Arm zeigte weit über die Kirche hinaus, in Richtung Norden. Das ist das Ungewöhnliche, das wir die ganze Zeit suchen! Komm jetzt, Richtung Sant Salvador!«

Und Matamalas konnte nichts anderes tun, als ihm zuzustimmen. Deshalb war es ihm auch gleichgültig, dass es Berlinger war, der die eigentlich selbstverständlichen Anweisungen gab, während er die Bedienung herbeiwinkte.

»Ruf Planas an, er soll Kranenbergs Mädchen nachher um fünf von jemand anderem vernehmen lassen und mit so vielen Leuten zum Klosterparkplatz von Sant Pere kommen, wie er auftreiben kann. Sprechfunk, für die einzelnen Gruppen untereinander, die wir da oben bilden werden. Zur Not Megafone. Und Scheinwerfer, Taschenlampen. Wenn er kann, soll er auch Hunde mitbringen, ich fürchte, auf den Satan ist da wenig Verlass. Wir haben Ninas Schal im Auto, das muss zur Witterungsaufnahme ausreichen. Hast du eigentlich eine ordentliche Schusswaffe dabei, nur für alle Fälle?«

Ja, Matamalas hatte.

Der Nachtisch: geschenkt, nein, eher noch total vergessen.

Das mit Buchstaben, Zeichnungen und wilden Strichen vollgekritzelte Stück der Papiertischdecke wurde mit einem Ruck und einem lauten Geräusch, das die anderen Gäste aufschreckte und sie fassungslos zu ihnen herüberblicken ließ, zerrissen und eingesteckt.

Dann hektisches Bezahlen.

Ja, es hat sehr gut geschmeckt, danke, wir kommen

ganz sicher wieder, leider sind wir sehr in Eile, bitte haben Sie Verständnis für unseren raschen Aufbruch: formelhaft von Berlinger dahingesagt, begleitet von einem notdürftigen Lächeln. Ich mache es irgendwann wieder gut, dachte er bei sich.

Der Comisario: mit Nachdruck und heftigen Armbewegungen in sein Handy sprechend, schon dabei, das Restaurant zu verlassen.

Der schwanzwedelnde, hechelnde Hund.

Die wieder röhrende Giulia, die die Kurven spielend meisterte.

Ein Klacks nur, ein Katzensprung bis nach Vilajuïga.

Und dann wieder die Berge hoch, genauso wie am Sonnabend.

19

Sierra de Pau, Sierra de Roda, Sant Pere de Roda

Sie entschieden sich dafür, zunächst über den Parkplatz hinaus bis zum Kloster durchzufahren. Matamalas hatte den mit einem Schloss gesicherten Schlagbaum, der Unbefugten die Zufahrt verwehrte, geknackt und geöffnet.

Berlinger musste sich zusammennehmen, als sie die Stelle passierten, an der der Zausel mit seinem Lastenmoped sein großes Problem mit dem Eis gelöst hatte.

Steine flogen rechts gegen die Felsen und links tief den Berg hinunter, von den durchdrehenden Hinterrädern weggeschleudert, so drückte er aufs Tempo.

Als sie auf dem Klostervorplatz inmitten der Baumaterialien rutschend zum Stillstand kamen, lugte der Kartenverkäufer aus seinem Kabuff und verstand die Welt nicht mehr.

Nur zur Sicherheit lief der Comisario zu ihm, wies sich aus und fragte, ob ihm während seines Dienstes gestern oder heute etwas Ungewöhnliches aufgefallen sei, und kam dann zu Berlinger zurück. »Nichts. Er sagt, er habe einen ganz normalen Dienst geschoben. Wo wollen wir anfangen?« Matamalas war ein wenig skeptisch, jetzt, wo er das riesige Gebiet rund um das Kloster betrachtete.

Berlinger hatte allerdings sein Ziel klar vor Augen. Die

Zeit drängte, umso eher war er bereit, seine Entscheidungen zu treffen. Prüfend schaute er nach oben. Der Himmel war zwar bedeckt, aber nur von faserigen, hellweißen Wolken, sodass die Sonne, auch wenn sie nur kurz zum Vorschein kam, dennoch immer zu ahnen war. »Das Kloster. Ich glaube nicht, dass er Nina hier versteckt hält. Es gibt nur diesen Eingang, und während der Woche wohnen die Restaurateure hier. Zu gefährlich. Zu viele Besucher. Auf jeden Fall können wir hier auch dann noch suchen, wenn es bereits dunkel ist.«

Matamalas war einverstanden. »Was ist mit dem Kastell?« Er zeigte hoch nach oben, wo sich die Ruinen von Sant Salvador scharf vor dem wie von hinten angestrahlten Weiß des Himmels abzeichneten.

»Niemals. Das ist nicht zu schaffen, höchstens mit einem Hubschrauber und mindestens zwei Helfern.« Berlinger schüttelte entschlossen den Kopf. »Ich kenne den Weg. Er führt fast ausnahmslos durch die Rinnen, die sich das abfließende Regenwasser gebahnt hat. Unmöglich. Steil wie sonst was, Schotter, Äste. Können wir getrost vergessen.«

»Gut. Unser Mann meint auch nicht das Kastell selbst, sondern diese ganze geschichtsträchtige Gegend. Trotzdem: Wo sollen wir anfangen?«

Berlinger sah notgedrungen ein, dass nur eine organisierte Suche die Chance auf einen halbwegs sicheren Erfolg erhöhen konnte.

»O. k.«, sagte er deshalb. »Zurück zum Parkplatz. Wir brauchen die anderen. Hoffentlich kommen sie bald.«

✧

Ein Transporter, ein ziviler Polizeiwagen und ein Streifenwagen mit den üblichen blauen Quadraten. Keine Hunde. Keine Scheinwerfer. Nur zehn Mann mit drei Sprechfunkgeräten und Taschenlampen.

Also blieb einer hier vor Ort bei dem Transportfahrzeug mit der Funk-Feststation, hielt die Verbindung zum Präsidium und funktionierte als Zentrale für die drei Trupps, die schnell gebildet waren.

Ein Trupp mit dem Zivilwagen und Funk sollte ein Stück zurück zum Omnibusparkplatz fahren und sich dann die Straße in Richtung Port de la Selva hinunterarbeiten.

Berlinger und Matamalas würden drei weitere Leute im Alfa zurück bis zu der Aussichtsplattform auf halber Strecke nach Vilajuïga bringen, von wo aus sich diese zweite Gruppe suchend nach oben begeben sollte.

Der dritte Trupp unter Planas würde dem zweiten mit dem in Polizeifarben lackierten Seat von hier oben aus entgegenkommen, wobei Hipolit mit seinem Handy die Verbindung zu Matamalas aufrechterhalten konnte.

Berlinger und der Comisario würden sich die abseits von der Bergstraße gelegene Eremitage Sant Onofre und natürlich auch das Ausflugslokal *Mas Ventós* vornehmen, das jetzt sicher noch nicht bewirtschaftet war und lediglich einen Picknickplatz mit einer Feuerstelle bot. Die beiden hatten den Alfa, waren somit beweglich und über Matamalas' Handy zu erreichen. Sie forderten alle Beamten nachdrücklich auf, jeden ungewöhnlichen Fund, überhaupt alles, was ihnen auffiel, sofort zu melden.

»Und denkt an die Dolmen«, sprach Matamalas eindringlich auf die Truppe ein, »seht euch alles genau an, was auch nur annähernd wie etwas mit einem Dach und Wänden aussieht und in erreichbarer Nähe von einem Weg liegt, den einer mit einem Auto befahren und wo ein Entführungsopfer versteckt werden könnte. Erst recht die alten Hütten, die hier überall herumstehen.«

Die Leute nickten, sie kannten alle diese jahrhundertealten kleinen Schuppen, die zu der Zeit, als die Berge aus Not und auf mühsamste Weise landwirtschaftlich genutzt worden waren, zur Aufbewahrung von Geräten, einer eisernen Ration Lebensmittel und natürlich auch als Schutz vor den überfallartig auftretenden Unwettern in dieser Gegend gedient hatten. Die meisten davon waren sicher mittlerweile verfallen, aber dennoch mussten sie alle überprüft werden.

Mit Satan im Kofferraum ging es los. Sie setzten den Dreiertrupp wie ausgemacht weiter unten ab, fuhren wieder hoch, und Matamalas stieg dort aus, wo der Schotterweg zur Einsiedelei begann.

Von hier aus würde er laufen, den Alfa auf halber Strecke vorfinden und weiter zur Eremitage fahren, um Berlinger, der dann zu Fuß den zweiten Abschnitt des Weges überprüft haben würde, abzuholen.

✧

Was für ihn in Mollet noch wie Routine, wie eine selbstverständlich einfach durchzuführende Suche ausgesehen hatte, entpuppte sich für Berlinger nun allerdings als das, was es wirklich war: eine verzweifelte Tat, fast noch aussichtsloser als die Suche nach der berühmten Nadel im Heuhaufen.

Er hatte den Hund befreit, aber Satan stand bedrückt herum und sah Berlinger fragend an, der nachdenklich von hier oben über die Ebene schaute.

Die grandiose Landschaft mit ihrem überwältigenden Blick über das Empordà bis hin zum vollständig erkennbaren Bogen der Bahia de Roses mit den Medas-Inseln als Abschluss nahm ihm viel von seiner Zuversicht. Heute wirkte sie auf ihn in einem Moment zwar kraftvoll, aber auch spröde und unbeseelt, dann wieder betörend, aber auch intolerant und in ihrer kalten Herzlosigkeit unvergleichbar mächtiger als jeder noch so schlechte Mensch.

In Richtung der Pyrenäen war der Canigou nicht einmal zu ahnen. Schwarze Säulen schweren Regens schienen dort die tiefgrauen Wolken zu stützen.

In der Bucht im Südosten lag ein blau-roter Frachter, vom Wetterbericht gewarnt, auf halber Strecke zwischen Empuriabrava und Roses in der Höhe von Santa Margarida vor Anker. *Tramontana* im Anmarsch, dachte Berlinger, auch das noch. Im Frühjahr kann dieser Wind gnadenlos und fürchterlich sein.

Berlinger holte den Schal aus der Tüte und hielt ihn dem Afghanen unter die Nase. »Such Nina! Bitte, Satan, such! Wo ist Nina?«

Satan wedelte erfreut mit dem Schwanz und sah Berlinger eifrig hechelnd an: Ein neues Spiel, prima, aber er sollte doch eigentlich etwas werfen.

Zwecklos?

Berlinger machte sich auf den Weg.

Er wusste, die Strecke war mindestens doppelt so lang, wie sie von unten aussah. Die Schotterstraße hatte zwar nicht viel Gefälle und kaum Steigungen, folgte aber den

Bergen, die ihr zwangsläufig Halt geben mussten. Linker Hand ging es steil hinauf, rechter Hand überwiegend Schwindel erregend hinab, sodass weder Berlinger noch der Afghane weit vom Weg abweichen konnten.

Von Abstechern also kaum aufgehalten, erreichten sie die Eremitage recht früh.

Sie lag verlassen auf dem kleinen Bergkamm, überraschend zierlich für eine aus größerem Abstand, ja sogar aus weiter Entfernung so markante Wegmarke, und es wunderte Berlinger, dass die Fassade zur Talseite in der Sonne so weithin und makellos weiß blinken konnte, waren doch die Farbe und selbst der Putz in einem beklagenswert schlechten Zustand.

Er rüttelte an den zum Schutz vor den Vandalen der Vergangenheit, Gegenwart und Zukunft fest verrammelten Türen mit den von einer zusätzlichen Leiste abgeschirmten Schlössern, rief laut und immer wieder Ninas Namen und prüfte auch die beiden Schuppen, die in einiger Distanz vom Hauptgebäude standen. Einer war unterhalb errichtet, vielleicht der frühere Abtritt, der andere oberhalb, sicher zum Schutz der kleinen Quelle, die dort entsprang.

Ein ungesicherter Fußweg führte zu einem etwa sechs Meter hohen Felsen, den Berlinger, hätte er die Muße dazu gehabt, bestimmt als Aussichts- und Meditationssitz benutzt haben würde. So allerdings machte er sich keine Mühe, ihn zu erklimmen. Er ging zu der Stelle zurück, bis zu der ein Auto fahren konnte, und wartete auf Fernando, bitter enttäuscht und nur zaghaft darauf hoffend, die anderen hätten eine bessere Nachricht für ihn.

Er sah gedankenlos auf die Graffiti, die hier wie überall auf eine der Mauern geschmiert waren, die den Zugang zur Eremitage einfassten. Dort stand:

Das Heil kommt aus dem Hinterland! Don Delirio.

Halb darüber gesprayt, war zu lesen:

Der Weg verstellt das Ziel.

Und darunter, fast vom Sand verdeckt:

No se puede vivir sin amar!

Aufseufzend ließ sich Satan in den Staub fallen. Berlinger setzte sich auf das Mäuerchen, blickte mit leeren Augen auf die Inschriften und erinnerte sich wehmütig an seinen und Ninas langen Marsch zum Kloster, der ja erst zwei Tage zurücklag. Ohne zu lieben ist es nicht möglich zu leben. Wie wahr.

Aber, fiel ihm unvermittelt ein, was war dort drüben in Sant Pere noch in die Bank auf der Terrasse geritzt, was hatte er sich zu merken versucht, kurz bevor er Ninas zartes, kühles Gesicht in seine Hände genommen hatte? Irgendetwas mit McVinci?

Der Alfa machte sich bemerkbar, er wurde vorsichtig von Matamalas um die letzte Kurve gesteuert und nun auf dem kleinen Vorplatz abgestellt. Berlinger machte seinen Kopf frei und konnte nicht anders, als Fernando erwartungsvoll anzusehen.

Der öffnete die Beifahrertür, sich weit herüberlehnend,

und schüttelte nur den Kopf, als Berlinger einstieg. Mit dem Hund hinten auf der Rücksitzbank fuhren sie die Strecke zurück.

»Nur dummes Zeug von den anderen. Wie die Kinder«, berichtete Fernando, »einer gab über Funk sogar durch, er habe ein ausrangiertes Scheißhaus gefunden. Mit Spülkasten und alter Abzugskette. Die Firma hat der Blödmann auch genannt: Roca.«

Ein Kaninchen rannte von unten kommend auf den Weg und war so dumm, mit seinen hastigen Hoppelschritten vor dem langsam rollenden Wagen herzulaufen. Matamalas hielt kurz an, beruhigt verschwand es nach oben.

Roca. Berlinger kaute geistig auf diesem Knochen herum, halbherzig. Was sollten sie jetzt unternehmen?

Roca. Ein spanischer Hersteller von Sanitärporzellan. Verschnörkelter Firmenschriftzug. Waschbecken, Duschwannen, Toiletten.

Roca. Der Stein.

Oder besser: der Fels.

McVinci. Die Sitzbank auf der Terrasse. Da war ein Pfeil gewesen! Was hatte da gestanden?

»Zum Kloster, Fernando. Aber zügig!«

✧

Keine Zeit für einen Plausch mit dem Pförtner, der enttäuscht und stumm zurückblieb.

Im Laufschritt die Treppen hoch. Nach links, dann nach rechts durch türenlose Durchgänge.

»Unverschämt!«

»Eine Dreistigkeit!«

»Kein Respekt vor der Geschichte!«

Eine Touristengruppe schimpfte lauthals über die einem solchen Ort gegenüber doch wohl unangebrachte Eile, mit der die beiden Männer, von einem schwarzen Schatten lautlos angeführt, die hölzerne Rampe zum Zugang einer der oberen Etagen des Klosters entlangstürmten.

Die Terrasse, die Bank, die Inschriften.

Besonders aber die eine:

Quien no aprecia los valores de la vida, no los merece

Leonardo McVinci

¡EXACTO! PROCANUEVA

Ach, du großer Gott!

Der Aphorismus des großen Leonardo sehr verwittert, der Kommentar des Procanueva deutlich jünger, aber ganz sicher nicht frisch.

Wer die Werte des Lebens nicht schätzt, verdient sie nicht.

Der Pfeil.

Die leicht nach außen gebogene Spitze.

Die dick ausgeführten Federn an seinem Ende.

Genau wie der in Pau auf dem Pflaster unter der Matratze, auf der Opfer Nummer drei gelegen hatte.

Procanueva.

P. Rocanueva.

Roca, der Stein.

Aber auch: der Fels.

Nueva, neu. Der neue Fels.

Neuenfels.

Mit »P« wie Peter.

Mit »P« wie auf dem Sockel unter dem Apostel in Castelló, der Figur, die mit Berlingers Mütze, Satans Leine und Ninas Schal geschmückt worden war.

Das kann doch nicht sein! Das darf doch nicht sein! Was ist hier passiert? Peter hatte vor geraumer Zeit das Graffito von einem Spinner, der sich McVinci nannte, gesehen und seinen Kommentar dazugeritzt. Nicht mehr, nicht weniger. Aber der Pfeil?

An allen Fundorten der Leichen war es auch um Richtungen gegangen. Reichte ein Graffito aus, um seinen Freund Peter als Mörder zu entlarven? Und als jemand, der Nina, seine Nina als Geisel genommen hatte?

Aber andererseits: War es nicht Peter, der sich über die Touristenhorden und ihren Lärm so maßlos ärgern konnte? Hatte nicht Peter immer wieder von seinem Überdruss gesprochen, von der Notwendigkeit, seinem Leben einen neuen Sinn zu geben? War er es nicht, der häufig das Adjektiv »*exacto*« statt des Adverbs »*exactamente*« benutzte, wenn er »richtig« oder »genau«, meinte?

Und wenn einer etwas nicht wertschätzt und damit auch nicht verdient, ja, dann *muss* etwas dagegen unternommen werden.

Es passte alles.

Exakt!

✧

Die Dämmerung brach herein.

Matamalas forderte Hipolit Planas auf, die Gruppen nach ihren Ergebnissen zu fragen und sie in fünfzehn Minuten zu einer Besprechung auf dem Omnibusparkplatz zusammenzurufen.

Sie selbst bestiegen den Alfa und fuhren mit voll aufgeblendeten Scheinwerfern ganz langsam zurück, während ein innerlich aufgewühlter, äußerlich aber nüchterner Berlinger den Comisario ruhig über seinen Verdacht Peter Neuenfels betreffend ins Bild setzte.

Sie passierten den Pkw-Abstellplatz mit seinen bunten Hinweistafeln, fuhren unterhalb der noch schemenhaft zu erkennenden Kirche Santa Helena vorbei, die wie ein Mahnmal vor dem sich verdunkelnden Himmel stand, und wollten gerade einige hundert Meter weiter ausrollen und ihr Auto abstellen, um auf die Polizeitrupps zu warten, als ihnen unverhoffte Hilfe zuteil wurde.

Ein alter, weißer Renault 4 brach unter den Bäumen links in Talrichtung hervor. Er schwankte wild, als sein Fahrer die Lenkung weit einschlug und mit Vollgas auf die Straße fuhr. Das Licht war ausgeschaltet, der Wagen völlig verdreckt und das Nummernschild nicht nur unlesbar, sondern möglicherweise absichtlich verschmutzt oder zumindest lange Zeit nicht gesäubert worden. Das Dach trug einen großen Gepäckträger aus schwarzem Metall, auf der eine Aluminiumleiter festgeschnallt war, und aus seinem dünnen, vom Rost angefressenen Auspuff kamen weiße Wolken.

Mit dem Instinkt des alten, erfahrenen Bullen rief Matamalas: »Los, hinterher!«, aber Berlinger löschte die Scheinwerfer und stellte den Motor aus.

»Nein. Ruf sofort Planas an. Erstens: Der Wagen unten Richtung Vilajuïga soll langsam losfahren und den R4 zwingen, ebenfalls langsam zu fahren. Möglichst unauffällig. Das ist doch der Polizeiwagen, oder?«

»Ja.«

»Gut. Da fällt es nicht so auf, wenn sie trödeln, und der Renault-Fahrer wird sich hüten, wie ein Kamikaze an ihm vorbeizusausen. Und der Zivilwagen befindet sich irgendwo auf der Straße nach Port de la Selva?«

»Ja.«

»Blaulicht?«

»Mit Magnethalter. Am Zigarettenanzünder anzuschließen und aufs Dach damit.«

»Der soll dem Renault folgen, schnell. Wenn er ihn eingeholt hat, soll er Abstand halten und an ihm dranbleiben. Ab der Ebene ruhig abwechselnde Führung, als wäre es nur eine Übung, aber sie sollen den R4 immer im Sandwich halten. Und sie müssen uns ständig melden, wo sie sich gerade befinden.«

»Und wir?«

»Wir sehen einmal nach, was der hier wollte. Weißer Auspuffqualm, er muss hier in der Nähe gestanden haben und mit kaltem Motor losgefahren sein.«

✧

Mit dem Hund und starken Taschenlampen folgten sie den Reifenspuren des Renault im nassen Gras.

Sie fanden schnell die Stelle, an der das Auto geparkt hatte: etwas abseits des alten Fußwegs, den viele Generationen von Wanderern ausgetreten hatten, und hinter einer umgestürzten, krüppligen Pinie, die wohl von den häufigen starken Winden gelockert worden war und der der letzte kräftige Sturm das kümmerliche Lebenslicht ausgeblasen hatte. Der flache Wurzelballen mit einer Menge schwarzer und sandfarbener frischer Erde ragte ihnen entgegen, als streckte er Hilfe suchend seine Finger nach ihnen aus.

Omnes vulnerant postuma necat, kam es Berlinger in den Sinn. Alle Lebensstunden verletzen, die letzte tötet. Er sah die Krallen der Baumwurzeln und dachte an Ninas letzte Stunden, er versuchte verzweifelt, sich vorzustellen, ob sie noch Hoffnung haben könnte, ob überhaupt noch eine Spur von Überlebenswillen in ihr steckte.

Kein Gebäude war zu sehen. Er betrachtete die Kuhle, die der vom Wind herausgerissene Baum verursacht hatte, eher eine flache Mulde, allerdings mit großem Durchmesser, und fragte leise: »Eine Höhle. Gibt es hier eine Höhle? Einen begehbaren Felsspalt, tief genug, um dort jemanden zu verstecken?«

Matamalas sah sich um. Sollte die Natur hier eine solche Formation gebildet haben, wäre sie allgemein bekannt gewesen; allerdings wohl nur dann, wenn sie groß oder wenn etwas Besonderes dort gefunden worden wäre. Die einzige Möglichkeit bestand links entlang des Weges, dort, wo die Felsen wieder anstiegen.

Er zeigte dorthin, und sie gingen los, eng zusammen, damit sie ihre beiden Lichtquellen bündeln und erst bei Bedarf ein Ziel auch aus zwei Richtungen anstrahlen konnten, um bei der jetzt fast völligen Dunkelheit die extremen Schwarz-Weiß-Kontraste abzumildern.

Es war so einfach, wie sie es sich nie hätten vorstellen

können: Nach nicht einmal fünfzig Metern und gleich hinter einer kleinen, aber scharfen Kurve leuchteten sie auf einen riesigen, übermannshoch aufragenden Stein, der einen Vorsprung vor einer stark vertikal gefalteten Felsnase bildete. Sie näherten sich dem dicken Brocken, als Satan schon laut aufbellte und dahinter verschwand. Allerdings tauchte er in der nächsten Sekunde aufheulend wieder auf. Mit eingezogenem Schwanz kam er winselnd auf Berlinger zu und sah ihn an, als hätte er etwas falsch gemacht.

»Spinnen, Satanas?« Berlinger hoffte, dass es nur die alte Abscheu des Hundes war, die ihn so zurückweichen ließ; er sprach ihm Mut zu und gab ihm sanfte, aufmunternde Klapse auf den schwarzen Rücken. »Komm, Teufel«, sagte er, »wir sind zu dritt, wir gehen gemeinsam.«

Ein Spalt tat sich auf, den sie mühelos passieren konnten, indem sie sich einfach seitlich hindurchzwängten, und das Bild, das sich ihnen jetzt bot, entschädigte sie für die durchlebten Enttäuschungen der letzten Stunden und belohnte sie für ihr entschlossenes Durchhalten.

Die kleine, finstere Höhle war etwa anderthalb Meter hoch, vielleicht vier Meter lang und an die zwei Meter breit. Sie nahmen verschiedene Gerüche auf, nach herbstlichem Waldboden bei der Pilzsuche und menschlichen Exkrementen, nach rostigem Eisen und nassen Handtüchern, die lange zusammengeknüllt in einer Ecke gelegen hatten, ohne trocknen zu können.

Zu ihrem Ende hin verjüngte sich das Maß der Höhle, und dort lag Nina auf dem feuchten, lehmigen Boden, gefesselt und geknebelt und über und über verschmutzt, neben sich eine dicke, alte Wolldecke, die der Hund gleich zur Begrüßung von ihr gerissen hatte, um sie von oben bis unten zu beschnüffeln und zu belecken. Sie hatte ihren Kopf angehoben, so weit ihr das bei all den Fesseln möglich war, und sie machte durch den Knebel Geräusche, die Berlinger eindeutig als Zeichen dafür nahm, dass sie ihren Hund erkannt hatte.

Matamalas streckte nur wortlos seine Hand mit dem dicken Taschenmesser aus, hielt sie Berlinger aber noch offen hin, als der schon das Werkzeug entgegengenommen hatte. Der Spanier wandte sich allerdings sofort um und ging, als sein Freund ihm mit dankbarem Blick die Wagenschlüssel übergeben hatte.

»Nina.«

Die Schweißerbrille mit den geschwärzten Gläsern: ganz zart abgenommen.

Der reißfeste Paketkleber als Fußfessel: mit Wut durchgeschnitten.

Ein dicker Strick als Fessel an den Handgelenken: mühsam, aber entschlossen durchtrennt.

Fausthandschuhe aus dickem, harten Leder, mit dem gleichen Klebeband umwickelt und am Handgelenk mit dünnen Kabelbindern befestigt: eine Kleinigkeit.

Der Stoffknebel, einfach an Ninas Hinterkopf verknotet, aber für sie mit den wegen des darumgewickelten Klebebandes daumenlosen Fäustlingen an ihren Händen unmöglich zu entfernen: fort damit!

»Ach, Berlinger. Bring mich bloß hier weg, ja?«

Und Berlinger trank Ninas Erleichterung wie einen großen Schluck vom süßesten Wein.

20

Empuriabrava

Planas hielt den Kontakt zu Matamalas.

Mit dem Renault in ihrer Mitte befanden sich die beiden Polizeiteams auf der GEV-6103, der schmalen, teilweise sehr kurvigen Landstraße von Palau-Saverdera nach Castelló mitten im Naturschutzgebiet Aiguamolls, bereits ein ganzes Stück hinter dem Abzweig, der in Richtung Santa Margarida führte und der die Möglichkeit bot, auf der C-260 entweder nach Roses oder aber in Richtung Figueres zu fahren.

Nur eine Person im R4, wegen ihrer Größe sehr wahrscheinlich männlich. Und ganz sicher hatte der Fahrer bemerkt, dass der Polizei- und der Zivilwagen mit dem Blaulicht hartnäckig wie Kletten an ihm hingen. Er hatte einige Male versucht, das vor ihm fahrende Auto zu überholen, aber die Polizisten hatten es geschickt so eingerichtet, dass sie es waren, die das Tempo bestimmten. Sie waren vor Kreuzungen und Abzweigen so ostentativ langsam gefahren, dass der Mann am Steuer des Renault jeden Gedanken an ein Entkommen aufgeben konnte.

Berlinger und Matamalas hatten Nina wieder in die Decke gehüllt und sie vorsichtig in den Alfa gesetzt, den der Spanier bis vor den Zugang der Höhle gefahren hatte. Er saß jetzt auf der Rückbank neben ihr und hielt sie in seinem Arm aufrecht, damit Berlinger die den Berg hinunterführenden Serpentinen zügig durchsteuern konnte. Satan hockte vorn auf dem Beifahrersitz, machte fiepende, anrührende Laute und versuchte ständig, nach hinten zu seinem Frauchen zu klettern.

Sie hatten vor, die mit geschlossenen Augen bewegungslos dasitzende Nina in der Gemeinschaftspraxis Persalud bei Santa Margarida zur ärztlichen Untersuchung zu bringen, und dort bereits Bescheid gegeben. Anschließend wollten sie umgehend zu dem Konvoi mit dem eingekeilten Renault aufschließen.

✧

Sie kamen gerade rechtzeitig.

Von Planas per Dauerverbindung ununterbrochen ins Bild gesetzt, war Berlinger die wenigen Kilometer von der Arztpraxis nach Empuriabrava gerast, mit aufgeblendeten Scheinwerfern wegen der hereingebrochenen Dunkelheit, und er bremste nun mit blockierenden Rädern auf dem feinen Schotter des Parkplatzes vor dem *Club Nautico*.

Der einer Schiffsbrücke nachempfundene Bau, das Wahrzeichen dieses Ortes mit seinem markanten, kilometerweit erkennbaren Leuchtturm war von vielen Scheinwerfern angestrahlt und leuchtete in kühlem Weiß: ein futuristisches Zeichen in der schwarzen Nacht und ein krasser Gegensatz zu den von viel wärmerem Gelb illuminierten Kirchen, vor denen sie in den letzten Tagen so häufig gestanden hatten.

Hier parkten bereits die beiden Polizeiwagen und auch

der R4 mit offen stehender Fahrertür und laufendem Motor. Planas war bei den Fahrzeugen geblieben und berichtete ruhig und konzentriert von den Vorkommnissen der letzten Minuten vor der Ankunft seines Chefs und des Deutschen, indem er erklärend auf die Stellen zeigte, die ihm bedeutsam erschienen.

»Mit dem Wagen konnte er uns nicht entwischen. Er fuhr erst am Restaurant *Capitan* vorbei in Richtung des Hotels *Briaxis*, dann auf der anderen Seite der Allee zurück und bog auf einmal hier auf den Parkplatz ein. Er war schon aus seiner Schrottkiste heraus, als sie noch langsam weiterrollte, und ist dann dort hinten im Schatten verschwunden. Die vorn fahrenden Kollegen mussten wenden und waren etwa zwanzig Sekunden später hier. Meine Wagenbesatzung habe ich sofort zu den Anlegekais geschickt, damit er uns nicht mit einem Boot abhauen konnte.«

»Aber wo ist er hin? Habt ihr ihn erkannt?« Matamalas war äußerst ungeduldig.

»Er war immer in Bewegung, und dann ist er dort im Dunklen verschwunden. Ich habe den Mann nicht erkannt, aber er muss hier auf dem Gelände des *Club Nautico* sein. Auf ein Schiff kann er nicht, unsere Leute stehen an allen Ecken des Gebäudes. Ich habe längst die *mossos* alarmiert, sie müssen jeden Moment kommen. Verstärkung aus Figueres und eine Ambulanz sind ebenfalls unterwegs.«

Berlinger bat Planas um ein Megafon. Er ging damit einige Meter auf die von einem eisernen Gitter abgesperrte Treppe zum Schwimmbad des Clubs zu und wollte das bereits eingeschaltete Sprechgerät gerade an den Mund heben, als eine ganze Serie schnell hintereinander abgefeuerter Schüsse durch die Nacht peitschte.

Ein hervorragender Schütze.

Drei der weißen Scheinwerfer explodierten kurz hintereinander, und binnen weniger Sekunden lagen die Treppe, der Sprungturm des Schwimmbads und der Fuß des gewaltigen Leuchtturms in tiefem Schwarz. Die runde Form des offenen Gebäudeinnenraums vervielfältigte das trockene Knallen der Schüsse und machte daraus einen akustischen Feuerüberfall, aber es gab Berlinger dennoch einen ungefähren Anhaltspunkt für den Standort des Schützen.

Er stellte das Megafon vor sich auf den Boden und ging seitwärts und mit dem Rücken an der Wand auf das Absperrgitter in halber Höhe der Treppe zu. Von dort aus machte er Planas und den Comisario auf sich aufmerksam, zeigte auf seine Augen und deutete mit beiden Händen einen Gegenstand an, der etwa zwanzig Zentimeter lang sein mochte.

Hipolit griff schnell hinter sich und zog eine Taschenlampe aus seinem Gürtel. Matamalas hielt ihn noch auf. Er war zum Polizeifahrzeug gelaufen und hatte eine Pistole hervorgeholt, sie kurz überprüft und dann Planas mit einem Nicken übergeben. Hipolit rannte los, schlug einen Bogen durch das Dunkel, um dem treffsicheren Schützen möglichst kein zu deutliches Ziel zu bieten, und stand überraschend ganz nah bei Berlinger, der nur an dem leisen Windhauch spürte, dass jemand auf einmal hinter seinem Rücken aufgetaucht war, und sich zusammennehmen musste, um nicht instinktiv seinen angewinkelten Ellbogen nach hinten zu stoßen.

»*Calma*, immer mit der Ruhe.« Planas stupste mit dem Griff der Waffe gegen Berlingers Arm und erklärte leise: »Vollgeladen und gesichert. Sechs und eine im Lauf, Sicherungshebel oben am Griff, links in Richtung der Mündung, Hebel nach vorn zum Entsichern. Die Lampe ist stabil, sie taugt auch zum Zuschlagen. Viel Glück, Doc.«

Berlinger nickte, lächelte trotz seiner Anspannung zu dem hinter ihm Stehenden hin, stopfte sich die Lampe und die kompakte, aber höchst präzise und zuverlässige Glock 32 Kaliber .357 SIG in die Taschen seiner Windjacke und sagte: »Lenkt ihn ab, wenn ich am Gitter bin.«

Er drückte sich langsam an der Wand entlang weiter auf die Absperrung zu. Einzelne Gitterstäbe ragten rechts und links über die Treppe hinaus, eine allerdings nur halbherzige, nur optische Absicherung vor ungebetenem Besuch, konnten die Stäbe doch auch gut als Leiter benutzt werden, die ein Überklettern eher erleichterten als erschwerten.

Planas war mit dem Megafon wieder aus der Schusslinie zurückgeglitten und hatte sich von Berlinger auf eine Weise entfernt, die einem Schützen keine zwei Ziele in nahezu gleicher Richtung bot, er konnte aber vor dem unverändert hell beleuchteten oberen Teil des Leuchtturms klar erkennen, was der Deutsche vorhatte.

In dem Moment, in dem Berlinger an die Gitterstäbe griff, um sich hochzuziehen, und seinen Fuß auf die überstehenden Stabstücke setzte, nahm Planas das Megafon hoch und brüllte wie von Furien gehetzt:

»Halt! Stehen bleiben! Polizei!«, schrie er und brach dann in ein irres Gelächter aus, das von der Technik und dem Echo um ein Mehrfaches verstärkt und von einem heulenden Übersteuerungston begleitet wurde, ein falsches, pfeifendes Lachen, das deshalb so überaus gespenstisch anmutete, weil es sich wie die Schüsse zuvor an diesem normalerweise friedlichen Ort vollkommen skurril anhörte – wie eine Geisterbahn auf der Kirmes, mit Heulen und Wehklagen vom Tonband, aber ohne jeden Besucher.

Hipolit Planas bewirkte genau das, was er erreichen wollte: Berlinger überwand das Gitter in wenigen Sekunden, ohne dass auf ihn geschossen worden wäre, und er ging mit der Taschenlampe und der Pistole in den Händen in einer fließenden Bewegung hinter dem Sprungturm in Deckung.

»Peter«, sagte er mit ganz normaler Stimme.

Keine Antwort.

»Peter, gib auf. Das hier hat doch nun wirklich keinen Sinn mehr.« Ein Tonfall, als begänne er eine Unterhaltung über das Wetter. Sein letzter Zweifel war ihm keinesfalls anzuhören.

Scharrende Füße etwa dreißig Meter weiter in Richtung der Treppe, die sich um den Leuchtturm wand und oben an der verglasten Lichtkanzel endete. Berlinger sah hoch, um sich zu vergewissern, dass sich keine anderen Personen dort aufhielten, und sprach im nächsten Augenblick weiter:

»Du kommst hier auf keinen Fall mehr weg. Gib auf. Du bist am Ende.« Berlinger hatte auch weiterhin in einem für diese Situation ungewöhnlichen Unterhaltungston gesprochen und seine letzte Bemerkung kaum abgeschlossen, als er auch schon hinter dem Sprungturm hervorspurtete und am Schwimmbeckenrand entlang bis zum Fuß des Leuchtturms rannte, wo er sich wieder eng an die Mauer presste.

»Du bist dir immer sehr sicher, was, Berlinger?«

Peter Neuenfels' Stimme klang verbittert, so, als wäre ihm Unrecht geschehen: »Ein Gutmensch, unfähig, etwas Falsches zu tun. Hast du heute schon einer Oma über die Straße geholfen?«

Während er sprach, sicherte Neuenfels nach hinten und bewegte sich konzentriert und leise wie eine Katze auf die Leuchtturmtreppe zu. Er nahm im Rückwärtsgang eine Stufe nach der anderen, hielt einen großen Revolver in seiner Rechten und tastete mit der Linken hinter sich.

Bis jetzt, bis zur Bestätigung seines Verdachts, hatte Berlinger noch gehofft, bei seinen Schlussfolgerungen einen Fehler gemacht zu haben. Als er aber Peter Neuenfels' Stimme erkannte, die Stimme seines Freundes, der vier Morde auf dem Gewissen und seine Nina in eine lebensgefährliche Situation gebracht hatte, brach für ihn eine Welt zusammen.

Das Internat, die gemeinsamen Ferien. Die in den Jahren danach selteneren Treffen, als sie beide noch ihren Berufen nachgegangen waren und Peter auf dem ganzen Globus sein Zuhause zu haben schien. Dann dessen Entschluss, ganz auszusteigen und hierhin überzusiedeln, eigentlich ein Vorbild, ein Beispiel für das, wozu sich Berlinger geraume Zeit später ebenfalls entschlossen hatte.

Peter Neuenfels, der Freund seit vielen Jahren: nichts weiter als ein heimtückischer, verschlagener Mörder. Und er hatte noch nicht einmal davor zurückgeschreckt, die von ihm doch immer so hoch verehrte Nina als Geisel zu nehmen und sie unter so entwürdigenden Umständen auf die abgefeimteste Weise als Druckmittel zu nutzen, das die ihm immer näher rückende Polizei aufhalten sollte.

Berlinger schwor sich, hier und jetzt einen Schlusspunkt zu setzen und diese Sache auf eine Art abzuschließen, die seiner Fassungslosigkeit und auch seiner Wut entsprach.

»Furioses Finale gefällig, Berlinger?«, rief Neuenfels unerwartet und feuerte, ohne sorgfältig zu zielen, in die Richtung des Parkplatzes hinunter, wo Matamalas gerade die Polizeiverstärkung einwies, die ohne Sirenengeheul herbeigerast war. Drei Scharfschützen hatten sich schon an den taktisch besten Positionen in Deckung gebracht und hielten ihre mit Nachtsichtgeräten ausgestatteten Präzisionsgewehre im Anschlag. Die Frontscheibe des alten Renault, dessen Motor immer noch lief, wurde von Neuenfels' Schüssen getroffen und zerbarst zerkrümelnd, wobei die Kugel oder ein Glassplitter abprallte, an der rechten Wange des Comisario in Höhe des Unterkiefers entlangschrammte und eine zwar nicht sehr tiefe, aber stark blutende Wunde riss. Dennoch hob Matamalas seinen Arm, um den Scharfschützen klar zu machen, dass ihre Zeit noch nicht gekommen war.

Berlinger stand nun am Fuß der Treppe, deren enge Windungen verhinderten, dass die beiden einander sehen und sich mit ihren Waffen gegenseitig bedrohen konnten.

Ich muss ihn zum Reden bringen, dachte er sich, sonst komme ich ihm keinen Meter näher. »Peter, warum?«

»Das weißt du nicht?« Neuenfels lachte höhnisch auf.

»Nein, das weiß ich nicht.«

»Dann hast du mir aber in den letzten Jahren schlecht zugehört.«

»Mein Gott, Peter. Ich habe dein Klagen natürlich gehört. Die hier immer schlechter werdenden Lebensumstände, das viele Volk im Sommer, der Mangel an Komfort und Ruhe. Aber zwischen Reden und Handeln gibt es doch einen gewaltigen Unterschied.«

»Man kann nicht immer nur reden, man muss auch einmal anfangen, etwas zu tun.«

»Morden?«

»Helfen.«

Berlinger konzentrierte sich auf Peters Stimme, die ihm der einzige Anhaltspunkt dafür war, in welchem Tempo Neuenfels die Treppe hinaufschlich und wie schnell er ihm somit folgen konnte.

»Den Leuten helfen, indem du sie umbringst?«

»Indem ich ihnen die Augen öffne. Damit die, die ich verschone, eine Lehre annehmen können. Und damit die anderen, die zu Hause darüber lesen, sich vor Angst in die Hose scheißen und lieber dort bleiben, wo sie ihr beschissenes Dasein fristen.«

»Peter, du bist doch krank. Gib auf. Sichere deine Waffe und schieb sie die Treppe herunter.«

»Niemals. Ich werde hier mein Ende finden. Ein Knall und Schluss und aus und endlich Ruhe. Du hast den Auftrag, der Presse alles haarklein zu berichten. Besonders meine Beweggründe, da bist du ja der Fachmann. Oder schreib meine Geschichte selbst auf! Warum, glaubst du, habe ich dir diesen Tipp gegeben? Mach es ordentlich, vielleicht lernt der eine oder andere ja doch noch etwas dazu.«

»Peter, du bist mit deinen Vorstellungen so weit weg von gut und böse, dass dich niemand begreifen wird. Das große Kopfschütteln. Durchgeknallt der Kerl, völlig ausgerastet, werden alle sagen.«

»Du auch?«

»Ich kann verstehen, wenn sich jemand über den Trubel ärgert. Mir geht es manchmal ja auch so. Aber dass du die Leute umbringst – nein, Peter, dafür wird dir niemand Verständnis entgegenbringen. Was du getan hast, versteht niemand! Es gibt keine Rechtfertigung!«

Wieder eine Viertelumrundung des Turms. Sie befanden sich nun schon fast auf halber Höhe, und die Polizisten unten wurden immer kleiner. Mehrfach hatte Berlinger über die gemauerte Treppenbrüstung ablehnend nach unten gewinkt, und er hoffte, dass Matamalas ihn verstanden hatte und seine Leute zurückhalten würde, ganz besonders aber die Scharfschützen, die wie überall auf der Welt ganz sicher auch hier ganz wild auf ihren Einsatz waren.

»Eine Obsession nennst du das wahrscheinlich. Mensch, Berlinger, ich konnte dem Treiben einfach nicht mehr länger zusehen. Diese andauernden Rücksichtslosigkeiten von Leuten, die ihr Maul aufreißen und in ihrem ganzen Leben auch nicht für eine Sekunde ahnen, dass sie nichts zu sagen haben. In beiden Bedeutungen. Einfach nichts zu sagen haben und niemals etwas zu sagen haben werden – aber blöde Geräusche von sich geben, die Leute wie sie auch noch als Ausdruck von Intellekt deuten.«

»Du bist krank, Peter.«

»Krank sind die immer kindischer werdenden angeblichen Erwachsenen, siehst du das denn nicht? Diese ganze infantilisierte Gesellschaft, all diese Ballermänner. Ein Scheißkaff ist das hier geworden, ein Marktplatz der Vulgaritäten. Eine einmalige Chance, vertan. Ein zu Beginn großartiges Projekt: verlottert und verludert!«

»Peter.« Wieder vier Stufen, wieder eine halbe Windung weiter.

»Sicher hast du meine Affen gefunden, Berlinger. Sie bedeuten: nichts hören, sehen und so weiter. Gemeint habe ich damit aber genau das Gegenteil: Ich musste alles hören, den Lärm von früh bis spät, den Wortmüll, das widerliche Sächseln und das grauenhafte Russisch in den letzten Jahren. Ich musste alles sehen: diese bunten Horden von Billigtouristen in ihrem Schuhwerk vom Restpostenmarkt. Die von ihrem Leben Enttäuschten, die viel lieber zu Hause vor der Glotze gesessen hätten, als hier gelb vor Neid mit Supermarkttüten in den Händen auf die breiten Ärsche der Privatjachten schielen zu müssen. Hohlköpfe allesamt, die vor lauter Missgunst krank werden und ihre Ellbogen ausfahren, um wenigstens ihren Hamburger zu retten, aber dennoch von *ihrem* Empuriabrava reden und mit ihren schmierigen, gierigen Händen alles betatschen müssen, was ihnen nicht gehört. Und jeder Zweite hat ein Handy am Gürtel, das er nicht richtig bedienen und nur vier Wochen lang bezahlen kann, um zu zeigen, wie wichtig er ist. Vor allem anderen aber: Einer musste auch alles sagen, nämlich ich. Und weil Worte hier nichts verändern können, habe ich mir eben erlaubt, endlich etwas zu tun …«

»Gib auf, Peter. Ich appelliere an deine Vernunft …«

»Red doch nicht so einen verdammten Scheiß, Berlinger. Ich bin schließlich weit herumgekommen. Ich habe gesehen, wie die neue Pest diesen Planeten im Würgegriff hält.«

»Was redest du da? Welche neue Pest?«

»Wir natürlich. Der Homo sapiens, die Krone der Schöpfung! Wir bringen es fertig, innerhalb von zwölf Monaten eine halbe Milliarde von uns mehr ins Getümmel zu werfen, und glauben, auch noch ein Recht dazu zu haben. Hecken unseren Nachwuchs wie die Karnickel, je chancenloser die Eltern, desto vielköpfiger die Brut, und Schuld am Verhungern oder an der Arbeitslosigkeit hat die jeweilige Regierung. Es weiß halt niemand mehr, wo sein Platz ist. Das muss ein Ende haben! So blöd kannst du nicht sein, du musst mir doch zustimmen!«

»Lass dir helfen, Peter.« Noch einmal um den Turm.

»Nichts da, Berlinger. Ich kenne dein Geschwafel. Du bist doch selber dran kaputtgegangen. Der Helfer bin ich: Weniger ist mehr. Ich sorge für weniger. Und damit du es nur weißt: Niemals lasse ich mich vor ein Gericht stellen. Ha! Klapsmühle! Das wär es doch wohl, du Spinner! Für mich gibt es keinen gerechten Richter, nicht ich gehöre mit lautem Türenknallen weggeschlossen, sondern mindestens eine Hälfte der Menschheit. Ich bedaure nur eines …«

Hier richtete sich Neuenfels auf und rannte die restlichen Stufen hoch, bis er auf einer kleinen Plattform vor der mit einem zusätzlichen Riegel und einem dicken Hängeschloss versperrten Tür zur Lichtkanzel stand. Fast wie ein Muezzin rief er laut von dort oben über das ganze den *Club Nautico* umgebende Gelände und die mittlerweile dort zusammengelaufenen Schaulustigen hinweg, den Revolver an seine rechte Schläfe gesetzt:

»Ihr Arschlöcher da unten! Ihr wisst das Beste ja noch gar nicht! Τὸ καλὸν κἀγαθὸν! Versteht natürlich keiner, was? Da kommt ihr wie die Lemminge hierher und würdet es nicht mal kapieren, wenn es Spanisch wär! Das Schöne und Gute, ihr Trampel, ihr begreift es ja noch nicht mal auf Deutsch! Touristenpack, hör zu: Das Beste wäre natürlich gewesen, den gröbsten Proleten unter euch von dem schwingenden Weihrauchfass in der Jakobskirche in Santiago de Compostela erschlagen zu lassen! Schade drum! Jammerschade!«

Jetzt lugte Berlinger vorsichtig um die letzte Windung der Treppe, und er sah den Freund dort im Licht der Scheinwerfer stehen, mit seinen scharfkantigen Falten im Gesicht, den Lauf der Waffe jetzt in seinen Mund gesteckt. Er zog den Kopf schnell wieder zurück, und bemüht beiläufig fragte er: »Und Nina? Warum diese Tortur?«

»Ach, Nina«, erwiderte Neuenfels herablassend, »sie war mir doch gar nicht wichtig. Deine Schuld, Berlinger, und die Schuld dieses schicken spanischen Comisario in deinem Schlepptau. Ihr kamt mir einfach zu nah, und da musste ich euch ja wohl mit irgendetwas drohen …« Er hatte den Lauf seiner Waffe offenbar aus dem Mund genommen.

Berlinger packte kalter Zorn. Er prüfte mit einem schnellen Blick um die Treppenwindung Peters Position und schleuderte mit einer weit ausholenden Armbewegung die schwere Maglite-Lampe in Neuenfels' Richtung. Sie traf ihn am Kopf, und mehr erstaunt als vom Schmerz abgelenkt sah Peter ihn an. Er hob den Revolver auf Brusthöhe an und fragte mit einem höhnischen Unterton in der Stimme:

»Willst du mich etwa umbringen? Ruhig Blut, Berlinger, das mache ich schon selbst.«

Es sah aus, als wollte er die Waffe auf seinen Kopf richten, aber Berlinger war schneller. Er sprang auf und stürzte sich auf Neuenfels, ehe dieser die Hand mit dem Revolver in richtigem Winkel an seine Schläfe setzen konnte, und sie prallten mit einer solchen Wucht aufeinander, dass sie beide heftig gegen die Treppenbrüstung schlugen.

Neuenfels musste in diesem Augenblick, als sie eng umschlungen halb auf der Brüstung lagen, erkannt haben, dass er mit seinem alten 7,62 mm Nagant nichts mehr anfangen konnte. Er holte so weit aus, wie es ihm möglich war, ließ die Waffe fallen, als sich Berlingers Griff etwas lockerte, zog seinen Arm wieder heran und nutzte den geringen Schwung seiner Armbewegung, um sich über seine rechte Hüfte und Schulter über die Brüstung hinwegzurollen. Er schien schon nach unten zu stürzen, als Berlingers hinter ihm herzuckende Hand sein rechtes Handgelenk so eben noch zu fassen bekam.

Und so hing er jetzt da, der Mörder mit seinen theatralischen, rechthaberischen Inszenierungen, Ninas Entführer und Peiniger, im wahrsten Sinne des Wortes in der Hand eines seiner hartnäckigsten Jäger.

Berlinger stemmte sich mit seinen Knien und seinem freien Arm gegen die Brüstung, über der er halb lag. Seine Waffe hatte er längst fallen gelassen, und er wusste, dass er diese Haltung trotz des Einsatzes all seiner Kraft nicht sehr lange würde beibehalten können.

Er versuchte, Peter über die Brüstung hinweg hochzuziehen, fühlte seinen Arm aber bereits ermüden. Er spannte seine Bauchmuskulatur noch weiter an, um sich so besser abstützen zu können, und nahm seinen anderen Arm zu Hilfe, um den Lebensmüden fest zu halten. Jetzt aber begann Neuenfels wortlos lächelnd mit seiner freien Faust auf die ihn haltende Hand Berlingers einzuschlagen, und er blickte seinem Freund dabei im sicheren Gefühl seines letzten, billigen Triumphes siegesgewiss und tief in die Augen. Er prügelte stumm und mit berechnender Kraft immer wieder auf die empfindlichen Stellen an Berlingers Handgelenk ein und sah ihn dabei weiter an, jetzt fast so, als wäre er lediglich neugierig darauf zu erfahren, wie dieses Spiel letzten Endes wohl ausgehen könne.

Berlinger schossen vor Anstrengung und Schmerz Tränen in die Augen, und seine Adern an den Schläfen traten stark hervor; er presste seine Kiefer fest zusammen und atmete nun pfeifend durch die Nase.

Neuenfels wollte nichts sagen. Nur sein siegessicherer Blick schien auszudrücken: Das dauert nicht mehr lange.

Berlinger konnte nichts sagen. Das dauert nicht mehr lange, dachte er.

Und dann, nur kurz darauf: Ich kann nicht mehr.

Ich will auch nicht mehr.

Er ließ los.

✧

Den mit offenen Mäulern gaffenden Menschen vor den Schiffsanlegern am Haupthafen bot sich das von ihnen heimlich erhoffte, schreckliche Bild.

Neuenfels war an die vierzig Meter vom Turm des

Club Nautico hinuntergestürzt, sein Fall war angestrahlt worden wie eine Zirkusattraktion; er hatte sich während des Fallens mehrmals überschlagen und war, begleitet von Ausrufen des Erschreckens der umstehenden Zuschauer, mit Gesicht und Bauch nach oben zeigend unten aufgeschlagen.

Er hatte ein lang gezogenes »AAAAhhhhhhhh!« ausgestoßen, während er fiel, als wollte er seine freudige Überraschung ausdrücken über das, was mit ihm hier und jetzt geschah, als wolle er aller Welt sein tiefes Genießen einer seit langem erwarteten, nun endlich eingetroffenen, erfreulichen und erlösenden Situation kundtun.

Nur fragen konnte ihn keiner mehr, ob er möglicherweise mit den Betonklötzen gerechnet hatte, die dort standen, um demnächst für was auch immer ein neues Fundament zu bilden, Betonbrocken, aus deren oberer Seite meterlange, zwar bereits angerostete, aber dennoch äußerst stabile Stahlarmierungen herausragten.

Peter Neuenfels war lebendigen Leibes aufgespießt worden: Die daumendicken, massiven Stangen hatten seinen Hals und die rechte Brust, seinen Magen dort, wo die Leber sitzt, und seinen Unterleib in Blasenhöhe durchbohrt wie die grausamen, schmerzhaften Pfeile den heiligen Sebastian.

21
Epilog

Einverstanden mit dem Abschluss dieses Falles, aber völlig abgekämpft, war Berlinger den Turm hinabgestiegen.

Der notdürftig mit einem Mullpäckchen und einem riesigen Pflaster verbundene Matamalas hatte ihn am Fuß der Treppe erwartet und ihn wortlos dorthin geführt, wo Peter Neuenfels' so fürchterlich zugerichteter Leichnam lag.

Berlinger hatte nur kommentarlos genickt und dann erst bewusst den Comisario angesehen, seinen blutgetränkten Notverband bemerkt und die völlig verschandelte Polizeiwindjacke. Matamalas sah selbst eher wie ein Opfer aus, geschwächt vom Blutverlust, müde vom langen Tag, erschöpft, weil das Ziel erreicht war, und aufmunternd legte der Deutsche seine Hand auf eine der hängenden Schultern seines neuen Freundes.

Die sie wie ein Wall aus Leibern umgebende Menschenmenge teilte sich an einer Stelle, von unwilligen Kommentaren begleitet, und heraus schälte sich Conchita, die besorgt auf Matamalas zustürzte und erst dann einen fragenden Blick auf Berlinger warf, als sie erkannte, dass ihr Lebenspartner ansprechbar und offensichtlich nicht so schwer verletzt war, wie es dem ersten Anschein nach aussah. Berlinger lächelte sie an und sagte nur: »Es ist zu Ende, *terminado*.« Dann deutete er hinter sich auf Peter Neuenfels' Leiche, die soeben mit mehreren Decken vor den Blicken der Neugierigen verborgen wurde. Weil Neuenfels' Körper von den Stahlstangen durchbohrt war und die Decken über die Spitzen der Stangen gelegt wurden, bildete die Abdeckung ein makabres Zelt, das den Eindruck einer Vorbereitung für das Vorführen eines Zaubertricks machte, und Conchita mochte etwas Ähnliches empfunden haben, als sie sich jetzt schaudernd abwandte und ihre Aufmerksamkeit wieder Fernando widmete.

Berlinger hatte ihn beim Arm genommen, Conchita tat das Gleiche auf der anderen Seite, und gemeinsam schoben und zogen sie Matamalas jetzt zum Alfa, wobei Berlinger der sich wieder nur wenig hilfsbereit teilenden Menge einige unfreundliche »Nun machen Sie schon Platz da!« und »Es hat sich ausgegafft!« zuwarf.

Sie waren ins Auto gestiegen. Berlinger nannte ihr das Ziel, und Conchita meldete sie bei dem tüchtigen Planas per Handy ab. Er würde verlässlich die Reste zusammenfegen.

Beim Ärztezentrum gab der Deutsche seinen benommenen spanischen Kollegen zur ärztlichen Versorgung wie ein Paket ab, und Conchita wich ihrem Lebenspartner nicht von der Seite.

»Bis gleich, Fernando«, meinte Berlinger gerade und wandte sich dem langen, schmalen Flur mit den vier oder fünf Türen zu.

»Zimmer drei«, rief ihm die Praxishelferin mit der kunstvoll wirren Frisur und dem gestärkten, eng taillierten weißen Kittel von der Rezeption aus zu, ohne dass er sie gefragt hätte. »Der Arzt ist gerade bei ihr.« Berlinger wandte sich schon im Gehen mit einem dankbaren Lächeln zu ihr um und winkte.

Als wäre die Tür allein schon von seinem zarten Anklopfen aufgesprungen, stand Berlinger überrascht vor einem leeren, ungemachten Bett. Er drehte sich zum Fenster um, und da sah er Nina sitzen, in einen dicken, weiten Bademantel gehüllt, mit trockengeriebenen, ungeföhnten Haaren, blitzblank geduscht und trotz der Strapazen hellwach.

Sie trug dünne Verbände an den Handgelenken, die auf ihn den unerwarteten Eindruck von elegant unter den Ärmeln des Mantels hervorlugenden Manschetten machten, so, als hätte sie sich für seinen Besuch besondere Mühe mit ihrem Outfit gegeben.

Und als der Arzt sich lächelnd mit einem »Wir sehen uns dann morgen, Frau Wegener. Alles Gute bis dahin!« verabschiedet und den Raum mit einem aufmunternden »Das wird schon wieder« in Berlingers Richtung verlassen hatte, kam sie auf ihn zugeflogen, sich voller Vertrauen, er würde sie schon sicher auffangen, in seine vor Schreck ausgebreiteten Arme werfend, dass es ihn beinahe von den Füßen riss.

✧

Zwei Tage später fand das Essen mit Conchita und Fernando doch noch statt.

Die gleiche Dekoration kam zum Einsatz, die Blumen, die sich gut gehalten hatten, die Kerzen auf dem Tisch, die verschiedenen Gläser; das Geschirr und Besteck, das Berlinger gar nicht erst wieder dorthin hatte verstauen können, wo es üblicherweise aufbewahrt wurde.

Ihr Treffen kam ihnen wie nur aufgeschoben vor.

Matamalas' Wunde war genäht worden, seine Wange verzierte heute nur noch ein langes Pflaster, das, von ihm ständig befummelt, an einem Rand schon nicht mehr so recht kleben bleiben wollte.

Nur ungern war er der Bitte seiner Gastgeber gefolgt, auf Anzug und Krawatte – nur dieses eine Mal, Fernando! – zu verzichten, und so saßen sie, gut, aber nicht festlich gekleidet, mitten in der in warmem Licht leuchtenden Küche, in der zur Feier dieses Tages auch Satan eine Ecke belegen und sich ausnahmsweise schmatzend und krachend über einen dicken Rinderknochen hermachen durfte.

Das von Berlinger eingefrorene und nur wenige Stunden später wieder aufgetaute *Bœuf bourguignon* duftete sehr verlockend, und der Rotwein funkelte geheimnisvoll mit einem sein Alter zeigenden, ganz leicht bräunlichen Ring dort, wo seine Oberfläche an das Glas der Dekantierkaraffe stieß. Beim leichten Schwenken der Gläser bildete der edle vierundneunziger *Cofradía del Solar de Samaniego* feine, durchsichtige Schlieren an den Wölbungen der hauchzarten, polierten Gefäße mit den kühlen, dünnen Stielen.

Sie sprachen alle durcheinander, die Etikette galt nicht für diesen Tag, und Satan wusste nicht so recht, in welche Richtung er seine aufmerksamen Ohren drehen sollte.

Die losen Enden waren verknüpft, die notwendigen Meldungen nach Wiesbaden und Madrid längst erstattet worden, und Berlinger hatte es sich nicht nehmen lassen, Marianne Neuenfels in Stuttgart die schreckliche Nachricht vom Tod ihres Mannes zu übermitteln und sie nach ihrer Rückkehr zu einem ausführlichen Gespräch zu bitten. Das wird noch was, dachte er bei sich. Er sprach seine Befürchtung dann auch aus, und ihm wurde von Nina Beistand zugesagt.

Sie hatten bereits einen Termin ausgemacht, zu dem Holger Wegmann aus Wiesbaden herunterkommen würde, um die Früchte seiner tatkräftigen Hilfe zur Lösung des Falles in dem dann wieder zur Saison geöffneten Restaurant *Bulli* in der Cala Montjoi zu ernten, und sie hatten nach Wegen gesucht, die sicher erheblichen Kosten dieses Hochgenusses entweder im Etat der deutschen Botschaft in Madrid oder dem der Polizeibehörde von Figueres unterzubringen, als Fernando mit einer Überraschung herausrückte:

Mitten in das gedämpft vom Wohnzimmer her zur Küche hereinwehende Gloria aus Joseph Haydns »Nelsonmesse« nahm Matamalas seinen langen Dessertlöffel in die Hand, klopfte leicht an sein Glas, und in das auf diese althergebrachte Weise erzielte Schweigen hinein sagte er, nachdem Conchita ihm lächelnd ihre Zustimmung signalisiert hatte: »Und eehhhh, übrigens, eehhhmm, es geben ihre Verlobung bekannt …«

»Sekt, Berlinger!«, rief Nina. »Aber zügig!« Und er hatte seine Serviette schon auf den Tisch gelegt und wollte gerade aufstehen, als das Telefon anfing, alarmierend und nervtötend zu klingeln.

Berlinger ging hinüber, meldete sich und übergab seinem spanischen Freund schnell den schnurlosen Hörer mit einem gemurmelten »Planas, für dich«, und alle warteten auf Fernandos Bericht am Ende des Gesprächs.

»Das ist unser Job. Einer muss ihn ja tun, was, Berlinger? Aber vielleicht gibt es neuen Stoff für ein weiteres Buch.« Matamalas lächelte sauer, nachdem er die Verbindung unterbrochen hatte. Er machte eine kurze Pause, und Conchita war es, die ihn mit einem auffordernden »Los, Fernando, was gibt es?« anschubsen musste.

Der Comisario sagte mit leidvoller Miene, die sich allerdings ein wenig aufhellte, als er Berlinger erwartungsvoll ansah: »Ein Segelschiff ist schwer beschädigt an die Mauer der Hafeneinfahrt von Empuriabrava gespült worden. Sie haben es auf den Strand gezogen und eine Leiche an Bord gefunden. Zwei Schusswunden, also vermutlich Mord.«

Von wegen Friede, Freude, Eierkuchen.

Nachwort

Das vorliegende Werk ist, auch wenn es in Teilen auf Tatsachen basiert, eine Fiktion. Restaurants und Gaststätten, Figuren, Firmen, Organisationen und Behörden in diesem Roman sind entweder fiktiv oder, wenn real, in einem fiktiven Zusammenhang verwendet, ohne jede Absicht, ihre tatsächliche Ausstattung oder ihr tatsächliches Verhalten zu beschreiben.

In Spanien gibt es eine verwirrende Vielfalt bei den Polizeikräften. Zu Beginn der vorbereitenden Arbeiten zu diesem Roman wäre zunächst die *Guardia Civil* als zuständige Behörde zu den Schauplätzen gerufen worden, nach der letzten Wahl allerdings die *Mossos d'Esquadra*, einer nur in Katalonien vorhandenen Behörde, die als Folge der Autonomiebestrebungen in der Zeit nach Franco und als Ergebnis der Koalitionsverhandlungen zur Bildung der neuen Regierung unter José Maria Aznar Ende der neunziger Jahre gebildet wurde. Im Zuge der Recherchen war den Vertretern dieser unterschiedlichen Polizeikräfte anzumerken, wie sehr sie auf ihren Zuständigkeiten bestanden: Alle, auch die *Policía Nacional*, pochten darauf, für die Lösung der im Roman auftauchenden Fälle zuständig zu sein.

Um es dem Leser überschaubarer und damit einfacher zu machen, ist in diesem Roman ausschließlich eine nicht näher bezeichnete *Policía* tätig. Der Autor bittet um Verständnis für diese Entscheidung, die er im Rahmen seiner dichterischen Freiheit für vertretbar hält.

Eine Stadt erstickt im Schnee. Ein Mann sitzt in seinem Büro und überlegt, »wie vornehm sich Gott verhielt, indem er diese Stadt nicht einfach ausdrückte oder zuspuckte, wie sie es eigentlich verdient hätte, sondern in einen weißen Traum verwandelte, in dem freilich früher oder später alles zugrunde geht«. Dieser Mann heißt Markus Cheng, ist Privatdetektiv und hat nichts mit einem Chinesen gemein, außer daß er wie einer aussieht. Sein einziger Klient wird tot aufgefunden – im Einschußloch zwischen den Augen steckt ein Papierröllchen, darauf eine Nachricht: *Forget St. Kilda.*

Eine Frau – rasant, hartnäckig, vom Tötungstrieb bestimmt, dabei witzig – mordet, und zwar keineswegs ins Blaue hinein. Stets hinterläßt sie Hinweise, die um den Namen St. Kilda kreisen. Cheng beobachtet in einer Bücherei einen älteren Mann, der sich nach einem Buch erkundigt, das es nirgends gibt. Titel: *St. Kilda.* Cheng folgt dem Mann und gerät immer tiefer in eine Geschichte, in der die Gewalt ihren beiden legitimen Brüdern begegnet: dem Absurden und dem Komischen. Nichts gegen böse Träume. Schlimm ist nur das böse Erwachen ...

ISBN 3-404-14453-8

BASTEI LÜBBE

Commissario Benedetti auf den Spuren von Liebe und Tod

Venedig, die geheimnisvolle Schöne an der Adria, ist Schauplatz dieses Romans. Mario, ein junger Deutsch-Italiener, reist in die Lagunenstadt, um den Wurzeln seiner Identität nachzuspüren. Er glaubt, hier einmal als Casanova gelebt, geliebt und gelitten zu haben. Wen wundert es da, daß er so manche Nacht in den Armen begehrenswerter Frauen verbringt. Eine von ihnen, die Schweizer Millionärin Helena Schuler, überlebt das nicht. Ihr Schicksal sowie der Tod eines jungen Mäd-chens geben der Polizei Rätsel auf. Im Atelier des genialen Malers Pablo scheinen die Fäden zusammenzulaufen. Und wieder einmal ist es Commissario Benedetti, der skurrile Einzelgänger und Schöngeist, dem man einen Fahndungserfolg zutraut.

ISBN 3-404-14264-0

BASTEI
LÜBBE

Als die 16jährige Kathleen Beavier plötzlich schwanger wird, sind ihre Eltern entsetzt. Doch noch mehr verstört sie die beharrliche Aussage ihrer Tochter, niemals mit einem Jungen geschlafen zu haben. Und auch die Untersuchungen mehrerer Ärzte ergeben ein eindeutiges Bild: Kathleen ist immer noch Jungfrau!
Der Bostoner Kardinal beauftragt die ehemalige Nonne Anne Fitzgerald, der Sache auf den Grund zu gehen. Denn vor achtzig Jahren wurde die Geburt eines göttlichen Kindes prophezeit.
Auch der Vatikan schickt einen Mitarbeiter, Nicholas Rosetti. Dieser ist Anne Fitzgerald in einem voraus: Er weiß, dass in Irland eine vierzehnjährige Jungfrau ebenfalls ein Kind erwartet. Und er weiß auch, dass eines der beiden Kinder der Sohn Gottes, das andere das Kind des Satans ist ...

ISBN 3-404-14504-6

BASTEI LÜBBE

Wenn der Mensch der Natur gebieten kann, gibt es keine Sicherheit mehr diesseits von Eden

Ein kleines, verschwiegenes Tal in Kalifornien. Hier lebt seit den sechziger Jahren eine Hippie-Kommune. Nun aber soll ihr Dorf einem Stausee weichen. Doch die ›Kinder von Eden‹ wollen sich nicht aus ihrem Paradies vertreiben lassen und greifen in ihrer Not zu einem wahnwitzigen Plan: Sie drohen der Regierung, ein Erdbeben stattfinden zu lassen, das entsetzliche Folgen haben wird. Niemand nimmt ihre Ankündigung ernst. Nur die junge FBI-Agentin Judy Maddox, die bereits auf der Abschussliste ihrer Vorgesetzten steht, hat ihre Zweifel und versucht, die Katastrophe zu verhindern. Aber dann überschlagen sich die Ereignisse ...

›Gut recherchiert und nervenaufreibend spannend.‹
Brigitte

3–404–14535–6

BASTEI
LÜBBE